LIOBA ALBUS
Betreutes Flirten für Spätberufene

Weitere Titel der Autorin:

Älter werde ich später
Zusammen ist man weniger gemein

Lioba Albus

BETREUTES FLIRTEN FÜR SPÄTBERUFENE

Roman

Lübbe

Die Bastei Lübbe AG verfolgt eine nachhaltige Buchproduktion.
Wir verwenden Papiere aus nachhaltiger Forstwirtschaft und verzichten
darauf, Bücher einzeln in Folie zu verpacken. Wir stellen unsere Bücher
in Deutschland und Europa (EU) her und arbeiten mit den Druckereien
kontinuierlich an einer positiven Ökobilanz.

Originalausgabe

Copyright © 2023 by
Bastei Lübbe AG, Schanzenstraße 6–20, 51063 Köln

Lektorat: Dr. Stefanie Heinen
Umschlaggestaltung: ZERO Werbeagentur, München, unter Verwendung
von Motiven von © shutterstock: Anastasia Nix | Kseniia Fast |
Morphart Creation | Nik Merkulov
Satz: Dörlemann Satz, Lemförde
Gesetzt aus der Minion Pro
Druck und Verarbeitung: GGP Media GmbH, Pößneck

Printed in Germany
ISBN 978-3-7857-2864-2

2 4 5 3 1

Sie finden uns im Internet unter luebbe.de
Bitte beachten Sie auch: lesejury.de

There is a crack in everything,
that's how the light gets in.
Leonard Cohen

Dieses Buch widme ich meinem Vater Heinrich Albus. In seiner Schneiderwerkstatt hockte ich oft als kleines Mädchen auf dem Boden, sortierte Knöpfe und lauschte mit großen Ohren den Geschichten, die all die Menschen in seine Werkstatt trugen, um sich trösten, beraten oder auch schon mal ermahnen zu lassen. Dabei rauchte er Zigarre, nähte und hörte zu. Ich habe lange gebraucht, um zu begreifen, dass ein Schneider von der Rangordnung nicht über dem König rangiert. Mein Vater ist schon lange tot, aber je älter ich werde, desto mehr merke ich, wie viel von diesen Geschichten, Redewendungen und Sprichwörtern in mir weiterleben. Danke, Papa!

1
Dicke Kater und halbe Hähnchen

Am Morgen des 8. Juni erwachte Ida Tündermann durch zwei Geräusche. Ein Geräusch, das fehlte, und ein Geräusch, das störte. Das Geräusch, das fehlte, war das Schnarchen ihres Mannes Theo, der von allen nur Tünn genannt wurde. Tünn schlief normalerweise im Nebenzimmer, doch Ida ließ die Tür zu seinem Schlafraum immer angelehnt. Sie hätte es nie zugegeben, aber das Schnarchen beruhigte sie. Dass es nur fehlte, obwohl es noch so früh am Morgen war, beunruhigte sie daher.

Das andere Geräusch, das Geräusch, das nicht da sein sollte, war das verstümmelte Krähen des Nachbarhahns. Der Hahn hieß Elvis, und jeder im Dorf wusste genau, warum. Elvis gehörte Idas Freundin und Nachbarin Zapfi, und dass sie dieses armselige Hähnchen, das kein gescheites Krähen zustande brachte, ausgerechnet nach ihrem Ex-Mann benannt hatte, war natürlich ein Racheakt. Das aber wurde von niemandem je wirklich ausgesprochen. Elvis, also der Hahn und nicht sein Namenspate, war eine echte Nervensäge. Er krähte immer nur halb, also »Kikerik«. Das beendende »Kiiiii« sparte er sich. Und das war der Grund, warum Ida, seit Elvis bei Zapfi wohnte, bei geschlossenem Fenster schlief.

Ida war eigentlich nicht geräuschempfindlich, aber dieses nicht zu Ende gebrachte Krähen machte sie fertig. Fix und fertig. Sie hatte eine tief sitzende Abneigung gegen alles Unvollendete. Dass sie an diesem Morgen Elvis in voller Lautstärke hörte, konnte also nur bedeuten, dass sie vor dem Schlafengehen das Fenster nicht geschlossen hatte. Und das wiederum konnte nur bedeuten, dass sie sich gestern doch mehr Grappa gegönnt hatte, als sie vertrug. Der vorherige Abend war ein Dienstag gewesen, und dienstags traf sie sich mit ihrer Grappa-Clique zum Canasta. Ihre Grappa-Clique bestand aus ihren Freundinnen Zapfi, Änne und Gönül. Sie spielten zusammen Karten und hechelten dabei zugleich alle neuen oder mehrfach wiedergekäuten Neuigkeiten aus dem Dorfleben durch. Sie berieten sich auch gegenseitig in Lebensfragen und hatten in der Regel jede Menge Spaß miteinander. Gewinnen oder Verlieren war weniger wichtig, zumal Zapfi gern mogelte und es zu kompliziert war, ihr das Handwerk zu legen.

Ida quälte sich aus dem Bett, öffnete das Fenster nun ganz und rief wutentbrannt in den Nachbarhof hinunter: »Nun bring es doch endlich einmal zu Ende, du elendes Möchtegernhähnchen!«

Trotz des strömenden Regens stand Zapfi im Hof. Mit ihrem überdimensionierten Regenmantel, den Gummistiefeln und ihrem lila Regenhut ähnelte sie einer Vogelscheuche.

Ida schüttelte amüsiert den Kopf. So etwas war Zapfi völlig egal. Offensichtlich fütterte sie gerade die Hühner. Jetzt legte ihre Freundin den Kopf in den Nacken, lachte ungeniert und rief zurück: »Ihr solltet beim Sex das Fenster zulassen. Der arme Tünn. Jetzt weiß das ganze Dorf, dass er 'ne Ladehemmung hat!«

Sie gackerte haltlos über ihren eigenen Witz. Als Idas engste Freundin wusste sie natürlich, dass zwischen Ida und Tünn »der Strom abgestellt war«, wie sie es gern ausdrückte.

Ida hatte so früh am Morgen keine Lust auf Zapfis skurrilen Humor. Innerlich kochend knallte sie das Fenster zu und stapfte Richtung Bad. Schlaftrunken musterte sie ihr Spiegelbild. Es war ihm deutlich anzusehen, dass sie sich gestern Abend hatte gehen lassen. Dunkle Ringe unter den Augen hoben ihre ohnehin oft geschwollenen Tränensäcke noch hervor. Ihr grauschwarzes Haar war stumpf und stand in alle Richtungen ab. Ihr Mund fühlte sich ausgetrocknet an, ihre Lippen waren rissig.

Noch immer wütend schrubbte sie ihre Zähne. Als sich das Dämmerlicht im Bad um eine weitere Nuance verdunkelte, war ihr klar, dass auch ihr Mann vergessen hatte, ein Fenster zu schließen, denn in dem schmalen Badezimmerfenster saß Casanova, Zapfis dicker Kater. Er hatte aus unerfindlichen Gründen einen Narren an Ida gefressen und versuchte allzu oft, sich in ihr Haus zu schleichen. Jetzt saß er im geöffneten Fenster und schnurrte laut wie ein Außenbordmotor.

Aus den Augenwinkeln nahm Ida in der Badewanne unter dem Fenster eine Bewegung wahr. Sie verengte die Augen zu schmalen Schlitzen, um besser zu sehen, und sah, dass Casanova ihr eine Liebesgabe in die Wanne gelegt hatte. Schon wieder! Verängstigt und blutend huschte eine Maus auf dem Wannenboden hin und her und versuchte vergeblich, sich an der glatten Wand nach oben zu retten.

In diesem Moment war es um Idas Fassung geschehen. *Na warte, Zapfi*, schwor sie sich. *Du mit deinen verdammten Mistviechern!* Und natürlich: *Na warte, Tünn!*, denn er hatte das Fenster offensichtlich offen stehen lassen, obwohl sie ihn schon tausendmal gebeten hatte, das Fenster nur zu kippen. Genau aus dem Grund, der nun eingetreten war: weil dieser hässliche dicke Kater es einfach nicht lassen konnte, ihr halb zerbissene Liebesgaben anzuschleppen.

»Tüüüüüünn!« Ihre Stimme klang auch in ihren eigenen Ohren schrill und unangenehm. Hoffentlich hatte er noch nicht das Haus verlassen und konnte das Ergebnis seiner Fahrlässigkeit selbst entsorgen.

Nach einer Weile stand er in der Badezimmertür und sah sie schweigend an.

Ida fühlte sich von ihm gemustert, was sie noch wütender machte. »Du hast wieder das Fenster aufstehen lassen!«, keifte sie. »Ich habe dich schon so oft gebeten, daran zu denken. Jetzt haben wir wieder eine halb tote Maus in der Wanne. Du weißt, wie sehr mich das ekelt.«

Bewegungslos lehnte Tünn im Türrahmen und sah sie an. Er war sehr groß und hager, und wenn er jemanden ansah, wirkte ein Blick aus seinen grauen Augen oft im wahrsten Wortsinn von oben herab. Auch jetzt hatte er eine seiner Augenbrauen leicht nach oben gezogen. »Du hast halt seltsame Freundinnen mit noch seltsameren Tieren. Wir können wegen Zapfi nicht immer alle Fenster geschlossen halten. Sonst schimmelt uns das Haus unterm Hintern weg. Lüften ist wichtig, vor allem in so alten Häusern. Geh raus, dann entferne ich das Viech und mache das Fenster zu.«

Seine Stimme war leise und unaufgeregt. So, wie er insgesamt meistens unaufgeregt war – eine Eigenschaft, die sie in früheren Tagen an ihm sehr gemocht und bewundert hatte. Sie hatte diese Gelassenheit und Unerschütterlichkeit gepaart mit seinem hintergründigen, leisen Humor geliebt. Aber diese Zeiten waren vorbei. Vor sechs Jahren hatte sie ihre Gefühle für ihn im hintersten Winkel ihrer Seele verstaut, und sie war entschlossen, sie dort zu lassen. Ein einziger Tag hatte ausgereicht, um zwischen ihr und Tünn alles zu ändern. So sehr zu ändern, dass sie seither nur noch das Allernötigste miteinander sprachen. Sie konnte sich nicht vorstellen, dass sie ihm jemals würde verzeihen können, worüber sie noch nicht einmal mit ihrer besten Freundin Zapfi sprach.

Ida spülte die Zahnbürste aus, stellte sie in ihr Zahnputzglas und verließ erhobenen Hauptes das Bad.

In der Küche sah sie, dass Tünn schon Kaffee gekocht und

den Frühstückstisch gedeckt hatte. Für sich selbst. Ein Gedeck für Ida fehlte. Ein Blick auf die laut tickende Küchenuhr erklärte es ihr: Es war erst halb sechs, und das war normalerweise nicht ihre Zeit. Es roch nach Leberwurst und Kaffee, was in Verbindung mit dem Muff des alten Hauses dazu führte, dass sich Idas Magen hob. *Die Küche passt zu mir, wie das ganze Haus. Wir sind alle in die Jahre gekommen.*

Seufzend nahm sie eine Tasse aus dem Schrank und die Kanne aus der Kaffeemaschine. Mit der Tasse voll schwarzem Kaffee setzte sie sich auf die Küchenbank und starrte missmutig auf das halb beendete Frühstück ihres Mannes. Mit einer Hand fegte sie Krümel von der rissigen Resopal-Tischplatte. Sie fielen auf den Boden. Auch egal. Wenn ihr Mann die Küche benutzt hatte, war es ohnehin meistens besser, anschließend zu putzen.

Tünn brauchte wenig Schlaf und fuhr häufig schon vor seinem Dienst in der Steuerkanzlei zu guten oder weniger guten Bekannten, um ihnen bei der Steuererklärung zu helfen. So war er: durch und durch hilfsbereit, und auch das hatte sie an ihm früher sehr gemocht.

Der Kaffee war etwas zu stark und schmeckte bitter. Ida stützte den Kopf auf. Der kurzweilige Abend, den sie gestern mit ihren Canasta-Schwestern so genossen hatte, rächte sich nun. Sie war müde und hatte einen Brummschädel. Tünns Leberwurstbrot lag angebissen auf seinem Teller.

Wenig später kam Tünn zurück, setzte sich, biss kräftig von seinem Brot ab und sagte: »Kannst jetzt wieder ins Bad. Die Maus ist entsorgt, und dieser elende Kater hat sich auch verzogen.«

Eigentlich hätte Ida sich bedanken müssen, aber dazu hatte sie keine Lust. Es musste reichen, dass sie als Zeichen ihrer Dankbarkeit die Kaffeekanne hochhielt und mit Blick auf seine Tasse fragte: »Noch einen Schluck heißen obendrauf?«

Tünn legte die Hand über seine Tasse und schüttelte den Kopf. Angesichts seiner Schweigsamkeit wirkten alle Geräusche in der Küche doppelt laut. Die Küchenuhr tickte, der Wasserhahn tropfte unrhythmisch, Tünn kaute vernehmlich und schnaufte dabei durch seine dauerverstopfte Nase, und von draußen drang noch immer das missglückte, aber dafür umso eifrigere Krähen von Elvis, untermalt vom Rauschen des unablässig strömenden Regens. Obwohl es um diese Zeit längst hätte hell sein müssen, sorgte das triste Wetter für Dämmerlicht, auch in der Küche. Auch das trug nicht gerade zu guter Laune bei.

Tünn durchbrach als Erster das Schweigen: »Dass der Hahn nicht krähen kann, ist ja schon schlimm genug. Aber dass er den ganzen Morgen einfach weiterübt ... Das passt mal wieder zur Zapfi. Die schafft sich nur Tiere an, die in irgendeiner Weise einen Dachschaden haben. Wie der Herr, so das Gescherr.«

Auch wenn sie sich gerade selbst über die unangenehmen Gewohnheiten der Tiere geärgert hatte, passte es Ida nicht, dass ihr Mann ihre Freundin attackierte. »Du hättest ja nicht das Badfenster sperrangelweit aufstehen lassen müssen. Casanova hat nun mal eine Schwäche für mich. Da kann Zapfi nichts für.«

»Ich habe auch eine Schwäche für dich. Aber ich werfe dir keine halb toten Tiere vor die Füße.«

Ida spürte, dass sie flammend rot wurde. Eine Liebeserklärung, selbst eine sehr verdrehte wie diese, hatte sie aus seinem Mund seit einer gefühlten Ewigkeit nicht mehr gehört. Wie auch, wenn sie kaum miteinander sprachen?

Eine Schwäche für mich ... Sie schaute an sich hinunter. So, wie sie am Küchentisch saß, das Gesicht genauso zerknittert wie ihr Nachthemd, konnte sie sich nicht vorstellen, dass man für sie eine Schwäche haben könnte. Und weil sie sich in den letzten Jahren einen ruppigen Umgangston angewöhnt hatte, setzte sie auch gleich unfreundlich nach: »Mit Schwächen kennst du dich ja aus.« Beide wussten genau, worauf sie damit anspielte.

Als hätte sie mit diesem unversöhnlichen Satz auch gleich die Temperatur in der Küche um ein paar Grad gesenkt, fröstelte sie auf einmal in ihrem Nachthemd.

Tünn runzelte die Stirn. »Du jedenfalls hast gestern Abend eine deutliche Schwäche für Alkohol gezeigt. Und wenn ich den schlechten Witz richtig verstanden habe, den deine Zapfi vorhin durch das ganze Dorf gekreischt hat, hattet ihr alle miteinander wohl auch wieder eine Schwäche dafür, euch über die Schwächen anderer lustig zu machen. Hast du vor deinen Freundinnen wieder schön über deinen Versagerehemann gehetzt?«

Ida war es unangenehm, dass Tünn glaubte, sie würde mit ihren Freundinnen über ihre Eheprobleme sprechen. Das war nämlich ganz und gar nicht der Fall. Tatsächlich hatte sie seit sechs Jahren gegenüber niemandem auch nur ein Wort darüber verlauten lassen, was der Grund für die Eiszeit zwischen ihr und Tünn war.

»Wir reden nicht über Männer, falls es dich interessiert«, patzte sie darum zurück. »Wir haben es nämlich gern lustig und nicht langweilig. Also bilde dir nichts ein. Wir finden Männer nur halb so spannend, wie ihr Männer das gern hättet.«

Gerade als sie sich erheben wollte, um unter die Dusche zu verschwinden, klopfte es an der Küchentür. Ida und Tünn sahen sich überrascht an. Zwar war bei ihnen die Hintertür nie verschlossen, aber sie konnten sich nicht vorstellen, wer die Dreistigkeit besaß, morgens um diese Zeit einfach so ins Haus zu stolzieren.

Es war Zapfi. Ihren überdimensionierten Regenmantel hatte sie inzwischen aufgeknöpft, sodass das Nachthemd, das sie darunter trug, hervorlugte. Ohne sich um die erstaunten Gesichter in der Küche zu kümmern, kam sie herein, zog den

Regenmantel aus und tropfte dabei den Küchenboden nass. Achtlos warf sie den Mantel über eine Stuhllehne und ließ sich auf den Sitz fallen. »Jetzt guckt nicht so empört! War nicht zu überhören, dass ihr wach seid. Mein Kaffeepulver ist alle, und man wird doch wohl mal in der Nachbarschaft …«

Bevor sie mehr sagen konnte, nahm Tünn den Rest seines Leberwurstbrotes, griff nach seiner Jacke und wandte sich zur Tür. »Ich räume dann mal das Feld. Zwei kaum ausgenüchterte Schnapsleichen im Nachthemd, eine zerbissene, halb tote Maus im Badezimmer – mein Bedarf an unkonventionellen Freundschaftsdiensten ist für heute Morgen gedeckt.« Er drehte sich noch einmal um: »Ach, und Ida: Hör doch bitte mal den Anrufbeantworter ab. Ich glaube, unsere Feriengäste für die nächsten zwei Wochen haben storniert. Schönen Tag, die Damen.«

Zunächst kommentierte keine der beiden Frauen Tünns Abgang. Schließlich durchbrach Zapfi das bedrückte Schweigen. »Stimmt das, Ida? Wieder keine Voranmeldung für die Sommerferien? Wie lange wollt ihr das noch durchhalten?«

Ida seufzte. »Nimm dir Kaffee, wenn du eh schon hier bist, und dann beantworte mir eine Frage: Warum sollte jemand Lust haben, hier Urlaub zu machen? Wenn es nicht gerade in Strömen gießt, hat man einen herrlichen Blick auf einen pockennarbigen Berg, der mal so etwas wie ein Wald war. Was Sturm, Dürre und Borkenkäfer noch nicht geschafft haben, erledigt wahrscheinlich die nächste Flutkatastrophe. Früher sind ja Freizeitreiter, Wanderer und Skilangläufer gekommen, aber die Zeiten sind doch längst vorbei.«

Ida seufzte erneut, und als sie sah, dass Zapfi vor lauter Schreck unbeweglich auf ihrem Stuhl verharrte, nahm sie eine weitere Kaffeetasse aus dem Küchenschrank, schenkte sie randvoll und schob sie ihrer Freundin rüber. »Das Einzige, was in der Region noch funktioniert, sind diese großkotzig umgebauten Wellnesstempel«, fuhr sie fort. »Selbst wenn wir Geld für Investitionen dieser Größenordnung hätten, hätte ich keine Lust auf das Klientel, das man damit anzieht. Ich hatte immer Spaß an wandernden, reitenden und Ruhe suchenden Familien und Pärchen. Außerdem, guck mich doch an: Ich bin eine alte Schachtel. Sehe ich aus, als könnte ich Werbung für ein raffiniertes Wellnesskonzept machen?«

Trotz des ernsten Themas mussten beide kichern. Eitelkeit war ihnen absolut fremd, und das sah man ihnen an. Ida hatte ihre schwarzgrauen Haare von der Dorffriseurin in eine zwar unkomplizierte, aber wenig vorteilhafte Dauerwelle legen lassen, während Zapfi mit ihren Haaren etwas mehr Glück hatte. Die waren noch immer üppig, lockig und lang, und Zapfi hatte das natürliche Rot mit Henna verstärkt. Trotzdem trug sie das Haar fast immer am Hinterkopf zu einem unordentlichen Pferdeschwanz zusammengefasst. Dafür hatte sie strahlend blaue Augen, die üblicherweise fröhlich, zeitweise regelrecht verwegen funkelten. Idas Augen hingegen waren dunkelbraun, und ihre Augenbrauen hätten durchaus etwas Bändigung vertragen. So nämlich hatte Idas Gesichtsausdruck stets etwas Wütendes, selbst wenn sie gerade guter Laune war.

Als Hotelbesitzerin hatte Ida sich immer als die mütterliche Seele des Hauses gesehen, und bei der Vorstellung, dass plötzlich aufgetakelte, vom Leben auf der Überholspur gestresste, langbeinige Wellnessgöttinnen oder gesundheitsbewusste, ihre Work-Life-Balance optimierende Yuppies beim Frühstück nach Sellerie-Smoothies verlangen könnten, überkam sie regelrecht Panik.

»Frau Tündermann«, äffte sie deswegen mit arrogantem Sopran, »Ihre Gastronomie bedarf einer dringenden Anpassung an moderne Standards, und Sie selbst ... Nun, Sie sind körperlich ähnlich renovierungsbedürftig wie Ihr Haus. Leider sehen mein Mann und ich uns gezwungen, sofort wieder abzureisen. Hier bekommt man ja eher Depressionen als Erholung!«

Zapfi wischte sich die Lachtränen aus den Augen. »Vielleicht solltest du ein völlig neues Konzept anbieten. Zum Beispiel Beautymasken mit Hühnermist. Ich könnte da aushelfen.«

»Oder Ganzkörpermassage mit zerbissenen Mäusekadavern? Auch damit versorgst du uns ja reichlich.«

»Oh nein! Sag nicht, Casi hat dir wieder –«

»Doch!«, fiel Ida ihrer Freundin ins Wort. »Dein dämliches Hähnchen bringt noch immer kein mannhaftes Krähen zustande und raubt mir damit den Verstand, dein hormonverwirrter Kater legt mir sein Herz und zerbissene Mäuse zu Füßen. Und mein Mann murmelt sich heute beim Frühstück in den Bart, er habe eine Schwäche für mich. Eine Schwäche, Zapfi! Was, bitte, soll ich damit anfangen? Mit einer Schwäche für mich?«

»Wäre dein Mann gebürtiger Sauerländer, wäre das die heißblütigste Liebeserklärung, die du von ihm erwarten könntest. Ob ein Münsterländer wie er grundsätzlich anders gestrickt ist, kann ich nicht sagen. Damit kenne ich mich nicht aus. Außerdem lebt Tünn jetzt schon so lange bei uns im Ort – da hat die subtile Form von Leidenschaft der Sauerländer bestimmt auf ihn abgefärbt. Nicht umsonst sagt man, dass sauerländische Männer selbst beim Sex niemals aus sich herausgehen würden. Wenn ein Sauerländer zum Höhepunkt kommt, sagt er höchstens: ›Oh Chott, oh Chott!‹«

Ida schüttelte abwehrend den Kopf. Über Sex wollte sie heute Morgen weder reden noch nachdenken.

Das störte die Zapfi wenig. Außerdem hatte Tünn wegen seiner Hilfsbereitschaft bei ihr grundsätzlich einen Stein im Brett. Darum setzte sie nach: »Nein, im Ernst, Ida: Es ist doch süß, dass er dir schon früh am Morgen solche Komplimente macht.«

»Ich brauche keinen Mann, der eine ›Schwäche‹ für mich hat.« Ida hörte selbst, dass ihre Stimme unwirsch und mürrisch klang. »Ich brauche einen Mann, auf den ich mich verlassen kann, der mit mir durch dick und dünn geht, und vor allem einen, der ... Ach, ist auch egal! Tünn ist, wie er ist, und immerhin holt er mir freiwillig die Liebesbotschaften deines bekloppten Katers aus dem Bad, bevor mir schlecht wird.«

Weil Zapfi sie nachdenklich anschaute, schlug Ida schnell die Kurve zu einem leichteren Thema. »Ich könnte Seminare für Männer mit zerrütteter Männlichkeit anbieten. Und du lässt Elvis auf seine armselige Art für sie krähen – als abschreckendes Beispiel dafür, wie kläglich nicht gelebte Männlichkeit wirkt.«

Zapfi nahm einen kräftigen Schluck Kaffee, ließ sich auf Idas scherzhaften Unterton aber nicht ein: »Wenn ihr so weitermacht, ist dein Hotel bald pleite, Ida. Und was macht ihr dann? Von Tünns Einkommen leben? Reicht das für euch und dieses riesige Haus?«

Ida wusste sehr gut, dass Zapfi mehr als recht hatte. Die glorreichen Zeiten des Naherholungstourismus waren längst vorbei. Schon bevor die Klimakatastrophe ihnen im Sauerland die drei Seuchen Dürre, Borkenkäfer und Unwetter beschert hatte, war es schwierig gewesen, genug Gäste in ihr Hotel zu locken. Sie hatte es mit Ponyreiten und Kutschfahrten versucht, um für Familien attraktiv zu sein. Sie hatte im Winter sogar über die Weihnachtsfeiertage geöffnet und romantische Weihnachtstage für Skilangläufer angeboten. Aber damals war sie noch jünger gewesen und hatte Freude daran gehabt, den Herausforderungen zu trotzen. Nächtelang hatte sie gemeinsam mit Tünn in der Küche gesessen und die verrücktesten Ideen entwickelt. Zu Ostern hatten sie ein großes traditionelles Osterfeuer mit sauerländischen Bräuchen wie Semmelsegnen und Handfackelschwenken veranstaltet. Sie hatte einen Koch gehabt, der sich sowohl auf die deftigen westfälischen Spezialitäten verstand als auch internationale Gerichte zubereiten konnte. Es hatte im Herbst Gäste gegeben, die sich das traditionelle Gänsereiten oder das Winddrachenfest nicht entgehen ließen. Und sie selbst war herumgewirbelt und hatte mitangepackt, wo immer ihre Hilfe benötigt wurde. Lange hatte ihre Mutter sie am Tresen des zugehörigen Gasthofs unterstützt; Margot hatte ein sicheres Händchen für den Umgang mit Gästen gehabt und auf ihre flirtige Art manch männlichem Gast den Kopf verdreht. Das war zwar gut fürs Geschäft, dennoch war Ida Margots Verhalten seit jeher etwas peinlich gewesen. Davon abgesehen war ihre Mutter an Geschäftstüchtigkeit nicht zu überbieten gewesen. So hatte sie auch dafür gesorgt, dass aus der vermufften, wenig florierenden Dorfkneipe das Hotel entstand, das unter ihrer Hand mehr und mehr erblühte.

Ida sah auf ihre Hände. Wenn sie ehrlich war, hatte sie sich ihrer umtriebigen Mutter stets unterlegen gefühlt. Auch weil die den Männern so spielend leicht den Kopf verdreht hatte, während Ida eher schüchtern war. Ein weiterer Punkt in ihrem Leben, an den sie absolut nicht denken wollte. Ihre Mutter und die Männer – ein abgründiges Thema!

Ida räumte das Geschirr von Tünns Frühstück ins Spülbecken, wischte mit einem Lappen über den Küchentisch, schnitt ein paar Scheiben Graubrot ab, bestrich sie dick mit Butter und Pflaumenmus, schob das Brett mit den Broten in die Mitte und forderte Zapfi mit einer Kopfbewegung auf, sich zu nehmen. Dann biss sie kräftig von ihrem Brot ab und sagte forscher, als ihr eigentlich zumute war: »Ich überlege schon lange zu verkaufen. Tourismus lohnt sich hier einfach nicht mehr, und was anderes kann ich nicht. Du als Hebamme hast es gut; Kinder werden immer geboren. Aber ich könnte höchstens in einem Supermarkt hinter der Käsetheke stehen. Nein, wahrscheinlich müssen wir es so machen wie die anderen. Die Ratten verlassen das sinkende Schiff.«

Ebenfalls kauend erwiderte die Zapfi: »Das Problem ist nur, dass dir den Schuppen hier keiner für einigermaßen akzeptables Geld abkauft. Weil die Landflucht die Immobilienpreise kaputt macht. Außerdem kannst du mich hier nicht alleinlassen. Vielleicht kannst du umschulen. In der Altenpflege werden immer Leute gesucht.«

»Oh ja, die werden sich auf mich stürzen!« Ida verzog spöttisch das Gesicht. »Eine Sechzigjährige, die noch mal ganz von vorn anfangen will. Perfekte Kandidatin für Berufsförderung. Nein, lass mal. Ich hab keine Lust, mir den Tag noch mehr durch verregnete Gedanken zu versauen. Erzähl mir mal lieber, warum dein Hahn sich weder an Zeiten noch an Regeln hält. Und erklär mir mal, was gestern Abend mit Göni los war und warum wir uns nächste Woche nicht bei ihr treffen können. Kann es sein, dass es auch in einer Traumehe wie ihrer mal ein Tiefdruckgebiet gibt?«

Es war eine unausgesprochene Regel zwischen den vier Frauen des Grappa-Clubs, an den Dienstagabenden möglichst Spaß zu haben. Über ernste Themen redeten sie daher eher selten, und wenn es Probleme zu besprechen gab, besprachen sie die eher zu zweit. Am engsten befreundet, und das schon seit der Grundschule, waren Ida und Zapfi. Damals hatten die Erwachsenen sie als »die Schwestern Schrecklich« bezeichnet, weil sie gemeinsam jede Menge Flausen im Kopf gehabt hatten. Die Anstifterin war immer Zapfi gewesen, die eigentlich Elke Zapf hieß. Ihr Papa war als Bauarbeiter irgendwann aus Bayern ins Sauerland gekommen, hatte sich dort Hals über Kopf in die Dorfschönheit Gerhild Schmackenberg verliebt, und seine lustige und trinkfeste Art hatte bei Zapfis Mutter sofort ein heftiges Feuerchen der Gegenliebe entfacht. Früher hatte Zapfi ab und zu ihre Ferien bei ihren bayerischen Großeltern in Ismaning verbringen müssen, und sie war stets mit einem großen Repertoire an bairischen Schimpfwörtern aus den Ferien zurückgekehrt, mit denen sie auf dem Schulhof für Staunen und Respekt gesorgt hatte.

Zapfi wiederum war recht eng mit Göni befreundet, der Jüngsten in ihrem kartenspielenden Kleeblatt. Ihr war es zu verdanken, dass sie sich als Clique zusammengefunden hatten. Gönül war vor Jahren vor ihrem Macho-Ehemann aus der Türkei nach Deutschland geflüchtet und hatte als Putzhilfe in Idas Hotel angefangen. Da Gönül anfangs kaum Deutsch konnte, waren Ida und Zapfi auf die Idee gekommen, Gönül ein wenig unter die Arme zu greifen, indem sie ihr spielerisch Deutsch und die deutsche Lebensart näherbrachten. Gönül war lebenslustig, voller Energie und hatte einen hintergründigen Humor, und so war aus dem ursprünglichen Hilfsprojekt schnell eine echte Freundschaft gewachsen. Inzwischen war sie längst von ihrem türkischen Ehemann geschieden und mit dem Dorfbäcker Wolfgang Kniep verheiratet. Der hatte sein Glück kaum fassen können, als er seinerzeit in der örtlichen Schützenhalle beim Tanz in den Mai bei der bildschönen Frau landen konnte. Bei den anderen Frauen im Dorf war ihm das schwergefallen, denn Wolfgang war ein bisschen schusselig und maulfaul; außerdem hatte er nach dem Tod seiner Frau zwei Söhne allein großzuziehen gehabt. Darum konnte er eine anpackende und gleichzeitig lebensfrohe Frau wie Göni wirklich gut brauchen. Dass Göni, die mit Wolfgang selbst noch zwei Töchter bekam, sich weigerte, in der Bäckerei mitzuarbeiten, tat Wolfgangs Liebe keinen Abbruch. Inzwischen hatte sie sich mit mobiler Fußpflege selbstständig gemacht, und das Geschäft lief hervorragend.

»Ich habe keine Ahnung, warum Göni gestern Abend so still war«, unterbrach Zapfi Idas schweifende Gedanken. »Wenn sie Probleme hätte, wüsste ich das. Vielleicht war sie einfach erschöpft. Seit sie das Altenheim in Grevenbrück als Kunden hat, ist sie ständig am Limit. Vielleicht kannst du ja bei ihr einsteigen?«

Ida schleuderte ihre Pantoffeln von den Füßen, legte einen

Fuß auf den Tisch und fragte lachend: »Sehen meine Füße aus, als hätte ich Ahnung von Pediküre? Guck dir meine knubbelige Hornhautzüchtung doch bitte mal an! Das sind keine Füße, das sind Mauken.«

»Du sollst ja auch nicht deine eigenen Füße behandeln, sondern die der anderen. Vielleicht als Gönüls Assistentin.« Grinsend winkte Zapfi ab. »War ja nur so 'ne Idee. Du darfst nicht ewig in diesem Riesenkasten hocken und auf Gäste warten. Davon wirst du mir nur trübsinnig.«

»Hör auf, Zapfi. Du bist ja wie das Arbeitsamt! Versuchst, mich mit Jobs zu verkuppeln wie 'ne alte Dorfkupplerin.«

»Ich dachte, bei Kuppelei geht es immer um Männer.« Zapfi biss noch einmal von ihrem Brot ab. »Und wenn ich das vorhin richtig gesehen habe, hast du ein solches Exemplar bereits.«

»›Exemplar‹ ist nett ausgedrückt.« Jetzt musste auch Ida grinsen. »Was ist denn eigentlich mit dir? Du erzählst gar nichts mehr von deinem smarten Herrn Doktor.«

Zapfi hatte vor einigen Jahren eine Affäre mit einem Gynäkologen am Kreiskrankenhaus begonnen. Der war nicht nur verheiratet, sondern auch noch ziemlich religiös, weshalb seine Leidenschaft für Zapfi ihn in mehrerlei Hinsicht in Konflikte gestürzt hatte. Dennoch schnurrte er wie ein liebeskranker alter Kater um sie herum.

»Aus! Pfui! Sitz! Anderes Thema! Vermintes Terrain!«, kommandierte Zapfi. »Du erzählst mir nicht, warum du immer so garstig zu Tünn bist, und ich will nicht über Alois und seine Wunderhändchen reden.« Sie nahm sich die letzte Scheibe Pflaumenmusbrot, fuhr mit dem Finger durch das Mus, leckte ihn sich genüsslich ab und fuhr dann fort: »Der Herr Doktor ist alt, und ich bin es auch. Darum ist das Thema Erotik ohnehin bald vom Tisch.«

»Quatsch!«, eiferte sich Ida. »Nicht umsonst heißt es: ›Alte Scheunen brennen gut.‹ Und bei dir kann ich mir so gar nicht vorstellen, dass du irgendwann keinen Spaß mehr an Männern und ihren Vorzügen hast.«

Zapfi lachte. »Die *Vorzüge*, wie du dich so poetisch ausdrückst, werden ja auch immer älter. Und was nützt mir 'ne brennende Scheune, wenn die keiner mehr löschen kann? Weißt du was, Ida?« Mit einem großen Bissen verschwand der Rest des Brotes in Zapfis breitem Mund. Sie kaute kräftig und spülte den Bissen mit einem Riesenschluck Kaffee hinunter. »Warum verkaufst du den Kasten hier nicht, trennst dich endlich von Tünn und ziehst zu mir? Das sieht doch 'n Blinder mit Krückstock, dass der Ofen bei euch aus ist. Wo wir schon beim Thema brennende Scheunen sind.«

Der leicht dahingeworfene Satz ihrer Freundin versetzte Ida einen heftigen Stich. Sie wollte nicht, dass zwischen ihr und Tünn der Ofen aus war. Sie wollte nur nicht diejenige sein, die das Feuer neu entfachen musste. Das war seine Aufgabe, nach dem, was er sich ihr gegenüber geleistet hatte.

Sie griff sich ans Herz und antwortete schroffer, als sie eigentlich wollte: »Was weißt du schon über unseren Ofen und über kalte Glut? Du hast es doch nie lange bei einem Mann ausgehalten. Ich bin vielleicht 'ne konservative, dumme Pute. Aber Treue ist mir heilig.« Als sie merkte, dass sie die Zapfi damit verletzt hatte, setzte sie eilig nach: »Dein Angebot ist wirklich lieb, Zapfi. Aber ich bin kein Typ für 'ne Frauen-WG. Frag doch mal Änne, die scheint der Liebe ebenfalls abgeschworen zu haben. Vielleicht will die zu dir ziehen, wenn sie endlich in Pension geht.«

Änne war Lehrerin an der Grundschule des Nachbarortes. Erst vor drei Jahren hatte sie die verbotene Beziehung zu einem katholischen Priester und Leiter des örtlichen Kirchenchores beendet. Lange hatte sie gehofft, dass irgendwann das Zölibat aufgehoben oder Karl, ihre heimliche Liebe, sich endlich zu ihr bekennen würde. Vor drei Jahren aber hatte sie sich mit Idas

Unterstützung endlich dazu durchgerungen, die nervenzerreibende und entwürdigende Geschichte zu beenden. Seither schmachteten sie und Karl sich aus der Ferne an, und gefühlsmäßig, da war sich Ida sicher, war auch diese Verbindung noch nicht beendet.

Zapfi wischte sich die klebrigen Finger an ihrem Nachthemd ab und stand auf. »Ich bin zwar nicht so dicke mit Änne wie du, aber dass die niemals endgültig vom Schoß der katholischen Kirche runterhüpft, merke ich auch so. Ich habe dir das auch nicht angeboten, weil ich mich einsam fühle. Ich habe meine Viecher, und wenn mich nicht alles täuscht, erwartet Marylin recht bald Nachwuchs, und dann habe ich wieder alle Hände voll damit zu tun, um für die Welpen eine nette Familie zu finden.«

Marylin war Zapfis bildhübsche Border-Collie-Hündin. Irgendwie brachte Zapfi es nicht fertig, sie sterilisieren zu lassen, und weil Marylin genauso wild und freiheitsliebend war wie ihre Besitzerin, tat sie sich immer wieder heimlich mit den Rüden der Nachbarschaft zusammen. Die Welpen, die dabei entstanden, waren nicht immer sehr schön, aber auf jeden Fall immer interessant.

»Lass sie halt sterilisieren!«, rief Ida der Zapfi hinterher, die gerade im Begriff war, aus der Tür zu verschwinden.

Im Rausgehen drehte sie sich noch einmal um. »Wenigstens eine in unserem Kreis darf sich doch wohl ab und zu einen stattlichen Rüden gönnen, der ihren Scheunenbrand löscht, oder nicht? Ich muss jetzt los, Ida, Hausbesuche. Denk mal über mein Angebot nach.«

Damit klappte die Küchentür zu und kurz darauf auch die Hintertür.

Ida saß noch eine Weile unentschlossen auf ihrem Stuhl. *Alle haben was Wichtiges zu tun*, schoss ihr durch den Kopf. *Nur ich schaffe mich irgendwie gerade selbst ab. Die Zapfi hat recht. Mein Ofen ist aus.*

Sie stand ächzend auf und beschloss, das bisschen Tagewerk, das sie erwartete, direkt anzugehen. Sie musste den Anrufbeantworter abhören und, falls die einzigen Gäste für die nächsten Wochen ihre Buchung wirklich storniert hatten, bei Wolfgang die Brötchenbestellung anpassen.

Irgendwas muss passieren, und ich habe keine Idee, was. Ich wünschte, das Schicksal würde mir einen kleinen Hinweis ins Haus schneien lassen.

Wie sagt man so schön? *Achte auf deine Wünsche, sie könnten in Erfüllung gehen.* Dass diese alte Weisheit sich in Idas Fall so schnell bewahrheiten sollte, hätte sie allerdings nicht für möglich gehalten.

2
Bunte Vögel

Ida drehte das Wasser ab und gab reichlich Duschgel in ihre Hand, eines mit dem vielversprechenden Namen *Ocean Breeze*. Sie hatte nicht die leiseste Ahnung, wie eine Ozeanbrise in Wirklichkeit roch, denn sie war noch nie am Meer gewesen, weder an einem Ozean noch am Atlantik, noch nicht einmal an Nord- oder Ostsee. Ihr heimliches Fernweh stillte sie mit albernen Duschgels wie diesem oder Deodorants mit ebenso vielversprechenden Namen.

Sie rümpfte die Nase. Wahrscheinlich roch es am Ozean nicht einmal annähernd, wie es dieses Duschgel vorgab. Schließlich hatte sie auch noch nie einen grünen Apfel gefunden, der so roch wie das gleichnamige Shampoo, das sie in jungen Jahren bevorzugt hatte.

Vielleicht sollte ich diesen alten Kasten wirklich verkaufen und mich damit endlich von dieser elendigen Fußfessel befreien, sinnierte Ida. Wenn Tünn sie dann tatsächlich nicht mehr wollte, würde sie schon irgendeine Lösung finden, die sie wenigstens vor der größten Altersarmut bewahrte.

Mit entschlossenen Bewegungen seifte Ida sich ein und genoss den frischen Geruch des Duschgels und die damit verbundene Träumerei, irgendwann wirklich am Strand eines Meeres zu stehen und die frische Meeresbrise echt und unverfälscht auf ihrer Haut und in ihren Haaren zu spüren. Natürlich würde sie sich zuerst einer Hüft-OP unterziehen müssen. So sehr, wie sie inzwischen humpelte, würde sonst jede Reise zu einer Tortur.

Doch auch eine Operation mit anschließender Reha kam für sie nicht infrage, solange sie an dieses Hotel gefesselt war. An diesem Punkt drehten sich ihre Gedanken im Kreis. Konnte sie es in ihrem Alter wirklich wagen, einfach alles hinter sich zu lassen?

Sie spülte sich den Schaum vom Körper und stieg aus der Dusche. Das Glas im Spiegel war beschlagen, und das war ihr ganz recht. Sie war weder scharf darauf, den vergangenen Charme des Siebzigerjahre-Bads mit den lächerlichen rosa Kacheln und den stumpf gewordenen Armaturen zu sehen, noch wollte sie dem zunehmenden Verfall ihres sechzigjährigen Körpers genau ins Auge blicken. Ida war nie gertenschlank gewesen. Sie war nicht besonders groß, und schon als junge Frau hatte sie unter ihrem ausladenden Hintern gelitten. Inzwischen waren etliche Pfunde hinzugekommen, und die Haut war trotzdem welk und faltig. Dabei zog Zapfi sie immer auf und sagte: »Sei bloß froh, dass du ein bisschen mehr auf den Rippen hast. Da kann deine Haut nicht so zusammenschrumpeln wie bei einem trockenen Apfel. Leider ist an dem Spruch, dass wir Frauen im Alter entweder magere Ziege oder üppige Kuh werden, tatsächlich etwas dran. Ich wäre lieber die Kuh, so wie du!«

Ida schnaubte. Die Zapfi hatte gut reden. Die war ihr Leben lang dünn und zäh gewesen und auch jetzt noch sportlich und agil. Mindestens zweimal in der Woche ging sie im straffen Tempo gemeinsam mit Göni walken. Ida machte sich darüber immer lustig. »Ihr tragt eure übertrieben bunten Ganzkörperpräservative doch nur, damit man euch von den verdorrten Fichten im Berg unterscheiden kann!«, lästerte sie.

In Wahrheit beneidete sie die beiden. Sie wäre auch gern sportlich gewesen, und vielleicht hätte sie sich den beiden sogar angeschlossen, hätte ihre blöde Hüfte ihr keinen Strich durch die Rechnung gemacht. Früher war sie wenigstens einmal in der Woche nachmittags zum Frauenturnen in den Gemeindesaal gegangen, aber auch das war ihr inzwischen zu schmerzhaft.

Heute ist wohl Selbstmitleidstag, dachte Ida und rubbelte ihren Körper kräftig mit dem rauen Frotteehandtuch ab. Für die Hotelgäste hielt sie die Handtücher natürlich mit Weichspüler weich und flauschig, für sich selbst aber bevorzugte sie den Massageeffekt eines harten Handtuchs.

Nachdem sie sich abgetrocknet und eingecremt hatte, öffnete sie das schmale Fenster im Bad, hoffend, dass Casanova nicht wieder die Chance nutzen würde, um sie mit Liebesopfern zu behelligen.

Sie blickte in die tropfnassen Zweige des alten Birnbaums, der schon seit ihrer Kindheit vor dem Badezimmerfenster stand. Es hatte aufgehört zu regnen, aber der Himmel war nach wie vor grau und verhangen.

Ida beschloss, den trüben Tag zu nutzen, um im Gästetrakt Zimmer für Zimmer gründlich zu putzen. Auch wenn keine Gäste zu erwarten waren, musste dort regelmäßig sauber gemacht und gelüftet werden. Früher hatte sie dafür Personal gehabt, aber das lohnte sich inzwischen nur noch, wenn das Haus gut ausgelastet war. Ohnehin machte ihr das Putzen nicht viel aus. Für gewöhnlich machte sich dabei laute Musik an und ging systematisch, Zimmer für Zimmer vor. Erst das Bad, dann der Schlafraum. Alle vier Wochen putzte sie die Fenster. Dabei half ihr Meike, eine Siebzehnjährige aus dem Dorf, die sich Cent für Cent zusammensparte, um den Führerschein machen zu können. Meike war witzig und unkompliziert und half ihr auch bei Problemen mit dem Internet und dem Computer.

»Halloooooo! Kann vielleicht mal jemand kommen? Was ist das hier, 'ne Dorfdisco oder ein Hotel?« Eine Frauenstimme brüllte laut und wütend durch den Flur und riss Ida aus ihrer Arbeit.

Sie erschrak. Sie hatte gerade in Zimmer neun Staub gewischt und aus voller Kehle den ABBA-Song mitgesungen, den sie dabei hörte. *Young and sweet, only seventeen ... oh yeah. You can dance, you can jive ...*

Sollten sich doch spontan Gäste eingestellt haben, und sie hatte sich jetzt mit dieser albernen Gesangseinlage komplett lächerlich gemacht? »Komme sofort!«, rief sie.

Eilig überprüfte sie ihr Aussehen im Ganzkörperspiegel des Hotelzimmers. Obwohl sie erst vor Kurzem geduscht hatte, war sie schon wieder erhitzt und leicht derangiert. Sie versuchte, sich mit den Fingern ihre Dauerwelle ein wenig zurechtzuzupfen, wischte sich an ihrem einfachen weiten Sommerkleid die Hände ab und bemühte sich, so würdig wie möglich zur Rezeption zu schreiten. Ihre Hüfte schritt nicht ganz so würdig mit.

Im Vorraum des Hotels, der gleichzeitig als Rezeption diente, prallte sie zurück. Vor ihr stand ein komplett durchweichtes Etwas mit Anorak, zerrissenen Jeans und klobigen Boots an den Füßen. Die Schultern des hellblauen Anoraks waren dunkelblau vor Nässe, ebenso die große Kapuze. Der riesige Rucksack, den dieses Etwas zu seinen Füßen stehen hatte, war ebenfalls klatschnass.

Ida bemühte sich um einen neutralen Gesichtsausdruck. Eigentlich waren sie nicht auf Rucksacktouristen ausgerichtet, aber das Hohelied eines jeden Hoteliers war es, nie eine Reaktion auf das Erscheinungsbild eines Gastes zu zeigen. Als das regendurchweichte Etwas die Kapuze des Anoraks herunternahm, rutsche Ida dennoch ein ganz und gar unprofessionelles »Oh!« heraus.

Dieses Etwas hatte einen völlig bunten Kopf. Anders konnte man es kaum ausdrücken: Der Pony war meerwassergrün. Oder verblichen blau. Die restliche Frisur bestand aus dicken Dreadlocks in Regenbogenfarben, und in die einzelnen Dreads waren bunt gemusterte Perlen und ein Tuch eingearbeitet. Ida sah genauer hin. Dieses Etwas schien eine junge Frau zu sein, der unruhigen Haut nach zu urteilen, noch nicht ganz aus der Pubertät heraus. Die Pickel und Mitesser waren ungeschickt mit einer dicken Schicht Puder überdeckt, ein Nasenflügel war von einem Piercing verunstaltet, das aussah, als habe die junge Frau einen Popel an der Nase hängen.

Offenbar hatte Ida ihre Gesichtszüge nicht ganz unter Kontrolle gehabt, denn die junge Frau blaffte aggressiv: »Was? Fertig geglotzt?«

»Entschuldigung.« Ida pfiff sich sofort zurück. »Ich bin nur überrascht, weil ich nicht mit neuen Gästen gerechnet habe. Tut mir leid. Haben Sie gebucht, oder brauchen Sie spontan ein Zimmer?«

»Äh, hallo? Meine Oma hat mich angekündigt? Ich bin's, Lilli?«

Diese Eigenart, Empörung auszudrücken, indem an jeden Satz ein gesprochenes Fragezeichen gesetzt wurde, kannte Ida von Meike. Sie blieb freundlich und antwortete: »Freut mich, Lilli. Herzlich willkommen im Hotel zur Traube! Ich hoffe, Sie hatten eine angenehme Anreise.«

»Sieht das nach einer angenehmen Anreise aus?« Lilli deutete auf ihre durchnässten Schultern. »Hätte ich gewusst, wie beschissen die öffentlichen Verkehrsmittel hier in diesem Pisskaff sind, hätte ich meinen Pa bequatscht, mich mit dem Auto zu bringen. Hab ich aber gelassen. Wegen der Ökobilanz. Aber dass das hier *so* übel ist ...« Sie ließ den Rest des Satzes im Raum stehen.

Ida spürte, dass es mit diesem Gast nicht leicht werden würde. Etwas weniger gelassen als vorhin sagte sie deshalb: »Wenn Sie sich angekündigt hätten, hätten wir Sie natürlich auch vom nächsten Bahnhof abgeholt. Nun, jetzt sind Sie ja hier, und ich nehme an, Sie brauchen ein Zimmer, oder?«

»Im Kuhstall wollte ich nicht pennen.«

Ida überging den unhöflichen Einwurf und fragte weiter: »Für wie lange benötigen Sie das Zimmer?«

»Ja, keine Ahnung.« Die buntköpfige Lilli machte eine Geste der Ratlosigkeit. »Ich bin hierhin ja quasi strafversetzt. Je nachdem, wie lange meine Oldies das durchhalten. Zwei, drei Monate?«

In Idas Kopf ratterte es. *Strafversetzt!* Hatte dieser pubertäre Buntkopfsittich sich vielleicht vertan und suchte eigentlich nach einer Einrichtung für sozial abgehängte Jugendliche? Allerdings kannte sie keine derartige Einrichtung in der Nähe. Sie lächelte weiter tapfer freundlich vor sich hin und sagte: »Für mehr als ein paar Tage ist ein Hotel ja eigentlich eher ungewöhnlich. Es sei denn, man heißt Udo Lindenberg und lebt im Hotel Atlantik.«

Der Buntkopfsittich wirkte zunächst verdattert, fing sich aber schnell wieder: »Haha, du bist ja fast witzig! Hotel Atlantik und Udo Lindenberg. Du meinst diesen Luxusschuppen in Hamburg, oder? Da ist dieser Laden hier aber Lichtjahre von entfernt. Der ist ja schon leicht *weird*, und wenn mich nicht alles täuscht, hörst du auch eher ABBA als Udo. Nach Hamburg hätten meine Oldies mich außerdem mit Sicherheit nicht geschickt. Dass ich hier bin, ist eine Strafe, kapierst du?«

Ida musste recht pikiert geschaut haben, denn Lilli fuhr fort: »Sorry, war nicht böse gemeint. Dir bedeutet die Bude hier ja wahrscheinlich was, sonst hättest du dich kaum dein Leben lang hier in der Pampa vergraben. Jedenfalls meint Oma das. Von der stammt übrigens auch die beknackte Idee, mich hier hinzuschicken.«

Nun war Ida völlig verwirrt. Wieso glaubte die Oma dieser patzigen Göre, irgendetwas über ihr Leben zu wissen? Und jagte ihre Enkelin hierher, um sie für irgendetwas zu bestrafen.

»Ich nehme also an, Lilli, Ihre Oma will Ihnen das Zimmer bei uns für unabsehbare Zeit spendieren?«

Jetzt war es an dem Buntkopfsittich, verwirrt zu gucken. »Spendieren? Sag mal, hast du 'n Knall? Oma ist natürlich davon ausgegangen, dass ich umsonst bei dir wohne! Ich soll mich hier nützlich machen und dir zur Hand gehen, damit ich mir über meine Zukunft klar werde. Ich dachte eher, dass du mich für meine Hilfe ein bisschen bezahlst. Aber ich merke schon, dass das eher eine bekloppte Idee von Oma war.«

»Oma?« Noch wollte sich Ida ihre komplette Verwirrung nicht anmerken lassen, aber sie ahnte bereits, dass diese Lilli-Geschichte für sie in eine ganz ungünstige Richtung lief. Da wollte ihr jemand offensichtlich seine missglückte Enkelin als Aushilfe aufs Auge drücken. Und das alles, ohne sie vorher in diesen abstrusen Plan einzuweihen. »Wie kommt Ihre Oma denn ausgerechnet auf mein Hotel?«, fragte sie. »War sie vielleicht früher hier zu Gast und hat sich erinnert –«

»Sag mal, kann es sein, dass du Omas Brief gar nicht bekommen hast?«, unterbrach Lilli sie empört. »Kommt hier in der Pampa noch nicht mal die Post an? Wird hier noch getrommelt, oder was?« Sie deutete auf ihr Smartphone. »Netz habe ich auch so gut wie keins. Das ist echt das Allerletzte!«

In Ida reifte ein dezent schlechtes Gewissen heran. Sie hatte tatsächlich in den letzten Tagen keine Post geöffnet, denn die enthielt sowieso nur Rechnungen. Und Rechnungen zwangen sie, langsam eine Entscheidung über die Zukunft des Hotels zu fällen. Was auch immer diese Oma ihr also in einem Brief angetragen hatte, sie hatte es nicht gelesen und darum auch nicht reagiert, geschweige denn eine ablehnende Antwort geschrieben.

»Komm erst mal mit in die Küche«, sagte sie und merkte im selben Moment, dass sie versehentlich zum Du übergegangen war. »Vielleicht möchtest du einen Kakao und ein paar Kekse, und dann reden wir in Ruhe.«

Während sie zur Küche vorausging, nahm Lilli ächzend

ihren schweren Rucksack auf und blaffte in Idas Rücken: »Kakao! Ich bin doch kein dummes Kind, das mit Kakao getröstet werden kann. Hast du auch 'ne Latte oder 'nen Cappuccino? Ich bin echt am Ende nach der Fahrt.«

Ida verkniff sich eine Antwort. Stattdessen warf sie Casanova einen bösen Blick zu, der mitten auf dem Küchentisch thronte und genüsslich Reste von Pflaumenmus von ihrem Messer leckte. Ida hatte ihr Gedeck stehen lassen, weil sie für gewöhnlich am späten Vormittag noch ein zweites Mal frühstückte.

Gerade als sie Casanova mit einer ärgerlichen Geste vertreiben wollte, quietschte Lilli los: »Du hast 'ne Katze! Wie megasüß ist die denn?«

Während sie zu Casanova trat, um ihn zu kraulen, stellte Ida richtig: »Das ist keine Sie. Dieses Miststück ist ein Er, und der gehört nicht mir, sondern meiner Nachbarin Zapfi. Wenn du den streichelst, werde ich den nie wieder los. Das ist kein echter Kater, sondern ein Hausbesetzer, und den will nicht hierhaben.« Auch wenn ihre Stimme ruppig und wütend klang, brachte Ida es nicht übers Herz, Casanova zu vertreiben. Denn das Pubertätsvögelchen sah auf einmal gar nicht mehr wild und trotzig aus, sondern kindlich und dadurch irgendwie rührend. Casanova war bereits mit einem Satz auf Lillis Schoß gehüpft und schnurrte wieder so laut wie ein Außenbordmotor.

Ida deutete auf die Kaffeekanne, die auf der Warmhalteplatte stand. »Wenn du wirklich Kaffee willst, musst du mit Filterkaffee vorliebnehmen. Cappuccino und Co. gibt es nur drüben im Schankraum, und bis ich die Maschine da angeschmissen habe, ist deine Strafversetzung halb rum. Nimm dir ruhig, Tassen sind im Küchenschrank.«

Sie wollte schon in den Gästetrakt verschwinden, um dort endlich die ABBA-CD auszuschalten, besann sich aber: »Nein, eine Tasse gebe ich dir besser. Die Schranktür klemmt. Das muss man mit Gefühl …« Vorsichtig öffnete sie den Büfettschrank, nahm eine große Tasse heraus, schenkte Kaffee ein und schob ihn auf dem Tisch in Lillis Richtung. Dann nahm sie eine Tüte Milch aus dem Kühlschrank und stellte sie an den Rand des Tisches. »Hier ist Milch, wenn du welche brauchst. Aber pass auf. Casanova ist ein Dieb. Der haut die Tüte um und schleckt dann die Pfütze vom Boden. Also hab ihn gut im Auge, ich bin gleich zurück. Ich stelle nur kurz die Musik aus.«

In Zimmer neun drückte Ida auf ihrem portablen CD-Spieler die Stopptaste und ließ sich auf das Bett sinken. Sie hatte die CD mitten in *Waterloo* abgewürgt, und der Song passte gerade perfekt zu ihrer Stimmung. Irgendwie wurde sie den vagen Verdacht nicht los, dass das Auftauchen dieses schrägen Paradiesvögelchens eventuell doch etwas mit ihr und ihrem Leben zu tun hatte, und das überforderte sie.

Ida selbst hatte keine Kinder. Sie hatte sich immer Kinder gewünscht, oh ja, und nur Zapfi und Tünn wussten, wie sehr. Fünf Fehlgeburten hatte sie in Kauf genommen, weil sie sich ein Leben ohne eigene Kinder nicht vorstellen wollte. Und obgleich Tünn stets versucht hatte, sich nichts anmerken zu lassen, hatte sie trotzdem gemerkt, wie enttäuscht auch er von ihrer Kinderlosigkeit war. Nach der fünften Fehlgeburt hatte ihr Frauenarzt ihr geraten, die Gebärmutter entfernen zu lassen. Sie litt unter schwerer Endometriose, und selbst Zapfi, die eigentlich immer gegen Totaloperationen wetterte, hatte ihr zu diesem Schritt geraten. Der Reaktorunfall in Tschernobyl hatte ihr die Entscheidung schließlich erleichtert. Die Angst davor, in der Folge ein schwerstgehandicaptes Kind zur Welt zu bringen, hatte auch bei gesunden Frauen zu Zurückhaltung bezüglich weiterer Schwangerschaften geführt.

Nach der Hysterektomie war es ihr lange Zeit schlecht gegangen, so schlecht, dass sie die Erinnerung daran am liebsten ganz weit weggeschoben hätte. Gerettet hatte sie letztlich Zapfis

Bitte, sie bei der Erziehung ihres Sohnes Frederick zu unterstützen. Ihre Freundin war alleinerziehend und musste, als Freddie in die Schule kam, wieder ganztags arbeiten. Da Hebammen Wechselschichten leisten mussten und Zapfis Mutter mit der Pflege ihres Mannes ausgelastet war, war Ida eingesprungen und hatte den Jungen gemeinschaftlich mit Zapfi großgezogen. Das wiederum war, im Nachhinein betrachtet, wahrscheinlich für sie die beste Therapie gewesen.

Zapfis geliebter Kronprinz war in der Pubertät extrem schwierig geworden, und wenn Ida an das trotzige Mädchen in ihrer Küche dachte, erinnerte dessen verletzt-abweisender Blick sie sehr daran, wie Freddie in dem Alter gewesen war. Warum die Paradiesvogel-Oma ihr auch immer ihre Enkelin geschickt hatte – Ida wusste, dass sie nicht noch einmal für einen Pubertisten oder, in Lillis Fall, eine Pubertistin verantwortlich sein wollte. Seufzend stand sie auf und beschloss, diese Lilli nach einem üppigen zweiten Frühstück zum nächsten Bahnhof zu fahren und das Problem damit schnell wieder loszuwerden.

Als sie die Küche erneut betrat, bot sich ihr allerdings ein Bild, das ihr sofort ans Herz ging. Die kratzbürstige Lilli hatte sich auf der Küchenbank ausgestreckt und ließ zu, dass Casanova sie sanft tretelte. Dabei quietschte sie immer wieder auf, teils weil die spitzen Krallen des eifrigen Katers durchaus schmerzhaft sein konnten, teils weil sie offensichtlich von Casanovas Kunststückchen begeistert war. Dabei sah sie überhaupt nicht mehr bockig und aggressiv aus, sondern jung und liebenswert naiv.

»Pass auf, sonst hast du gleich die ganze Brust zerkratzt«, warnte Ida darum. »Katzenkrallen können zur echten Waffe werden.«

»Aber das ist so süß!« Lilli kicherte. »Warum macht er das? Ist das ein Zeichen, dass er mich mag?«

»Was Casanova da auf dir macht, nennt man Katzen- oder

Milchtritt«, erklärte Ida. »Das ist tatsächlich ein Liebesbeweis. So bearbeiten ganz kleine Kätzchen den Bauch ihrer Mutter, um den Milchfluss zu verbessern. Bei Casanova kann man sich darauf allerdings nicht allzu viel einbilden. Der schmeißt sich jedem menschlichen Wesen an den Hals, das ihn nicht abwehrt. Dabei ist es nicht so, dass er von seiner Besitzerin, meiner Freundin Zapfi, nicht ausreichend betüddelt würde. Casanova glaubt wahrscheinlich, er müsse seinem Namen gerecht werden und sich in Liebesangelegenheiten unersättlich zeigen.«

Lilli setzte sich vorsichtig wieder auf, und der Kater ließ sich auf ihrem Schoß nieder und schaute höchst aufmerksam zur Milchtüte. Vorsichtshalber nahm Ida sie vom Tisch und deutete auf die noch immer unberührte Kaffeetasse. »Was ist jetzt, nimmst du Milch im Kaffee? Sonst bringe ich die Milchtüte in Sicherheit.«

Lilli schob ihre Kaffeetasse von sich. »Ich mag eh keinen Filterkaffe. Ich trinke nur Latte oder Cappu, aber danke. Kannst du nicht stattdessen Casanova ein bisschen Milch geben? Bitte!« Sie sah Ida so herzerweichend an, dass die fast weich geworden wäre.

Dennoch schüttelte Ida den Kopf. »Kuhmilch ist für Katzen nicht gesund, Lilli. Außerdem würde mir Zapfi schön den Kopf waschen, wenn ich ihren Kater durchfüttere und er dann zu faul für die Mäusejagd wird. Das ist nämlich sein eigentlicher Job, und da kennt meine Freundin keinen Spaß.«

Kaum hatte Ida das gesagt, öffnete sich die Küchentür, und Zapfi stand, noch immer mit ihrem monströsen Regenmantel bekleidet, mit einer Schüssel Eier im Türrahmen. Den Schlafanzug hatte sie inzwischen gegen Jeans und T-Shirt getauscht, und auch den hässlichen Regenhut hatte sie zu Hause gelassen. »Wobei verstehe ich keinen Spaß?«, fragte sie prompt.

»Darf ich vorstellen? Casanovas reguläre Besitzerin.« Ida zeigte zur Tür. »Die ist genauso dreist wie ihr Kater. Türen und

Häuser von anderen Menschen sind für sie nur eine Einladung, ohne zu klopfen einzudringen.« An Zapfi gewandt fuhr sie fort: »Warum bist du denn schon zurück? Wolltest du heute nicht Hausbesuche machen?«

Zapfi kam nun ganz herein und stellte die Schüssel auf den Küchentisch. »Eine meiner Wöchnerinnen hat mir abgesagt. Sie musste heute Nacht mit Fieber ins Krankenhaus. Ich wollte die Pause nutzen, um bei meiner besten Freundin einzubrechen und mich mit einer Schüssel Eier beliebt zu machen. Meine Mädels legen zurzeit wie verrückt. Vielleicht möchtest du mich dafür ja mit deinem legendären Omelett glücklich machen. Aber wie ich sehe, hast du Besuch?« Sie hob fragend die Augenbrauen und sah in Lillis Richtung.

Die beugte sich eifrig vor und fragte: »Omelette? Kann ich das vielleicht auch bekommen? Ich sterbe vor Hunger, und Kaffee auf nüchternen Magen ist echt eklig.«

Ida unterdrückte ein Seufzen. »Lilli, ich will nicht unfreundlich sein, und wenn du Hunger hast, sollst du selbstverständlich auch was zu essen bekommen. Aber vorher sollten wir vielleicht klären, was deine Oma eigentlich von mir erwartet.« An Zapfis interessiertem Blick erkannte sie, dass auch sie gern gewusst hätte, wer dieses bunte Paradiesvögelchen in Idas Küche war.

Lilli zog ihr Smartphone aus der Tasche und murmelte: »Ein Balken. Zum Telefonieren reicht's vielleicht.« Dann wählte sie eine Nummer und lauschte gebannt dem Freizeichen. Casanova hatte ihren Schoß inzwischen verlassen und war zu Zapfi gewechselt, auf deren Beinen er sich einrollte, sobald die sich auf einem Küchenstuhl niedergelassen hatte.

»Oma?« Lilli pustete sich eifrig den Pony aus dem Gesicht. »Oma, ich bin jetzt in diesem Kuhkaff angekommen. Hier weiß aber offensichtlich niemand … Was? Keine Ahnung … Sie sagt … nein. Warte, ich geb sie dir einfach mal.« Damit drückte sie Ida das Smartphone in die Hand.

So vorsichtig, als handle es sich um eine Handgranate, nahm Ida das Telefon ans Ohr und fragte: »Ja?«

Die Verbindung war nicht besonders gut. Eine ihr fremde Frauenstimme fragte: »Ida?«

Ida merkte, dass sie in ihrer Verwirrung nach einem Stuhl tastete und sich langsam daraufsetzte. Vorsichtig antwortete sie: »Ja, Ida Tündermann. Mit wem spreche ich denn bitte?«

»Ida, hast du meinen Brief denn nicht bekommen?« Die Stimme im Smartphone wirkte leicht ungehalten. »Ich habe dir extra geschrieben. Ich bin's doch, Franziska, deine Schwester. Ich habe dir geschrieben, dass ich dir meine Enkelin für ein paar Wochen schicke. Als du nicht geantwortet hast, dachte ich, das wäre ein Zeichen …«

Ida war unfähig, dem Wortschwall weiter zu folgen. *Franziska*. Ihre Schwester. Mit der sie seit mehr als vierzig Jahren nur sehr sporadisch und in den letzten Jahren gar keinen Kontakt mehr gehabt hatte. Die sich, genau genommen, von ihr abgewandt hatte, ohne dass Ida je wirklich verstanden hatte, warum. Und jetzt nahm diese Schwester offensichtlich über ihre Enkelin den Faden wieder auf, den sie schon vor Jahren …

»Franziska, halt mal an, ich verstehe dich kaum«, unterbrach Ida ihre Gedanken und den Redeschwall ihrer Schwester. Das war nur halb gelogen, die Verbindung war wirklich schlecht. Doch vor allem brauchte sie eine Pause, um die Überraschung sacken zu lassen. »Ziska, ich rufe dich heute Abend vom Festnetz aus an. Dann besprechen wir alles«, sagte sie. »Natürlich kann Lilli erst mal hierbleiben. Wozu das gut sein soll … Gut, alles weitere heute Abend.«

Ida reichte das Telefon an Lilli zurück. Außer dem lauten Schnurren von Casanova war es mucksmäuschenstill.

Ida seufzte. »Also gut, Omelette.«

3
Schlechte Verbindung

Ida starrte irritiert auf das Festnetztelefon in ihrer Hand. Das Telefonat mit Franziska hatte sie nur noch mehr verwirrt, als dass es Klarheit gebracht hätte. *Ich dachte, du bist mir noch was schuldig. Du wirst wissen, was ich meine ...* Was, zum Teufel, wollte ihre Schwester ihr damit sagen? Was sollte sie ihr schuldig sein, wo sie doch seit ewigen Zeiten so gut wie keinen Kontakt hatten?

Franziska hatte sich nach Idas und Tünns Hochzeit vor einundvierzig Jahren mehr oder weniger komplett zurückgezogen. Dabei hatten sie davor durchaus eine herzliche Verbindung zueinander gehabt. Ida hatte ihre ältere Schwester immer bewundert. Mit ihren blonden Locken und den langen Beinen war sie schon optisch das absolute Gegenteil von ihr gewesen. Auch fiel Franziska, von allen nur Ziska genannt, im Gegensatz zu Ida das Lernen leicht. Mit links hatte sie das Abitur bestanden, und mit links hatte sie ihr Psychologiestudium in Münster absolviert. Sie war politisch engagiert und hatte trotz des Altersunterschieds von fünf Jahren immer versucht, ihre kleine Schwester in alles einzubeziehen. Auch Tünn hatte Ida auf einer von Ziskas WG-Feten kennengelernt. Dass sie so schnell danach heiraten mussten, war dem Umstand geschuldet, dass Ida insgesamt eher konservativ und vor allen Dingen religiös war und auf keinen Fall ein uneheliches Kind bekommen wollte.

Kaum zwei Wochen nach der Hochzeitsfeier hatte sie eine Fehlgeburt erlitten. Vielleicht hätten sie und Tünn ja doch nicht so überstürzt heiraten sollen; vielleicht waren die Hochzeitsvorbereitungen und das Fest der frühen Schwangerschaft nicht zuträglich gewesen. Noch während Ida sich mit Selbstvorwürfen quälte, zog sich Ziska mehr und mehr von ihr zurück. Schon zur Hochzeit war sie nicht erschienen. Kleinbürgerliche Feste seien nicht ihr Ding, hatte sie behauptet. Ob ihre Schwester sie damals für ihre konservative Haltung verachtet hatte? Jedenfalls hatte Ziska sich seither aus Idas Leben ferngehalten. Anfangs hatte sie noch mit Ausreden auf Idas immer wieder geäußerte Einladungen reagiert. Erst hatte sie angeblich keine Zeit, weil sie eine Reise nach Brasilien vorbereiten musste, wo sie zusammen mit einer Jugendorganisation Straßenkindern eine neue Perspektive verschaffen wollte. Dann hatte sie tatsächlich zwei Monate in Brasilien verbracht, sich dann aber auch danach nicht mehr bei Ida gemeldet.

Was also könnte Ziska am Telefon gemeint haben, als sie sagte, Ida sei ihr noch etwas schuldig? Dass sie das Hotel übernommen hatte, obwohl sie das jüngste der drei Bruse-Kinder war? Ida hatte nie davon geträumt, das Hotel zu übernehmen, aber Richard, ihr ältester Bruder, hatte sich kurz zuvor aus dem Staub gemacht, und was war ihr da anderes übrig geblieben? Nachdem Richard sich nach Hamburg abgesetzt hatte, um als Schiffskoch über die Meere zu schippern, und Ziska mit ihrer Überfliegerintelligenz klargestellt hatte, dass sie auf keinen Fall in einer Touristenklitsche im Sauerland verkümmern wollte – das waren tatsächlich ihre Worte gewesen –, war nur sie übrig geblieben. Aber das konnte Ziska ihr doch nun wirklich nicht verübeln. Zur Testamentseröffnung nach Mamas Tod hatten weder Richard noch sie sich die Mühe gemacht zu erscheinen.

Das andere, was Ida Bauchschmerzen bereitete, war eine Information, die Ziska fast beiläufig hatte fallen lassen: *Ach, übrigens. Es wäre gut, wenn du ein Auge darauf hast, was Lilli isst. Gloria und ich glauben, dass sie entweder eine Essstörung hat oder eine vortäuscht, um uns zu provozieren. Achte doch bitte darauf, dass sie vernünftig isst ...*

Als Ida, die dem Inhalt des Gespräches immer ein wenig hinterhergehumpelt war, fragte: »Gloria?«, hatte Ziska ungehalten geantwortet: »Ja, natürlich! Gloria, meine Tochter! Herrgott, Ida! Dass ich eine Tochter habe, ist aber zu euch durchgedrungen, oder? Gloria ist Lillis Mutter. Wie könnte ich sonst eine Enkelin haben?«

»Ja, ja, natürlich. Entschuldige!« Warum eigentlich hatte Ida sich entschuldigt? War es ihre Schuld, dass sie über Ziskas Leben nur wenig wusste? Dennoch hatte sie sich aus unerfindlichen Gründen schuldig und überfahren genug gefühlt, um sich bereit zu erklären, Lilli für eine kurze Orientierungsphase bei sich zu beherbergen und sie mit kleinen Aufgaben an die Realität des Lebens heranzuführen. Aber wie, bitte, sollte man darauf achten, dass ein Kind vernünftig aß? Und was genau verstand Franziska unter einer »Essstörung«? Wie brachte man ein Kind dazu, vernünftig und genug zu essen? Wobei sie während des Telefonats auch erfahren hatte, dass Lilli mit ihren neunzehn Jahren kein Kind, sondern genau genommen eine junge Frau war.

Tief in Gedanken saß Ida in einem Sessel und erschrak, als Tünn plötzlich vor ihr stand. Er war nur mit einem Unterhemd und Unterhose bekleidet, und er sah wütend aus. Richtig wütend.

»Wer oder was sitzt da in unserem Badezimmer mit Smartphone auf dem Klo und hört seltsame Musik? Ich wollte duschen und hab mich zu Tode erschreckt!«, zischte er mühsam beherrscht.

Ida richtete sich im Sessel auf. »Das muss Lilli sein. Die ist in unserem Bad, weil ich ihr noch kein Zimmer zugewiesen habe.«

»Ach soooo! Ja klar, Lilli ist das!« Tünns Stimme wurde lauter. »Seit wann benutzen Gäste unser privates Badezimmer und schließen noch nicht einmal ab?«

»Lilli ist kein Hotelgast. Darum war ich mir unschlüssig, welches Zimmer ich ihr gebe. Also ... welches Zimmer mit Sicherheit in den nächstens Wochen nicht gebraucht wird.«

»Welches Zimmer *nicht gebraucht* wird? Hast du das gerade ernsthaft gesagt, Ida? Welches Zimmer *nicht gebraucht* wird?« Inzwischen war Tünns Stimme donnernd und unangenehm laut. »Weil wir ja so unglaublich überbucht sind, ich vergaß.« Auch die schneidende Ironie, mit der er diesen Satz würzte, machte die Stimmung nicht besser. »Und was heißt in diesem Zusammenhang eigentlich ›in den nächsten Wochen‹? Willst du damit sagen, du hast uns einen privaten Gast für mehrere Wochen aufgehalst und hattest nicht die Güte, mich zu fragen, wie ich dazu stehe? Wer ist diese Lilli eigentlich?«

Ida seufzte und überreichte Tünn schweigend den Brief, den Ziska ihr geschrieben und den sie inzwischen unter einem großen Stapel ungeöffneter Post gefunden und gelesen hatte.

Hallo, Ida!
Ich hoffe, Du und Dein Mann seid wohlauf? Vielleicht wunderst Du Dich, nach so langer Zeit von mir zu hören. Aber ich habe eine Bitte: Meine neunzehnjährige Enkelin Lilli macht zurzeit ein bisschen Probleme. Sie ist durchs Abi gefallen und weigert sich, eine Nachprüfung zu machen. Insgesamt kommt sie mir derzeit etwas desorientiert und bedrückt vor. Ich denke, sie wurde insgesamt einfach zu sehr verwöhnt und hat noch keinen wirklichen Kontakt zu Verantwortung und Lebensrealität bekommen. Aber sie ist ein wirklich liebes und intelligentes Mädchen.
Ich habe gedacht, dass es ihr in ihrer jetzigen Lebensphase vielleicht ganz guttun würde, fern ihres alltäglichen Umfelds (Familie, Clique) ein bisschen über sich und ihre Zukunftspläne nachzudenken.

Ich bitte Dich natürlich nicht, sie den Sommer und/oder Herbst ganz umsonst zu beherbergen. Vielleicht kann sie Dir im Hotel ein wenig zur Hand gehen und sich somit ihren Aufenthalt bei euch verdienen.
Sie soll erst wieder nach Hause zurückkommen, wenn sie ihren Eltern einen Plan vorlegen kann, wie sie sich ihre Zukunft vorstellt. Falls Dir dieser kleine Gefallen als zu viel erscheint, schreib mir bitte schnell zurück oder ruf mich an unter ...

Tünn ließ den Brief sinken und schüttelte zunächst sprachlos den Kopf. Dann polterte er los: »Sag mal, hat deine Schwester noch alle Tassen im Schrank? Erst verschwindet sie jahrelang von der Bildfläche, und dann fällt ihr auf einmal ein, dass sie eine kleine Schwester im Sauerland hat, der sie mal eben so eines ihrer Probleme an den Hals hängen kann? Das ist einfach typisch Franziska.«

Ida hielt den Telefonhörer hoch und sagte leise: »Ich habe gerade mit ihr telefoniert. Ehrlich gesagt bin ich aus dem, was sie sagt, nicht richtig schlau geworden. Fakt ist, dass Lilli wohl jede Menge Probleme hat und anscheinend auch eine Essstörung. Und dann meinte Ziska noch, ich sei ihr einen Gefallen schuldig. Was genau könnte sie damit meinen? Ich soll ihr etwas schuldig sein, obwohl wir uns jahrelang gar nicht –«

Tünns Blick hatte sich jetzt vollends verdunkelt. »Madame Psychologin findet, dass ihre kleine Schwester ihr was schuldet?«, brüllte er. »Du quälst dich seit Jahrzehnten mit diesem sterbenden Hotelriesen ab, weil deine Geschwister sich dafür zu fein waren, und *du* sollst *ihr* was schulden? Das sind doch alles nur Vorwände, um uns ihr völlig missratenes, psychisch gestörtes Blag aufs Auge zu drücken.«

Wenn Tünn wütend war, was selten genug vorkam, war er nicht zu bremsen. Ida hatte ihm mit wedelnder Hand anzudeuten versucht, dass Lilli hinter ihm aufgetaucht war. Er aber hatte in seiner Wut nichts und niemanden um sich herum wahrgenommen. Und so hatte Lilli mindestens den letzten Satz, wenn nicht gar alles gehört. Völlig verloren stand sie hinter Tünn in der Wohnzimmertür. Offensichtlich hatte sie geduscht, sich danach Tünns viel zu großen Frotteebademantel angezogen und sich ein Handtuch um den Kopf geschlungen. Mit piepsiger Stimme sagte sie:

»So gemein redet noch nicht mal Mama über mich. Aber kein Problem, ich bin nicht psychisch gestört genug, um nicht zu merken, wenn ich irgendwo unerwünscht bin. Ich hau wieder ab, keine Sorge. Ich weiß zwar noch nicht, wohin, weil mich zu Hause ja auch niemand will, aber irgendwo finde ich schon einen Platz. Lieber penne ich unter einer Brücke, als dass ich mich in diesem trostlosen Kuhkaff von zwei alten Vogelscheuchen beschimpfen lasse. Vielen Dank auch! Für nichts.« Dann heulte sie los, laut und klagend.

Tünn schaute verschreckt auf das Häuflein Elend, das er versehentlich so beleidigt hatte. Er winkte resigniert ab und sagte mit brüchiger Stimme: »Bin duschen.«

Lilli hatte sich bereits abgewandt und war wieder verschwunden, und Ida erhob sich schwerfällig aus dem Sessel und eilte ihr hinterher, so schnell ihre Hüfte es erlaubte. Sie kam in die Küche, als Lilli gerade kläglich schluchzend eine Jeans und ein T-Shirt aus ihrem Rucksack zerrte, um sich anzuziehen. Als sie merkte, dass Ida ihr gefolgt war, stieg sie eiligst in ihre Hose.

Ida bemerkte, dass Lillis Beine wirklich erschreckend dünn waren, und ihr winziger Po war nahezu nicht vorhanden.

»Fährt denn heute Abend von hier überhaupt noch ein Bus?«, schniefte Lilli. »Wenn nicht, muss ich per Anhalter fahren, was Mama und Pa eigentlich verboten haben. Wobei sie mir natürlich gar nichts mehr verbieten können, ich bin längst volljährig. Ich finde schon eine Möglichkeit, damit ich euch hier nicht länger auf den Wecker falle.«

Obwohl Ida Lilli kaum kannte und nicht sicher sein konnte, wie viel echter Kummer und wie viel Drama war, ging ihr das Tränenmeer zu Herzen. Einem Impuls folgend ging sie auf Lilli zu und zog sie an ihre Brust. Sie hielt sie ganz fest und sagte nur: »Schschschsch, schschsch.«

In ihren Armen sackte Lilli regelrecht zusammen. Beruhigend murmelte Ida auf Lilli ein: »Nicht weinen, Lilli, komm. Nicht weinen. Alles halb so schlimm. Natürlich bleibst du erst mal hier, und natürlich bist du uns herzlich willkommen. Tünn hat das nicht so gemeint. Das musst du mir glauben. Er ist manchmal etwas ungeschickt in seiner Wortwahl, und die harten Worte galten im Grunde gar nicht dir, sondern deiner Oma.«

Lilli schluchzte weiter. »Wieso? Er kennt Oma ja noch nicht mal.«

»Doch«, erwiderte Ida. »Deine Oma und mein Tünn kennen sich noch aus ihrer Jugend. Sie waren in derselben politischen Gruppe aktiv und sogar mal eine Zeit lang befreundet. Aber das ändert nichts an der Tatsache, dass er nicht so hässlich hätte reden dürfen. Weißt du was, Lilli?« Ida bugsierte das weinende Mädchen auf die Küchenbank und rutschte neben sie. »Ich weiß ja inzwischen, dass du eine erwachsene Frau bist, aber trotzdem gibt es Situationen, in denen ein schöner warmer Kakao mit Sahne und ein leckeres Stück Apfelstrudel trösten können. Wenn ich selbst nicht weiterweiß, koche ich mir auch manchmal einen Kakao und setze mich damit ans Fenster.« Dass sie sich in solchen Fällen oft einen kräftigen Schluck Rum in den Kakao gab, verschwieg sie vorsichtshalber. Nicht, dass die junge Frau noch auf falsche Ideen kam!

Lilli hatte ihren Kopf auf die Tischplatte gelegt und schluchzte weiter.

»Also? Was ist?«, fragte Ida. »Kakao und Herz ausschütten? Ich mag zwar eine alte Vogelscheuche sein, aber ich kann gut zuhören.«

Lilli hob den Kopf etwas, drehte ihr verweintes und verquollenes Gesicht in Idas Richtung und versuchte ein zaghaftes Lächeln. »Sorry für die Vogelscheuche«, flüsterte sie.

Ida drückte sich von der Tischplatte weg und ging leise ächzend zum Herd. Während sie einen kleinen Topf aus dem Topfschrank holte, Milch hineingab und Kakaopulver anrührte, erwiderte sie: »Schwamm drüber. Wir vergessen jetzt einfach alle Beleidigungen und drücken auf Neustart. Oder Reset, wie ihr jungen Leute das vielleicht nennen würdet.«

Lilli beobachtete Ida beim Anrühren des Kakaos. »Du machst Kakao aber auf 'ne komische Art. Hast du keinen löslichen, so wie Kaba oder Nesquik?«

Ida rührte die dunkelbraune Kakaomasse in die Milch ein und schüttelte den Kopf. »Diese ganzen Fertigsachen sind nicht mein Ding. Löslicher Kakao enthält jede Menge Zucker, und du kannst nicht selbst bestimmen, wie süß du es magst. Nur, wenn ich ihn so zubereite, kann ich ihn richtig schön dunkel und schokoladig machen. Und die Zuckermenge bestimmst du selbst.« Während sie am Herd hantierte, nahm sie ein großes Stück selbst gebackenen Apfelstrudel aus dem Tiefkühlfach, gab ihn auf einen Teller und stellte ihn in die Mikrowelle. »Ich sterbe für Apfelstrudel!«, gestand sie und warf Lilli einen Seitenblick zu. Die hatte inzwischen zum Glück aufgehört zu weinen.

Als Ida hörte, dass Casanova vor der Tür miaute, entschloss sie sich, aus therapeutischen Gründen ein weiteres Mal gegen ihre Grundsätze zu verstoßen. »Ich glaube, da miaut dein kleiner Freund vor der Haustür«, sagte sie. »Der hat bestimmt Sehnsucht nach dir. Magst du ihn reinlassen? Aber achte drauf, dass er keine halb tote Maus im Maul hat. Manchmal schleppt er hier kleine Liebesbotschaften an, aber halb tote Mäuse wollen wir hier trotzdem …«

Noch ehe sie zu Ende gesprochen hatte, war Lilli aufgesprungen und in den Flur gestürzt. Ida hörte, wie sie zärtlich mit Casanova schimpfte: »Nein, die musst du laufen lassen. Sonst darf ich dich nicht reinlassen. Leg ab! Hörst du? Leg ab!«

»Lilli, Casanova ist kein Hund!«, rief sie. »Der hört nicht auf Kommandos. Klatsch einfach in die Hände, dann lässt er die Maus fallen.«

Kurz darauf stolzierte Casanova mit erhobenem Schwanz in die Küche und sprang laut schnurrend auf die Küchenbank. Als Lilli sich neben ihn setzte, tat er genau das, was Ida sich erhofft hatte: Er machte es sich auf Lillis Schoß gemütlich, und wo Worte das verletzte Herz der jungen Frau nicht erreicht hatten, kam das Katerschnurren mit Leichtigkeit hin. Lillis Gesicht nahm sofort wieder den verklärten Ausdruck an, den Ida vom Vormittag bei ihr in Erinnerung hatte.

Ida stellte den warmen Kakao und ein Stück Apfelstrudel für sich und Lilli auf den Tisch und nahm Sprühsahne aus dem Kühlschrank. »Sahne?«, fragte sie und hielt Lilli die Spraydose hin.

Lächelnd streichelte Lilli Casanova. »Ja, ja. Kakao selbst anrühren, aber dann Chemiesahne verwenden!«

Ida lächelte ebenfalls. »Ertappt. Wie du siehst, bin ich nicht sehr konsequent. Und um Sahne zu schlagen, bin ich gerade zu faul. Also was ist, Sahne?«

Als Lilli den Kopf schüttelte, gab Ida sich selbst eine ordentliche Portion Sahne in die Kakaotasse und auf ihren Apfelstrudel. Genüsslich fiel sie über den Kuchen her. »Iss, Lilli. Schmeckt beides warm am besten.« Da Lilli keine Anstalten machte, etwas anzurühren, ergänzte sie: »Ach ja, und noch was: Deine Oma hat mir gesagt, dass du eventuell magersüchtig bist oder so. Ich kenne mich mit Essstörungen nicht aus. Ich kenne mich insgesamt mit jungen Frauen nicht aus. Also erwarte bitte nicht von mir, dass ich dir Tipps gebe. Ich hab nur mal gelesen, dass Essgestörte irgendwann Probleme mit den Zähnen bekommen. Wäre doch schade in deinem Fall. Du hast so schöne.«

Lilli grinste breit, trank einen großen Schluck von ihrem Kakao und sagte: »Echt lecker. Aber ich brauche noch etwas Zucker.« Sie schaufelte sich zwei Teelöffel Zucker in den Kakao und ergänzte, noch immer grinsend: »Keine Sorge, ich bin nicht essgestört. Das habe ich Mama und Oma nur vorgespielt, damit die sich mal Sorgen um mich machen. In unserer Familie geht es nämlich immer nur um Sebi. *Sebi hier, Sebi da. Warum ist Sebi so pflegeleicht, und du bist so kompliziert?* Immer in dieser Tonart, verstehst du? Sebi ist in jeder Hinsicht ein perfekter Vorzeigebruder. Ätzend! Deshalb hatte ich irgendwann Bock, Mama und Oma ein bisschen zu schocken. Ist mir auch gelungen – allerdings nicht so, wie ich das gehofft hatte. Und als ich dann auch noch durchs Abi gerauscht bin ...«

Lilli strich sich über die Stirn, und Casanova trat wieder eifrig in ihrem Schoß herum.

Ida fiel auf, dass Lilli kaum von dem Strudel gegessen, sondern nur ein paar Bröckchen auf dem Teller hin und her geschoben hatte. Darum sagte sie: »Ich kenne dich ja noch gar nicht. Vielleicht hast du recht, vielleicht erzählst du mir gerade ein Märchen. Aber das ist mir egal. Ich bin im Unterschied zu deiner Oma keine Psychologin. Deshalb lasse ich dich einfach machen, was du für richtig hältst.«

Lilli seufzte. »Genau das ist ja das Ätzende bei mir zu Hause, verstehst du? Wenn deine Oma und deine Mutter Psychologinnen sind, wird alles zehnfach besprochen, und dir wird Verständnis vorgegaukelt bis zum Gehtnichtmehr. Aber wenn es drauf ankommt, bist du doch immer der Arsch der Familie. Papa und ich sind die Loser, und Oma, Mama und Sebastian sind die Guten. Das kotzt mich so an!«

Lilli war lauter geworden, und Casanova war alarmiert von

ihrem Schoß heruntergesprungen und strich jetzt schnurrend um Idas Beine.

»Deine Mama ist also auch Psychologin. Guck, das wusste ich gar nicht.« Ida schob sich genüsslich eine weitere Gabel Apfelstrudel in den Mund. »Wenn dich zu Hause alles ankotzt: Ist das vielleicht der Grund, warum dir alles auf den Magen schlägt und du alles wieder ausspuckst?«

Lilli lachte laut auf. »Hahaha, Tante Ida! Du bist echt lustig. Jetzt versuchst du dich auch schon an dieser Psychokacke. Lass es! Das war gerade Hausfrauenpsychologie. Jedenfalls würde Mama das sagen. Glaub mir einfach: Ich bin nur so 'ne Vogelscheuche, weil ich's nicht so mit Essen habe. Mir schmeckt einfach vieles nicht. Außer nach dem Kiffen, und da hab ich nur Bock auf Süßes. Davon werde ich aber nicht dicker. Das mit dem Apfelstrudel war lieb gemeint, aber ich mag so was nicht so gern. Kann ich meinen vielleicht Casanova geben?«

»Auf keinen Fall!« Ida zog Lilli den Teller weg. Dass Lilli ganz nebenbei erwähnt hatte, dass sie kiffte, ließ bei ihr die Alarmglocken noch lauter schrillen. Auf Casanova deutend sagte sie: »Wir sollten ihn nicht füttern, und Apfelstrudel ist sowieso kein Katzenfutter. Warum bist du denn durchs Abi gefallen? Du wirkst auf mich eigentlich ausgesprochen intelligent, soweit ich das mit meiner Hausfrauenpsychologie beurteilen kann.«

Lilli lächelte verunsichert und versuchte, Casanova wieder auf ihren Schoß zu locken. »Ich hab mich verkalkuliert«, gab sie verlegen zu. »Ich hatte mir vorgenommen, das schlechteste Abi der ganzen Jahrgangsstufe zu machen, um Mama zu ärgern. Und dann hab ich in den mündlichen Prüfungen komplett abgekackt. Das kam aber nur, weil ich insgesamt so einen Megastress hatte. Ich hab mich mit meiner Clique verkracht, und dann hat Raphi mit mir Schluss gemacht, und ich war ziemlich neben der Spur. Vor der Matheprüfung habe ich dann gesehen, wie Raphi mit Svenja, dieser ekelhaften Bitch, rumgemacht hat. Und dann …« Lilli kamen schon wieder die Tränen.

Ida rutschte, so schnell es ihre Hüfte zuließ, neben Lilli auf die Bank und nahm sie in den Arm. »Oje, Liebeskummer also auch noch! Ein älterer Bruder, der alles richtig macht, eine Mama, die sauer auf dich ist, plus Liebeskummer – das ist wirklich ein Haufen Schrott. Und dein Papa? Wenn du sagst, dass ihr beide die Loser der Familie seid, dann hält doch wenigstens er bestimmt zu dir?«

»Das hab ich auch gedacht. Aber als das Geld weg war, wollte er mir nichts leihen und ist zu Mama gerannt, und die hat dann so richtig ein Fass aufgemacht.«

»Welches Geld war denn weg?« Jetzt wurde die Geschichte wirklich kompliziert.

»Das Geld für die Abifete!«, stöhnte Lilli. »Ich hatte das Geld für die Abifete unserer Clique eingesammelt. Und als mir klar war, dass es für mich ja gar keine Fete geben wird und sowieso alle zu Raphi und Svenja gehalten haben, war ich sauer und hab das Geld für ein riesiges Turnpiece ausgegeben. Ich dachte ja, dass Papa mir das Geld gibt und ich es den blöden Zicken wiedergeben kann. Aber dann hat Papa auch gestresst. Der hat eh nur vor Mama gekuscht, weil sie seit einiger Zeit auch dauernd Beef haben. Also hat er mich verraten, und meine tollen Eltern haben gemeinsam beschlossen, der Clique das Geld zu ersetzen. Und um mir einen Denkzettel zu verpassen – so haben die sich wirklich ausgedrückt! –, bekomme ich jetzt halt erst mal gar kein Geld mehr von ihnen, noch nicht mal Taschengeld oder Unterhalt oder so. Ist 'ne echte Erfolgsdiktatur bei mir zu Hause, verstehst du? Und zur Strafe musste ich in die Verbannung. Ich wusste vorher ja noch nicht mal, wo das Sauerland ist.« Mit einem Seitenblick auf Ida fügte sie ein »Sorry« hinzu und fuhr dann fort: »Das Geld für die Fahrt hierher, zu mehr haben sie sich nicht herabgelassen. Die sind so dermaßen assi, alle beide! Normalerweise gehen die sich nur noch an die Gurgel, aber wenn es gegen mich geht, dann halten die plötzlich wieder zusammen.«

Ida versuchte, sich den Schreck über Lillis Geschichte nicht allzu sehr anmerken zu lassen, und strich ihr weiter mechanisch über den Rücken. Wenn sie Lilli richtig verstanden hatte, nahm sie auf jeden Fall Drogen, war unehrlich im Umgang mit Geld und hatte somit jede Menge Mist gebaut. Dass ausgerechnet sie die Richtige war, um der jungen Frau wieder auf die Spur zu helfen, bezweifelte sie gewaltig. Aber in diesem Zustand konnte sie Lilli auch nicht wieder wegschicken. »Das hört sich aber wirklich nach einer ganzen Menge Kummer an«, sagte sie schließlich. Sie brauchte dringend Unterstützung, und die würde sie sich bei ihren Grappa-Mädels holen.

Casanova stand inzwischen miauend vor der Küchentür. Er fand offenbar, dass sein Gastauftritt für heute beendet war. Als Ida aufstand, um ihm die Tür zu öffnen, sagte Lilli dumpf: »Siehst du, den habe ich jetzt auch noch vertrieben.«

Ida öffnete erst die Küchen- und dann die Haustür, und Casanova verschwand. »Das ist doch Quatsch, Lilli«, sagte sie. »Katzen sind keine Schoßhündchen. Die kommen und gehen, wann sie wollen. Wenn du ein wirklich treues Haustier suchst, solltest du Marylin kennenlernen, Zapfis Hündin. Die ist völlig verschmust und lieb, und jetzt, wo sie wieder Junge bekommt, wird sie freiwillig keinen Meter gehen. Ich denke, wir machen dir jetzt erst einmal ein Zimmer fertig, und wenn du magst, frage ich Zapfi, ob sie dir morgen ihre kleine Farm zeigt. Sie hat Hühner, die uns alle mit Eiern versorgen, einen Hahn, der nicht richtig krähen gelernt hat, und Casanova und Marylin. So viele Tiere machen eine Menge Arbeit. Vielleicht freut Zapfi sich, wenn du ihr bei den vielen Viechern ein bisschen zur Hand gehst. Hier im Hotel ist so gut wie nichts los, da brauche ich kaum Unterstützung.«

Lilli wirkte auf einmal nicht mehr ganz so verzagt. »Ich bleibe also erst mal hier?«

»Auf jeden Fall bleibst du. Das habe ich doch schon gesagt.«

»Und er?« Lilli zeigte unsicher nach oben, wo Tünn rumorte.

»*Er* ist dein Onkel Tünn. Und der ist normalerweise nicht so fies wie vorhin. Gib ihm Zeit, sich an die Situation zu gewöhnen, und erwarte nicht, dass er sich bei dir entschuldigt. Mit so was hat er's nicht so. Und jetzt komm, ich zeige dir dein Zimmer.«

Sobald Lilli ihr Zimmer im Gästetrakt bezogen hatte, schrieb Ida einen Hilferuf in ihre WhatsApp-Gruppe. Wie sie es erwartet hatte, antworteten ihre Grappa-Mädels umgehend, und schnell war ein Treffen außerhalb der Reihe vereinbart, noch für denselben Abend.

Ida war erleichtert. Wenn es irgendwo bei einer von ihnen brannte, waren meistens alle vier sofort zur Stelle. Wenn irgendwo gute Ratschläge zu erwarten waren, dann bei ihren Freundinnen. Göni, die mit Wolfgang damals dessen pubertierende Söhne mitgeheiratet und später selbst noch zwei Töchter bekommen hatte, die inzwischen ebenfalls heftig rebellierten, war ihre Fachfrau für Pubertät. Zapfi, die sich mit Idas Hilfe durch die Pubertät ihres Sohnes Freddy gequält hatte, war mit Sicherheit ebenfalls eine gute Ratgeberin. Änne wiederum war bestens vertraut mit verzwickten Lebenssituationen. Nicht nur hatte sie jahrelang eine geheime Beziehung mit dem Pfarrer der Nachbargemeinde geführt, auch sonst hatte das Leben sie nicht gerade zart angefasst. Nachdem ihr Ehemann Ulf, ein überwiegend im Ausland arbeitender Journalist, irgendwann bei einem Afghanistaneinsatz verschwunden war, hatte Änne ihre beiden Kinder allein großgezogen. Weil ihr klar war, dass sie dafür viel Unterstützung brauchen würde, war sie, nachdem sie die Hoffnung aufgegeben hatte, dass Ulf zurückkehren könnte, von Duisburg zurück in ihre alte Heimat gezogen. Ihrem Versetzungsantrag war, den himmlischen Mächten sei Dank, stattgegeben worden, und so war sie in das Haus ihrer Mutter gezogen und arbeitete seither in der Grundschule im Nachbarort als Lehrerin. Seit ihre Mutter eine neue Liebe gefunden hatte und zu ihrem neuen Mann ins Rheinland gezogen war, war Änne erneut mit den zwei Kindern allein. Jetzt aber hatte sie auf ihre ehemaligen Klassenkameradinnen zählen können. Zapfi, Änne und Ida hatten sich zusammengetan und einander bei der Kinderbetreuung und in allen anderen Bereichen tatkräftig unterstützt. So etwas schweißt natürlich zusammen.

Später war dann noch Göni hinzugekommen, und auch die hatte sich wunderbar in die Clique eingefügt.Ännes Kinder waren in den ersten Jahren nett, pflegeleicht und sehr niedlich gewesen. Doch während Lisa auch in ihrer Pubertät noch einigermaßen leicht zu lenken gewesen war, hatte Ansgar sich zu einem echten Teufel entwickelt und nichts ausgelassen, was eine besorgte Mutter an den Rand eines Nervenzusammenbruchs treiben konnte. Er hatte gesoffen, geklaut, war von zu Hause abgehauen und hatte Autos geknackt – das volle Programm. Wenn also eine in Bezug auf rebellische junge Menschen wirklich krisenerprobt war, dann war das Änne.

Bevor Ida zu ihrem Grappa-Cliquentreffen aufbrach, wollte sie Lilli Bescheid geben und sich vor allem Tünn vorknöpfen. Wenn der sich nicht bei Lilli entschuldigte oder wenigstens einen Schritt auf sie zuging, würde alles hoch kompliziert.

Kurz entschlossen öffnete Ida die Tür zu Tünns Zimmer. Ihr Mann saß in Unterhose und T-Shirt auf seinem Klappbett, das er nun seit sechs Jahren benutzte. Es roch nach ungewaschener Wäsche und dem herben Duschgel, das Tünn immer nahm. Das Fenster stand sperrangelweit auf, und in der Eiche vor dem Fenster sang eine Amsel ihr Abendlied. Das Zimmer hätte einer Mönchszelle alle Ehre gemacht. Früher war es Tünns kleines Büro gewesen. Wenn er sich Arbeit mit nach Hause genommen hatte, hatte er sich hierhin vor dem Hoteltrubel zurückgezogen. Daher stand immer noch ein kleiner Schreibtisch mit einem in die Jahre gekommenen Computer neben dem Klappbett. Ein Schrank hätte nicht in das Zimmer gepasst, und so hatte Tünn seine Habseligkeiten in zwei Haufen neben dem Bett gestapelt. Ein Haufen versammelte offenbar die benutzte Wäsche, was den abgestandenen Mief erklärte, daneben lagen ein Haufen frisch gewaschener Wäsche, Tünns Aktentasche und sein über alles geliebtes Go-Brett.

Ida blieb im Türrahmen stehen und beobachtete, wie Tünn sein Mittel gegen Sodbrennen in einem Wasserglas auflöste. Als er Ida bemerkte, sah er schuldbewusst und trotzig zugleich auf. »Sodbrennen, eine heulende Verwandte in der Küche und eine Rachegöttin namens Ida – der Abend beginnt vielversprechend.« Er rührte heftig in dem Wasserglas, sodass sich das Pulver darin auflöste. Bevor er zum Trinken ansetzte, knurrte er: »Also los, bringen wir's hinter uns. Ich habe mich unmöglich benommen, du willst mir den Kopf waschen, und ich bin mal wieder der unsensible Tölpel. Spuck's schon aus, Ida.« Er setzte das Glas an die Lippen und trank es in einem Zug leer.

Ohne dass Ida sich erklären konnte, warum, spürte sie, wie sich Mitgefühl für ihn in ihr ausbreitete. Sie kannte ihn gut genug, um zu wissen, dass er niemals absichtlich einen jungen Menschen kränken oder gar vertreiben würde. Tünn mochte Kinder sehr, hatte viele Jahre die Jugendbasketballmannschaft trainiert und war eine unerlässliche Stütze für sie, Zapfi und Änne gewesen, als Ansgar und Freddy schwierig wurden. Darum sagte sie sanfter, als sie es eigentlich vorgehabt hatte: »Ist einfach doof gelaufen, Lillis Einstand hier bei uns. Ich weiß, dass du sie nicht absichtlich verletzt hast. Es war für sie trotzdem ein Schlag in die Magengrube, dich so reden zu hören.«

»Der Lauscher an der Wand ...« Noch war Tünns Stimme trotzig, aber Ida spürte sein Bedauern.

»Sie wollte ja nicht lauschen. Sie ist nur gerade zufällig ins Zimmer gekommen, und du hast es im Eifer deines Vulkanausbruchs nicht rechtzeitig bemerkt«, sagte sie.

»Ich kann es im Übrigen nicht leiden, wenn jemand einfach meine Sachen anzieht«, knurrte Tünn. »Ich will meinen Bademantel wiederhaben.«

»Ich habe sie in Zimmer sechzehn gepackt. Wenn du also zu ihr gehen willst … Ich bin jetzt für zwei, drei Stündchen weg. Wenn du Hunger hast, ist noch Lasagne im Tiefkühlfach. Kannst du dir auftauen. Tschüss.«

Im Flur blieb sie einen Moment erstaunt stehen. Ein so langes Gespräch hatte sie schon ewig nicht mehr mit ihrem Mann geführt.

Als sie an die Tür von Lillis Zimmer klopfte, drang laute Musik heraus. Ida klopfte lauter und öffnete dann einfach. Lilli, die bäuchlings auf ihrem Bett gelegen hatte, schoss erschrocken nach oben. Dann wischte sie über ihr Smartphone, und die Musik verstummte.

»Anklopfen ist hier nicht üblich?«, fragte sie genervt.

»Ich habe angeklopft. Zwei Mal«, verteidigte Ida sich. »Du hast mich nicht gehört. Hör auf, mit mir und der Situation Krieg zu spielen, Lilli. Bringt doch nichts. Ich wollte dir nur sagen, dass ich für ein paar Stündchen weg bin. Wenn du etwas essen oder trinken willst, bedien dich einfach. Unser Kühlschrank, die Vorratsschränke und alles, was du sonst noch brauchst, stehen dir zur Verfügung.«

»Und er?« Lilli deutete wieder nach oben.

»*Er* heißt für dich immer noch Onkel Tünn. Und ich Tante Ida. Damit könnten wir ja mal anfangen. Es tut *ihm* leid, dass er sich so tölpelhaft benommen hat, das kannst du mir glauben. Ihr werdet nicht umhinkommen, euch ab und zu über den Weg zu laufen. Aber Kopf hoch, ihr schafft das. Bis nachher.«

Auf dem Weg durchs Dorf zu Ännes Haus spürte Ida, dass das Wetter umschlagen würde. Der Regen hatte sich verzogen, und es war deutlich wärmer geworden. Sie begann zu schwitzen und zog die Jacke aus, die sie über ihr langärmliges Baumwollkleid gezogen hatte. Wenn sie erst einmal eine Weile gegangen war, nahmen die Schmerzen in der Hüfte ab. Und mit jedem Schritt, der sie von ihrem Haus entfernte, wurde auch der Rummelplatz in ihrem Hirn ruhiger. Übrig blieb nur ein wattig weiches Gefühl von Leere.

Eigentlich ganz angenehm. Ich gehe viel zu selten einfach nur spazieren, fiel ihr auf. *Ich müsste mich mehr bewegen, in jeder Hinsicht.*

Wenn sie nicht nach links auf die vertrockneten Fichten am Berg schaute, sondern nach rechts in die Gärten und Vorgärten ihrer Nachbarn, sah sie, wie wunderschön und friedlich es zu dieser Jahreszeit war. Der Jasmin blühte, und es duftete süßlich, die ersten Rosen zeigten dicke Knospen. Grüßend ging Ida an den Vorgärten vorbei, in denen einige Dorfbewohner vor sich hin werkelten.

Ich wollte, ich hätte auch einfach nur ein kleines Vorgärtchen zu bestellen und könnte den Sommer sorgenfrei genießen, dachte sie. Sie hoffte sehr, dass sich die Situation zu Hause inzwischen ein wenig befriedet hatte.

4
Hahnengesang

Kaum hatte Ida geklingelt, riss Änne die Haustür auf. Sie zog Ida in ihre Arme und drückte sie fest. »Auch wenn der Anlass eventuell nicht so schön ist: Ich freue mich, dass wir uns so schnell wiedersehen. Komm rein, ich bin gespannt zu hören, was los ist.«

Ida lächelte. Das war typisch für Änne. Bei ihr fühlte man sich immer willkommen. Selbst wenn man überraschend und zu nachtschlafender Zeit klingelte, würde ihre Freundin einen strahlend und liebevoll in Empfang nehmen. Änne wirkte fast immer ausgeglichen und entspannt, und auch heute sahen ihr Haus und der angrenzende Garten herrlich geordnet aus. Seit ihre Mutter und die inzwischen erwachsenen Kinder ausgezogen waren, hatte sie immer mehr an dem kleinen Fachwerkhäuschen verändert. Wo es ging, hatte sie Wände entfernen lassen, und nur die intakten alten Balken schmückten die größer gewordenen Räume. Bodentiefe Fenster zeigten zum Garten. Dadurch wirkte das kleine Haus hell, klar und geräumiger, als es eigentlich war. Auch hatte Änne kaum Möbel. Im Wohnbereich gab es stattdessen nur große Bodensitzkissen, einen riesigen Buddha aus weißem Stein und viele Kerzen.

Seit Änne von einer quälenden Schuppenflechte heimgesucht worden war, hatte sie ihre Ernährung umgestellt, aß keinen Zucker, kein Fleisch, möglichst wenig tierisches Eiweiß, und abgesehen von den Abenden mit ihren Freundinnen trank sie auch kaum Alkohol. All das hatte die vielen Pfunde, die sich im Laufe der Wechseljahre bei ihr auf den Hüften, am Bauch und den Schenkeln angesiedelt hatten, vertrieben und ihr ein frisches, beinahe jugendliches Aussehen beschert. Ihre weißgrauen Haare trug sie kurz geschnitten, wodurch ihr klares Gesicht mit den strahlend blauen Augen gut zur Geltung kam. Sie war groß und schlank und hatte dank täglichem Pilates eine hervorragende Körperhaltung.

Ida beneidete Änne glühend um die Konsequenz, mit der sie auf sich und ihre Gesundheit achtete. Als sie den hellen, friedlichen Wohnraum betrat, trug Änne ihr sofort einen Stuhl aus der Küche herbei. Sie wusste, dass Ida nicht auf Bodenkissen sitzen konnte, und war weit davon entfernt, sie zu missionieren.

Ida ließ sich dankbar in dem bequemen Korbstuhl nieder. Auch heute wartete auf einem Küchenwagen ein kleiner Imbiss auf sie: die köstlichen veganen Frühlingsröllchen mit unterschiedlichen selbst gezauberten Saucen zum Dippen, für die Änne berühmt war. Auch die obligatorische Flasche Grappa, die bei ihren Mädelstreffen eine zentrale Rolle spielte, stand griffbereit. Allerdings hatte Änne ihnen heute auch ein Tablett mit einer Teekanne und vier Teeschalen hingestellt.

Ida deutete auf den Tee. »Für mich bitte heute ebenfalls nur Tee. Ich hatte heute Morgen tatsächlich einen dicken Kopf. Sieht so aus, als würde ich nicht mehr viel vertragen, wahrscheinlich ein weiteres Zeichen dafür, dass wir langsam alt werden.«

Änne lächelte. »Oder ein Zeichen, dass unsere Leber inzwischen intelligenter ist als wir. Ich will eigentlich auch gar nicht mehr viel vertragen.«

»Wo bleiben denn die anderen?«, fragte Ida mit einem Blick auf die Uhr.

Änne zückte ihr Handy. »Du hast offensichtlich noch nicht alle Nachrichten gelesen. Göni hat Stress zu Hause und abgesagt. Wolfgang hat schon wieder Probleme mit seinem Blutdruck, außerdem hat er sich wohl mächtig mit seinem Ältesten gezofft. Göni hat es zurzeit auch nicht leicht. Und Zapfi hat auch etwas geschrieben. Warte, das habe ich noch nicht gelesen.« Änne wischte auf ihrem Smartphone herum und zitierte dann: »›Komme später, hab noch einen Milchstau.‹«

Ida und Änne prusteten los. Das war wieder einmal typisch Zapfi! *Wir haben einen Milchstau* oder *Wir haben dummerweise Fieber bekommen* waren typische Zapfi-Aussagen. Sie war Hebamme mit Leib und Seele und sprach von sich und ihren Patientinnen gern in der Wir-Form.

»Da scheint unsere Zapfi ja einen kräftigen Milcheinschuss gehabt zu haben«, kicherte Ida. »Da brauchen wir dich ja gar nicht um Kuhmilch anzubetteln.«

Änne lachte bereitwillig mit, konnte sich aber eine Bemerkung nicht verkneifen. »Wenn du öfter mal auf tierisches Eiweiß verzichten würdest, hättest du mit Sicherheit weniger Schmerzen.«

»Ja, ja, ich weiß«, ächzte Ida. »Ich bin in jeder Hinsicht ein leuchtendes Beispiel für ungesunde und inkonsequente Lebensführung. Darum bekomme ich ja auch immer wieder die Quittung.«

»Oje!«Ännes Gesichtsausdruck wurde sofort ernst und besorgt. »Das ist aber nicht der Grund für diese Krisensitzung heute, oder? Du hast doch nicht etwa ernst zu nehmende gesundheitliche Probleme?«

»Nicht, dass ich wüsste«, beschwichtigte Ida sofort. »Ich gehe ja nicht zum Arzt, deshalb gibt es keinen Grund zur Sorge. Was ich nicht weiß, macht mich nicht heiß. Ärzte suchen sowieso so lange, bis sie was finden.«

»Das ist aber wirklich keine Einstellung!« Änne sah sie verärgert an. »Wie du weißt, haben die Ärzte mir durchaus die richtige Marschrichtung vorgegeben. Und ich fühle mich heute besser als je zuvor. Ich habe keine Lust, irgendwann als einzige Überlebende auf den Friedhof zu gehen und euch Grappa aufs

Grab zu gießen. Zapfi und Göni arbeiten sich kaputt, was du auch tun würdest, wenn dein Hotel noch liefe, und du lebst vor dich hin, als würde irgendwo noch ein Ersatzkörper auf dich warten.«

»Änne, du hast mit allem recht.« Ida räusperte sich. »Und im Grunde auch wieder nicht. Ich bin nicht du. Selbst wenn ich jetzt so gesund leben würde wie alle Gesundheitsgurus zusammen, hätte ich immer noch diesen maroden Kasten am Bein und eine Ehe, von der ich nicht weiß: *Should I stay or should I go*, um es mal mit den alten Herren von *The Clash* zu sagen.«

»Also ehrlich, Ida! Keine von uns weiß ja wirklich, was zwischen dir und Tünn vorgefallen ist. Ich unterstelle mal, dass es etwas unerträglich Schlimmes gewesen sein muss, wenn es eure Ehe so nachhaltig erschüttert hat. Aber dein zögerliches Verharren in diesem seltsamen Zustand ist einfach schwer mitanzuschauen. Jetzt nimm dein Herz in die Hand, und bring dein Leben endlich mal in Schwung. Wenn du Tünn wirklich nicht mehr willst – ich würde ihn nehmen!«

Ida musste lachen. Die Vorstellung, dass ihr Tünn wie ein Wanderpokal einfach weitergereicht würde, war komisch. Dennoch spürte sie einen leichten Stich der Eifersucht im Herzen. Tünn war für sein Alter immer noch attraktiv. Hochgewachsen und knorrig, wie er war, ging er zwar inzwischen oft ziemlich gebeugt. Aber sein dichtes Haar war erstaunlicherweise kaum grau und stand noch immer so wild und schwarz in alle Richtungen wie in jungen Jahren. Sein Gesicht mochte zwar voller Falten sein, aber da er nach wie vor diese verschmitzten grauen Augen hatte, wirkte das eher wie bei einem schlitzohrigen Dackel. Das war charmant. Und das sahen andere Frauen sicherlich auch so.

Sie zupfte nachdenklich ein paar Katzenhaare von ihrem Kleid, die Zapfis anhänglicher Kater hinterlassen hatte. Was, wenn Tünn sich irgendwann aus der Eiszeit ihres sprachlosen

Miteinanders befreien und mit einer anderen Frau von dannen ziehen würde? Das wollte sich Ida auch nicht vorstellen. »Das würdest du dir sehr schnell anders überlegen«, behauptete sie deshalb und wechselte in einen leichten Ton. »Deine wohlgeordnete Welt wäre in null Komma nichts völlig auf den Kopf gestellt. Tünn ist chaotisch bis zum Gehtnichtmehr, kann sich ein Leben ohne Fleisch und seine geliebte Leberwurst nicht vorstellen, und er schnarcht schlimmer als zwanzig Baumfäller. Und falls du glaubst, dass dich noch große erotische Überraschungen erwarten, muss ich dich enttäuschen: Auch wenn Tünn ursprünglich aus Münster kommt, unterscheidet er sich diesbezüglich kaum noch von den Sauerländern. Du kannst dich stundenlang fantasievoll an ihm austoben, er würde dich nie dabei stören. Er würde es allerdings auch nicht unbedingt merken.«

Beide brachen in schallendes Gelächter aus.

»Ich will mich an keinem Mann mehr austoben, ob fantasievoll oder nicht«, japste Änne schließlich. »Aber dein Tünn ist klug, extrem hilfsbereit, und er kann supergut mit Kindern und Jugendlichen. Und da ich schon wieder die halben Ferien meine Enkelkinder hierhabe, wäre ein Mann wie er durchaus ein Gewinn.«

»Ja, das habe ich auch bis heute gedacht.« Ida wurde wieder ernst. »Also, dass mein Mann gut mit jungen Menschen umgehen kann. Aber du glaubst nicht, was er sich diesbezüglich heute ...«

Bevor Ida weitersprechen konnte, klingelte es lang und ungeduldig an der Tür. Änne öffnete, und Zapfi stürmte wie ein Wirbelwind ins Wohnzimmer, ließ mitten im Raum ihre große Hebammentasche aus Leder fallen, zog sich ihre Jeansjacke aus und warf sie ebenfalls achtlos auf den Boden. Als Letztes kickte sie sich die Crogs von den Füßen. »Puh, was ein Tag! Ich bin fix und fertig.«

Das sah man. Der Pferdeschwanz, mit dem sie stets versuchte, ihre wilde Lockenmähne zu bändigen, war in heillose Unordnung geraten. Ihr Gesicht war verschwitzt, und sie roch deutlich nach Schweiß. Da Zapfi nie parfümierte Deos, Waschmittel oder gar ein Eau de Toilette benutzte, um den himmlischen Duft eines neugeborenen Babys nicht zu übertünchen, konnte man im Falle eines Schweißausbruches auch viel von Zapfi selbst riechen.

»Vorsicht, ich stinke«, kommentierte sie ungeniert. »Ich war viel zu warm angezogen. Es wird gerade richtig schwül draußen, habt ihr das schon gemerkt? Und ich dachte, ich fahre nicht extra noch nach Hause, um zu duschen. Wenn eine von uns Schwestern Alarm bläst, ist schließlich sofortige Anwesenheit angesagt. Übrigens, Göni kommt nicht. Bei der ist gerade auch Land unter.«

Ohne auf eine Aufforderung zu warten, machte sie sich über die Frühlingsrollen her. Ida sah ihr mit offenem Mund zu. Wenn ihre Freundin aß, sah das immer aus, als liefe irgendwo heimlich eine Stoppuhr und sie müsste in Rekordzeit alle Nahrungsmittel vernichten. Sie schob sich stets viel zu große Brocken in den Mund, kaute und würgte entschlossen daran herum wie ein Vogel, der mit seinem Gewölle kämpft, um dann ganz plötzlich den Teller von sich zu schieben und zu verkünden, sie sei pappsatt. Meistens war der Teller dann noch halb gefüllt. Ida selbst aß gern, kaute gründlich und wäre nie auf die Idee gekommen, auch nur den winzigsten Krümel übrig zu lassen. Eher vernichtete sie auch noch die Reste der anderen.

Fasziniert schaute auch Änne zu, wie Zapfi sich im Affenzahn drei Frühlingsrollen nacheinander in den Mund schob, um bei der vierten innezuhalten. Das angebissene Gebäck hielt sie in die Runde. »Mag jemand aufessen? Ich bin satt.«

Ida und Änne mussten beide laut lachen, dann sagte Änne in Idas Richtung: »Also, wenn ich mit Zapfi zusammenwohnen müsste, wäre das Chaos mindestens genauso groß wie mit Tünn. In gewisser Weise ist Zapfi also eine gute Vorbereitung auf mein Zusammenleben mit deinem Mann.«

Zapfi, die sich gerade die Finger an einer Serviette abwischte, hielt inmitten der Bewegung inne, schaute geschockt in die Runde und fragte: »Was soll das denn heißen, dein Zusammenleben mit Tünn? Änne, bist du etwa der Grund dafür, dass Ida eine Krisensitzung einberufen hat? Hast du dir am Ende ausgerechnet den daueruntervögelten Mann deiner Freundin gegriffen? Ich glaub's nicht! Du hast Ida den Mann ausgespannt?«

Je entsetzter Zapfis Blick wurde, desto mehr mussten Ida und Änne kichern.

»Noch nicht«, brachte Änne schließlich hervor. »Aber wenn Ida ihn nicht mehr will ... Wir sind schließlich alle auf dem Land aufgewachsen und wissen, dass Brachland irgendwann immer schwerer zu bestellen ist.«

»Ah ja!« Zapfi lehnte sich in ihrem Sitzsack zurück. »Dann ist es also so eine Art Freundschaftsdienst von dir, Ida ihr Brachland abzunehmen, damit sie endlich dazu kommt, ihr Leben neu zu ordnen?«

Ida setzte sich in ihrem Sessel nach vorn. »Ihr seid bekloppt. Mein männliches Brachland zu Hause geht euch beide nichts an. Mir muss da auch niemand was abnehmen, wir spielen ja hier nicht ›Mein rechter, rechter Platz ist frei‹. Ich habe euch wegen etwas ganz anderem angefunkt. Zapfi, du hast ja schon mitbekommen, dass ich heute Besuch bekommen habe.«

Als sieÄnnes fragenden Blick sah, erzählte sie von Lilli und der überraschenden Erkenntnis, dass ihre lange in der Versenkung verschwundene Schwester ihr die aus der Spur geratene Enkelin aufs Auge gedrückt hatte.

An der Stelle, wo Tünn die junge Frau versehentlich heftig beleidigt hatte, schnalzte Änne entgeistert mit der Zunge. »Das passt in der Tat so gar nicht zu Tünn. Er war doch immer unsere letzte Rettung, wenn wir mit unseren pubertierenden Kindern nicht weiterwussten. Dass er Franziskas Enkelin so rüde beleidigt, ist schon ein starkes Stück. Junge Frauen sind doch in ihrem Selbstbewusstsein oft noch so wacklig, da fasst man sie besser mit Glacéhandschuhen an. Erst recht, wenn man sie nicht kennt.« Änne wiegte nachdenklich den Kopf.

»Er hat das ja auch nicht gewollt«, verteidigte Ida ihren Mann. »Lilli kam überraschend rein, als er so hässlich über sie sprach. Bestimmt tut es ihm inzwischen leid, aber ihr kennt ja seinen Dickschädel.«

»Worin ihr euch gleicht wie siamesische Zwillinge.« Zapfi goss sich gedankenverloren Grappa ein, und als sowohl Ida als auch Änne den Kopf schüttelten, verkorkte sie die Flasche wieder und fuhr fort: »Wenn du nicht selbst so ein unerträglicher Dickschädel wärst, Ida, könntest du mit deinem Tünn bestimmt nach wie vor sehr zufrieden sein. Ich bin zwar nicht so hilfsbereit wie Änne und habe nicht vor, ihn dir abzunehmen, aber wenn Änne ihn zu sich nimmt, kannst du endlich deinen Kasten verkaufen und zu mir ziehen.«

Obwohl die Zapfi natürlich wusste, dassÄnnes Hilfsangebot bezüglich Tünn nicht ernst gemeint war, schien ihr der Gedanke Freude zu bereiten, dass dadurch ganz neue Wege möglich würden.

Hörte das denn nie auf? »Ihr seid bekloppt!«, stöhnte Ida. »Tünn ist doch kein Möbel, das man einfach in einen neuen Haushalt bringen kann. Und ich bin keineswegs ein Dickschädel. Es gibt nur Dinge, die kann man nicht einfach so wegstecken. Aber darum geht es auch gar nicht. Ich wollte euch wegen Lilli um Rat fragen. Franziska hat angedeutet, dass sie eine Essstörung und einen Haufen anderer Probleme hat, und ich fühle mich nicht kompetent, um mit so einer zerbrechlichen jungen Frau umzugehen.«

»Dann schick sie weg.« Änne war schon immer die Pragmatischste unter ihnen gewesen.

»Ich weiß nicht.« Ida zögerte. »Vielleicht hat Franziska nur einen Vorwand gesucht, um wieder Kontakt zu mir aufzunehmen. Da will ich sie nicht direkt wegbeißen. Außerdem ist etwas an Lilli, was mich total anrührt. Sie wirkte vorhin so verzweifelt und verloren. Da kann ich sie doch nicht einfach davonjagen. Auf der anderen Seite erwartet mich ein riesiger Berg an Herausforderungen, wenn ich das Hotel wirklich endgültig abwickeln will. Wie soll ich da auch noch so ein zertretenes Küken beaufsichtigen? Und wenn sie tatsächlich psychische Probleme hat, braucht sie eher professionelle Hilfe.«

»Hast du nicht vorhin erzählt, dass sowohl Franziska als auch ihre Tochter vom Fach sind?« Änne schenkte sich und Ida Tee nach und ließ sich dann wieder elegant im Schneidersitz auf einem Bodenkissen nieder.

Ida trank einen Schluck Tee. »Ich habe erst kürzlich von einem HNO-Spezialisten gehört, der jahrelang bei seinem eigenen Kind nicht gemerkt hat, dass es so gut wie nichts hört. So ist das doch eigentlich immer mit Fachleuten: Bei den eigenen Kindern verlässt sie die Fachkompetenz.«

Zapfi nickte vielsagend. »Ich war gestern zur Nachsorge bei einem Paar, bei dem sie dreißig Jahre jünger ist als er und er mit ihr in dritter Ehe verheiratet. Und jetzt ratet, was der Mann beruflich macht?«

»Scheidungsanwalt?«, riet Ida auf gut Glück.

»Falsch.« Zapfi grinste. »Paartherapeut.«

Nun mussten alle drei lachen.

»Wenn du dir wirklich Sorgen machst, dass du dieser verlorenen Seele nicht gerecht werden kannst, Ida, kann ich dich beruhigen«, sagte Zapfi schließlich. »Ich denke, weder Änne noch ich haben vergessen, wie toll du und Tünn uns bei der

Erziehung unserer Kinder unterstützt habt. Vielleicht gibt Lilli uns eine Chance, uns zu revanchieren.«

Ida hob fragend die Augenbrauen. »Wie das?«

»Vielleicht möchte Lilli mir ja ein bisschen auf der Farm unter die Arme greifen. Oder sie macht ein Hebammen-Praktikum bei mir. Irgendetwas, bei dem ich unauffällig ein Auge auf sie werfen könnte.«

»Mir könnte sie eventuell ab und zu meine Enkelkinder abnehmen, wenn die nächste Woche über mich und mein wohlgeordnetes Leben hereinbrechen«, ergänzte Änne. »Wenn die bei mir sind, bin ich für jede Unterstützung dankbar. Im Gegenzug könnte ich sie, wenn sie will, auf eine Nachprüfung im Abi vorbereiten. Wenn sie die schafft, stehen ihr alle Türen offen, und du kannst wieder in Ruhe in deinen eigenen Lebenstöpfen rühren.«

»Ihr seid einfach wunderbar«, seufzte Ida.

Als hätte Göni das gehört, schickte sie in diesem Moment eine Aufforderung zu einem Gruppencall. »Es tut mir so leid, dass ich nicht gekommen bin«, platzte sie heraus, sobald Ida angenommen hatte. »Hier ist gerade der Teufel los. Wolfgang muss unbedingt ins Krankenhaus, um abklären zu lassen, ob er einen Herzinfarkt hatte. Er weigert sich aber, weil er Angst hat, dass Meinolf die Bäckerei in seiner Abwesenheit vernachlässigt. Eine berechtigte Furcht, wenn ihr mich fragt. Aber jetzt habe ich ihn endlich überreden können, sich von Thaddäus ins Krankenhaus fahren zu lassen. Dem vertraut er offensichtlich mehr. Aber ich will euch nicht mit meinen Problemen die Ohren vollheulen. Was ist denn nun los, Ida? SOS hast du ja bisher eigentlich nie gefunkt.«

Schnell war auch Göni auf den neuesten Stand gebracht, und auch sie versprach, sich mit Lilli zu befassen, sobald es bei ihr zu Hause wieder etwas ruhiger war.

Nachdem der Gruppenanruf beendet war, schnappte sich

Zapfi ihre Jacke und ihre Hebammentasche und schlüpfte wieder in ihre Crogs. »Für mich ist es Zeit für eine Runde Schlaf. Änne, gibst du mir noch einen Gutenachtgrappa? Danach bin ich weg.«

»Ich komme mit«, sagte Ida und hievte sich stöhnend aus ihrem Korbstuhl.

»Wir halten uns auf dem Laufenden«, bestimmte Änne, während sie Zapfi einen letzten Grappa einschenkte.

Auf dem Heimweg durch das Dorf hakte sich Ida bei Zapfi unter. »Wir müssen auch ein Auge auf Göni haben«, sagte sie und versuchte zugleich, Zapfis Schritttempo ein wenig zu drosseln.

»Was glaubst du, wie oft ich ihr schon in den Ohren gelegen habe, dass sie für die Bäckerei endlich einen Externen suchen müssen. Wolfgangs Großer wird immer ein Problem bleiben. Nur weil er für nichts anderes Interesse entwickelt, sollte man ihn noch lange nicht im Familienunternehmen zwischenparken. Der müsste dringend mal von seinem Vater auf den Pott gesetzt werden. Wolfgang ackert und ackert, und sein Sohn gleicht immer mehr einem überfütterten Vogeljungen, das zu fett zum Fliegen geworden ist und keinen Platz für andere lässt.«

Ida zog die Augenbrauen hoch. Zapfi schien sich mit Gönis Problemen besser auszukennen als sie. Darum erwiderte sie: »Gut, dass dein Freddie die Kurve schon in jungen Jahren bekommen und eure Dachdeckerfirma nach vorn gebracht hat, nachdem sein Opa nicht mehr aufs Dach durfte.«

»Aber genau das ist doch der Punkt.« Zapfi blieb stehen und sah Ida eindringlich an. »Wenn die Jüngeren nicht merken, dass es ohne sie nicht geht, haben die keinen Bock auf Verantwortung. Freddie hätte ewig mit seinem Schlendrian weitergemacht, wenn mein Papa nicht wegen seiner Krankheit den Platz hätte räumen *müssen*. Wolfgang hat seine Jungen nach dem

Tod ihrer Mutter viel zu sehr gehätschelt und ihnen alles nachgesehen. Thaddäus musste früh Verantwortung übernehmen, nachdem er damals seine Freundin geschwängert hat. Wer weiß, ob er sonst mit seiner IT-Firma so erfolgreich geworden wäre. Du wirst sehen, Ida, wenn wir deine Lilli ein bisschen in die Pflicht nehmen, bekommt auch sie ganz schnell die Kurve. Junge Leute müssen sich gebraucht und wichtig fühlen.«

Sie war wieder losgegangen, aber jetzt, da sie schon ein paar Schritte gemacht hatte, konnte Ida mit Zapfis langen Beinen besser mithalten. Die ersten Fledermäuse flatterten um die Straßenlaternen, und im Bushaltehäuschen auf dem Dorfplatz hatten sich ein paar Jugendliche versammelt. Sie tranken Bier aus Flaschen und hörten Musik.

Eine Schande, dass es für junge Leute keinen richtigen Ort gibt, wo sie sich treffen können, dachte Ida. *Kein Wunder, dass die alle so schnell wie möglich von hier wegwollen. Es gibt hier einfach zu wenig Perspektiven.*

Als sie fast vor Idas Hotel angekommen waren und das Gemisch aus Musik, Krakeelen und Flaschenklirren nur noch ein ferner Geräuschteppich war, drang zu ihrem Erstaunen ein ganz anderes Geräusch in ihre Ohren: ein lautes, penetrantes Krähen und eine Frauen- und eine Männerstimme. Ida und Zapfi blieben stehen und sahen sich an. Das kam eindeutig von Zapfis Hof.

Ida fand als Erste die Sprache wieder: »Ich glaub's nicht! Sollte dein stimmverkrüppeltes halbes Hähnchen tatsächlich plötzlich krähen gelernt haben?«

Neugierig gingen beide um Zapfis Haus herum in Richtung Hühnergehege. Überrascht blieben sie stehen.

Mitten im Hof saß Tünn auf dem Boden und schüttete sich aus vor Lachen. Auf dem Kopf trug er etwas, was sich bei näherem Hinsehen als Idas roter Silikontopflappen entpuppte, den er sich mit rotem Geschenkband festgebunden hatte. Vor ihm stand Lilli und konnte sich kaum auf den Beinen halten. Von sich gestreckt hielt sie ihr Smartphone, aus dem es in regelmäßigen Abständen laut krähte. Kichernd forderte sie Elvis auf: »Und jetzt du. Los, komm, du Loser. Trau dich. Mach uns mal richtig schön den Gockel!«

Die Hühner, die der spätabendliche Überfall im besten Fall verstörte, im schlimmsten Fall aber stresste, hatten sich gackernd zusammengeschart und, soweit es der Zaun zuließ, vor dem seltsamen Treiben der beiden Menschen in Sicherheit gebracht. Nur Elvis, dem das Spektakel offensichtlich auch zugedacht war, stand zögerlich und unentschlossen an der geöffneten Stalltür und gab keinen Ton von sich.

Zapfi hatte sich als Erste von dem Anblick erholt und polterte los: »Seid ihr beide völlig von Sinnen? Wie kommt ihr auf die wahnwitzige Idee, meine armen Hühner so in Angst und Schrecken zu versetzen? Und wer hat euch erlaubt, die Tür vom Hühnerstall zu öffnen? Allein bei deinem Anblick, Tünn, hätte mich als Huhn der Schlag getroffen. Bist du besoffen, oder was ist in dich gefahren?«

Lilli hatte ihr Smartphone inzwischen leise gestellt und setzte zu einer Erklärung an: »Wir wollten deinem Hähnchen das Krähen beibringen, und Onkel Tünn hat sich als Hahn verkleidet, damit sich Elvis ein bisschen durch den Konkurrenztrieb angestachelt fühlt.«

Bei ihrer Erklärung fing Tünn wieder haltlos an zu lachen. Er keuchte: »Die Kleine ist wirklich zu köstlich! Auf so eine Idee muss man erst mal kommen! Ich bin der große Gockel Tünn …« Ein erneuter Lachanfall schüttelte ihn.

Ida war entsetzt: »Sag mal, Tünn! Hast du getrunken und Lilli mitabgefüllt? Da wird sich Ziska aber freuen, wenn du ihre Enkelin jetzt auch noch zum Komasaufen animierst!«

»Hej, ich bin anwesend, Tante Ida! Ihr braucht nicht *über mich* zu reden, ihr könnt *mit mir* reden. Wir haben keinen

Schluck Alkohol getrunken, ehrlich! Wir haben nur zusammen ein Friedenspfeifchen geraucht. Schon vergessen? Du wolltest doch, dass wir uns gut verstehen. Und die Idee, Elvis das Krähen beizubringen ... Sorry, ich wollte nur helfen.«

»Ein Friedenspfeifchen?« Idas Stimme überschlug sich vor Empörung. »Ihr habt zusammen Drogen konsumiert. Das wird ja immer besser!«

Tünn rappelte sich vom Boden hoch und stellte sich vor Ida. »Sooo viel Lärm hier im Hühnerhof.« Er lachte. »Und du bist so eine süße Henne, wenn du dich aufregst. Ich hab mich mit Lilli versöhnt. Das wolltest du doch. Und jetzt hast du wieder was zu gackern.« Er sah sie betrübt an.

»Ihr seid hackedicht«, stellte Zapfi nüchtern fest. »Familienfehden werden nicht hier in meinem Hühnerstall ausgetragen. Macht, dass ihr nach Hause kommt. Ich brauche jetzt bestimmt ewig, um meine Hühner wieder zur Ruhe zu bringen.« Damit scheuchte sie ihre Hühner vorsichtig wieder in Richtung Stalltür.

Tünn legte einen Arm um Lilli und kicherte: »Familienfehden oder Familienfedern, das ist hier die Frage.«

»Onkel Tünn, du bist wirklich ganz schön bekifft.« Auch Lilli kicherte. Keinen der beiden schien es großartig zu stören, dass Ida vor Wut und Entsetzen fast platzte.

Als sie endlich zusammen in Idas Küche traten, erwartete sie dort Casanova. Er saß mitten auf dem Tisch und schleckte genüsslich in einer Familienpackung Schokoladeneis, die geöffnet und inzwischen aufgetaut auf dem Tisch stand.

»Uuuups«, machte Lilli. »Da hat wohl jemand unser ganzes Eis gefressen. Guck mal, Onkel Tünn! Das wollten wir doch noch ...«

Ida sah inzwischen fast rot vor Wut. Sie scheuchte Casanova mit entschiedenen Bewegungen aus der Küche und sagte mit eiskalter Stimme: »Macht bloß alle Fenster und Türen dicht, dass mir dieses Biest nicht ins Haus kommt. Der hat nach dieser Orgie morgen wahrscheinlich den Durchfall seines Lebens. Habt ihr sonst noch irgendeins von Zapfis Tieren versucht umzubringen?«

Lilli schossen die Tränen in die Augen. »Umbringen? Du meinst, Casanova könnte von dem Eis krank werden?«

»Ich meine, dass es ihm morgen wahrscheinlich richtig dreckig gehen wird. Und ich meine, dass ihr den Hühnern einen solchen Schrecken eingejagt habt, dass die wahrscheinlich für Tage das Legen einstellen. Wenn du schon so tierlieb bist, Lilli, dann tob dich doch bitte nicht in anderer Leute Terrain aus. Lass dir stattdessen lieber von Zapfi beibringen, wie man mit Tieren umgeht, ohne ihnen vor lauter fehlgeleiteter Liebe zu schaden. Und wo wir schon bei Schaden sind: Es mag sein, dass du so erfahren bist, dass dich dein Drogenkonsum nicht umhaut. Aber bevor du alten Männern Drogen verpasst, denk doch mal darüber nach, ob die nicht eventuell auch ernsthafte Probleme dadurch bekommen könnten. Oder wolltest du meinen Tünn auch gleich ein bisschen um die Ecke bringen?«

Lilli sah mit ihren kaninchenroten Augen nun völlig verschreckt aus.

Tünn hingegen band sich in aller Seelenruhe seinen improvisierten Hahnenkamm vom Kopf. »Nun mach aber mal halblang, Ida«, brummte er. »Das war ganz bestimmt nicht das erste Pfeifchen meines Lebens, und so wie ich gelacht habe, war es bestimmt auch nicht das letzte. Es wird allerhöchste Zeit, dass hier mal wieder etwas Lachen und Spaß einziehen. Und wenn das durch Lilli möglich wird, dann feiere ich schon jetzt den Tag, an dem deine komische Schwester auf die Idee gekommen ist, sie uns zu schicken.«

Er wandte sich um. »Lilli, komm, in der Eistruhe im Gastraum ist noch Eis. Ich gebe dir jetzt ein dickes Schokoeis am Stiel aus. Lass dich von Ida nicht einschüchtern. Die ist wie ein

Gebirgsgewitter. Die tobt einmal richtig los, und danach ist die Luft wieder herrlich klar. Und um Zapfis Viecher musst du dir auch keine Sorgen machen. Wer unter Zapfis Fittichen lebt, muss schon eine Menge verkraften. Auch ohne uns.« Damit schob er Lilli aus der Küchentür in Richtung Schankraum.

»Das Gebirgsgewitter geht jetzt ins Bett!«, rief Ida ihnen hinterher. »Wir drei sprechen uns morgen!«

Als Ida mit geputzten Zähnen in ihrem Bett lag, schickte sie eine letzte WhatsApp-Nachricht in ihre Grappa-Cliquen-Gruppe:

Erstes Problem gelöst: Tünn und Lilli verstehen sich so prächtig, dass sie miteinander völlig bekifft in Zapfis Hof gehockt und sich als Hühnerflüsterer betätigt haben. Hiiiilfe, jetzt hab ich nicht nur eine essgestörte, drogenabhängige Halbwüchsige zu betreuen, sondern auch noch einen kindischen Mann, der seinen zweiten (nein, dritten oder vierten?) Frühling durchlebt.
Mann, junge Frau und Hotel günstig abzugeben! Gute Hände vor Preis! Ich gebe auf!

Innerhalb weniger Sekunden kamen zwei Nachrichten zurück.

Göni meldete: *Wolfgang bleibt vorerst im Krankenhaus. Ich füge deinem Angebot noch einen überfütterten Stiefsohn hinzu.*

Ännes Nachricht, eine Sprachnachricht, bestand nur aus haltlosem Gelächter.

Ohne es zu wollen, musste Ida ebenfalls grinsen. Wie schade, dass sie von Tünn als Möchtegernhahn kein Foto gemacht hatte!

5
GEISTESBLITZE UND WETTERLEUCHTEN

Am nächsten Morgen wachte Ida spät auf. Ihr Nachthemd war komplett durchgeschwitzt, und sie fühlte sich matt und erschlagen. Das Fenster war geschlossen, weshalb sie Elvis' verunglücktes Krähen verpasst hatte. Falls er überhaupt gekräht hatte. Nach den Ereignissen des gestrigen Abends war das keinesfalls sicher. Vielleicht hatten sowohl die Hühner als auch Elvis einen Schock davongetragen.

Sie sah aus dem Fenster. Irgendwann diese Nacht war sie zu dem Entschluss gekommen, Lilli so schnell wie möglich wieder nach Hause zu schicken. Auch wenn ihre Grappa-Schwestern Hilfe angeboten hatten, fühlte Ida sich nach dem Vorfall im Hühnerhof der Aufgabe nicht gewachsen, sich um Lilli zu kümmern. Dass auch Tünn offensichtlich einen nachpubertären Schub erlitten hatte und sich gemeinsam mit Lilli so unverantwortlich verhalten hatte, stimmte sie nicht gerade optimistischer.

Mühsam rappelte sie sich auf. Sie würde sich nach einer starken Tasse Kaffee mit Lilli zusammensetzen und ihr so liebevoll wie möglich klarmachen, dass sie momentan selbst zu viele Baustellen in ihrem Leben hatte, um sich auch noch mit Lillis Problemen zu befassen. Stöhnend quälte sie sich aus dem Bett und öffnete das Fenster. Von draußen drang schwüle Luft herein. Und das schon am frühen Morgen! Da hatte sich der

Sommer offensichtlich nach der langen Regenphase überlegt, eine andere Seite aufzuziehen.

Ida sah hinaus. In Zapfis Hühnerhof war es erschreckend still. Die Hühner im Hof scharrten und pickten, gaben aber keinen Mucks von sich. Elvis stand am Rand und schien nicht zu wissen, wie er seine Frauen bewachen sollte. Ab und zu legte er den Kopf schief, davon abgesehen regte er sich nicht. Ida zog sich das verschwitzte Nachthemd über den Kopf, und da sie davon ausging, dass Tünn das Haus bereits verlassen hatte, ging sie nackt in Richtung Bad. Wenn sie Tünn in der Nähe wähnte, ließ sie das lieber bleiben. Es war ihr unangenehm, sich vor ihm nackt zu zeigen. Seit sie keinerlei Körperkontakt mehr pflegten, schämte sie sich vor ihm. Sie hatte in den letzten Jahren ordentlich zugelegt, und ihr Humpeln, bedingt durch ihre Hüftprobleme, machte sie unsicher.

Auch im Bad war das Fenster verschlossen. Deshalb müffelte es feucht und etwas modrig. Dass Tünn schon geduscht hatte, merkte sie daran, dass Spiegel und Kacheln leicht beschlagen waren. Ihr Badezimmer war ohnehin zu feucht, und eigentlich hätten sie so oft wie möglich lüften müssen. Aber da Casanova das geöffnete Fenster stets als Einladung betrachtete, ihr einen seiner ungebetenen Besuche abzustatten, nahm sie die Feuchtigkeit und das Müffeln in Kauf. Alles war besser als eine halb tote Maus in der Badewanne!

Als sie nach einer ausgiebigen Dusche immer noch müde und schlapp, aber etwas frischer in die Küche kam, traute sie ihren Augen nicht. Casanova saß mitten auf dem Küchentisch und beobachtete interessiert das Treiben um sich herum. Und da gab es einiges zu sehen. Lilli war nur mit einem übergroßen T-Shirt bekleidet und hatte sich ein Tuch um den Kopf geschlungen. Mit ihren Kopfhörern in den Ohren bearbeitete sie gerade mit Feuereifer den Küchenschrank mit einem Putzlappen. Spüle, Tisch und Arbeitsplatte schien sie schon gewischt zu haben. Alles wirkte blitzsauber, und die Küche roch penetrant nach Spülmittel.

Lilli, die mit dem Rücken zur Tür arbeitete, hatte Idas Eintreten nicht bemerkt. Sie summte vor sich hin. Casanova aber sprang sofort vom Küchentisch und strich Ida um die Beine.

»Geh weg!«, herrschte sie ihn an. »Du hast mir gerade noch gefehlt!«

Lilli fuhr erschrocken herum, nahm die Ohrstöpsel aus den Ohren und sah Ida schuldbewusst an. Dann aber fasste sie sich. »Hi, Tante Ida. Du bist zu früh. Ich wollte dich überraschen. Ich habe die Küche gewienert, und den Boden mache ich auch noch. Ich wusste nur nicht, wo bei euch die Putzsachen stehen.«

Ida hatte nicht vor, sich von Lilli um den Finger wickeln zu lassen. Darum knurrte sie unfreundlich: »Von Überraschungen hab ich erst mal die Nase voll. Wie es aussieht, hast du die ganze Küche mit Spülmittel abgewaschen. Dafür nimmt man einen Essigreiniger. Spülmittel ist viel zu teuer. Und dass dieses Vieh hier rumhockt, ist auch gegen unsere Abmachung. Ich habe keine Lust, dass er mir nach seiner Eis-Orgie mit seinem Durchfall das ganze Hotel vollsaut. Du kannst hier nicht einfach machen, was du willst, Lilli.«

Lilli hopste mit einem Schwung auf die Arbeitsplatte neben der Spüle. Ihr Blick war nicht mehr schuldbewusst, sondern trotzig. »Ich habe im Internet recherchiert. Auch wenn Katzen Durchfall haben, entleeren sie sich niemals freiwillig einfach im Haus. Katzen gehen grundsätzlich nur aufs Katzenklo, es sei denn, sie sind ausgesperrt und haben kein Katzenklo zur Verfügung. Dann suchen sie sich einen abgelegenen Ort. Casi hat aber gar keinen Durchfall. Er ist jetzt schon seit über einer Stunde bei mir, und es geht ihm gut. Wahrscheinlich war es auch für die Hühner gar nicht schlimm, dass wir sie gestern Abend noch mal rausgelassen haben. Du machst nur ein Drama daraus, damit ich mich mies fühle. Du willst mich wegekeln – und gestern hast du mir noch gesagt, ich könne erst mal hierbleiben. Ich wollte dir mit dem Putzen eine Freude machen. Aber ich glaube, du hast gar keine Lust auf Freude. Und dass ich mich mit Onkel Tünn angefreundet habe, passt dir auch nicht.«

Ida schob sich mit einem schmerzerfüllten Ächzen auf die Küchenbank und sah Lilli ins Gesicht. »Lilli, setz dich mal her zu mir. Ich möchte mit dir reden. Und zwar möglichst ohne diesen aggressiven Unterton.«

Lilli griff hinter sich, schaltete die Kaffeemaschine ein, die sie offensichtlich schon vorbereitet hatte und die sofort leise gurgelnd ihren Dienst begann. Dann sah sie Ida ebenfalls ins Gesicht. Ohne Trotz. »Kaffee kommt gleich«, sagte sie so leise, dass Ida sie kaum verstand.

»Das ist wirklich lieb von dir, Lilli. Und das freut mich auch. Und dass du die Küche so gründlich sauber gemacht hast, ist auch ganz toll.«

Lilli zog ihre spinnenartig dünnen Beine an und hockte jetzt auf der Arbeitsplatte wie ein Weberknecht, eines dieser seltsamen langbeinigen Insekten, die immer so ungelenk durch die Gegend fliegen. Sie zog sich das Stofftuch vom Kopf und schüttelte ihre bunten Dreadlocks aus. »Und jetzt kommt das große Aber. Das kenne ich schon. ›Lilli, das war lieb von dir, bla, bla, bla, *aber* du kannst trotzdem nicht hierbleiben. Wir wollen dich mit deiner Essstörung und deinem bunten Kopf und deinem Gras hier nicht in unserer stinklangweiligen, piefigen und wohlgeordneten Welt haben. Auch wenn du dir Mühe gibst, Lilli. Das reicht nicht. Bei dir reicht Mühe eben grundsätzlich nicht, bla, bla, bla, bla.‹ Spuck's aus, Tante Ida. So was in der Art wolltest du doch gerade loswerden.«

Ida holte tief Luft. In ihrem Kopf ratterte es. Sie fühlte sich ertappt, denn auch wenn sie sich anders ausgedrückt hätte, hatte sie genau so etwas gerade loswerden wollen. Gerade als sie zum Sprechen ansetzte, klingelte es an der Haustür.

Lilli sprang in eiliger Bereitwilligkeit von der Arbeitsplatte, um aufzumachen. Casanova entwischte mit ihr durch die geöffnete Küchentür. Er hatte die dicke Luft zwischen ihnen genau gespürt, und auf dicke Luft – da war er ganz und gar männlich – hatte er offensichtlich keine Lust.

Durch die angelehnte Küchentür hörte Ida, wie Lilli die Haustür öffnete.

»Hallo«, sagte eine Frauenstimme, die Ida sofort als Gönis erkannte. »Du musst Lilli sein. Ich habe gestern von dir gehört. Freut mich. Ich bin Göni, eine Freundin von Ida. Und das hier«, Göni betrat mit einer triumphierenden Geste die Küche, »das hier sind die leckersten Brötchen, die du zum Frühstück bekommen kannst.« Sie hielt eine große Brötchentüte hoch, beugte sich zu Ida, küsste ihr rechts und links die Wange. »Und nach Kaffee riecht es hier auch schon. Ich habe das Gefühl, mein Timing ist goldrichtig.«

Ach, Göni! An jedem anderen Tag hätte Ida sich sehr gefreut, von ihrer Freundin mit Brötchen überrascht zu werden. Da sie gerade damit hatte beginnen wollen, Lilli mit sanften, aber liebevollen Worten vor die Tür zu setzen, kam ihr dieser Überraschungsbesuch aber gar nicht gut aus. Im Beisein einer für Lilli Fremden wollte sie ihrer Großnichte diese Kröte nicht vorwerfen. Außerdem sah auch Göni völlig übernächtigt und blass aus. Dabei war sie normalerweise immer das blühende Leben. Rundlich, aber nicht dick, klein gewachsen und mit wachen, fröhlichen dunkelbraunen Augen ausgestattet, das lange schwarze Haar meistens zu einer komplizierten Flechtfrisur zusammengefasst, hätte sie in einer Zeitschrift für Frauen über fünfzig modeln können. Heute aber war sie nachlässig gekleidet, ihre Blümchenbluse war zerknittert und hatte zwei dicke Flecken, und ihre Augen wirkten traurig und müde.

»Göni«, sagte Ida deshalb auch mit besorgter Stimme. »Du siehst aus, als hättest du die Nacht in der Klinik verbracht. Geht

es Wolfgang so schlecht? Und woher hast du dann die Brötchen? Hat Wolfgangs Sohn sich vielleicht doch bequemt ...«
»Keine falschen Hoffnungen! Wolfgang hat tatsächlich noch von seinem Krankenhausbett aus Ersatz für die Bäckerei herbeitelefoniert.« Göni setzte sich auf einen Küchenstuhl und seufzte. »Ich weiß ehrlich gesagt nicht, wie es Wolfgang wirklich geht. Fest steht, dass er einen Herzinfarkt hatte und dass er in den nächsten Wochen mehrere Stents braucht. Und vor allem, dass er sein Leben, den Stress und den ewigen Ärger mit Meinolf nicht mehr verkraftet. Wenn er diesen Warnschuss nicht ernst nimmt, geht der nächste ganz sicher nicht glimpflich aus. Vorläufig gilt aber Entwarnung. Und da dachte ich, vielleicht lässt du dich dazu herab, mit einer übermüdeten Freundin zu frühstücken. Auch wenn du jetzt durch Lilli«, sie strahlte Lilli so warmherzig an, dass der sofort das Herz aufzugehen schien, »schon wunderbare Gesellschaft zum Frühstücken hast.«

Lilli nahm den ihr zugespielten Ball bereitwillig auf. »Kaffee läuft gerade durch, und den Tisch decke ich sofort.« Daraus, wie gut sie sich auf einmal in den Schränken auskannte, schloss Ida, dass Lilli auch im Inneren der Schränke mit dem Putzlappen gewütet hatte. Vielleicht war es besser, Lilli die Hiobsbotschaft erst nach dem Frühstück zu unterbreiten.

Nachdem die drei Frauen in friedlicher Gemütlichkeit gefrühstückt hatten – Lillis Frühstück hatte aus einer Cola und einem trockenen Brötchen bestanden, was niemand kommentiert hatte –, seufzte Göni zufrieden und fragte an Lilli gewandt: »Und du machst bei deiner Großtante Ferien? Ist dir das bei uns in der Abgeschiedenheit nicht zu uncool?«

Lilli sah unsicher zu Ida und antwortete dann verlegen: »Ich bin nicht ganz freiwillig hier. Meine Oma und meine Eltern haben sich das für mich ausgedacht. Ist 'ne Art Strafversetzung, weil ich durchs Abi gerasselt bin und so.«

»Und so?«, fragte Göni.

»Ich hatte zu Hause ein paar Probleme. Und meine Eltern sind gerade selbst in 'ner stressigen Phase. Da wollten sie mich wahrscheinlich loswerden, um sich gegenseitig ungestört angeifern zu können. Bei uns ist auch ohne mein Zutun ständig Beef.«

»Beef?« Jetzt schaltete auch Ida sich ein.

»Ja, Beef. Punk halt. Streit. Die zoffen sich nur noch, und ich glaube, die wollen mich loswerden, weil sie sich in Ruhe trennen wollen. Ich bin halt im Moment empfindlich, was das Thema angeht, weil ich gerade selbst 'ne Trennung hinter mir habe, und ...«

Den Rest des Satzes ließ Lilli in der Schwebe, und Ida spürte, dass sie durch Lillis Schilderung auf einmal nicht mehr recht wusste, was sie tun sollte. Durch die Familienzerrüttung anderer wollte sie sich dennoch nicht noch mehr in die Verantwortung ziehen lassen. »Lilli, es tut mir echt leid, dass du momentan eine so schwere Zeit durchmachst«, begann sie vorsichtig. »Aber dass deine Eltern Eheprobleme haben, heißt noch lange nicht, dass sie sich trennen. Tünn und ich haben es zurzeit auch nicht leicht miteinander.«

Sie trank einen letzten Schluck aus ihrer Kaffeetasse und schickte einen warnenden Blick in Gönis Richtung, bevor sie fortfuhr: »Das ist momentan allerdings leider nicht mein einziges Problem. Was ich die ganze Zeit schon versuche, dir zu sagen ... Also ich ... äh, beziehungsweise wir, Tünn und ich, wir werden das Hotel wahrscheinlich schließen und verkaufen. Und darum können wir auch deine Hilfe eigentlich gar nicht brauchen. Wir müssen nur noch einen passenden Käufer finden ...«

Ehe Ida ausgesprochen hatte, sprang Lilli auf. »Was? Oh, mein Gott, das tut mir leid, Tante Ida! Ehrlich. Ich dachte, hier wäre alles so richtig schön in der Zeitschleife hängen geblieben. Piefig und langweilig und so. Das schon. Aber ich dachte mir, ist doch cool, dass es so was noch gibt. So 'ne schöne Retrohütte wie eure und Leute, die noch einen auf Dorfgemeinschaft machen. So was halt.« Sie ging zu Ida und nahm sie in den Arm.

Ida war gegen ihren Willen gerührt. »Kein Wunder, dass du einen falschen Eindruck gewonnen hast. Du bist ja erst seit gestern hier«, sagte sie unbeholfen. »Wer aus der Stadt kommt, hat oft romantische Vorstellungen vom Land. Und genau das war auch lange Jahre unser Plus: dass die Leute sich bei uns von den Großstadtturbulenzen erholen wollten. Aber heutzutage ... Schau dich doch mal genauer um.« Sie zeigte auf das unerfreuliche Panorama, das der Blick aus dem Fenster bot. »Den Wald gibt es kaum noch. Die meisten Dorfbewohner fahren zum Arbeiten in die größeren Städte, und die wenigen Landwirte, die noch echte Landwirtschaft betreiben, hauen Chemie auf ihre Felder, weil sie glauben, dadurch Geld zu sparen. Wer hier Biogemüse anbaut, darf seinen Garten nicht in der Nähe von deren Feldern haben, sonst landet der ganze Düngermist auch in den Biobeeten. Einer von mehreren Gründen, warum manche einander nicht grün sind. Jeder versucht sein Fell auf seine Weise zu retten. Und dabei geht langsam alles den Bach runter.«

Göni hatte sich Idas Tirade mit nachdenklichem Blick angehört. »Ich wusste ja gar nicht, dass du ans Aufgeben denkst, Ida«, schaltete sie sich ein. »Wir müssen doch zusammenhalten. Wo willst du denn hin, wenn du verkauft hast? Und will Tünn das auch?«

Ida wischte einige Krümel vom Tisch, fuhr sich mit einer fahrigen Geste durchs Haar und seufzte. »Ach, Tünn!«

Lilli hatte bisher nur entsetzt zugehört, jetzt aber mischte sie sich ein: »Onkel Tünn ist klasse. Der ist echt lustig und cool.« Als Ida ansetzte, sie zu unterbrechen, fuhr sie fort: »Ich weiß, Tante Ida. Du bist sauer, dass wir gestern ein Friedenspfeifchen geraucht haben. Kommt nicht wieder vor, versprochen. Aber ich finde, dass ihr nicht einfach aufgeben solltet. Also, den

Schuppen und das Leben hier. Es gibt bestimmt 'ne Lösung, auf die ihr nicht kommt. Irgend 'ne richtig gute Idee, wie ihr den Laden aufpimpen könntet. Mach doch 'nen Wellnessschuppen oder ein Romantikhotel draus.«

Ida seufzte noch tiefer. »Genau das hat Zapfi mir gestern früh auch vorgeschlagen. Schau mich doch mal an, Lilli. Sehe ich nach Wellness oder Romantik aus? Man muss schon auch ein bisschen für das stehen, was man anbieten will.«

Lilli musterte Ida kritisch und musste dann lachen. »Nee, so 'ne Wellnesstussi sieht definitiv anders aus. Aber ich könnte dir helfen, dich ein bisschen zu tunen. Als Erstes müssen deine Augenbrauen –«

Prustend fiel Ida ihr ins Wort: »Nein danke, lass mal! Soll ich mir etwa auch so eine verrückte Frisur machen lassen wie du?«

Nun kicherte auch Göni.

»Hej, was hast du gegen meine Haare? Das ist nicht nur irgendeine Frisur, das ist ein Statement.« Lilli strich sich über ihre bunten Dreadlocks. »Ich bin sozusagen ein lebendes Mahnmal für die Queer-Bewegung. *Bunt ist gut.* Das würde bei dir nicht passen. Aus dir machen wir besser 'ne richtig coole Land-Oma.«

Ida lachte nun aus voller Kehle. »Du bist herrlich, Lilli! Eine Land-Oma! Mein Hotel müsstest du dann allerdings auch gleich aufhübschen. Und eins sage ich dir sofort: Geld für großartige Umbauten oder eine Renovierung habe ich nicht. Da muss die Land-Oma passen.«

»Ganz unrecht hat Lilli nicht.« Göni, die die ganze Zeit mitgekichert hatte, wurde wieder ernst. »Wer aufgibt, hat schon verloren. Es muss ja kein Wellnesshotel sein, nur irgendetwas, was es so noch nicht gibt. Ich denke auch ständig darüber nach, wie man unsere Bäckerei ummodeln könnte, um sie wieder attraktiver zu machen. Damit Wolfgang nicht mehr über Land fahren muss, um Waren auszuliefern. Wir brauchen dringend einen Geistesblitz. Und ein junger Mensch wie Lilli kann uns mit seiner jungen Denke vielleicht inspirieren.«

Lilli nagte mit Feuereifer an ihrer Lippe. »Was kannst du denn besonders gut, Tante Ida? Für was stehst du?«

»Wie meinst du das, Lilli? Ich kann nichts. Ich kann vielleicht ein Hotel führen, ich kann ganz gut kochen und backen, und ich kann –«

»Du kannst Menschen zusammenbringen. Du kannst Feste organisieren. Du kannst Freundinnen Mut zusprechen, wenn denen gerade das Wasser bis zum Hals steht. Und du bist die starrköpfigste Frau im ganzen Dorf.« Göni nahm Ida in den Arm.

Ida war gerührt, antwortete aber ruppig: »Klar, mit Starrköpfigkeit kann man in der heutigen Zeit wirklich viel anfangen. Wenn man will, kann man damit sogar seine Ehe in den Sand setzen.« Das hatte sie gar nicht sagen wollen, und am betroffenen Schweigen der anderen merkte sie, dass sie die euphorische Stimmung mit diesem einen Satz niedergemacht hatte.

»Trennt ihr euch auch?«, fragte Lilli mit dünner Stimme.

Ida sah ihr und Göni in die Augen. »Ich will es nicht hoffen. Sonst bin ich bald auch eine der vielen einsamen alten Frauen ohne Geld, die keiner mehr will. Habe ich gerade in einer Fernsehdoku gesehen. Dass Frauen ab einem gewissen Alter kaum noch eine Chance auf eine neue Beziehung haben. Nicht, dass ich mir eine neue wünsche, versteht mich nicht falsch. Aber diese Armada von einsamen alten Frauen, die in unserer Gesellschaft fast unsichtbar sind, ist schon erschreckend. Kein Wunder, dass viele von denen das bisschen Geld, das sie haben, für Partnervermittlungsplattformen zum Fenster rauswerfen.«

In der Küche war es jetzt ganz still. Die Luft war drückend, und dass es so intensiv nach Spülmittel roch, machte die Sache nicht besser. Ida war selbst gar nicht bewusst gewesen, dass sie so dachte. All das war ihr einfach so herausgerutscht. Es war, als hätte sie versehentlich eine überfüllte Schublade geöffnet, und jetzt quoll der Inhalt heraus wie Gefangene, die endlich in die Freiheit wollten. Sie sah aus dem Fenster. Draußen schien sich ein Gewitter zusammenzubrauen. Es grummelte leise, und die Tiere waren auffällig ruhig. Bis auf eine dicke Fliege, die dümmlich brummend immer wieder gegen die Fensterscheibe flog.

Plötzlich sprang Lilli auf, haute sich mit der flachen Hand auf die Stirn und rief: »Ich hab's! Was du gerade gesagt hast, ist genial, Tante Ida!«

»Was? Dass alte Frauen niemand mehr haben will? Das ist genial? Na, warte mal ab, bis du selbst in dem Alter bist. Dann findest du das nicht mehr annähernd so genial.«

»Das meinte ich doch nicht. Tante Ida!« Lilli verdrehte die Augen. »Jetzt sei mal nicht so eine schwarzsehende Nebelkrähe. Nein, das andere, was du gesagt hast: dass Frauen viel Geld ausgeben, um über Partnervermittlungen jemanden kennenzulernen. Das funktioniert nämlich in den meisten Fällen gar nicht, habe ich mal gehört. Da daten alte Säcke x-beliebige Frauen, um zu gucken, ob bei denen Geld zu holen ist. Und davor haben viele ältere Frauen Angst. Und genau deshalb ist das die perfekte Geschäftsidee.«

Ida musste gegen ihren Willen wieder lachen. »Ach, und deshalb mache ich jetzt die hunderttausendste Partnervermittlung auf. Stimmt, Lilli, die Idee ist genial.«

Lilli ließ sich nicht verunsichern. »Nein, das ist *nicht* meine Idee. Jetzt hört mir doch mal zu! Du bietest Flirtferien auf dem Land für reifere Semester an. Einen Ort, wo flirtbereite ältere Singles in sicherer Atmosphäre ein bisschen ihre Fühler ausstrecken können, ohne sich gleich in gefährliches Gewässer zu begeben. Sozusagen betreutes Flirten für Spätberufene.« Sie sah erwartungsvoll in die Runde.

Göni fand als Erste ihre Sprache wieder: »Kreativ bist du, das muss man dir lassen. Aber wo sollen die ganzen flirtwütigen Silver Ager denn herkommen? Du kannst schließlich kaum in Tourismusmagazinen damit werben, dass du ausschließlich Singles im fortgeschrittenen Alter in deinem Hotel haben willst.«

»Man müsste 'ne eigene Homepage erstellen. Im Stil von: *Romantische Ferien für Singles im besten Alter*. Vielleicht ein Slogan wie: *Ferien, flirten, feiern. Ältere Menschen, die nicht allein sein wollen, finden in unserem Hotel Gleichgesinnte, um schöne Stunden miteinander zu verbringen. Spätere Liebe nicht ausgeschlossen*. So könnte man wenigstens mal ausprobieren, ob das jemanden anspricht.«

Ida war ausgesprochen skeptisch. Alte Lustmolche und späte Mädchen wollte sie eigentlich nicht besonders gern um sich haben. »Eine Homepage zu erstellen kostet Geld. Und nur um etwas zu probieren, kann und will ich nicht auch noch Geld ausgeben«, wandte sie ein.

Lilli aber war nicht zu bremsen. »Um eine Homepage kann ich mich kümmern. Als Erstes brauchen wir coole Fotos von hier. Hast du so was?«

»Coole Fotos?« Ida lachte auf. »Damit geht's doch schon los. Schau dich doch mal um, Lilli! Was will man hier fotografieren? Einen kaputten Wald, ein in die Jahre gekommenes Hotel und mittendrin eine alte Land-Oma, wie du mich so schön genannt hast. Und woher wollen wir wissen, was flirtbereite ältere Herrschaften *cool* finden? Die brauchen am Ende 'ne Rollstuhlrampe und Pflegebetten. Hör auf! Die Idee ist süß, aber völlig an der Realität vorbei.«

»Jetzt gib doch nicht so schnell auf.« Lilli klang ärgerlich. »Alte Leute, die pflegebedürftig sind, wären natürlich nicht die richtige Klientel. Das könnt ihr hier gar nicht leisten. Die kann man aber mit charmanten Umschreibungen fernhalten. Und *in die Jahre gekommen* nennt man heutzutage *retro*, und genau so etwas suchen ältere Leute doch, oder nicht? *Flirten und Entspannen im Retro-Charme eines alten Landgasthofs. Fühlen Sie sich wie in Ihrer Jugend im Hotel zur späten Liebe.* So in der Art. Wenn dann tatsächlich Paare zueinanderfinden, könnte man damit werben. Das ist doch megacool. Deine Zimmer müssten nur ein bisschen umgestylt werden. Das geht bestimmt auch mit wenig Geld.«

»Genau!« Göni lachte. »Wenn du was brauchst, räumst du der Zapfi einfach die Hütte leer. Bei dem ganzen alten Krempel, den die bei sich rumstehen hat, ist ihr Haus die reinste Fundgrube. Und sie selbst bieten wir als Superschnäppchen mit an. Eine attraktive Best Agerin wie sie wäre eine Riesenreklame: Zapfi inmitten ihrer alten Möbel, umlagert von alten Männern.« Göni gackerte begeistert über ihren eigenen Witz.

In diesem Moment krachte der erste mächtige Donner direkt über dem Dach. Zeitgleich flog die Küchentür auf, und Zapfi trat durch den Rahmen. Casanova schlüpfte hinter ihr durch die Tür und hüpfte sofort auf Lillis Schoß.

Offenbar hatte Zapfi Gönis letzte Sätze noch gehört. Ohne zu fragen, nahm sie sich ein Croissant aus dem Brötchenkorb, biss einen so riesigen Happen davon ab, dass sie ihn nicht mehr kauen konnte, und fragte mit vollem Mund: »Ich im Kreis lauter alter Männer? Habe ich was verpasst?«

»Guten Morgen, Zapfi, komm doch rein! Ach, da bist du ja schon.« Ida konnte sich einen ironischen Unterton nicht verkneifen. »Und wo du schon da bist: Dürfen wir dir was anbieten? Ach, du hast dir schon selbst genommen.«

Mit einer wegwerfenden Handbewegung überging Zapfi Idas Einwurf. Immer noch kauend fragte sie: »Also raus mit der Sprache: Wie komme ich zu der Ehre, lauter alte Männer um mich zu haben? Willst du denen auf ihre alten Tage vielleicht auch das Krähen beibringen und sie wuschig machen wie meinen armen Elvis gestern Abend, Lilli?«

Lilli sah betreten vor sich auf die Tischplatte und murmelte kaum verständlich: »Tut mir leid. Ich wollte ihm doch nur –«

»Bitte?«, fragte Zapfi überlaut. »Ich verstehe dein Gemurmel nicht. Was wolltest du sagen?«

»Lilli tut das alles sehr leid.« Ida war selbst erstaunt, dass sie Lilli beisprang. »Sie kennt sich mit dem Landleben eben nicht so aus.«

Zapfi verzog das Gesicht. »Wenn das so ist, kann ich ihr ganz schnell Nachhilfe geben. Lilli, wie wär's? Als Buße könntest du meinen Hühnerstall mal gründlich ausmisten. Aber erst in ein paar Tagen, wenn meine armen Hühner sich von dem Schock erholt haben. Ich zeige dir dann alles Nötige.«

»Mach ich gern, echt.« Lilli hatte sich wieder etwas gefangen. »Aber zuerst muss ich für Tante Ida 'ne neue Homepage entwerfen. Wir brainstormen gerade, wie wir ihr helfen können, das Hotel auf Vordermann zu bringen.«

»Ah, und da komme ich ins Spiel.« Zapfi nahm sich Idas Kaffeetasse, schüttete sich neuen Kaffee ein und legte ihr halb angebissenes Croissant zurück in den Brötchenkorb. »Habe ich das richtig verstanden? Ich soll die Märchentante für alte Männer machen? Als gemütliches Landleben-Highlight? Dass ich schon einen Beruf habe, habt ihr Lilli wohl verschwiegen.«

»Ich weiß, dass du Hebamme bist«, sagte Lilli. »Wir suchen keinen neuen Beruf für dich, sondern brauchen dich als Köder. Wir wollen ein Flirthotel aus Idas Schuppen machen. Ein Flirthotel für ältere Menschen. Dass du dir dabei einen Kerl schnappen sollst, war gar nicht meine Idee.«

»Aha, das wird ja immer toller!« Zapfi schlüpfte aus ihren Crogs und zog die Beine an. »Ich ködere Männer, damit die in Idas Hotel einchecken. Und für wen oder was sind diese Männer dann gedacht? Sollen die alten Jungfern aus dem Dorf jetzt etwa einen Kerl verpasst kriegen? Sag mal, habt ihr alle miteinander etwa schon wieder was geraucht?«

Sie schüttelte den Kopf. Als Lilli ihr dann noch einmal Schritt für Schritt ihre Idee für ein Flirthotel ausbreitete, wurde Zapfi jedoch immer interessierter. Schließlich ließ sie sich zu einem anerkennenden Nicken herab. »Gar nicht schlecht. Blöd bist du schon mal nicht, Kind. Deine Idee könnte durchaus funktionieren. Aber dazu müsste am Erscheinungsbild des Hotels was gemacht werden. Wer ein Konzepthotel hat, braucht auch eine passende Optik. Schließlich war das Ganze hier früher für Familien mit Kindern gedacht. Und wirklich viel renoviert wurde in den letzten Jahren nicht.«

»Und damit sind wir wieder bei unserem Ausgangsproblem angelangt: Geld.« Ida seufzte, und passenderweise krachte draußen ein weiterer gewaltiger Donner los. Casanova sprang von Lillis Schoß und huschte unter den Küchenschrank.

»Wir brauchen ein Konzept, das möglichst wenig kostet. Vielleicht könnte man die Zimmer in Mottozimmer umwandeln. Bisschen Kitsch, bisschen romantischer Schnickschnack…«, sagte Lilli.

Zapfi nickte. »Ich war mal in Berlin auf einer Fortbildung. Da waren wir in einem Hotel untergebracht, in dem jedes Zimmer von einem anderen Künstler gestaltet war. Das hat mir gut gefallen.«

Dass ihre älteste Freundin sich für Lillis Idee zu erwärmen schien, irritierte Ida. »Ja, das klingt doch super«, erwiderte sie deswegen bissig. »Ich kenne ja auch jede Menge Künstler, die Lust haben, mir für kleines Geld die Zimmer zu gestalten. Ich glaube, ihr braucht für verrückte Ideen gar kein Gras. Bei euch reicht schon ein Gewitter, um euch das Hirn zu verdrehen.«

»Jetzt sei mal nicht so sperrig, Ida. Wir denken hier gerade *für dich* nach! Um *dein* Hotel zu retten. Mach uns da nicht die Spaßverderberin.« Im Eifer des Gefechtes nahm Zapfi ein Brötchen aus dem Korb, brach sich ein Stück ab und fuhr damit in den Marmeladetopf.

»Nimm gefälligst ein Messer!«, raunzte Ida sie an.

Ohne sie zu beachten, fuhr Zapfi fort: »In deinem Fall brauchen wir keine Künstler, sondern eine Idee. Jedes einzelne Zimmer müsste so umgestaltet werden, dass es zu romantischen Träumen einlädt.«

»Liebesfilme!«, rief Göni. »Jedes Zimmer müsste nach einem berühmten Liebesfilm gestaltet sein. Klassiker, natürlich. Damit sentimentale Erinnerungen getriggert werden. Bei der genauen Filmauswahl bin ich allerdings überfragt. Ich habe ja meine Jugend nicht in Deutschland verbracht.«

»*Vier Hochzeiten und ein Todesfall*?«, fragte Zapfi.

»Nee, keine Todesfälle. Die sind schlecht fürs Image. Außerdem müssten das *richtig* alte Filme sein«, warf Lilli ein. »Irgendwas aus der Jugend der Oldies. Welche Filme fandet ihr denn damals toll? Was habt ihr im Kino gesehen?«

»*Vier Fäuste für ein Halleluja*«, kicherte Zapfi.

»Hochromantisch, Zapfi, ehrlich!« Ida verdrehte die Augen. »Ich war in meiner Jugend eigentlich nur einmal im Kino«, sagte sie dann. »Das war eine Karl-May-Verfilmung. Ich war so verknallt in Pierre Brice. Wir durften ja fast nie ausgehen und mussten schon früh im Hotel mitanpacken.«

»Kein Selbstmitleid! Filme! Wir brauchen Filme!«, rief Zapfi.

»Ihr scheint davon auszugehen, dass ich bereit bin, mich mit eurem eigenwilligen Konzept ernsthaft auseinanderzusetzen«, sagte Ida. »Nun, ich bin nach wie vor nicht überzeugt, aber ich bin bereit, darüber nachzudenken. Mehr nicht. Das bedeutet nicht, dass ich Ja sage.«

»Es bedeutet aber auf jeden Fall, dass ich erst einmal bleiben kann, stimmt's? Ihr braucht mich ja für die Homepage und für die Ideen, oder?« In Lillis Stimme lag ein Hauch von Triumph.

Ida seufzte ergeben. »Vorläufig. Ich verspreche nichts, und mit Tünn müsste ich natürlich auch noch sprechen. Schließlich würde auch er dann plötzlich von liebestollen Rentnern überrollt.«

»Lass mich mit Onkel Tünn reden. Wir zwei verstehen uns echt gut.« Lilli strahlte.

Ida hob den Zeigefinger. »Aber ohne Friedenspfeifchen! Das ist meine absolute Bedingung. Das Ganze wird sofort abgeblasen, wenn ich euch noch ein einziges Mal –«

»Großes Indianerehrenwort!«, fiel ihr Lilli ins Wort.

6
SENFPRALINE UND WINDBEUTEL

Dass Lilli mit ihrer verrückten Geschäftsidee möglicherweise auf eine kleine Goldader gestoßen war, merkte Ida einen Monat später.

Die letzten vier Wochen hatten sie mit Planen, Ideen schmieden und wieder verwerfen verbracht. Und immer, wenn Ida dachte, ein Problem entdeckt zu haben, das ihr Projekt doch noch vereiteln könnte, hatte Lilli mit einer neuen und noch verrückteren Idee aufgewartet. Dass ihr dabei ausgerechnet Tünn immer wieder zur Seite gesprungen war, überraschte Ida. Ebenso, dass sich die Beziehung zwischen Tünn und Lilli zu einer engen, von Interesse und Freundlichkeit geprägten Freundschaft entwickelt hatte. Die beiden hockten viel zusammen und scherzten und frotzelten miteinander.

Wenn Ida sich selbst gegenüber ehrlich war, musste sie eingestehen, dass sie deshalb durchaus ein bisschen eifersüchtig war. Nicht eifersüchtig im klassischen Sinne – das war klar. Aber sie hätte auch nichts dagegen gehabt, genauso offen und uneingeschränkt von Lilli angehimmelt zu werden wie Tünn. Inzwischen hatte Tünn Lilli angeboten, den »Onkel« wegzulassen, weshalb Lilli ihn einfach Tünn nannte. Dadurch kam Ida die Distanz, die zwischen ihr und Lilli bestand, noch größer vor. Lilli einfach anzubieten, die »Tante« vor ihrem Namen wegzulassen, kam ihr allerdings auch nicht richtig vor. Schließlich erwarteten Franziska und Lillis Mutter Gloria, dass sie einen guten Einfluss auf die junge Frau hatte und dass diese sich unter ihren Fittichen wieder etwas aufrichtete. Da war es nicht gut, sich zu sehr mit Lilli auf eine Stufe zu stellen.

Gleichzeitig wurmte es Ida, dass Tünn so offensichtlich aufblühte, seit Lilli bei ihnen eingezogen war. Über Lillis Idee, Flirturlaub anzubieten, amüsierte er sich beinahe königlich. Mit einem Seitenblick auf Ida hatte er sogar gesagt: »Wer glaubt, dass das Bedürfnis nach Liebe und Flirten im Lebensherbst aufhört, ist naiv. Solange ein Mensch atmet, möchte er geliebt und beachtet werden. Vielleicht hat Lillis Idee sogar das Potenzial, die Welt zu einem etwas besseren Ort zu machen.«

»Du hast leicht reden«, hatte Ida geantwortet. »Wenn hier die Hormone durch die Luft fliegen und es zu Eifersuchtsszenen zwischen den älteren Herrschaften kommt, hockst du schön gemütlich in deinem Büro und streichelst deine Exceltabellen.«

Tünn hatte nur süffisant gegrinst. »Irgendetwas muss ich ja noch streicheln dürfen. Aber wenn ihr auf dem Liebesjahrmarkt der Graukopfpapageien wirklich Unterstützung braucht ... Ich hätte nichts dagegen, meine Arbeitszeit zu verkürzen und euch den Eintänzer zu machen.«

So war Ida die Rolle der Skeptikerin allein vorbehalten geblieben, während Tünn sich sogar bei der Auswahl der Liebesfilme, nach denen die Zimmer gestaltet werden sollten, beteiligt hatte. Vierzehn Zimmer sollten nun renoviert werden.

Es würde ein *Doktor Schiwago*-Zimmer geben, andere wollten sie nach den Filmen *Lovestory*, *Jenseits von Eden*, *Jenseits von Afrika*, *Und ewig lockt das Weib* und *Pretty Woman* einrichten. Zu denen, die es etwas erotischer mochten, würden hoffentlich Zimmer wie *Zur Sache, Schätzchen* oder *Manche mögen's heiß* passen. Außerdem sollten *Casablanca*, *Vom Winde verweht*, *Frühstück bei Tiffany*, *Die Liebenden von Pont-Neuf*,

Die Sünderin und *Salomon und Die Königin von Saba* eine Rolle spielen.

Bei einigen Filmen hatte Ida eingewandt, dass sie kein gutes Ende nahmen. Aber Lilli, Zapfi, Änne, Göni und Tünn waren sich einig, dass es nicht so sehr um das Ende ging, sondern um die Sehnsucht, die die Erinnerung an die Filme und ihre Stars auslösten. Irgendwann hatte Ida klein beigegeben. Sie hatte ohnehin keine Chance, zumal die Begeisterung bei den anderen wilde Wellen schlug.

Lilli hatte sich schlaugemacht, wo alte Filmplakate zu bekommen waren, und wieder war es allein Ida, die hintenüberfiel, weil diese Plakate teilweise furchtbar teuer waren. Zum Ausgleich hatte Lilli einen Aufruf in ihrer Internet-Community gestartet, wer gerade Zeit und Lust hätte, bei der Gestaltung neuer Räume und beim Streichen zu helfen. Einer ihrer Bekannten – angeblich ein begnadeter Sprayer – wollte für kleines Geld Wandbilder in den Zimmern sprayen. Sogar Meike, die Ida bisher immer nur gegen Geld geholfen hatte, wollte sich kostenlos an den Arbeiten beteiligen. Die Malerarbeiten sollte Robert, einer von Tünns Freunden, beaufsichtigen, der eine Malerfirma hatte und sich netterweise für diese Zeit aus seiner Firma ausklinken konnte. Auf diese Weise hatte ihre Clique jedes noch so kleine Hindernis, das Ida erwähnte, vom Tisch gewischt, und vor zwei Tagen hatten sie die neue Homepage, die Lilli gestaltet hatte, ins Netz gestellt.

Am Morgen war dann eine ganze Gruppe von jungen Leuten in ihrem Hotel eingefallen. Tünn hatte im ehemaligen Tanzsaal schnell für alle ein riesiges Bettenlager organisiert. Und diese neun jungen Leute wollten nun in die Hände spucken, Zimmer streichen und gestalten und sich dabei ein bisschen Geld verdienen.

Nun hockte Ida mit leichten Bauchschmerzen in ihrer Küche und stellte eine Einkaufsliste zusammen. Schließlich musste die arbeitsbereite Meute ja auch verköstigt werden, und diese Aufgabe hatte selbstverständlich sie übernommen.

Bevor sie sich entschieden hatte, was sie heute Abend kochen würde, klingelte es laut und penetrant an ihrer Haustür. Da die Eingangstür zum Hotel offen stand und Zapfi und Änne immer ungefragt durch die Hintertür kamen, konnte Ida sich nicht vorstellen, wer da so lang anhaltend klingelte.

Als sie die Haustüre öffnete, erstarrte sie für einen Moment. Vor ihr stand die Senfpraline, im Schlepptau, hinter ihrem Rücken halb verborgen, ihr Mann. Der Windbeutel. Ida streckte den Rücken durch und machte sich groß. Wenn die zwei kamen, bedeutete das nichts Gutes.

Die Senfpraline hieß eigentlich Beatrix Schellenbaum und ihr Mann, der Windbeutel, Rüdiger Schellenbaum. Ihren Spitznamen hatte Beatrix schon seit ihrer gemeinsamen Realschulzeit, denn schon damals war sie zwar durchaus sehr hübsch anzusehen, dafür aber eine besserwisserische und moralinsaure Petze gewesen. Dass sie später ausgerechnet den Windbeutel – einen hoffnungslosen Angeber, den in der Tanzschule immer alle gemieden hatten – geheiratet hatte, hatte alle gewundert. Rüdiger tanzte grottenschlecht, hatte feuchte Finger, die er nur selten bei sich behalten konnte, und protzte ständig mit seinen außerordentlichen Schulleistungen und seinem angeblichen Erfolg beim anderen Geschlecht. Inzwischen war die Senfpraline in allen Ortsgruppen und Vereinen organisiert und Mitglied des Gemeinderats, und nach wie vor redete sie gern viel und schlecht über andere. Keiner wollte sie darum gern zu Besuch haben. Ihr Mann Rüdiger führte in dritter Generation die Apotheke, trank aber immer noch gern einen über den Durst und neigte weiter zu Aufdringlichkeit.

Die Senfpraline trug einen engen Bleistiftrock und eine dünne Sommerbluse mit übergroßer Schleife vor der flachen Brust. An der zupfte sie nun herum, während sie Ida scheinheilig anlächelte. »Können wir reinkommen, Ida, Liebes? Wir wollten etwas mit dir besprechen.«

Ida, die sich ziemlich sicher war, dass sie nichts mit der Senfpraline zu besprechen hatte, und auch den Windbeutel am liebsten von hinten sah, hob abwehrend die Hände. »Das tut mir leid, Beatrix. Bei uns wird gerade renoviert, und der Schankraum ist nicht geöffnet. Ihr hättet besser einfach angerufen, dann hättet ihr euch den Weg gespart.«

Die Senfpraline verzog den dünnen, hellrot geschminkten Mund zu einem säuerlichen Lächeln, das ihre großen blauen Augen nicht erreichte. »Ihr renoviert?« Auf ihren Stöckelschuhen reckte die Senfpraline sich noch ein wenig höher, was Ida an einen Flamingo erinnerte. »Dann scheint ja tatsächlich etwas an dem Gerücht dran zu sein, das im Moment in aller Munde ist. Ich hatte ja gehofft, dass es sich nur um Dorftratsch handelt.«

Ida ahnte, worum es der Senfpraline gehen könnte, stellte sich aber dumm. »Du sprichst in Rätseln, liebe Beatrix. Du weißt doch, dass ich mich in der Regel nicht an Dorftratsch beteilige, und wenn es nichts Wichtiges ist, möchte ich dich bitten, mich mit diesen Klatschgeschichten zu verschonen. Ich bin ein wenig knapp mit der Zeit!«

»Ich hätte es dir sehr gern erspart, auf offener Straße mit dir darüber zu sprechen.« Ungeachtet Idas deutlicher Abfuhr setzte die Senfpraline ihre Attacke fort. »Nun, wenn du uns nicht hineinbitten kannst ... Allein das spricht ja bereits Bände. Tatsächlich wollten wir mit euch über das Etablissement reden, das ihr hier ganz offensichtlich plant.« Das Wort »Etablissement« sprach sie so verächtlich aus, als hätte sie gerade in eine Zitrone gebissen.

»Etablissement?«, wiederholte Ida deshalb nun doch leicht irritiert.

»Lass uns nicht um den heißen Brei herumreden, Ida!« Polternd trat der Windbeutel aus dem Windschatten seiner Frau. »Diese Sauerlandlaterne zwei, diese Bumsbude, die ihr plant – das passt uns hier im Ort nicht. Ich spreche hier wohlgemerkt nicht nur für uns, sondern für den ganzen Ort.«

Bei dem Wort »Bumsbude« war die Senfpraline zusammengezuckt und hatte hektisch mit den Augen geklimpert, was Ida mit leichter Schadenfreude zur Kenntnis nahm. Jetzt runzelte sie die Stirn.

»Wer auch immer euch den Bären aufgebunden hat, dass es sich bei unserem neuen Konzept um einen Abklatsch der berüchtigten Sauerlandlaterne handeln könnte, hat sich vertan. Wir bieten bei uns lediglich etwas reiferen Semestern eine Möglichkeit, in geschützter Atmosphäre jemanden kennenzulernen oder auch nur ein wenig zu flirten.«

Bevor Ida ihren Besuchern Näheres erklären konnte, trat die Senfpraline noch einen Schritt näher heran. Ida roch den übersüßen Geruch ihres Parfüms und sah, dass ihre ehemalige Mitschülerin offensichtlich Mohnbrötchen zum Frühstück gehabt hatte. Dass davon etwas Mohn in ihren Zahnzwischenräumen übrig geblieben war, hatte die Senfpraline selbst offenbar nicht gemerkt, sonst wäre sie so nie vor die Tür getreten. Ihre Stimme wurde nun laut und unangenehm schrill: »Das macht es höchstens noch unappetitlicher! Dass ihr alte Menschen auch noch dazu ermutigt, sich einer Zügellosigkeit hinzugeben, die ihrem Alter so gar nicht entspricht! Ein Bordell für alte Leute! Pfui, Ida! Ich hätte dir nie zugetraut, dass die Geldnot dich so tief sinken lässt.«

Ida schnappte nach Luft. Die Empörung hatte ihr die Sprache verschlagen. Sie zuckte zusammen, als Tünn ihr die Hand auf die Schulter legte. Offenbar war er im richtigen Moment gekommen, um den würdelosen Auftritt dieses moralinsauren Paares mitzuverfolgen.

»Ein Puff, liebe Beatrix«, sagte er zwar ruhig, aber mit einer leichten Schärfe in der Stimme, »ein Puff ist eine Einrichtung, in der Männer ihre erotischen Fantasien bei professionellen Liebesdienerinnen ausleben oder bei ihnen einfach nur eine Anlaufstelle für ihren sexuellen Notstand suchen. Dabei bezahlt der Kunde die Liebesdienerin. Stimmt doch, Rüdiger, oder? Korrigiere mich, wenn ich das falsch verstanden habe. Du kennst dich mit Einrichtungen dieser Art wahrscheinlich besser aus als ich.«

Dass Tünn ihrem Mann damit quasi unterstellte, regelmäßig in den Puff zu gehen, trieb der Senfpraline die Zornesröte noch mehr ins Gesicht. Gerade wollte sie zum Gegenangriff ansetzen, doch Tünn ließ sie nicht zu Wort kommen. »Bei uns werden keine professionellen Liebesdienerinnen angeheuert. Bei uns suchen nur Singles in fortgeschrittenem Alter nach einer entspannten Gelegenheit, jemanden kennenzulernen. Was dich, lieber Rüdiger, vielleicht sogar heimlich enttäuscht. Würden wir eine neue Sauerlandlaterne aufmachen, würde das manch einem aus dem Ort die Anreise in die echte ersparen, da wirst du mir recht geben, oder?«

»Wie kannst du es wagen, meinem Mann zu unterstellen, dass er sich in zwiespältigen Etablissements aufhält! Jeder im Ort weiß, dass wir eine hoch angesehene Familie sind und eine untadelige Ehe führen!« Beatrix spuckte vor Empörung regelrecht, und Tünn und Ida wichen automatisch einen Schritt zurück.

Tünn blieb dennoch ruhig und leise. »Dann ist ja alles gut. Dann ist es bestimmt auch nur ein Gerücht, dass dein hoch angesehener Apothekermann sich ständig nach neuen Mitarbeiterinnen umsehen muss, weil ihm die jungen Frauen reihenweise kündigen, da er seine Finger nicht immer bei sich behalten kann. Daran sieht man mal wieder, wie wenig an solchen Gerüchten dran ist und wie gut man daran tut, nicht jeden Dorfklatsch für bare Münze zu nehmen.«

»Das ist eine Ungeheuerlichkeit, Rüdiger jetzt auch noch zu unterstellen, dass er –«

Die Senfpraline unterbrach sich selbst und drehte sich mit einer wütenden Bewegung zu ihrem Mann um. Eine Drehung, die ihren Pumps nicht gut bekam. Der Absatz des linken brach mit einem hässlichen Knacks ab, und die Senfpraline knickte um. Nun war es um ihre Fassung vollends geschehen. »Eure Zufahrt könntet ihr auch besser pflegen«, lamentierte sie. »Wegen eurer schlampigen Verhältnisse habe ich mir den teuren Schuh ruiniert. Ich hoffe, ihr seid gut versichert. Und du, Rüdiger! Jetzt sag doch auch mal was dazu!« Inzwischen kreischte sie regelrecht.

Rüdiger fühlte sich ganz offensichtlich nicht wohl in seiner Haut. »Ist doch nur ein Schuh, Trixi. Ich kauf dir neue«, murmelte er.

»Das meine ich nicht!« Ihre Stimme überschlug sich. »Dass man dir unterstellt, du würdest Mitarbeiterinnen belästigen. Das ist eine Verleumdung! Eine üble Verleumdung!«

»Genau mein Reden«, sagte Tünn und schmunzelte. »Wer solche Gerüchte in den Umlauf setzt, den sollte man verklagen. Und wer solche Gerüchte weiterverbreitet, ist auch nicht viel besser, da hast du recht, Beatrix. Schön, dass wir darüber gesprochen haben.« Er sah ihr in die Augen. »Soll ich euch für den Heimweg ein Taxi rufen? Ich meine, wegen des ruinierten Schuhs. Mach ich gern. Dauert zwar etwas, bis ein Taxi ... aber vielleicht findet ihr ja auch jemand anderen, der euch nach Hause fährt. Ihr seid ja im Ort beliebt.«

Ida kam aus dem Staunen nicht heraus. Dass Tünn die beiden so geschickt abfertigte und sich damit hinter sie stellte! Aber so leicht gaben die Schellenbergs natürlich nicht auf.

»Wir sind noch nicht fertig!«, fauchte Beatrix. »Die Beleidigungen gegen meinen Mann nimmst du sofort zurück, Tünn!«

Nun fand auch der Windbeutel seine Sprache wieder. Mit

der blasierten Stimme, die ihm schon zu Schulzeiten seinen Spitznamen eingebracht hatte, konterte er: »Du denkst doch nicht allen Ernstes, Trixi, ich ließe mich von diesem dahergelaufenen Münsterländer Schreibtischhengst beleidigen. Diese ganzen Unsäglichkeiten unterstellt er mir doch nur, um mich zu provozieren und von sich und seiner dubiosen Geschäftsidee abzulenken. Es bleibt dabei: Wir und viele andere im Ort werden nicht tolerieren, dass ihr uns diese liebestollen Katzen und Kater ins Dorf holt. Dass wir euch vorwarnen, ist ein Akt nachbarschaftlicher Freundlichkeit.«

Er holte Luft und plusterte sich noch ein wenig mehr auf. »Und was eure neue Mitarbeiterin angeht, die ihr euch da ins Haus geholt habt, dieses junge Ding, das sich bei mir in der Apotheke schon zweimal Schmerztabletten geholt hat: An dieser jungen Dame sieht man ganz genau, wie sehr ihr auf dem Irrweg seid. Die mit ihrem bunten Frisurensalat auf dem Kopf! Wenn ihr so weitermacht, haben wir bald genau die Leute im Ort, die wir nie haben wollten. Leute, die rumhängen und am Ende gar noch mit Drogen experimentieren. Du kannst ihr ausrichten, so was wie ihre Frisur nennt man heutzutage ›kulturelle Aneignung‹.« Er nahm seine Frau am Arm und wandte sich ab.

»Und euren Besuch, Rüdiger, weißt du, wie man so was heutzutage nennt?« Als Rüdiger sich umdrehte, grinste Tünn ihn frech an: »So was nennt man ›kulturelle Zumutung‹. Bitte schön, gern geschehen. Frag mich, wenn du noch was wissen willst. Ich helfe gern. Und jetzt wünsche ich einen schönen Heimweg.«

Damit zog Tünn Ida ins Haus und warf mit Schwung die Haustür zu.

Im Flur war es dämmrig. Ida und Tünn standen schweigend voreinander, und Ida meinte, in Tünns Gesicht einen leichten Zweifel lesen zu können. Sicherlich vermutete er, dass der

Überraschungsbesuch des unsympathischen Apothekerpaares sie getroffen hatte. Ida aber warf den Kopf in den Nacken und brach in schallendes Gelächter aus. Sie prustete und gackerte haltlos. »Kulturelle Zumutung … kulturelle Zumutung! Tünn, ich kann nicht mehr.«

Tünn grinste ebenfalls, während, angelockt von Idas lautem Lachen, aus den oberen Zimmern einige der Jugendlichen herunterkamen.

»Was'n hier los?«, fragte Justin, dessen Kleidung von oben bis unten mit Farbspritzern übersät war.

»Wir hatten gerade eine Begegnung der dritten Art!« Noch immer musste Ida lachen. »So einen Spaß hatten wir wirklich schon ewig nicht mehr. Wenn die schlimmsten Schandmäuler und Neidhammel des Dorfs von unserer Geschäftsidee gehört haben und sich darüber auch noch aufregen, steht unserem Erfolg nichts mehr im Wege. An die Arbeit! Wir müssen in zwei Wochen fertig sein.«

Wenn Ida später an diesen Vormittag zurückdachte, dann tat sie es mit gemischten Gefühlen. Zum einen wusste sie seit ihrem Zusammenstoß mit der Senfpraline und dem Windbeutel plötzlich, dass sie auf dem richtigen Weg waren. Alle Zweifel, die ihr bis dahin ab und zu den Schlaf geraubt hatten, waren plötzlich wie weggeblasen.

Andererseits fragte sie sich, ob sie an diesem Morgen nicht eine Chance verpasst hatte, sich endlich mit Tünn zu versöhnen. Oder sollte sie eher stolz darauf sein, dass sie stark geblieben war und ihm nicht vorschnell verziehen hatte?

Nach dem Zusammenstoß mit dem Apothekerpaar waren Tünn und sie in die Küche gegangen. Tünn hatte ihnen beiden ein Glas Zitronenwasser eingeschenkt und eines zu Ida hinübergeschoben. Ida hatte sich ächzend auf einen Küchenstuhl fallen lassen und Tünn zugeprostet.

»Danke, dass du für mich in die Bresche gesprungen bist, als es mir vorhin vor Empörung die Sprache verschlagen hat«, hatte sie gesagt.

Tünn hatte sie eindringlich angeschaut und dann geantwortet: »Wir waren schon immer ein gutes Team, Ida. Daran hat sich nie etwas geändert. Und ich war all die Jahre, ohne die kleinste Ausnahme, *immer* auf deiner Seite. Nur hast du das nicht immer gemerkt.«

Ida hätte aufstehen und ihm um den Hals fallen können. Der Impuls war da. Sie hätten sich vielleicht nach langer Zeit einmal wieder geküsst und einander einen Neustart versprochen. Doch ihr war ein Gedanke durch den Kopf und kurz darauf eiskalt durch das Herz geschossen: *Charmant und hilfsbereit war er wirklich immer. Das hat ihn trotzdem nicht daran gehindert, mir einen Dolch in die Herzgegend zu rammen. Wer zu leicht vertraut, hat irgendwann das Nachsehen.* Darum hatte sie nur einen Schluck Zitronenwasser genommen und gesagt: »Eine Ehe sollte mehr sein als Teamplay. In einer Ehe sollte jeder das Gefühl haben, dem anderen bedingungslos vertrauen zu können. Deswegen noch mal: Danke an den Teampartner. Aber als Ehemann muss ich dir sagen ...«

In diesem Moment hatte Lilli die Küche betreten und alle Aufmerksamkeit auf sich gezogen. Ida hatte lediglich noch wahrnehmen können, dass sich über Tünns Gesicht ein enttäuschter Schatten schlich.

Bin ich kalt? Zu unversöhnlich? Hätte ich einen Schritt, nur einen einzigen kleinen Schritt auf ihn zugehen sollen?, hatte sie sich gefragt und deshalb nicht gleich gemerkt, dass sich in Lillis Gesicht ein Gewitter anbahnte. Und nicht nur in Lillis Gesicht.

Lilli hatte ihre Schlappen von den Füßen geschleudert, sich eine Cola aus dem Kühlschrank genommen, direkt aus der Flasche getrunken und dann mit zusammengezogenen Augenbrauen gebrummt: »Schön, dass sich alle oben beim Streichen den Arsch aufreißen, während ihr euch eine Pause gönnt, ohne was gemacht zu haben. Wie sollen wir es da schaffen, rechtzeitig zu eröffnen?«

»Sag mal, was ist denn in dich gefahren?«, hatte Ida gefragt. »Welche Laus ist dir denn über die Leber gelaufen? Willst du vielleicht für mich den Einkauf übernehmen?«

Tünn hingegen hatte die Situation schnell durchschaut. Er hatte Lilli die Colaflasche aus der Hand genommen, ihr ins Gesicht geblickt und dann liebevoll gefragt: »Wo drückt der Schuh, Lilli? Wenn du grantelst, liegt dir doch meistens was auf der Seele.«

Ohne Vorwarnung war Lilli in Tränen ausgebrochen und hatte noch wütend gesagt: »Nichts ist los! Alles bestens. Hier jedenfalls. Nur dass meine Arschlocheltern meine Abwesenheit genutzt haben, um sich endgültig zu trennen.«

Tünn hatte sie in den Arm genommen, ihr über den Rücken gestrichen und gefragt: »Weißt du das, oder glaubst du das?«

»Ich habe vorhin mit Papa telefoniert. Mama hat ihn rausgeschmissen. Die kann so gemein sein. Er klang ganz geknickt. Ich habe ihn eingeladen, erst mal hier zu uns zu kommen. Das war doch okay, oder?« Tränenüberströmt hatte sie Ida ins Gesicht geschaut.

Ida hatte geseufzt und gesagt: »Klar kann er kommen. Wir müssen ihm halt eine Matratze in dein Zimmer legen. Die anderen Zimmer sind ja alle noch nicht bewohnbar. Aber trotzdem, Lilli, und unabhängig davon, ob dein Papa kommen mag oder nicht: Vielleicht mussten deine Eltern nur einmal richtig Dampf ablassen, und irgendwann raufen sie sich doch wieder zusammen. Eine Ehe gibt man so leicht nicht auf, egal, wie schwer es manchmal sein mag.« Dabei hatte sie bedeutungsvoll in Tünns Richtung gesehen.

In diesem Moment war Zapfi in die Küche gestürmt. »Hier bist du ja, Lilli«, hatte sie gesagt. »Ich habe dich gesucht. Stell dir vor: Marylin hat heute Nacht ihre Welpen bekommen. Magst du mitkommen und sie dir anschauen?«

Die Zapfi wieder! Mit ihrem untrüglichen Gefühl, im falschen Moment zu stören und damit die Geschicke in eine andere Richtung zu lenken.

In den Tagen danach war das Leben in einem Tempo über Ida hinweggerauscht, dass ihr keine Zeit zum Nachdenken blieb.

Am Wochenende war Lillis Vater Nicolas eingetroffen, ein kleiner, dunkelhaariger Franzose mit einem verschmitzten Lachen, den dunkelbraunsten Augen, die Ida je gesehen hatte, und einem charmanten französischen Akzent. Nicolas war bis vor einigen Jahren Artist gewesen, ein Handstandkünstler, und man sah seinem drahtigen Körperbau und seinen Muskeln noch jetzt an, dass er in seinem Leben viel trainiert hatte. Hätte er sich nicht bei einem Unfall während eines Auftritts im Cirque de Soleil die Schulter unrettbar verletzt, stünde er wahrscheinlich immer noch in der Manege.

»Ich war mit einem Schlag quasi Frührentner«, hatte er Ida in einer ruhigen Minute erzählt. »Bis dahin war ich immer in der Weltgeschichte unterwegs, bin von Engagement zu Engagement gezogen und war immer nur in den Pausen dazwischen bei Gloria und den Kindern. Ich dachte, sie freut sich, wenn ich für immer zur Familie ziehe. Aber seitdem streiten wir nur noch, worunter Lilli sehr leidet. Aber auch wenn ich mir jetzt eine eigene Wohnung suche, bedeutet das ja nicht, dass ich nicht mehr zur Familie gehöre. Trotzdem macht Lilli das ganz trist, sagt man so in Deutsch, oder?«

»›Traurig‹ ist wohl das passendere Wort, aber ich habe dich auch so verstanden.« Ida lächelte. Sie konnte sich gut vorstellen, wie schwierig es für Franziskas Tochter gewesen war. Nach all den Jahren des Trennens und Wiedersehens, das sein Künstlerleben ihr abverlangt hatte, war ihr Mann plötzlich dauernd zu

Hause. Allein das war wahrscheinlich eine große Umstellung gewesen, und mit einem Mann zusammenzuleben, der plötzlich zum Nichtstun verdammt und dadurch bestimmt nicht gerade zufrieden war, stellte jede Beziehung auf eine harte Probe. Sie räusperte sich und bemühte sich um einen optimistischen Ton: »Lilli ist gerade selbst in einer etwas schwierigen Phase«, sagte sie. »Sie sucht noch ihren Platz in der Erwachsenenwelt. Darum möchte sie, dass die Welt ihrer Kindheit sich möglichst nicht verändert, das musst du verstehen. Wenn sie ihren Platz im Leben gefunden hat, wird sie mit eurem neuen Arrangement schon zurechtkommen.«

»*Mais oui.*« Er seufzte. »Ich verstehe sie ja. Aber diesen Platz wird sie nicht durch Klauen und Drogen und Lügen finden. Sie hat uns in den letzten Monaten so enttäuscht. Niemand hat erwartet, dass sie so ein Granatenabitur macht wie ihr Bruder. Aber durch das Abi rasseln und alle und jeden vor den Kopf stoßen, das war sogar mir zu viel. Ich selbst war in dem Alter ja längst auf mich gestellt, hatte mit neunzehn bereits meine ersten Auftritte. Bin früh von zu Hause abgehauen.« Er seufzte noch einmal. »Ich war also auch ein schlimmer *chien*, sagt man so?«

»Hund«, übersetzte Ida automatisch. Als großer Fan von Gilbert Bécaud hatte sie in jungen Jahren heimlich ein wenig Französisch gelernt.

»Genau: 'und. Ich war ein schlimmer 'und, aber ich habe im Zirkus Disziplin gelernt, und das muss Lilli auch.«

Ida musste grinsen, denn Nicolas hatte, typisch Franzose, das H vor dem Hund weggelassen. Allzu weit konnte es mit seiner Disziplin zudem nicht sein, denn während des Gesprächs hatte er sich mehrere Zigaretten auf Vorrat gedreht. Nun, konnte er machen. Rauchen durfte er aber nur draußen, da machte sie auch für ihn keine Ausnahme.

7
Kommen und Gehen

Die Renovierungsarbeiten und die künstlerische Gestaltung aller vierzehn Hotelzimmer war abgeschlossen. Tünns Freund Robert war sogar so nett gewesen, noch schnell die Flure zu streichen. Nun machten die Helfer gemeinsam mit Ida, Tünn, Lilli und Idas Freundinnen einen feierlichen Rundgang durch das Hotel.

Immer wieder ertönte ein bewunderndes »Ah« und »Oh«, und auch Ida strahlte vor Glück. Jedes Zimmer war in einer anderen Farbe gestrichen, die auf den Inhalt des Filmes abgestimmt war, nach dem es benannt war. So war *Vom Winde verweht* in einem kräftigen Aubergine gehalten. Anfangs hatte Ida gefürchtet, dass so starke und teilweise sogar dunkle Farben bedrückend wirken könnten. Aber Lilli und Nicolas hatten mit Lichtelementen, ausgewählten Dekostücken und dem Einsatz von Spiegeln ganze Arbeit geleistet. Nicolas hatte sich dabei als Künstler erwiesen und kleine Bildnisse aus Spiegelscherben gezaubert, und Lilli hatte ihn mit Feuereifer dabei unterstützt. In den Zimmern, für die sie keine passenden Filmplakate mehr bekommen hatten, hatte Nicolas mit Wandtattoos und Karikaturen nachgeholfen.

Meike, die sich inzwischen sehr gut mit Lilli verstand, hatte mit ihr gemeinsam kleine Filme zu jedem Zimmer aufgenommen und auf der neuen Homepage des Hotels eingestellt. Schon waren etliche Reservierungen für die nächsten Wochen eingetrudelt. Das Konzept schien also aufzugehen, und morgen, gerade einmal zwei Monate nach Lillis Erscheinen, sollte das Hotel neu eröffnen.

Ida richtete den Blick auf Lilli. Nicolas hatte einen Arm um sie gelegt. Er war einen ganzen Kopf kleiner als sie, und trotzdem erweckte Lilli den Eindruck, als schaute sie zu ihm auf. Sie strahlte über das ganze Gesicht und ließ sich vor jedem Kunstwerk fotografieren, das sie gemeinsam mit ihm an die Wand gebracht hatte.

Irgendwann bemerkte Ida, dass Tünn sich davongestohlen hatte. Dabei hatte auch er diesen Moment der Freude und des Stolzes zutiefst verdient. In den letzten Tagen hatte er viel dazu beigetragen, dass aus dem Chaos und den vielen großen und kleinen Missgeschicken noch ein Erfolg hatte entstehen können. Unermüdlich war er in Baumärkte oder Möbelhäuser gefahren, hatte Materialien und Wohnaccessoires nach Lillis Bestellung herangeschafft und aufgebaut. Besonders große Mühe hatte er sich mit *Manche mögen's heiß* gegeben. Dort hatte er gemeinsam mit Nicolas einen Ventilator so unter einem Bodengitter installiert, dass sich die Frauen den Rock aufbauschen lassen konnten wie einst Marilyn Monroe. Neben dem Gitter war ein Gartenzwerg mit Bewegungsmelder aufgestellt, der laut pfiff, sobald etwas geschah.

Bei der Besichtigung hatten sich alle Frauen, die einen Rock anhatten, dort filmen lassen, und es hatte ein großes Hallo und Gekicher gegeben. Deshalb wunderte sich Ida, dass Tünn die Lorbeeren für sein kreatives Werk nicht einheimsen wollte.

Wahrscheinlich ist das Projekt für ihn abgeschlossen, mutmaßte sie. Es war furchtbar lieb von ihm gewesen, dass er sich für die Zeit des Umbaus Urlaub genommen hatte, aber wahrscheinlich war es ihm dabei mehr um die jungen Leute und das gemeinsame Schaffen gegangen als um sie oder ihre Pläne.

Er hat sich halt immer so sehr eigene Kinder gewünscht, seufzte Ida innerlich. *Vielleicht sogar noch mehr als ich selbst.*

Sie fuhr sich durchs Haar. Nach mehreren Fehlgeburten war es zwischen ihnen nie mehr so leicht und liebevoll gewesen wie am Anfang ihrer Beziehung. *Das Leben ist einfach unfair*, klagte sie innerlich. *Und jetzt zieht es ihn wieder in sein eigenes Leben zurück, und wir bleiben uns genauso fremd wie in den letzten Jahren.*

Erst als sie mit der ganzen Truppe nach unten kam, merkte Ida, dass sie sich wieder einmal in Tünn getäuscht hatte. Aus dem ehemaligen Tanzsaal drang ihnen laute Musik entgegen, und Tünn stand mit einem breiten Grinsen auf den Lippen in der Tür und rief: »Helferparty! Jetzt wird gefeiert! Alles geht aufs Haus. Wir danken euch, ihr habt Großartiges geleistet.«

Ida war völlig überrascht, hatte sie doch von den Vorbereitungen für die Party nicht das Geringste mitbekommen. Dabei hatte Tünn zusammen mit Zapfi und Göni ein Büfett organisiert, dass sich die Tische bogen. Es gab blecheweise Kuchen und Pizza, belegte Brötchen, Nudelsalat und Chili con Carne. Auch ein Bierfass hatte er angeschlossen und kistenweise Cola, Limo und Wasser kalt gestellt. Bei der Musikauswahl hatte er sich offensichtlich von einem der jungen Männer beraten lassen, denn aus einer winzigen Box, die eher einem Ei als einem Lautsprecher glich, kam in erstaunlicher Lautstärke Musik, die wohl dem entsprach, was junge Leute heute gern hörten. Techno, House, Rap und wie dieser ganze Kram heutzutage so hieß.

»Machst du kurz die Musik leise?«, bat sie Tünn. »Ich möchte etwas sagen.«

Er nickte, und sie begann mit zittriger Stimme: »Ihr wunderbaren Menschen alle ... Was ihr miteinander in der kurzen Zeit auf die Beine gestellt habt, ist einfach nur umwerfend. Mein allergrößter Dank gilt dir, Lilli! Du bist ein unerschöpflicher Quell fantastischer Ideen, ein echter Zauberbrunnen, aus dem lauter Regenbogenideen fließen. Ich danke dir nicht nur dafür, dass du die Idee für ein Flirthotel in die Welt gesetzt, diese wunderbare Helferschar zusammengetrommelt hast und bis ins letzte Detail mit Kreativität und helfender Hand beteiligt warst, sondern auch dafür, dass du mich alte Zweiflerin ausgehalten und mich mit deiner Begeisterungsfähigkeit immer wieder mitgerissen hast.«

Ida sah Lilli in die Augen, entdeckte dort allerdings eher Schreck als Freude. Und im nächsten Augenblick schrie sie »Nein!«, drehte sich zum Büfett und nahm den laut fauchenden Casanova vom Tisch. Der hatte die Gunst der Stunde genutzt und ungebeten das Büfett eröffnet. Als sie sah, dass Lilli ihn nun fest im Arm hielt, sosehr er sich auch wehrte, fuhr Ida lachend fort: »Außerdem bist du offenbar auch eine Tierflüsterin, denn ich kenne tatsächlich niemanden, von dem Casi sich von einem reich gedeckten Tisch pflücken lässt, ohne übel zu kratzen. Das schafft nicht einmal Zapfi.«

Allgemeines Gelächter.

Lilli grinste, verbeugte sich und verfrachtete den empört maunzenden Casanova aus dem Raum.

Ida fuhr fort: »Ich will euch mit meiner rührseligen Dankbarkeit nicht ewig nerven. Aber ich muss an dieser Stelle auch meinen Mann Tünn besonders hervorheben, die ewig helfende Hand und den heimlichen Partyorganisierer. Ohne dein fachliches Know-how wären wir komplett aufgeschmissen gewesen. Göni, Zapfi, ach, ihr alle! Dankedankedanke!«

Gerade als ein paar Rührungstränchen über Idas Gesicht zu kullern drohten, imitierte Zapfi in ihrer gewohnt respektlosen Art den legendären Literaturpapst Marcel Reich-Ranicki und lispelte: »Ich nehme diesen Preis nicht an.«

Wieder brachen alle in schallendes Gelächter aus, und Ida erkannte, dass von ihr keine weiteren Dankesworte erwartet wurden. Dicker Applaus beendete ihre Rede, und in null Komma nichts fielen alle schnatternd und lachend über das Büfett her.

Auch sie nahm sich einen Teller, ging damit aber vorher an Tünn vorbei und raunte ihm zu: »Du Geheimniskrämer! Da hätte ich selbst drauf kommen müssen, eine Helferparty zu schmeißen. Danke dir sehr.«

Tünn deutet eine kleine Verbeugung an. »Stets zu Diensten, Frau Burgherrin.« Er lächelte verschmitzt. »Bei dem ganzen Wahnsinn der letzten Tage konntest du doch froh sein, wenn du überhaupt noch wusstest, wer du bist und wie du heißt.«

Da hatte er recht. Glücklich häufte Ida sich einen Berg von Zapfis berühmtem Nudelsalat auf den Teller, schnappte sich ein frisch gezapftes Bier und flüchtete damit auf die Treppe vor der Haustür. Dort saß Casanova mit beleidigtem Gesichtsausdruck und schaute betont gelangweilt in die andere Richtung.

»Na, Casi? Bist du eingeschnappt?«, wandte sie sich an ihn. »Nimm's, leicht alter Freund, bei dem Lärm da drin hätte es dir sowieso nicht geschmeckt. Hol dir 'ne schöne Maus aus dem Stall, und dann tafeln wir zwei hier ganz in Ruhe.«

Als hätte Casanova jedes Wort verstanden, begann er, Ida um die Beine zu streichen und laut zu schnurren.

Sie lachte. »Nein, du alter Schmeichler! Du kannst dich noch sosehr bemühen. Das hier ist *mein* Nudelsalat. Geh, und hol dir Mäuse. Mich wickelst du nicht so leicht um den Finger wie deine Freundin Lilli.«

»Wer lässt sich hier leicht um den Finger wickeln?«

Lilli setzte sich neben Ida auf die Treppe. Sie hatte sich ein Stück Pizza und eine Cola mitgebracht und offenbar auch ein wenig Ruhe gesucht. Wie ein Vögelchen nagte sie nun an dem Pizzastück herum.

Ida hatte in den letzten Wochen festgestellt, dass Lilli immer dann wenig oder gar nichts aß, wenn sie irgendetwas bedrückte. Ging es ihr gut, konnte sie aber auch ganz schön reinhauen. Keine richtige Essstörung also. »Du isst wieder nur wie ein Vögelchen«, sagte sie leise. »Was ist denn los, Lilli? Du müsstest doch eigentlich vor Stolz platzen, so toll, wie alles geworden ist. Da mache ich mir um deine Zukunft keine Sorgen. Wer so kreativ und schnell im Kopf ist, um den werden sich die Leute immer reißen, egal für welchen beruflichen Weg du dich irgendwann entscheiden solltest.«

Lilli knabberte weiter an ihrer Pizza und streichelte gedankenverloren Casi, der sich sofort zu ihren Füßen platziert hatte.

Ida sah sie prüfend an. Lilli war selten so schweigsam. Irgendetwas schien ihr also wirklich auf der Seele zu lasten. Schweigend kaute auch sie an ihrem Essen. Aus Zapfis Gehege drang das Gackern der Hühner zu ihnen herüber. Ein leichter Wind war aufgekommen und wehte ein paar Regentröpfchen von den Blättern der Birke, die vor dem Eingang stand. Es hatte den ganzen Tag geregnet, und erst gegen Abend war der Himmel aufgerissen. Von drinnen aus dem Hotel hörte man Musik und Stimmengewirr.

Ohne auf Idas vorherige Worte einzugehen, sagte Lilli plötzlich: »Ich bekomme einen von Marylins Welpen. Das hat Zapfi mir versprochen. Ich habe mir schon einen ausgesucht, einen Jungen. Den habe ich Monkey genannt. Weil der den ganzen Tag auf seiner Mama und seinen Geschwistern herumklettert wie ein kleines Äffchen. Genau wie Herr Nilsson von Pippi Langstrumpf. So einen Affen wollte ich früher auch immer haben. Kennst du die Geschichte?«

»Na klar, ich glaube, ich kenne alles von Astrid Lindgren«, antwortete Ida.

»Ich war als Kind immer traurig, weil Pippi ohne Eltern leben musste. Ihr Vater war ja fast immer weg, genau wie meiner. Und einen Affen und ein Pferd zu haben wäre mein sehnsüchtigster Wunsch gewesen. Jetzt, wo mein Vater nicht mehr in der Welt herumziehen muss, da könnte er eigentlich bei uns ...« Sie unterbrach sich, räusperte sich und ergänzte: »Aber jetzt habe ich wenigstens einen kleinen Monkey. Mein Hundeäffchen.

Der gehört richtig zu mir, also in etwa zwei Monaten, wenn er von Marylin getrennt werden darf.« Lilli klang verzagt und gleichzeitig trotzig.

»Ich dachte, bei dir zu Hause sind Tiere nicht erlaubt«, sagte Ida. »Hast du nicht etwas von einer Tierhaarallergie deiner Mutter gesagt?«

»Du glaubst doch nicht allen Ernstes, dass ich dahin noch mal zurückgehe?« Lillis Stimme wurde laut. »Zu Mama? Nein, danke. Wir sind doch eh keine Familie mehr, seit sie Papa vor die Tür gesetzt hat. Sollen sie und Sebastian sich in ihrer Großartigkeit gegenseitig auf die Schulter klopfen. Mama macht mit ihrer ewigen Unzufriedenheit eh immer alles kaputt. Papa hat gesagt, ich soll nach Hause zurückkommen und das letzte Schuljahr wiederholen. Das sollte er mir von Mama ausrichten. Was ich will, ist scheißegal. Er selbst geht jetzt für Wochen zu seinem Bruder nach Frankreich und hilft auf dessen Weingut aus. Mindestens, bis die Weinlese durch ist, hat er gesagt, und wie ich ihn kenne, wird er auch danach nicht zurückkommen. Dann habe ich einen Papa in Frankreich, den ich nur alle Jubeljahre sehen kann, und eine Mutter, die mich nur will, wenn ich brav nach ihrer Pfeife tanze. Nee, danke! Egal, was ich mache: Ich mache kein Abitur, ich will einen eigenen Hund, und ich will mir irgendwann was Eigenes aufbauen. Wer weiß, vielleicht werde ich Coach oder so was. Schließlich habe ich hier ja richtig was hinbekommen, hast du selbst vorhin gesagt.«

Zum ersten Mal unterbrach Lilli ihre Wutrede und schaute unsicher zu Ida.

»Ja«, bestätigte Ida. »Das habe ich gesagt, und das habe ich auch so gemeint. Du hast viele Talente. Du könntest jede Menge damit anfangen. Aber um eine Ausbildung oder ein Studium oder etwas in der Art wirst du trotzdem nicht herumkommen. In diesem Land geht nichts ohne Papiere und Zertifikate, das müsstest du inzwischen wissen.«

Lilli zuckte mit den Schultern: »Weiß ich alles. Bin ja nicht blöd. Damit brauchst du mir jetzt nicht auch noch kommen. Vielleicht werde ich ja auch Hebamme wie Zapfi. Ich könnte die nächsten Wochen bei ihr hospitieren. Hat sie mir angeboten. Wenn ich noch bleiben darf. Ich meine, weil ja hier für mich ...« Den Rest des Satzes ließ sie ungesagt in der Luft hängen.

Ida nahm Lilli in den Arm: »Sag mal, Lilli, spinnst du jetzt? Du denkst doch nicht allen Ernstes, ich wollte dich jetzt nicht mehr hierhaben? Jetzt, wo du so großartige Impulse gesetzt hast, schicke ich dich wieder weg? Das traust du mir zu? Nein, im Gegenteil: Ich habe gehofft, dass du noch bleibst und mir in den nächsten Wochen hilfst. Jetzt geht es doch erst richtig los. Wenn der Laden erst einmal brummt, kann ich jede helfende Hand brauchen. Dich sowieso. Und solange du bei uns wohnst, kannst du natürlich einen von Zapfis Hunden haben. Das ist keine Frage, auch wenn Welpen im ersten Jahr die reinsten Nervensägen sind. Aber das kriegst du schon hin. Und danach ... Ach, was wissen wir denn, was danach ist! Hier kannst du jedenfalls sein, so lange du magst. Und auch wenn es dich irgendwann wieder in die Welt ziehen sollte, hast du hier immer einen Platz. Das verspreche ich dir.«

Lillis Strahlen traf Ida mitten ins Herz.

»Magst du mit mir zu Zapfi rübergehen und dir die Welpen angucken?«, fragte Lilli. »Vielleicht siehst du sofort, welcher Monkey ist. Erst mal müssen die Kleinen ja sowieso bei ihrer Mama bleiben.«

Ida nickte und rappelte sich auf. In dem wuselnden Durcheinander der kleinen Fellbällchen erkannte sie natürlich nicht, welchen der Welpen sich Lilli ausgesucht hatte. Aber das war auch nicht wichtig. Allein das glückselige Strahlen in Lillis Augen, die sich inmitten der wuseligen Welpenschar auf den Boden gesetzt hatte, zeigte ihr, wie wichtig der kleine Stimmungsaufheller für Lilli war.

Später mischte sich Lilli unter die tanzenden Jugendlichen, und Ida, der die Musik zu laut und zu fremd war, schaute den jungen Menschen durchs Fenster beim Zappeln zu.

»Na, spielst du vor deinen eigenen vier Wänden den Spanner?«

Tünn hatte sich neben sie gestellt und schaute mit ihr in den Tanzsaal. »Schön, dass Lilli so aufblüht. Sie wird noch viel Kraft brauchen, um sich wirklich von zu Hause abzunabeln.« Seine Stimme war so leise, dass Ida ihn fast nicht verstand.

In der beginnenden Dämmerung gaben ein paar Vögel ein kleines Konzert. Zusammen mit der Musik aus dem Tanzsaal ergaben die ruhigen, friedlichen Abendklänge der Dorfidylle ein seltsames Gemisch. Ida seufzte. »Erwachsen werden ist wirklich nicht leicht«, sagte sie und drehte sich zu Tünn.

»Wir hatten selbst auch nicht allzu viel Zeit dazu«, antworte er. »Wir wurden ja ziemlich abrupt ins kalte Wasser geschubst.«

Ida wusste genau, worauf er anspielte. Sie hatten einander auf einer Party in der Wohngemeinschaft ihrer Schwester Franziska kennengelernt. Ziska hatte ihr den schlaksigen jungen Mann mit den damals obligatorischen langen Haaren sogar selbst vorgestellt. Ida war sich zwischen den ganzen Studenten wie eine echte Landpomeranze vorgekommen. Sie selbst war damals im dritten Lehrjahr zur Industriekauffrau gewesen, nachdem sie eine zuvor begonnene Ausbildung zur Arzthelferin abgebrochen hatte. Ihre Eltern hatten dem zugestimmt, nachdem ihnen klar geworden war, dass weder Idas älterer Bruder Richard noch Franziska das Hotel übernehmen würden und die Leitung des Hotels daher irgendwann Idas Aufgabe sein würde. Richard war nach seiner Ausbildung als Koch nach einem heftigen Streit mit ihrem Vater abgehauen und hatte in Hamburg auf einem Überseeschiff angeheuert. Und Franziska war ohnehin die Rebellin der Familie; ihr hätten die Eltern die Leitung selbst dann niemals zugetraut, wenn sie sie gewollt hätte.

Ida hingegen hatte neben der Schule und später neben der Lehre immer viel im Hotel geholfen und kannte die Abläufe und Stammgäste aus dem Effeff. Darum hatten ihre Eltern beschlossen, dass Ida sich nach einer kaufmännischen Ausbildung nach und nach in die Hotelleitung einarbeiten sollte. Welche Träume oder Wünsche Ida selbst hatte, spielte nicht die geringste Rolle. Heute konnte Ida sich noch nicht einmal daran erinnern, ob sie je Träume gehabt hatte. Wohl aber wusste sie noch sehr genau, wie erwachsen und souverän Franziska ihr damals vorgekommen war.

Franziska hatte damals Psychologie an der Uni Münster studiert, engagierte sich in feministischen Gruppen und war politisch interessiert, und auf der Party ihrer Wohngemeinschaft waren Witze und Sprüche zwischen den Studierenden hin und her geflogen, von denen Ida nicht das Geringste verstand.

Schon die ersten Minuten in der Wohngemeinschaft hatten Ida schockiert. Sie stand in einem engen, knallrot gestrichenen Flur. Zu ihrer Linken lag eine winzige Küche, in der sich schmutziges Geschirr und leere Flaschen stapelten. Auf dem Herd stand ein riesiger Kochtopf. Es roch nach Zigaretten, einem Fleischeintopf und etwas, was Ida damals noch nicht einordnen konnte, später aber als Haschischrauch identifizierte.

Als sie ein paar Schritte weiterging, sah sie, ebenfalls linker Hand, eine Art Esszimmer. Wegen der Feier waren alle Möbel an die Wände geschoben, und auf einem Tisch an der Stirnseite des Raums standen Schüsseln mit Salaten, Teller und Gläser. Ebenfalls auf dem Tisch saß ein langhaariger bärtiger Mann mit weiten orangen Hosen und einem orangefarbigen Hemd. Zur Musik, die aus den Lautsprechern die ganze Wohnung beschallte, zupfte er auf einem nicht angeschlossenen E-Bass und wirkte dabei völlig entrückt. Einige tanzten, und eine offene Tür gab den Blick in einen weiteren Raum frei, in dem Matratzen und ein Sofa an die Wand geschoben waren. Darauf saßen junge Leute, die diskutierend die laute Musik zu überschreien versuchten.

Als Franziska, die ihr vorher am Telefon eingeschärft hatte, dass sie nun Franzi und auf keinen Fall mehr Ziska genannt werden wollte, sie entdeckte, löste sie sich aus der Gruppe und kam auf sie zu. Sie trug eine Malerlatzhose mit einem dünnen Unterhemdchen, und Ida konnte sehr genau erkennen, dass sie darunter keinen BH trug, was ihr stellvertretend für ihre Schwester peinlich war. Die Haare – ihre wunderschönen hellblonden, langen, dichten Haare! – hatte Ziska sich offenbar mit einer Nagelschere selbst geschnitten, wodurch sie aussah wie ein Wellensittich in der Mauser. Dagegen kam sich Ida mit ihrer braven Fönfrisur und ihrem Jeanskleid, das sie bis vor wenigen Minuten noch als todschick empfunden hatte, vor wie ein Bauerntrampel auf einem Laufsteg.

Franziska bemerkte Idas Unbehagen und zog einen jungen Mann aus der diskutierenden Gruppe. »Das ist Tünn«, stellte sie ihn vor, küsste ihn auf den Mund und schob ihn in Idas Richtung. »Kümmere dich mal um meine kleine Schwester. Die ist ein bisschen verkrampft, aber eigentlich ganz süß.«

Dann nahm sie noch einen Schluck aus ihrer Bierflasche und drückte den Rest Ida in die Hand. »Trink was, kleine Schwester, das hilft.« Damit begab sie sich lachend in Richtung Tanzfläche und mischte sich unter die tanzende und schwitzende Menge.

Ida wäre vor Scham fast im Boden versunken. Darum sagte sie patziger, als sie eigentlich wollte: »Brauchst dich nicht um mich kümmern. Ich bleibe lieber noch etwas verkrampft.«

Tünn lachte schallend, blieb aber trotzdem bei ihr stehen. »Franzi tut nur so wild«, sagte er. »In Wirklichkeit ist sie die Disziplinierteste von uns allen. Damit das keiner merkt, macht sie einen auf große Klappe. Nimm ihr das nicht übel.«

Vorsichtig und möglichst unauffällig musterte Ida den

jungen Mann. Er war auffallend groß, hatte dunkle Haare und sehr freundliche graue Augen. Etwas Sanftes und Freundliches strahlte er aus. Auch jetzt lächelte er Ida an und sah dabei jungenhaft aus.

»Wohnst du auch hier?«, fragte sie.

»Um Gottes willen, nein«, sagte er. »Auf keinen Fall! Das wäre mir zu laut und zu chaotisch. Ich kenne Franzi von den Falken. Wir haben zusammen die letzte Freizeit vorbereitet. Ich wohne noch bei meiner Mutter. Bin also auch ein Verkrampfter und ein Muttersöhnchen noch dazu. Wenn du also tatsächlich verkrampft bist, kann ich das nicht heilen.« Er sah sie an. »Willst du wirklich das eklige lauwarme Bier deiner Schwester austrinken, oder soll ich dir was Besseres besorgen?«

Das hatte Ida nett gefunden. Und als er wenig später mit einem Glas Pfirsichbowle zurückkam, trank sie die. Bowle kannte sie von den Feten bei sich zu Hause. Die schmeckte schön süß. Allerdings hatte sie nicht damit gerechnet, dass diese Bowle so stark war, und so dauerte es keine halbe Stunde, bis Ida mit einem ordentlichen Schwips auf der Tanzfläche auftauchte und sich mutig unter die Tanzenden mischte. Stones, Sweet, Jethro Tull, Beatles, Manfred Man's Earthband, Middle of the Road – die Musik unterschied sich kaum von der, die auf den Partys auf dem Dorf gespielt wurde. Ida wurde von Glas zu Glas ausgelassener, und Tünn freute sich über ihre gute Stimmung und versorgte sie mit immer neuen Getränken. Irgendwann wurde es Ida schlecht, und sie suchte schweißgebadet nach dem Badezimmer.

Als sie die Tür des Badezimmers endlich öffnete, entdeckte sie dort ihre Schwester: mit runtergelassener Latzhose an das Waschbecken gelehnt, während sich von hinten der Typ an ihr zu schaffen machte, der eben noch auf dem Tisch gesessen und auf dem Bass gezupft hatte. Auch seine Hose und Unterhose hingen in den Kniekehlen. Er drehte bei Idas Eintreten den

Kopf zur Seite, schien aber nichts daran zu finden, dass er gerade dabei gesehen wurde, wie er Ziska beglückte. Stattdessen grinste er Ida schief an und nuschelte: »Reinkommen und mitmachen oder draußen bleiben.«

Ida starrte auf seine schlechten Zähne und hörte, dass er stark lispelte. Da sie trotz ihres umnebelten Hirns begriff, wobei sie ihre Schwester gerade überraschte, wollte sie sich abwenden. Doch der Schock über das Verhalten ihrer Schwester und der Ekel gaben ihr den Rest. Ihr Magen hob und senkte sich, und ehe sie sich einen Weg zum Klo hätte bahnen können, kotzte sie in hohem Bogen auf den Badezimmerboden.

Ihre Schwester schaute erst entgeistert, dann wütend, zog sich Slip und Hose hoch und keifte: »Was machst du hier drin?«

Tünn, der hinter Ida das Bad betreten hatte, sagte keinen Ton. Franzi blaffte auch ihn an: »Locker machen solltest du sie. Nicht besoffen! Du Idiot! Was hast du ihr alles eingeflößt?«

»So locker, wie du dich gerade benimmst?«, zischte Tünn. »Wolltest du das für deine kleine Schwester?«

Ida war das Ganze unendlich peinlich. Trotzdem konnte sie nicht aufhören zu würgen.

»Jetzt steh hier nicht rum und spiel den Moralapostel!« Franziskas Wut hatte sich um eine weitere Tonart gesteigert. »Du hast sie blau gemacht, jetzt kümmere dich gefälligst auch um sie. Und mach den Dreck weg, sonst kotze ich gleich auch noch.« Damit nahm sie den Typen, der seine orangefarbene Hose inzwischen ebenfalls hochgerafft hatte, an die Hand und zerrte ihn aus dem Bad.

Ida lehnte sich an den Rand der Badewanne. Sie konnte die Tränen nicht zurückhalten. »Ich … Ich mache das gleich selbst weg«, schluchzte sie.

Tünn aber holte einen Putzeimer, wischte das Bad, half ihr, sich selbst sauber zu machen, und ließ ihr kaltes Wasser über die Handgelenke laufen, bis es ihr etwas besser ging. Dann hakte er sie unter und ging mit ihr an die frische Luft, und sie spazierten – wegen Idas wackeliger Verfassung – Arm in Arm durch die lauwarme Nacht, bis sie in einem McDonald's landeten, der noch geöffnet hatte. Tünn holte für Ida und sich starken schwarzen Kaffee, und als es ihr nach einer guten Stunde besser ging, machten sie sich auf den Rückweg. Die Party war inzwischen vollends aus dem Ruder gelaufen. Überall lagen halb entblößte, knutschende Paare auf Matratzen und Sesseln, die Musik war noch lauter und die Luft so voller Rauch, dass Idas Magen sofort wieder rebellierte.

»Komm.« Tünn, der mit einem Blick erfasst hatte, in welchem Zustand die Partygäste inzwischen waren, zog sie mit sich und führte sie zu seinem Auto, einem als Miniwohnwagen umgebauten R4 Kombi. Sie setzten sich bei offener Ladeklappe hinein, und Tünn fragte: »Magst du Genesis?«

Obwohl Ida die Gruppe eigentlich gar nicht kannte, nickte sie. Sie hörten leise Musik, unterhielten sich und tranken dabei lauwarmen Orangensaft aus einer Flasche, die im Auto gelegen hatte. Irgendwann küssten sie sich.

Ida mochte Tünn, er küsste gut und schien deutlich mehr Erfahrung zu haben als sie. Sie war ihm dankbar, weil er sich um sie gekümmert hatte. Und um nicht wieder als naives Landpflänzchen dazustehen, sagte sie ihm nicht, dass sie noch Jungfrau war.

Als er es merkte, zog Tünn kurz scharf die Luft ein und hielt inne. »Ist das okay für dich?«

Sie nickte, und er machte weiter, und sie kam sich ziemlich erwachsen vor, als sie am nächstens Tag Zapfi erzählen konnte, dass sie nun auch endlich keine Jungfrau mehr war. Für sie war das Thema Tünn damit eigentlich erledigt gewesen. Umso erstaunter war sie, als er zwei Wochen nach der Party bei ihr im Hotel auftauchte und sie zu einem Spaziergang einlud. Sie ging mit ihm, er hielt ihre Hand, sie knutschten ein bisschen im Wald, und nach zwei Stunden verabschiedete er sich von ihr.

»Du hast ja einen Galan«, hatte ihre Mutter in der ihr typischen Art kommentiert. Doch Ida hatte nur mit den Schultern gezuckt, weil sie sich nicht sicher war, ob sie und Tünn nun miteinander gingen oder nicht. Als er drei Wochen später wieder aufkreuzte, war die Situation eine ganz andere. Da musste Ida ihm voller Scham und mit klopfendem Herzen gestehen, dass ihre Regel ausgeblieben war.

»Oh«, hatte er gesagt. »Beim ersten Mal gleich ein Treffer.« Aber er war nett geblieben und hatte sie gebeten, sich bei einem Frauenarzt Gewissheit zu verschaffen.

Zwei Monate später hatten sie geheiratet. Ida war während der ganzen Hochzeit übel gewesen. Tünn hatte sein Studium an der Fachhochschule für Finanzrecht in Nordkirchen abgebrochen, stattdessen eine Prüfung bei der IHK in Dortmund absolviert und in einer Steuerberatungsfirma als Steuerfachwirt angefangen, da er für sie und das Kind da sein wollte.

Einen weiteren Monat später hatte Ida ihre erste Fehlgeburt gehabt. Sie war untröstlich gewesen, und als kurz darauf ihr Vater starb, durchdrang auch dies nur langsam den Schleier ihrer Trauer um das nicht geborene Kind.

Ab da hatte sie zusammen mit ihrer Mutter das Hotel geleitet, und Tünn hatte in der Steuerfirma Karriere gemacht.

Das wird er gemeint haben, als er sagte, wir hätten selbst nicht viel Zeit gehabt, erwachsen zu werden, dachte Ida nun.

»Schön, dass junge Leute sich heutzutage mehr Zeit lassen können, oder?«, fragte er.

Sie sah Tünn ins Gesicht. Bei der Erinnerung an ihren ersten gemeinsamen Abend spürte sie direkt wieder ein Grummeln im Magen. »Ich glaube, ich war auch für damalige Verhältnisse ein ziemliches Naivchen«, erwiderte sie.

»Genau das fand ich so reizvoll an dir. Ich hatte von diesen radikal feministischen Frauen wie deiner Schwester damals die Nase ziemlich voll. Egal, was du da als Mann gesagt oder getan hast, es war immer verkehrt. Mit dir, das war anders. Wir waren beide …«

Ob es an diesem Abend zu einem echten Gespräch zwischen ihr und Tünn gekommen wäre, wusste Ida natürlich nicht. Aber sie hatte sich weich und nachdenklich gefühlt und glaubte, bei Tünn eine ähnliche Stimmung wahrgenommen zu haben. Bevor er mehr sagen konnte, fuhr jedoch ein weißes Peugeot Cabrio vor und bremste direkt vor der Eingangstreppe. Eine junge Frau sprang heraus und blickte sich suchend um.

Ida wechselte sofort in ihre Rolle der stets entgegenkommenden Hotelbesitzerin und trat auf sie zu. »Kann ich Ihnen helfen?«

Die junge Frau, eine attraktive Blondine mit kurz geschnittenen, fast weißblonden Locken und einem offenen, ebenmäßigen Gesicht strahlte Ida gewinnend an. »Ich suche Lilli.«

Wie nett, dachte Ida. *Lilli bekommt Besuch von einer Freundin. Das wird ihr guttun.* Mit einer einladenden Geste zeigte sie auf das hell erleuchtete Fenster des Tanzsaals. »Lilli ist da drin, mitten im Getümmel. Soll ich ihr Bescheid sagen oder sie herausholen?«

»Ich gehe selbst«, erwiderte die junge Frau selbstbewusst. »Einfach durch die Eingangstür, nehme ich an, und dann?«

»Immer dem Lärm nach.«

Während die junge Frau durch den Eingang verschwand, lächelten Tünn und Ida einander an. Auch das hatte es lange nicht mehr gegeben. Dann aber sah Ida durch das Fenster und beobachtete, wie ihre Besucherin vor der tanzenden Lilli stehen blieb und wie dieser bei deren Anblick die Gesichtszüge entglitten, und sie ahnte, dass es sich wohl doch nicht um eine gute Freundin handelte. Die junge Frau griff nach Lillis Hand. Lilli stieß sie weg, und es gab offensichtlich einen kurzen Wortwechsel zwischen den beiden. Im nächsten Moment stürmte Lilli aus dem Tanzsaal, dicht gefolgt von der jungen Frau.

Vor der Eingangstür blieben beide stehen. »Was fällt dir ein, hier aufzutauchen?«, schrie Lilli völlig aufgelöst. »Ich habe dir gesagt: Ich will dich nie, nie wieder sehen. Was stellst du mir nach?« Ihre Stimme überschlug sich fast vor Wut.

Die junge Frau versuchte ein weiteres Mal, nach Lillis Hand zu greifen und sie zu beschwichtigen. »Lilli, jetzt lass mich doch wenigstens erklären ...«, sagte sie ruhig. »Ich weiß, dass ich dir wehgetan habe. Und ich will mich bei dir –«

»Wehgetan?« Lillis Stimme, hoch und unangenehm schrill, wurde noch lauter. »›Wehgetan‹ nennst du das? Du hast mir nicht *wehgetan*, du miese Schlampe! Du hast mir das Herz herausgerissen und bist darauf herumgetrampelt. Und das in einer Zeit, in der ich dich wirklich gebraucht hätte.«

»Lilli, ja. Da hast du recht, und das war ein Fehler.« Die Stimme der Besucherin war nun auch lauter geworden.

»Ein *Fehler*? Einen *Fehler* nennst du das? Das war kein Fehler, das war Verrat! Der mieseste und übelste Verrat, den mir jemals jemand angetan hat. Dann auch noch vor meinen Augen mit dieser billigen Nutte rumzumachen! Einen *Fehler* nennst du das? Und soll ich dir noch was sagen? Ich weiß genau, warum du hier bist. Ich habe mitbekommen, dass diese elende Bitch dich inzwischen längst in den Arsch getreten hat. Und jetzt hast du niemanden mehr, und da hast du dir gedacht: Dann fahre ich halt zu der blöden Lilli in die Provinz, entschuldige mich für den kleinen Fehler, und dann nimmt sie mich wieder zurück. Immer noch besser, mit der blöden Loserin zusammen zu sein, als niemanden mehr zu haben. Genau das denkst du. Und weißt du was, Raphaela Kleinschmidt? Steig schnell wieder in das dämliche Protzerauto von deinem dämlichen Protzerpapa, und mach, dass du hier wegkommst. Sonst vergesse ich mich und trete deinem beschissenen Papa ein paar Dellen in die heißgeliebte Angeberkarre. Mach dich vom Acker!«

Die junge Frau – offensichtlich Raphaela – war von Lillis heftigem Ausbruch zwar sichtlich verstört, gab aber noch nicht auf. »Lilli, du hast mit allem recht. Ich war mies. Aber bitte lass mich erklären –«

»Du erklärst mir nichts. Du fährst jetzt. Ich zähle bis drei, und danach ...« Lilli zeigte auf ihre Boots, die sie trotz des warmen Wetters trug, ging ein paar Schritte auf den Peugeot zu und deutete einen ersten Tritt gegen die Radkappe an.

»Ist ja schon gut, ist ja schon gut.« Raphaela hob beschwichtigend die Hände, holte mit zitternden Fingern den Autoschlüssel aus ihrer Tasche, stieg ein, setzte den Wagen zurück und fuhr langsam davon.

Lilli stand in völlig aufgelöstem Zustand mitten auf der Straße und schrie »Ich hasse dich!« in die Nacht.

Eine Weile war es ganz still. Dann klappte Lilli wie ein Klappmesser zusammen, ging, noch immer auf der Straße, in die Knie und fing haltlos an zu schluchzen.

Tünn stürzte die Treppe herunter und zog Lilli behutsam hoch. »Nicht auf der Straße, Lilli, Mädchen, nicht auf der Straße«, murmelte er und führte Lilli zur Eingangstreppe.

Ida setzte sich sofort dazu und wollte Lilli in die Arme ziehen. Die aber schob sie von sich. Sie konnte gar nicht mehr aufhören zu weinen.

»Kind, was war das denn gerade?«, fragte Ida. »Du bist ja völlig außer dir! Wer ist denn diese Raphaela, und was hat sie dir ...« Noch während sie die Frage formulierte, fiel es Ida wie Schuppen von den Augen: Raphaela war Raphi.

»Ach so«, sagte Ida, mehr zu sich selbst. »Dann ist Raphi gar kein junger Mann, sondern eine junge Frau.«

Lilli rappelte sich hoch. »Ja, waaas?«, zischte sie. »Damit habt ihr jetzt gar nicht gerechnet, was? Dass die arme Loserlilli, der man zurück in die Spur helfen muss, eine Lesbe ist. Auch das noch, oder? Das passt ja schon wieder gar nicht in eure verschnarchte Idylle. Eine Lesbe –«

»Stopp«, unterbrach Tünn Lillis Tirade. »Das ist doch absoluter Quatsch! Wir sind hier in der Provinz, aber nicht hinterm Mond. Es ist doch völlig egal, ob du Männer, Frauen oder sonst was liebst. Wir wollen einfach nicht, dass irgendjemand dir das Herz bricht. Es tut uns weh, dich so verzweifelt zu sehen. Also lass uns für dich da sein, Lilli. Liebeskummer tut weh, und wir wollen dir nur helfen.«

»Helfen, helfen, helfen! Der armen Lilli muss man immer *helfen!* Ich *habe* wegen dieser Bitch keinen *Liebeskummer.* Kapiert? Ich bin nicht traurig, ich bin *wütend!* So, und jetzt geh ich wieder feiern. Ich komm schon klar!« Sie sprang auf.

Ida wollte sich aufrappeln, um Lilli hinterherzugehen, aber Tünn hielt sie zurück. »Lass sie, Ida«, sagte er. »Morgen dringen wir vielleicht wieder zu ihr durch. Jetzt im Moment ist sie zu sehr auf Autopilot. Dabei weiß sie noch gar nicht, dass Nicolas eben abgereist ist. Er wollte sich nicht groß verabschieden, um ihr nicht den Abend zu verderben.« Er zog die Augenbrauen hoch, und Ida merkte, wie verärgert er war. »Wie kann ein Vater nur so wenig über seine Tochter wissen? Er muss doch spüren, dass das Lilli erst recht umhaut. Sie wird uns in den nächsten Tagen mehr denn je brauchen, ob sie will oder nicht.«

8
Von Mäusen und Männchen

Zunächst hatte Ida geglaubt, die Aufregung des Tages, Lillis emotionaler Zusammenbruch und ihre plötzlich aufgeflackerten Erinnerungen wären ihr auf den Magen geschlagen. Von Stunde zu Stunde war ihr übler geworden, und schließlich hatte sie die Aufsicht über das Partygeschehen komplett in Tünns Hände gegeben und den Rest der Nacht in inniger Umarmung mit der Toilettenschüssel verbracht. Als schließlich auch noch Durchfall und Fieber hinzukamen, musste sie sich eingestehen, dass sie sich wohl eher einen saftigen Magen-Darm-Virus eingefangen hatte. Es ging ihr so schlecht, dass sie noch nicht einmal in der Lage war aufzustehen. Und das, wo in Kürze die ersten Gäste zu erwarten waren!

Da die Stimmung im Dorf dank der Agitation von Senfpraline und Windbeutel ausgesprochen zweigeteilt war, was ihr neues Konzept betraf, hatte Ida zwar ohnehin nicht vorgehabt, die Wiedereröffnung groß zu feiern. Nun aber war sie ans Bett gefesselt und konnte sich weder an den Aufräum- und Putzarbeiten beteiligen noch die Gäste persönlich in Empfang nehmen, was ein Unding war.

Auch jetzt stand Tünn an ihrer Seite. Er kümmerte sich gemeinsam mit Lilli um alles, dankte den Helfern in Idas Namen herzlich und verabschiedete sie. Nur Percy, einer von Lillis entfernteren Bekannten, blieb. Er hatte ein wenig Erfahrung im

Kellnern und würde ihnen die erste Zeit als Aushilfe unter die Arme greifen. In der Küche allerdings konnten weder er noch Lilli Ida würdig vertreten, und so karrte Tünn schließlich eine Aushilfe aus dem Altenheim heran, in dem Göni als Fußpflegerin tätig war. Elzbieta kam gebürtig aus Polen, lachte laut und viel und scherzte gern in ihrem herben polnischen Akzent. Vor allen Dingen aber kochte sie hervorragend.

Tünn, der Ida zwischendurch mit dünnem Tee, Zwieback und Nachrichten versorgte, gab ihr immer wieder zu verstehen, dass auch ohne sie alles lief. Auf ihre Frage, wie es Lilli ging, wiegte er allerdings nur bedenklich den Kopf. »Sie gibt sich cool, aber sie sieht fürchterlich aus und hat sich gestern Nacht noch schlimm mit Gin abgeschossen. Dass ihr Vater einfach abgereist ist, hat ihr den Rest gegeben. Als ich sie gebeten habe, uns zu helfen, ist sie trotzdem wie ein Soldat aus dem Bett gesprungen. Elzbieta hat eine sehr leckere Hangoversuppe gekocht. Vielleicht magst du davon heute Abend ja schon ein bisschen probieren.«

Der panische Gesichtsausdruck, den Ida ihm zuwarf, war wahrscheinlich Antwort genug.

Als klar wurde, dass Ida auch am nächsten Tag auf keinen Fall aufstehen und Gäste in Empfang nehmen konnte, entwickelte Tünn gemeinsam mit Lilli und Percy einen Notfallplan: Änne würde ihre Enkelkinder bei Göni abgeben, deren Töchter Ferien und versprochen hatten, sich um die beiden zu kümmern. Dadurch konnten Änne und Lilli gemeinsam als Empfangskomitee einspringen, während Meike den Zimmerservice übernehmen würde, bis auch dafür jemand gefunden wäre. Lilli hatte sich für ihren Einsatz als Ersatzmanagerin ein schlichtes schwarzes Kleid von Zapfi geliehen, ein einfarbiges Tuch um ihre bunten Dreadlocks gewunden und sah nun sehr jung, ernst und irgendwie würdig aus. Änne sah ohnehin immer wie aus dem Ei gepellt aus und hatte daher keinerlei optische Verbesserung nötig, sondern musste sich lediglich von Lilli in die Feinheiten einweihen lassen.

»Schau her«, erklärte die. »Der große runde Tisch in der Mitte ist unser Come-together-Bereich. Wer sich sofort, ohne Anwärmphase, ins Vergnügen stürzen will, kann sich zu den Mahlzeiten hier hinsetzen. Wer erst noch ein wenig für sich sein oder in kleinerer Besetzung essen will, setzt sich an einen der kleinen Tische.«

Sechs Gäste würden im Laufe des Tages anreisen, vier Frauen und zwei Männer. Um sie zu unterhalten, hatten Lilli und Percy einen Filmabend vorbereitet. Tünn hatte einen Beamer und eine Leinwand besorgt, und darauf sollte die Liebeskomödie *Schlaflos in Seattle* für diejenigen gezeigt werden, die Lust darauf hatten.

Gut, dass sie den Gästen etwas bieten, dachte Ida in einem klaren Moment. Sie lag verschwitzt und abgeschlagen in ihrem Bett und versank immer wieder in wirren Fieberträumen. Das sauerländische Wetter hatte kein Erbarmen mit den Neuankömmlingen, und obwohl der Sommer sich in den letzten Tagen von seiner schönsten Seite präsentiert hatte, hatte er heute ein graues, feuchtes Kleid angezogen.

Sie hatte sich gerade für ihre Abendtoilette ins Bad geschleppt und auf dem Klodeckel sitzend die Zähne geputzt, als sie hörte, dass Lilli und Änne kichernd die Treppe heraufkamen. Sie wusch sich rasch Gesicht und Hände und schlich auf zittrigen Beinen zurück ins Schlafzimmer. Dort hockten Lilli und Änne gegenüber dem Bett an die Wand gelehnt auf dem Boden. Auf einmal wurde Ida bewusst, wie abgestanden und muffig die Luft im Zimmer war.

»Macht ihr mal das Fenster auf?«, bat sie und ließ sich wieder ins Bett fallen.

Lilli stand auf, öffnete das Fenster und winkte hinaus in den strömenden Regen. »Zapfi macht gerade im Hof die letzte

Runde«, sagte sie. Dann wandte sie sich an Ida. »Tante Ida, wie geht es dir? Immer noch nicht besser?«

Ida versank noch tiefer in ihren Kissen und machte eine abwehrende Handbewegung. »Musst du nicht längst nach Hause und dich um deine Enkel kümmern?«, fragte sie Änne.

Änne wechselte einen Blick mit Lilli und sagte dann grinsend: »Gönis Töchter bringen die Kids ins Bett. Scheint gut zu klappen, und wir wollten dir noch kurz erzählen, wie der erste Tag war.« Änne und Lilli sahen einander an und kicherten schon wieder.

Wenigstens scheint sich Lilli ein bisschen gefangen zu haben, dachte Ida. Laut fragte sie: »Na los, jetzt spannt mich nicht so auf die Folter: Was ist so lustig an unseren Gästen?«

»Ich will ja nichts sagen …« Lilli zog sich das Tuch, das sie sich um die Haare gebunden hatte, mit einer erleichterten Geste vom Kopf. »Aber ich glaube, ganz so seriös muss ich mich nicht mehr verkleiden. Ganz schön *weird*, deine alten Liebessittiche!« Wieder kicherten sie.

»Auf jeden Fall erwartet dich eine lustige Zeit, wenn alle Gäste so sind wie unsere Neuzugänge von heute«, sagte Änne.

»Das tapfere Schneiderlein wird dir gefallen. Und die Gewitterwolke auch«, kicherte Lilli weiter.

»Gewitterwolke?« Ida verstand nur Bahnhof.

»Wir haben uns erlaubt, deinen Gästen Spitznamen zu verpassen«, erläuterte Änne. »Herr Wimmer ist das tapfere Schneiderlein. Er ist klein und hat schon in den ersten Minuten damit geprahlt, wie leicht es ihm fällt, Frauen den Kopf zu verdrehen. Dabei hat er keine Haare mehr auf dem Kopf, einen schmalen Oberlippenbart und trägt selbst im Haus seine seltsame Tweedmütze. Die Gewitterwolke ist Frau Münzig. Sie ist sehr üppig und schwitzt trotz Regenwetter jetzt schon für drei. Außerdem weint sie wegen jeder Kleinigkeit vor Rührung. Darum hat Lilli sie Gewitterwolke genannt: weil sie immer kurz davor ist, sich zu entladen.«

Änne grinste breit. »Frau Kleinschmidt wiederum ist eher das Gegenteil. Die hat schmale Lippen, ist dünn und blass und wirft ständig mit Bibelzitaten um sich. Gleichzeitig hat sie die beiden einzigen Männer beim Abendessen so gierig angestarrt, als wollte sie ihnen gleich den Kopf abbeißen. Darum hat Lilli sie Gottesanbeterin getauft.«

Dass die beiden sich so ungeniert über ihre Gäste lustig machten, behagte Ida überhaupt nicht. Ihr fiel ein Spruch ein, mit dem ihr Vater sie und ihre Geschwister früher immer zurechtgewiesen hatte, wenn sie über Hotelgäste lachten: *Spott und Lügen, Stück für Stück, kommen stets zu dir zurück.* Sie hatte sogar noch den leicht vernuschelten Ton ihres Vaters im Ohr.

Eine Familie kam ihr in den Sinn, die jeden Sommer in den Ferien für zwei Wochen im Hotel gewohnt hatte. Der Vater war Latein- und Geschichtslehrer, seine Frau ein unscheinbares Pantoffeltierchen, und die beiden Töchter sahen aus wie zwei dicke Maden kurz vor dem Verpuppen. Und so benahmen sie sich auch. Sie sagten nicht viel, aber aßen ungeheure Mengen. Angefeuert wurden sie dabei von ihrem Vater, der immer wieder laut ausrief: »Esst, Kinder, esst! Ist alles bezahlt.« Dabei hatte er sich ganz glücklich die Hände gerieben.

Vor allem Richard, der als Ältester der Geschwister damals schon in der Hotelküche arbeitete, hatte den Lehrer gern nachgemacht und dabei sein Talent als Imitator gezeigt. Doch wehe, wenn ihr Vater ihn dabei erwischt hatte! Dann hatten seine Augen wütende Blitze geschleudert, und sie hatten sich einmal mehr seinen Spruch über Spott und Lügen anhören müssen. Irgendwann hatte Richard einmal der Hafer gestochen, und er hatte den vom Vater gerade angefangenen Satz feixend beendet: »Spott und Lügen, Stück für Stück, bringen dir das größte Glück.«

Daraufhin hatte der Vater ihm eine schallende Ohrfeige verpasst. Da er mit einer sogenannten Hasenscharte auf die Welt gekommen war, hatte er als Kind wahrscheinlich selbst viel Spott und Häme ertragen müssen und war aus diesem Grund besonders empfindlich.

All das kam Ida ins Gedächtnis, während Lilli und Änne einander mit ihren lustigen Schilderungen übertrumpften. Auch wenn ihr das nicht gefiel, war Ida dankbar, dass die beiden heute ihren Job offensichtlich bravourös übernommen hatten. »Welche Zimmer habt ihr ihnen denn gegeben?«, versuchte sie deshalb, das Gespräch in eine andere Richtung zu lenken.

Lilli zückte eine Kladde, aus der sie vorlas: »Die Gottesanbeterin ist in *Vom Winde verweht*, die Gewitterwolke in *Manche mögen's heiß* und das tapfere Schneiderlein in *Love Story*. Der will übrigens länger bleiben als ursprünglich gebucht. Er ist von seinem Zimmer ganz begeistert, aber das sagt er dir noch selbst. Dann gibt es noch Herrn Brelöhr, freundlich, unauffällig und etwa siebzig Jahre alt. Der ist in *Spaziergängerin von Sanssouci*. Frau Weber ist in *Jenseits von Eden*, und Agathe Pfeifer ist auf einen Rollator angewiesen und deshalb im Parterre in *Jenseits von Afrika*. Alle sind mit ihren Zimmern zufrieden bis begeistert und jetzt entweder im Bett oder haben sich zumindest zurückgezogen. Änne und ich machen morgen früh weiter. Du kannst also ganz entspannt noch ein paar Tage kotzen, Tante Ida.«

»Danke, kein Bedarf.« Ida setzte sich mühsam auf. »Und lass das blöde ›Tante‹ endlich weg, wo du offensichtlich alle außer mir längst beim Vornamen nennst.«

»Endlich bietest du's mir an.« Lilli grinste verschmitzt. »Ich gehe jetzt noch ein bisschen zu Zapfi rüber und spiele mit den Welpen. Gute Besserung, Ida, und gute Nacht, Änne.« Sprach's und hüpfte schon die Treppe hinunter.

»Danke, Änne. Du hast mich gerettet.« Ida ließ sich wieder zurück in die Kissen sinken. »Auch dafür, dass du dich so nett um Lilli kümmerst. Die hat gerade ein paar derbe Nackenschläge einstecken müssen. Aber jetzt mach, dass du nach Hause und zu deinen Enkeln kommst.«

Änne sah Ida besorgt an und fragte: »Hast du wirklich nur Oben-unten, oder ist dir das alles etwas über den Kopf gewachsen?«

Ida musste lächeln. »Oben-unten« hatten sie schon in ihrer Jugend Magen-Darm-Infekte genannt. »Es ist wirklich nur Oben-unten«, versicherte sie. »Und vielleicht stellvertretend für Lilli ein bisschen Herzeleid. Mir tut schon weh, dass sie so viel verknusen muss. Mir ist die Kleine so sehr ans Herz gewachsen.«

Änne lächelte nun ebenfalls. »Und du ihr, das kannst du mir glauben. Sie hängt sich hier doch vor allem deshalb so rein, weil sie dich und Tünn so lieb gewonnen hat. Und sie macht das großartig, wie ich finde. Vielleicht helfen ihr die Arbeit und die Verantwortung ja sogar ein bisschen, über ihren Kummer hinwegzukommen. Zapfi und die Welpen tun ein Übriges. Und über Meike bekommt sie auch langsam etwas Anschluss an die jungen Leute im Dorf. Also, mach dir nicht so viele Sorgen, und werde schnell wieder gesund. Erwachsenwerden ist nun einmal kein leichter Prozess.«

»Genau darüber haben Tünn und ich gestern auch gesprochen«, sagte Ida.

»Guck mal an, ihr redet wieder mehr als das Nötigste miteinander?« Änne grinste breit. »Dann muss ich mir vielleicht doch einen eigenen Mann suchen, wenn du deinen behältst. Ich kann ja mal schauen, was für Männer in den nächsten Wochen in dein Liebesnest hereinschneien. So ein tapferes Schneiderlein würde ich mir vielleicht auch gefallen lassen!« Sie gackerte ausgelassen. »Fenster auflassen? Ich gehe jetzt nämlich«, fragte sie schließlich.

In Idas Kopf begann es schon wieder heftig zu hämmern. »Ja, bitte, Fenster auf, und gute Nacht«, flüsterte sie. Dann fielen ihr die Augen zu.

In den nächsten Wochen fragte Ida sich immer wieder, ob sie an jenem Abend ihre vielleicht letzte Chance verpasst hatte, sich endlich mit Tünn zu versöhnen.

Er war spät noch zu ihr gekommen, hatte sich an ihr Bett gesetzt und leise gefragt, ob sie noch etwas brauche. Ida hatte verneint. Er war trotzdem sitzen geblieben, hatte ihr mit einer Hand über die Stirn gestrichen und leise gesagt: »So schlimm hast du dich früher nur übergeben müssen, wenn du schwanger warst.«

Ida hatte einen dicken Kloß im Hals gespürt und nicht geantwortet.

»Du warst immer so unglaublich tapfer, Ida. Und das bist du immer noch«, hatte er gesagt.

»Man hat im Leben ja selten die Wahl. Weitermachen ist ja oft die einzige Alternative«, hatte sie geflüstert.

»Ist das der Grund, warum wir noch zusammen sind? Weil Weitermachen für dich die einzige Alternative ist?« Seine Stimme war mit einem Mal brüchig.

All die Sätze, die schon so lange wie vertrocknetes Herbstlaub in Ida schlummerten und ebenso leicht durch den kleinsten Windstoß aufgewirbelt werden konnten, ließen in Idas Kopf ein furchtbares Rauschen entstehen. Alles, was sie nicht sagen konnte, aber gern sagen wollte, alle Gefühle, die sie in ihrem Herzen eingesperrt hatte, drohten in diesem einen Moment in der Dämmerung nach außen zu drängen. Ihr Herz raste, und ihr wurde wieder übel. *Ich bin zu schwach für dieses Gespräch*, dachte sie und nahm alle Kraft zusammen, um den Deckel zu ihrem Herzbrunnen wieder zu verschließen.

»In guten und in schlechten Tagen«, sagte sie daher nur. »Das haben wir uns versprochen. Ich verspreche nichts, was ich nicht auch halte.«

Sie hatte nicht so bitter und moralinsauer klingen wollen, aber die Sätze waren raus und standen nun wie anklagende

Schattenwesen zwischen ihnen. Tünn nahm seine Hand von ihrer Stirn, seufzte und sagte nur: »Ach, Ida.« Dann stand er auf, und sie erkannte mit einem Mal, wie gebeugt er inzwischen war. Er ging zum Fenster, wo er noch eine Weile schweigend stehen blieb. Von draußen hörte Ida Zapfi und Lilli lachen, während der Regen noch immer auf die Blätter der alten Esche im Hof tröpfelte.

Bei uns im Sauerland ist sogar das Wetter traurig, dachte Ida. Kurz darauf löste Tünn sich vom Fenster und ging schweigend aus dem Zimmer.

Zwei Tage später beschloss Ida, dass sie nun gesund genug war, um die Verantwortung für das Hotel wieder zu übernehmen.

Lilli zupfte ihr die Augenbrauen, was sehr wehtat, doch Ida musste zugeben, dass sie nun auf einmal einen ganz anderen Gesichtsausdruck hatte. An der Stelle des Theo-Weigel-Doubles schaute ihr nun eine gepflegte ältere Dame im Spiegel entgegen. Außerdem ließ sie sich überreden, sich mit einem geliehenen Glätteisen die missratene Dauerwelle glattziehen und ihre Haare nach hinten frisieren zu lassen.

»Ich habe doch gesagt, dass ich kein Wellnesshotel eröffnen will. Warum muss ich dann plötzlich mein Äußeres verändern?«, hatte sie lachend abgewehrt. Aber Lilli hatte nicht mit sich verhandeln lassen.

»Wenn du deinen Gästen das Gefühl vermitteln willst, dass Liebe und Flirten nichts mit dem Alter zu tun haben, musst du zumindest so aussehen, als wärest du einem Flirt nicht grundsätzlich abgeneigt. Das gehört doch zum Spiel.« Lilli hatte das im Scherz gesagt, aber als sich Ida entrüstete, dass sie schließlich eine verheiratete Frau sei und deshalb nicht für Flirts zur Verfügung stehe, hatte ihr Lilli versehentlich einen heftigen Schock versetzt.

»Das hat doch gar keine Bedeutung«, hatte Lilli gelacht. »Du müsstest mal sehen, wie einige der Frauen deinen Tünn anschmachten. Und der ist schließlich auch verheiratet. Aber er geht damit viel gelassener und smarter um als du. Der benimmt sich einfach galant und unverbindlich und trägt damit zu einer guten Stimmung bei. Das machst du am besten genauso, Tida.« Lilli hatte sich angewöhnt, Ida Tida zu nennen, eine Zusammenziehung aus »Tante« und »Ida«. So fiel es ihr wohl leichter, das förmliche »Tante« wegzulassen.

Ida ließ sie gewähren. Doch die Information, dass einige der Frauen ganz offensichtlich Tünn anschmachteten, hinterließ große Unruhe in ihrer gerade erst genesenen Magengegend.

Als sie einige Abende später ungewollt Zeugin eines Telefonats wurde, das Tünn offensichtlich mit seinem Freund Robert führte, war es um ihre innere Gelassenheit ganz geschehen.

Ida war gerade damit beschäftigt, auf dem Parkplatz hinter dem Hotel die Blumen zu gießen. Tünn war wieder auf seiner eigenen Umlaufbahn und kam ihr kaum noch unter die Augen, da er nach Feierabend häufig private Beratungsbesuche bei Bekannten machte. Als sie sein Auto auf dem Parkplatz sah, dachte sie, er sei schon eine Weile zurück, denn im Auto saß er nicht. Als sie näher kam, hörte sie jedoch das leise Ticken des sich abkühlenden Motors und schließlich ein leises Murmeln. Sie wunderte sich und hatte nicht vor zu lauschen. Eigentlich wollte sie Tünn nur fragen, ob er schon etwas gegessen hatte.

Das Murmeln entpuppte sich als Telefonat. Ida hielt die Luft an und verhielt sich mucksmäuschenstill. Darum verstand sie, was Tünn sagte: »Das glaubst du doch selbst nicht, Robert. Ida ist stur, und das wird sie immer bleiben. Sie hätte in der letzten Zeit einige Male Gelegenheit gehabt, mit mir einen Neuanfang zu wagen. Aber sie verhält sich wie eine verriegelte alte Eichentruhe. Der Deckel ist drauf, und das soll wohl für immer so bleiben. Und ich ... Ich gehe dabei langsam vor die Hunde.

Ich kann das nicht mehr. Wenn hier alles wieder richtig gut läuft ...«

Er hörte offensichtlich eine Weile Robert zu. Was er dann jedoch sagte, fuhr Ida wie eine scharfe Glasscherbe ins Herz: »Ach, man ist nie zu alt für einen Neuanfang. Ich bin lieber allein, als dass ich mich ewig ... Bitte? Ja klar, ich sag dir Bescheid, wenn es so weit ist. Danke, mein Freund.«

Den Rest des Gesprächs wollte Ida nicht mehr hören. So schnell, wie es ihre Hüftprobleme erlaubten, überquerte sie den Parkplatz und huschte durch die Hintertür ins Haus. Von dort konnte sie sehen, dass Tünn an sein Auto gelehnt im Schatten auf dem Boden saß. *Er wird mich verlassen, wenn alles hier wieder richtig gut läuft*, schoss es ihr durch den Kopf.

Im Flur duftete es nach Knoblauch und Tomaten, denn Elzbieta bereitete mit Percys tatkräftiger Unterstützung gerade das Abendessen vor. Ida wollte sich gerade in das abgedunkelte, kühle Wohnzimmer des Privattrakts zurückziehen, um den Schock über das eben Gehörte zu verkraften, als ihr Frau Münzig, die Gewitterwolke, entgegengewatschelt kam. Mit weit ausgestrecktem Arm hielt sie eine tote, halb zerbissene Maus am Schwanz zwischen zwei Fingern. Ida schwante Übles.

»Guck mal, Ida, Schätzelein!« Frau Münzig duzte alle und jeden und schwadronierte gern in ihrem breiten rheinischen Dialekt. »Dat hät dä hässliche, dicke rote Tijer mir heute in mein Marilyn-Zimmer jeschmissen. Is' ja nett, dat dä sin Ovendesse mit mir teilen will, ävver ich han et nit so mit Mäuseleichen unterm Bett. Damit muss er aufhören. In mein' Alter hät man sowieso nich' so jään wat Totes im oder unterm Bett.« Rasselnd lachte sie über ihren eigenen Witz.

Ida war es schrecklich unangenehm, dass Casanova seine Liebesgaben nun offensichtlich auch in den Gästezimmern verteilte. Da sie aber merkte, dass Frau Münzig die Sache mit Humor nahm, versuchte sie es ebenfalls. »Ach, Frau Münzig!«, sagte sie und lächelte breit. »Betrachten Sie Casanovas Gaben doch bitte als einen ganz großen Liebesbeweis. Ich würde sagen: Da haben Sie schon die erste Eroberung gemacht!«

»Soso, Casanova heißt dä auch noch, dä dicke Rotfuchs. Da fühl ich mich ja fast jeehrt. 'ne Liebesjabe … Nit, dat ich statt mit 'nem staatse menschlichen Kater mit 'ner janzen Reisetasche voller Mauseleichen noh Hus fahr!« Wieder lachte sie rasselnd. »Dabei heißt mein Zimmer doch *Manche möjen's heiß*, und nicht *Von Mäusen und Männchen!*«

Ida seufzte leise. »Wenn es Ihnen nichts ausmacht, lassen Sie Ihr Fenster lieber gekippt und achten darauf, dass die Tür geschlossen ist. Dann kann Casanova Ihnen nicht noch einmal zu Leibe rücken.«

Die Gewitterwolke klatschte vergnügt in die Hände. »Ich hat de Tür extra offen jelassen, weil der Herr Erwin sich noch auf 'ne Partie Mühle bei mir einfinden wollte, ävver dä Kater war schneller als dä Mann. Umjekehrt wäret mir lieber. Also, mach dir keine Sorgen, Schätzelein. Ich bin nit empfindlich. Und diese Leiche hier, die kriegt jetzt einfach 'ne kleine Müllbestattung.« Immer noch lachend watschelte sie von dannen.

9
Besame mucho

Wenige Tage später lud Ida im alten und neuen Tanzsaal zum Tanzabend. Das Hotel war zwar inzwischen vorübergehend ausgebucht, die Männerquote bei ihren Gästen allerdings nach wie vor dürftig. Auf zehn Frauen kamen gerade mal vier Herren. Da sie sich endlich wieder gesund fühlte, hatte Ida den Abend kurzerhand allein organisiert und mangels Alternativen ihren tragbaren Kassettenrekorder in den Tanzsaal geschleppt, außerdem ihre Abba-, Flippers- und Kuschelrock-CDs.

Verdrossen starrte sie in den Saal. Der Einzige, der sich von ihrer Musikauswahl nicht abschrecken ließ, war das tapfere Schneiderlein. Er beherrschte einen hinnehmbaren Diskofox und scherbelte mit einer Dame nach der anderen fröhlich über das Tanzparkett. Alle anderen saßen lustlos an ihren Tischen und spielten mit ihren Smartphones. Und das, obwohl das Internet noch immer eher schlecht als recht funktionierte. Nur Frau Kleinschmidt nuckelte an einer Cola herum und löste Sudokus.

Als Tünn kurz vor 22 Uhr einen Blick durch die Tür in den Saal warf, waren sechs der Damen und einer der Herren bereits ins Bett gegangen. *Ein deutliches Zeichen, dass mein Tanzabend kein durchschlagender Erfolg ist*, dachte Ida beklommen.

Bei Tünns Anblick winkte die Gewitterwolke begeistert: »Liebschen, auf dich han ich jewartet. Du tust mit mir jetzt aber mal schön 'ne Runde danze. Ich kann doch nit immer nur mit däm Erwin danze.« Sie stand auf, krähte in voller Lautstärke

»Damenwahl« und zog Tünn, der sich lachend in sein Schicksaal ergab, auf die Tanzfläche.

Ida hatte gerade eine Diana-Ross-CD aufgelegt, und die ersten Takte der Coverversion von Gloria Gaynors Hit *I will Survive* erklangen. Erstaunt sah sie, wie geschickt Tünn die Gewitterwolke durch den Saal wirbelte. Sie versuchte, sich nichts anmerken zu lassen, und wechselte zur *Kuschelrock*-CD. Ein kleiner Test, wie Tünn dazu stand, so angehimmelt zu werden.

Bei den ersten Klängen von *Killing me Softly* verbeugte Tünn sich galant vor seiner Tanzpartnerin, um sich zu verabschieden. Da aber hatte er die Rechnung ohne den Wirt gemacht.

»Nix da, Schätzelein!«, rief die Gewitterwolke begeistert. »Jetzt, wo et richtich romantisch wird, will dä Kater den Schwanz einziehn. Dat jit et doch nit! Ävver keine Angst, Schätzelein, ich fress dich nit. Misch kannste ruhig anfasse.« Damit presste sie Tünn an ihren ausladenden Busen, schloss andächtig die Augen und schwofte mit ihm durch den Saal.

Ida war erschüttert. Wie ungeniert die sich an jeden Kerl ranschmiss, der nicht bei drei auf dem Baum war! So hatte sie sich das alles nicht vorgestellt.

Tünn ließ sich weiterhin nichts anmerken. Erst als der Song zu Ende war, sagte er zur Gewitterwolke: »So leid es mir tut: Jetzt müssen Sie wirklich ohne mich auskommen, Gnädigste. Ich muss morgen wie immer früh raus. Es war mir eine Ehre, Frau Münzig.«

Die Gewitterwolke warf empört die Arme hoch. »Da quetscht dä misch in seinen starken Arme platt wie 'ne Briefmarke und nennt mich danach ›Frau Münzig‹. Ich bin die Annemie, mein Juter. Ich bin nit esu förmlich.«

Tünn blieb charmant. »Dann eben Annemie«, sagte er. »Das ändert allerdings nichts daran, dass ich nun schlafen gehe. Gute Nacht, Annemie.« Er verbeugte sich in den Saal. »Gute Nacht, die Damen, der Herr.«

Offenbar nahmen die anderen das zum Anlass, sich ebenfalls zu verabschieden. Nach und nach verließen auch sie den Saal. Nur Gewitterwolke Annemie blieb noch einen Moment. »Dat war 'ne feine Zuch von dir, Liebschen, dat de mir ding Mann für 'n bisschen Danzen jeliehe häst. Dat is 'n Feiner, den musste dir schön warmhalten. Solche Männer jibbet nich viele. Also, schlaf schön, Ida. Haste fein jemacht, hück Ovend. Nur an der Männerausbeute musste noch wat arbeite.« Sprach's und verließ als Letzte vor Ida den Raum.

Männerausbeute, dachte Ida. Da hatte sie sich ja was Schönes ans Bein binden lassen!

Beim nächsten Treffen mit den Grappa-Schwestern blieben die Spielkarten für die übliche Canastarunde unberührt in der Tischmitte liegen. Dabei hatten die Freundinnen an diesem Abend eigentlich Lilli das Canastaspielen beibringen wollen. Auch die Grappaflasche hatte Ida vorsichtshalber nicht auf den Tisch gestellt. Zum einen wollte sie Lilli kein schlechtes Vorbild sein, zum anderen stand ihr nach ihrer überstandenen Magen-Darm-Geschichte der Sinn noch nicht nach Alkohol. Es galt ohnehin, zwei wichtige Probleme zu lösen. Das eine hatte Lilli ihr beschert, die zwar nach wie vor eine große Hilfe und Bereicherung, manchmal aber plötzlich launisch und unzuverlässig war und sich, ohne sich abzumelden, mit ein paar Jugendlichen aus der Umgebung rumtrieb. Erst gestern hatten Meike und eine andere Freundin sie auf ein Reit- und Springturnier in der Nachbarschaft mitgenommen, und als sie wiederkam, hatte sie ein völlig verwahrlostes Pony am Führstrick gehabt. Ida hatte gerade hinter dem Haus ihren Abendrundgang gemacht, als Lilli mit diesem Tier aufkreuzte.

»Lilli, was um Himmels willen hast du denn da im Schlepptau?«, war Ida wenig begeistert herausgerutscht.

Lilli hatte ein dramatisches Gesicht gezogen und gesagt:

»Das ist Beppo. Den habe ich für fünfzig Euro gekauft. Stell dir vor, der sollte zum Schlachter. Ist das nicht grauenhaft? Ich hasse Menschen, die Tieren so was antun. Und Menschen, die Pferdefleisch essen, hasse ich auch. Dabei ist Beppo so süß.«

»Süß?« Ida war entgeistert. »Der ist alt und völlig verwahrlost, das sieht man auf den ersten Blick. Die Hufe sind verwachsen, die Mähne ist abgescheuert, und das Fell ist stumpf. Ich kenn mich da aus, Lilli. Wir hatten schließlich früher auch mal Ponys. Was willst du denn mit dem anfangen?«

Lilli streichelte Beppo zärtlich über das stumpfe dunkelbraune Fell. Der ließ den Kopf hängen und nahm alles mit absoluter Gleichgültigkeit hin. Das Einzige, was sich an ihm bewegte, war sein dünner Schweif, mit dem er die Fliegen verscheuchte, die ihn umschwirrten.

»Ich werde ihn wieder aufpäppeln. Du hast doch da drüben diese kleine Wiese mit den kaputten Spielgeräten. Da könnten wir Beppo hinstellen.«

»Sag mal, Lilli, bist du jetzt völlig übergeschnappt?« Ida wurde vor Entsetzen laut. »Du kannst doch nicht einfach ein uraltes, wahrscheinlich krankes Pony anschleppen! So ein Tier braucht einen Unterstand und mindestens einen Weidegefährten. Pferde sind Herdentiere. Sie einzeln zu halten ist Tierquälerei. Der arme Kerl braucht außerdem einen Tierarzt. Wer zahlt den? Hast du irgendwo eine Geldquelle aufgetan?«

Während Ida sich mehr und mehr aufregte, ließ Lilli den Kopf genauso hängen wie der unglückselige Beppo. Ida sah das, und ihre Wut verrauchte. Sie seufzte. »Lilli, ich habe nichts dagegen, dass du einen von Zapfis Welpen zu dir nimmst, doch für einen Zoo fehlen mir die Mittel und die Geduld. Tut mir leid, Beppo muss weg. Bring ihn dahin zurück, wo du ihn dir hast andrehen lassen.«

Daraufhin hatte Lilli wieder einen ihrer berühmten Tobsuchtsanfälle bekommen. »Auf keinen Fall!«, hatte sie gebrüllt.

»Wenn du Beppo wegschickst, gehe ich mit! Dann kannst du dir jemand anderes suchen, der dir hilft, deinen runtergekommenen Laden hochzuhäkeln. So wie ich für dich schufte, hätte ich normalerweise echt einen guten Stundenlohn verdient! Ich habe bisher nur nichts gesagt, weil ich dir und Tünn helfen will. Aber wenn du so kaltherzig bist, kannst du zusehen, wie du ohne mich zurechtkommst!«

Die letzten Sätze hatte sie so laut geschrien, dass Zapfi an den Zaun getreten war. »He, Lilli! Was brüllst du hier denn so rum?« Zapfi hatte ihre langen Beine eines nach dem anderen elegant über den Zaun geschwungen und war näher gekommen. »Und was für ein grottenhässliches Fellmonster hast du da im Schlepptau?«

»Nicht auch noch du!«, hatte Lilli gezetert. »Bis jetzt dachte ich, dass wenigstens du tierlieb bist. Tida ist so fies. Ich will diesem armen Kerl helfen, und sie schickt uns wieder weg. Einfach so! Wieder weg. Verstehst du, Zapfi: Da bitte ich sie ein einziges Mal um etwas, und schon macht sie dicht. Beppo sollte *geschlachtet* werden!« Lilli war völlig außer sich.

Zapfi hatte sofort verstanden, wie es zwischen Ida und Lilli stand, hatte Lilli beruhigt und zugleich ganz behutsam Ida recht gegeben. »Ein Pony braucht mehr als einen kaputten Spielplatz mit völlig verdistelter Wiese«, hatte sie gesagt. »Dein Beppo könnte sich an den kaputten Spielgeräten verletzen. Tierschutz und ein Herz für Tiere, Lilli, sind etwas Wunderbares, aber man muss schon mit Verstand an die Sache gehen, und das passende Geld zu haben schadet auch nicht.«

Dann hatte sie für den armen Beppo eine Übergangslösung gefunden: Beppo durfte hinter dem Hühnergehege in Zapfis ehemaligem Schweinestall nächtigen, und gemeinsam hatten sie in der Nachbarschaft ein wenig Heu und Kraftfutter besorgt. Da sie dabei festgestellt hatten, dass Beppo Probleme beim Kauen hatte und deshalb dringend zum – teuren – Zahnarzt musste, stand das Problem Beppo heute an oberster Stelle der Grappa-Cliquen-Agenda. Danach wollte Ida das Tanzabenddesaster aufs Tapet bringen.

Angespannt blickte Ida in die Runde. Lilli rutschte unruhig auf ihrem Stuhl hin und her und kaute an ihren Fingernägeln. Änne saß entspannt lächelnd auf ihrem Stuhl, und Göni war, wie so oft, noch nicht da. Sie hatte von allen den stressigsten Alltag zu bewältigen, auch weil Wolfgang inzwischen seine Arbeit in der Bäckerei wieder aufgenommen hatte und ihr dadurch Sorgen bereitete.

Als Ida das Problem Beppo schilderte, kratzte Änne sich hektisch am Kopf. »Ich verstehe Idas Bedenken. Bei aller Liebe, Lilli –«

Die ließ sie gar nicht erst ausreden. »Egal, was ihr sagt oder beschließt: Wenn Beppo wegmuss, bin ich auch weg.« Sie verschränkte ihre Arme vor der Brust und schaute mit wütendem Blick in die Runde.

Zapfi hatte sich an den Wohnzimmerschrank gelehnt und biss herzhaft in einen Apfel. Kauend sagte sie in die Runde: »Sorry, hatte noch kein Abendbrot.« Dann wandte sie sich an Lilli: »Jetzt fahr mal deine Krallen wieder ein, Lilli. Wir wollen ein Problem lösen und keine Ultimaten verhandeln. Wir gründen erst mal einen Hilfsfonds für Beppo. Jede zahlt ein, was sie erübrigen kann, und dann fragen wir den Tierarzt, was als Erstes nötig ist und was finanziell auf uns zukommt.« Sie nahm sich einen weiteren Apfel aus der Obstschale, biss wieder kräftig ab und stellte den Kitsch des ersten Apfels neben sich auf den Schrank. Als Ida den Kitsch nehmen wollte, um ihn zu entsorgen, scheuchte Zapfi sie weg. »Lass, den habe ich extra aufgehoben! Ponys lieben Äpfel.«

Lilli warf ihr ein dankbares Lächeln zu. Ida aber stöhnte. »Du jetzt auch noch! Außer mir scheinen ja alle davon auszugehen, dass es eine Möglichkeit gibt, das Tier zu behalten.

Dabei habe ich gestern schon gesagt, dass das Quälerei ist. Ponys brauchen einen Weidepartner.«

»Und wenn wir noch eins –«

»Lilli!«

Zapfi lachte. »Du hast recht, Ida. Für *Unsere kleine Farm* haben wir echt keine Möglichkeit. Aber ich dachte, man kann vielleicht mal Levke anrufen.«

Ida nickte langsam. Levke war die junge Schmiedin, die vor drei Jahren den alten Schmied beerbt hatte, der im Dorf aufgrund seiner lauten Stimme immer nur »der Bölk« genannt worden war. Sie lebte am Rande des Dorfes und hatte, soweit Ida informiert war, auf ihrem Hof tatsächlich ein paar Pferde stehen. So schlecht war die Idee also schon einmal nicht.

Lillis Augen waren bereits bei der Erwähnung einer Unterstellmöglichkeit aufgeleuchtet. Sofort ließ sie sich erklären, wer Levke war. Als sie Zapfi bat, dort sofort anzurufen, schüttelte diese allerdings den Kopf. »Ich gebe dir die Telefonnummer, du rufst sie an. Wenn du wirklich Verantwortung für Beppo übernehmen willst, fängst du am besten sofort damit an.

Lilli speicherte brav nickend die Telefonnummer der jungen Schmiedin ab und ging dann zum Telefonieren raus.

Ida, Zapfi und Änne atmeten auf. Zapfi rieb sich die Hände und sagte forsch: »Auf geht's, Mädels. Nächstes Problem. Du willst also deine Tanzabende schon wieder aufgeben, Ida? Weil keine tanzbereiten Männer da sind, oder weil du nicht mehr von der Idee überzeugt bist?«

Noch bevor Ida antworten konnte, kam Lilli wieder herein. »Boah, ist die nett!«, rief sie, ohne Rücksicht auf ihr Gespräch zu nehmen. »Sie kommt morgen nach der Arbeit vorbei und will sich Beppo anschauen. Außerdem hat sie gesagt, ich soll mir mal ihren Hof ansehen. Mache ich dann direkt in einem. Vielleicht kann Beppo ja auch sofort umziehen, zu Levke auf den Hof.«

Zapfi sah offenbar, dass sich Idas Stirn leicht umwölkte, denn sie übernahm sofort wieder die Regie. »Lilli, es ist fein, dass sich Levke um Beppo kümmert, aber für allzu viel Euphorie besteht kein Anlass. Sollten sowohl Levke als auch der Tierarzt finden, dass es für Beppo gnädiger wäre, wenn er eingeschläfert wird, wirst du hoffentlich die Größe haben, ihn gehen zu lassen.«

Als sie sah, dass Lilli empört Einspruch erheben wollte, hob sie die Hand. »Lilli! Jetzt ist es erst mal genug! Wer Tiere liebt, muss sich auch mit ihrem Tod auseinandersetzen. In der Veterinärmedizin gibt es Gott sei Dank die Möglichkeit, Lebewesen von einem quälenden Leiden zu befreien. Das musst du lernen. Davon abgesehen ist es ja noch nicht so weit. Ich will nur, dass du weißt, dass es diese Möglichkeit gibt. Ich lasse Casanova frei herumlaufen, obwohl ich damit riskiere, dass er überfahren wird oder sich in einer Rauferei schwer verletzt. Trotzdem ist mir seine Freiheit wichtiger als meine Sicherheit. *So funktioniert Tierliebe.*« Sie zögerte kurz, ergänzte dann aber in Idas Richtung: »Menschenliebe übrigens auch. So, und jetzt wieder zu dir, Ida. Dir fehlen also Männer.«

Außer Lilli brachen alle in erleichtertes Gelächter aus.

Ida sagte mit dunkler Stimme und schlecht imitiertem russischen Akzent: »Richtig, Frau Elke! Brauche ich Männer viele. Einer nicht genug. Einer gut fir Bett, einer gut fir Freude, einer gut fir chelfen in Haus und Garten.«

Wie aufs Stichwort flog die Wohnzimmertür auf, und die Gottesanbeterin stürmte mit Lockenwicklern in den Haaren und einem seidenen Kimono das Zimmer. »Ich reise ab!«, rief sie und echauffierte sich: »Das ist kein Flirturlaub, das ist ein Abenteuerurlaub! Gerade hat Herr Wimmer sich erlaubt, ohne anzuklopfen, in mein Zimmer zu stürmen. Ich war *unbekleidet*. So was ist mir noch nie passiert! Und statt sich bei mir zu entschuldigen, hat er nur geglotzt und gesagt, ich hätte es aber eilig.« Sie schnappte nach Luft und imitierte dann ihren ungebetenen Besucher: »›Es soll ja Frauen geben, die vorher noch ein wenig Konversation und Zärtlichkeiten einfordern. Sie sind da wohl mehr von der resoluten Truppe.‹ – ›Verehrteste‹ hat er mich genannt, und dann hat er mich auch noch unverhohlen gemustert und gesagt, immerhin stünde ich noch sehr gut im Fell. Ich habe dann um Hilfe geschrien, und er hat wie ein alter Ziegenbock gelacht und ist einfach gegangen.« Sie stemmte die Hände in die Hüften. »*So* hatte ich mir meinen Urlaub nicht vorgestellt!«

Direkt hinter ihr stolzierte das tapfere Schneiderlein ins Wohnzimmer. Er grinste noch immer breit.

»Willkommen in meinen Privaträumen«, konnte Ida sich nicht verkneifen zu sagen.

Weder das tapfere Schneiderlein noch die Gottesanbeterin schienen sich jedoch daran zu stören. Herr Wimmer hob lediglich beide Hände und sagte in blasiertem Tonfall: »Meine Verehrteste, das alles ist nichts weiter als ein Missverständnis. Ich habe mich lediglich in der Zimmertür geirrt. Tatsächlich befolgte ich eine Einladung der werten Frau Münzig.«

»Das wird ja immer schöner!«, lamentierte die Gottesanbeterin. »Das reinste Sodom und Gomorrha! Schon in der Bibel steht: ›Wer Wind sät, wird Sturm ernten.‹ Bald gibt es hier ein fröhliches Miteinander und Durcheinander. Aber nicht mit mir!«

»Ich soll Wind gesät haben?«, missverstand Herr Wimmer sie absichtlich. »Dabei war ich der festen Überzeugung, meine Darmgeräusche inzwischen unter Kontrolle zu haben.« Er lachte begeistert über seinen eigenen Witz.

»Ordinär ist er also auch noch«, schnappte Frau Kleinschmidt. »Ich bin hier wirklich völlig fehl am Platze. Ich reise ab.« Damit rauschte sie hoch erhobenen Hauptes von dannen.

»Eine Frau weniger, die sich über Männermangel beklagt«, kommentierte Zapfi trocken.

»Jemand hat sich über Männermangel beklagt? Nun, das ist für die Damenwelt natürlich bedauerlich«, sagte das tapfere Schneiderlein. »Dabei habe ich mir an unserem Tanzabend rechtschaffen Mühe gegeben, die Damenwelt der Reihe nach zu betanzen.«

»Und das haben Sie wunderbar gemacht«, lobte Ida. »Dennoch werden wir uns, falls es weitere Tanzabende geben sollte, um mehr männliche Tänzer bemühen müssen. Deshalb sitzen wir übrigens zusammen. Wenn Sie uns also bitte entschuldigen wollen, Herr Wimmer ... Wir sind hier sozusagen ... privat zusammengekommen. In Kürze wird im Gastraum das Abendessen serviert. Das sollten Sie nicht versäumen. Wenn mich nicht alles täuscht, hat unsere liebe Elzbieta wieder alles gegeben, um Sie zumindest kulinarisch glücklich zu machen.«

»Ich will keinesfalls lästigfallen.« Das tapfere Schneiderlein räusperte sich. »Ich wollte lediglich den Sturm in Frau Kleinschmidts Wasserglas zur Ruhe bringen, wenn ich kurz bei Ihrem Bild bleiben darf. Und nun entschuldigen Sie mich bitte. Ich werde im Speisesaal noch ein wenig Wind säen.« Er tippte sich an seine Tweedmütze und verließ sogleich das Wohnzimmer.

»Was genau ist noch mal so gut daran, erwachsen zu werden?«, fragte Lilli und brachte damit alle zum Lachen.

»Die sind nicht einfach erwachsen, Lilli«, sagte Änne. »Die sind alt. Und alte Menschen sind oft etwas verschroben. Aber zwischen Pubertät und Alter liegt eine lange Wegstrecke, und wenn eine wie du erwachsen wird, ist sie bestimmt viele Jahre weder verschroben noch seltsam, sondern einfach nur ein wunderbarer, weitherziger Mensch. Außerdem kann Einsamkeit eigentlich sehr nette Menschen leicht in verdrehte Bitterpflänzchen verwandeln. Genau für diese Menschen ist das Flirthotel ja so eine wunderbare Gelegenheit, Lilli.«

Lilli errötete, und Zapfi sagte auf ihre typisch trockene

Zapfi-Art: »Amen. Das war das Wort zum Sonntag. Man merkt, dass du jahrelang mit einem Priester liiert warst, Änne.«

»*What?*« Lilli machte Augen wie Untertassen. »Du warst mit 'nem Priester liiert? Mit 'nem echten? Also mit Zölibat und so?«

»Sorry, Änne. Ist mir rausgerutscht«, behauptete Zapfi, wirkte allerdings nicht wirklich schuldbewusst. »Ich wollte dein Geheimnis nicht rausposaunen. Aber Lilli soll ruhig wissen, dass auch Erwachsene nicht immer heilig sein müssen.«

Änne hatte die Stirn in Falten gelegt. »Du bist wirklich eine große Hilfe, wenn es darum geht, jungen Menschen ein moralischer Kompass zu sein, Zapfi«, brummte sie. An Lilli gewandt fuhr sie fort: »Wir waren ernsthaft ineinander verliebt, obwohl uns klar war, dass das mit uns nicht geht. Ist inzwischen eine ganze Weile zu Ende. Also lohnt es sich nicht, darum Wind zu machen. Und deshalb – um noch mal auf das eigentliche Problem zu sprechen zu kommen – hätte auch ich nichts dagegen, wenn wir ein paar attraktive, bindungsbereite und tanzfreudige Oldies aus dem Hut zaubern könnten. Also, Lilli, was meinst du: Müssen wir vielleicht noch mal an unsere Werbung ran? Oder hat sonst jemand eine gute Idee?«

Ida zog die Schultern hoch. »Also ... Vielleicht hätte ich tatsächlich eine Idee«, sagte sie bedächtig. »Aber darüber wollte ich zuerst mit euch, vor allem mit dir, Zapfi, reden.«

Zapfi schaute sofort alarmiert. »Ausgerechnet mit mir willst du über Männerakquise reden? Nun gut, ich bin für alles zu haben – solange du nicht verlangst, Nacktfotos von mir ins Netz zu stellen. Wobei ich denke, dass Nacktfotos von mir auch nicht besonders werbewirksam wären.« Sie lachte zwar, aber Ida merkte ihr trotzdem an, dass ihrer Freundin gerade merkwürdige Dinge durch den Kopf gingen.

»Du stehst allemal besser im Fell als die überdrehte Frau Kleinschmidt«, versicherte sie. »Nein, ernsthaft ...« Sie sah verlegen auf ihre Hände. »Aber trotzdem wird dir meine Idee wahrscheinlich nicht gefallen. War auch eigentlich gar nicht meine Idee, sondern die von Elvis.«

Zapfi änderte sofort ihre entspannte Körperhaltung und kreuzte die Arme vor der Brust. »Oha, wenn du auf Ideen von diesem Allesbefruchter angewiesen bist, muss es wirklich schlimm um dich stehen.«

Allesbefruchter war in ihrer ganz frühen Jugend ihr heimlicher Spitzname für Elvis gewesen. Das war, bevor er fest mit Zapfi ging und noch die aufgescheuchten, hormonisierten Mädels aus dem ganzen Umland bei ihm Schlange standen. Elvis hieß damals noch Alois Hubkamp, war ein auffallend schöner junger Mann mit langer blonder Wallmähne und stahlblauen Augen und hatte gerade seine erste eigene Band gegründet. Diese trug den wenig romantischen Namen The Glibberdibbers, was aber wahrscheinlich nicht der einzige Grund dafür war, dass ihnen der große Durchbruch verwehrt blieb. In herzerfrischender Unbescheidenheit hatte Alois sich damals in Elvis umbenannt, wohl in der unerschütterlichen Hoffnung auf eine große Musikerkarriere.

Daraus aber war nie etwas geworden, und wenn er heute auftrat, dann entweder in diversen Hobbybands oder, wenn er Geld verdienen musste, als DJ und Alleinunterhalter auf allen möglichen Festivitäten. Dennoch wäre Ida von selbst nie auf die Idee gekommen, ihn um Hilfe zu bitten. Nur zufällig hatte sie ihn auf der Bank getroffen, erstaunt darüber, dass er offensichtlich ins Dorf zurückgekehrt war. Er hatte sich nach dem Erfolg ihres Flirthotels erkundigt und sofort angeboten, kostenlos als DJ und, falls nötig, auch als Tänzer zur Verfügung zu stehen. Ida hätte sein Angebot gern sofort angenommen. Weil sie aber wusste, dass trotz all der Jahre, die Elvis und Zapfi inzwischen getrennter Wege gingen, noch immer auf beiden Seiten Altlasten schmorten, wollte sie vorher mit Zapfi darüber sprechen.

Zu ihrer Überraschung blieb Zapfi nach ihrem Bericht völlig ruhig und sagte nur: »Alles kein Problem. Ich weiß längst, dass er wieder im Ort ist. Wenn's der Sache dient, lass Elvis von mir aus den Witwenbetörer geben.«

Lilli, die den Wortwechsel gespannt verfolgt hatte, war sichtlich verwirrt. »Elvis? Es gibt noch einen anderen Elvis als deinen hormongestörten Hahn?«

Zapfi nickte. »Junge Küken wie du werden das nicht wissen, aber Elvis war in den 1960er-Jahren ein berühmter Rock-'n'-Roll-Musiker.«

»Haha, witzig!«, patzte Lilli. »Stell dir mal vor, das weiß ich.«

»Klar weißt du das, Lilli. Zapfi will dich nur hochnehmen«, ging Ida dazwischen. »Der Elvis, von dem wir reden, hat sich vor zig Jahren nach seinem berühmten Vorbild genannt und war mal für eine extrem kurze Zeit mit Zapfi verheiratet.«

Zapfi nickte. »Das ist wirklich eine uralte Geschichte, Lilli. Da warst du noch nicht einmal eine Ahnung in den Fruchtbarkeitssehnsüchten deiner Mutter. Meine Geschichte mit Elvis ist fast älter als die Menschheitsgeschichte.«

»Verstehe.« Lilli grinste. »Und damit dieses uralte Märchen aus den Anfängen der Menschheitsgeschichte nicht gänzlich vergessen wird, hast du deinen bekloppten Hahn auch Elvis genannt. Nicht etwa, um dem noch lebenden Elvis damit eins auszuwischen.«

Ganz schön clever, die Kleine, dachte Ida. *Wenn es nicht um sie selbst geht, ist sie erstaunlich schnell im Kopf.* Aber das half ihnen gerade auch nicht weiter. Laut sagte sie: »Ich will auch keine Uraltgeschichten wieder hochkochen. Trotzdem möchte ich nicht, dass du dich verraten fühlst, wenn ich deinen Ex-ex-ex ins Boot hole, Zapfi.«

»*No problem*«, behauptete Zapfi, setzte sich endlich auch an den Tisch und fragte leichthin: »Und was ist jetzt mit Canasta?«

10
Junge Herzen, alte Schmerzen

Ida und Lilli gingen untergehakt durch den abendlichen Wald. Die Tage wurden inzwischen wieder kürzer, und der Sommer, der in den letzten Wochen oft unerträgliche Hitze gebracht hatte, ging in einen gemäßigten Altweibersommer über, Idas liebste Jahreszeit. Da auch an sonnigen Tagen abends die Luft wieder frischer war, trug Ida eine Strickjacke und Lilli einen Hoodie. Die junge Frau hatte sich Idas langsamem Schritttempo ganz selbstverständlich angepasst.

Die ersten Minuten sagte keine von ihnen ein Wort.

Erst nachdem sie tief im Wald waren und es so dunkel war, dass sie sich auf den Weg konzentrieren mussten, sagte Lilli vorsichtig: »Diese Geschichte zwischen Zapfi und ihrem Ex, diesem Elvis, wirkt auf mich reichlich abgedreht. Ich kann gut verstehen, dass man auf Exe nicht gut zu sprechen ist, und ich kann mir auch nicht vorstellen, irgendwann mit Raphi wieder locker zu sein, aber nach so vielen Jahren wie bei Zapfi und Elvis ... Sollte man da nicht langsam wenigstens eine gewisse Gleichgültigkeit –«

»Ach, Lilli!«, unterbrach Ida sie. »Hier auf dem Dorf läuft vieles ein bisschen anders, als du es aus der Stadt gewohnt bist. Hier kennt halt jeder jeden, und weil wir so wenige sind, hat jeder mit jedem und jeder schon mal irgendwelche Probleme oder zumindest Geschichten gehabt. Aber im Ernstfall sind wir aufeinander angewiesen, und deshalb lassen wir uns einfach mehr oder weniger so, wie wir nun einmal sind. Offene Feindschaft können wir uns nicht leisten. Deshalb gehen sich manche aus dem Weg, andere halten zusammen wie Pech und Schwefel. Es gibt auf dem Dorf viele ungeschriebene Gesetze, und die kannst du nicht alle kennen.«

Sie seufzte. »Schau mal: Der Apotheker und seine Frau – die Senfpraline und der Windbeutel – sind aus verschiedenen Gründen beide eher unangenehme Zeitgenossen. Trotzdem gehen sie nicht offen gegen uns und das Hotel vor, sondern versuchen eher verdeckt, gegen uns zu agieren. Als die beiden vor ein paar Wochen bei uns aufgetaucht sind, hat Tünn nur kurz angedeutet, dass wir Dinge über den Windbeutel wissen, die er mit Sicherheit nicht in der Öffentlichkeit breitgetreten haben möchte. Seitdem macht er zwar Stimmung gegen uns, aber offen auf Konfrontation zu gehen, hat er sich bisher nicht getraut. Und so ist das bei uns oft.«

»Ich weiß, was der Windbeutel auf dem Kerbholz hat.« Lilli kickte einen vertrockneten Tannenzapfen aus dem Weg. »Der alte Schwerenöter ist ein Grabscher, hat Meike erzählt. Die hat mal bei ihm ein Praktikum gemacht, und er hat ihr immer auf die Titten geglotzt.«

»Ganz so krass hätte ich mich nicht ausgedrückt«, schmunzelte Ida. »Aber offensichtlich weißt du, was ich meine.« Sie blieb stehen und deutete auf eine kleine Lichtung, auf der einige Rehe ästen. Gemeinsam mit Lilli sah sie den Tieren schweigend zu, bis ein Windstoß den scheuen Tieren ihren Geruch zutrug und diese erst die Köpfe hochwarfen und dann mit majestätischen Sprüngen in den Wald zurücksetzten.

»Schön«, sagte Lilli andächtig.

»Ja, hier auf dem Land ist vieles wirklich sehr, sehr schön.« Ida lächelte. »Manches ist aber auch richtig hässlich. Dass wir so subtil gegeneinander operieren, hat mir zum Beispiel noch nie gefallen. Als die kurze und heftige Liebesgeschichte zwischen Elvis und Zapfi zu Ende ging, hat sich das ganze Dorf hinter ihrem Rücken über sie lustig gemacht. Beide waren ohnehin sehr verletzt, und dass sie nun auch Anlass zu Dorfklatsch und Spott waren, hat für sie das Fass zum Überlaufen gebracht. Seitdem sind sie wie Hund und Katz.«

»Glaub mal bloß nicht, dass ihr ein Monopol auf Mobbing und Hinterhältigkeit habt.« Lilli schnaubte verächtlich durch die Nase. »Du müsstest mal an meine alte Schule kommen. Da wird oft herbe getratscht, und Intrigen sind auch völlig alltäglich.«

»Das glaube ich dir sofort«, bestätigte Ida. »Aber wenn ihr der Schule erst mal entronnen seid, könnt ihr nach Lust und Laune eures Weges gehen und seht euch nie wieder. Bei uns im Dorf ist das anders. Und jeder glaubt, dich zu kennen und alles über dich zu wissen.«

»Ja, aber dass nicht jede Beziehung bis in alle Ewigkeit hält, weiß man doch. Da gibt eine Trennung doch nicht so viel Stoff für Tratscherei her …« Lilli wirkte leicht verwirrt.

Ida seufzte. »Also … Ich will wirklich keine alten Skandale hochbeschwören, aber ich fürchte, du kannst das alles erst verstehen, wenn ich dir ein bisschen über Zapfi und Elvis erzähle.«

Sie waren an einer Bank angekommen, und Ida forderte Lilli auf, sich zu setzen. Lilli zog die Knie hoch und stützte ihr Kinn darauf ab, und auch Ida ließ sich ächzend fallen. »Nun gut …«, sagte sie leise, und Lilli lehnte sich näher in ihre Richtung, um sie besser zu verstehen.

»Elvis war in unserer Jugend bei den Mädels wirklich hoch begehrt – und Zapfi bei den Jungs. Als die beiden ein Paar wurden, gab es deshalb sowohl auf weiblicher als auch auf männlicher Seite jede Menge Neid, und als die beiden irgendwann sogar heirateten, wurde im Dorf sofort wild spekuliert, wie lange das gut gehen würde. Elvis war ja viel mit seiner Band unterwegs, und er war kein Kind von Traurigkeit. Die Zapfi allerdings auch nicht. Ob die beiden einander zwischendurch fremdgegangen sind, weiß ich nicht. Aber böse Zungen unterstellten das. Die Hochzeit war jedenfalls toll, ein rauschendes Fest mit Livemusik von Elvis' Band. Es wurde getanzt und gefeiert bis in den nächsten Morgen ...« Ida spielte gedankenverloren mit den Knöpfen ihrer Strickjacke.

»Drei Tage später wollten sie zu ihrer Hochzeitsreise aufbrechen. Obwohl Zapfi lieber nach Frankreich oder auf die Hebriden gefahren wäre, hatte sie sich zu einer Reise nach Kuba überreden lassen. Elvis hatte damals ein Faible für lateinamerikanische Bands und versprach sich von der Reise Inspiration für seine Musik. Aber einen Tag bevor es losgehen sollte, sagte er die Reise ab. Er hatte das Angebot bekommen, mit seiner Band auf einem großen Musikfestival einzuspringen. Er hielt das für *die* Chance und wollte sie sich auf keinen Fall entgehen lassen. Stattdessen wollte er die Reise stornieren und verschieben. Mit so was kannst du aber einem Menschen wie Zapfi nicht kommen. Sie war stinkwütend, und als Elvis nicht mit sich reden ließ, ist sie ohne ihn gefahren. Hochzeitsreise ohne Bräutigam.«

»Das verstehe ich!« Lilli war empört. »Das hätte ich an Zapfis Stelle auch gemacht. Man kann sich von seinem Partner ja nicht alles gefallen lassen, erst recht, wenn es um eine Hochzeitsreise geht.«

»Ja, da hat Elvis sich wirklich nicht mit Ruhm bekleckert. Aber Zapfi war schon immer eigensinnig. Sie hat die Reise wider Erwarten genossen. Kuba in seiner damaligen kulturellen Buntheit ... Überall wurde getanzt und gefeiert – all das muss für eine temperamentvolle und wilde Frau wie Zapfi paradiesisch gewesen sein. Als sie nach zwei Wochen wieder zurückkam, schwärmte sie jedenfalls in den höchsten Tönen, und Elvis ärgerte sich sehr, die Reise verpasst zu haben. Zunächst schien wieder Frieden zwischen den beiden eingekehrt zu sein; sie hatte ihm eine Lektion erteilt, und damit stand es einigermaßen unentschieden zwischen den beiden Kampfhähnchen. Als Zapfi dann guter Hoffnung war, freuten sich beide sehr auf das Kind, und alles schien gut zu sein. Als der Junge geboren war, hat Elvis sogar eine euphorische Pinkelparty geschmissen.«

»Eine was?«

»Eine Pinkelparty.« Ida sah Lilli an. »So nennt man das, wenn ein frischgebackener Papa mit den Männern aus seinem Freundeskreis feiert. Elvis war außer sich vor Stolz und Glück.«

Ida starrte in die Dunkelheit des Waldes. Der Gedanke an die vielen Jahre, die im Flug vergangen waren, in denen sich das Leben aber mehr und mehr auf ihre Schultern gehockt hatte wie ein schwerer, unguter Geist, machte sie melancholisch. Eine große Eule flog von einer Eiche auf. Sie würde nun auf die Jagd gehen und einige Kleintiere, die noch nichts von ihrem nahen Ende ahnten, in ihre Fänge nehmen.

Leben und Sterben sind so beliebig. Vielleicht kann ich froh sein, dass es bei mir mit Kindern nicht geklappt hat, dachte Ida. Wie sollte man einem jungen Menschen denn vermitteln, dass es sich lohnt, für ein gutes Leben zu kämpfen, wenn das Leben ohnehin macht, was es will, um dann, nach einem gefühlten Wimpernschlag, vorbei zu sein. Sie seufzte.

Lilli, die viel feinfühliger war, als sie gemeinhin zugab, fragte flüsternd: »War was mit dem Kind? Ich meine … Du wirkst plötzlich so traurig, Tida. War das Kind krank?«

In Ida wallte plötzlich eine große Zärtlichkeit für die trotzige junge Frau an ihrer Seite auf. Sie strich Lilli über den Rücken und seufzte ein weiteres Mal. »Mit dem Kind? Nein, nein. Der Kleine war kerngesund. Ein Prachtbursche. Er ist heute ein wunderbarer junger Mann und Zapfis ganzes Glück. Er hat die Firma von Zapfis Vater übernommen und macht seine Sache großartig. Bestimmt lernst du ihn irgendwann kennen. Er arbeitet allerdings wirklich hart, und selbst die Zapfi bekommt ihn kaum zu Gesicht. Er ist Dachdecker, und die vielen Unwetter der letzten Zeit haben seine Auftragslage – vorsichtig ausgedrückt – günstig beeinflusst. Nein, Freddie ist wirklich klasse, nur ...«

»Nur?«, hakte Lilli nach.

»Wenige Tage nach seiner Geburt wurde er immer dunkler, und sein rabenschwarzes Haar fing an, sich zu kräuseln. Da wurde Elvis – und damit auch allen anderen im Dorf – klar, dass Zapfi sich ein Reiseandenken der besonderen Art mitgebracht hatte.«

»Oh.«

»Lass uns zurückgehen, mir wird langsam kühl.« Ida stand schwerfällig auf. Nach dem Sitzen weigerte sich ihre Hüfte immer besonders hartnäckig, ihren Dienst reibungslos zu versehen.

»Ich mag Zapfi«, sagte Lilli schüchtern und fuhr schnell fort: »Dich und Tünn mag ich auch. Natürlich. Aber ich dachte bis jetzt eigentlich, so wie Zapfi lebt, mit all den Tieren und so selbstbestimmt und dann noch in so einem tollen Beruf ...«

»Zapfi ist ein Goldstück, und ich verstehe, dass sie es dir angetan hat. Sie war immer schon ein bisschen wilder als wir anderen, und ich finde nicht, dass es einen Grund gibt, sie für ihren damaligen Fehltritt zu verurteilen. Schau mal, Lilli ...« Ida blieb stehen und nahm Lillis Hand. »Ich verstehe, dass dir nach der Enttäuschung mit Raphi jede Form von Untreue verachtenswert erscheint. Ich finde Untreue auch schlimm. Aber sieh es mal so: Wäre Zapfi ein Mann, hätte ein Urlaubsfehltritt wie ihrer keinerlei Konsequenzen gehabt. Aber sie ist eine Frau, und bei uns kann es sein, dass wir irgendwann mit sichtbaren Konsequenzen unseres Verhaltens konfrontiert werden. Ich bin mir sicher, dass auch Elvis damals nichts hat anbrennen lassen. Wäre das irgendwie bekannt geworden, hätte man wohl einfach gesagt: ›Der muss sich noch ein bisschen die Hörner abstoßen.‹ Die Männer klopfen sich ja oft für solche Heldentaten auf die Schulter. Nur bei uns Frauen ist das gleich eine doppelte Schande.«

»Ja, das stimmt«, gab Lilli zögernd zu. »Aber ich finde Untreue grundsätzlich richtig fies, Tida, ehrlich.«

»Ich auch, Lilli. Ich auch.« Ida ließ Lillis Hand los und setzte sich wieder in Gang. »Ich stimme dir zu. Aber glaub mir: In einem kleinen Kaff nach einer spektakulären Trennung ein schwarzes Kind allein großzuziehen war auch für Zapfi kein Zuckerschlecken. Deshalb war es klar, dass wir Mädels zusammenhalten mussten. Jede soll so leben, wie es für sie stimmt. Und Zapfi – da hast du wirklich recht, Lilli – macht das mit den ganzen Tieren, als Hebamme und Freundin einfach fantastisch.«

Sie waren inzwischen wieder am Hotel angekommen. Lilli schien erleichtert zu sein, dass der kleine Ausflug in die Vergangenheit abgeschlossen war. »Ich schaue noch mal nach Beppo und nach den Welpen«, verkündete sie.

Ida nickte und ging ins Haus. An der Tür des Gemeinschaftsraums blieb sie erstaunt stehen. Die Gottesanbeterin saß mit deutlich geröteten Wangen in trauter Zweisamkeit mit dem tapferen Schneiderlein an einem Zweiertisch. Zwischen sich hatten sie einen Würfelbecher und einen Kniffelblock. Ida warf Percy, der an diesem Abend den Service machte, einen fragenden Blick zu, der aber zuckte nur mit den Schultern und grinste. Als er sicher war, dass weder Herr Wimmer noch Frau Kleinschmidt zu ihm herübersahen, bedeutete er Ida, dass beide ordentlich getankt hatten. Ida grinste zurück und trat dann näher.

»Frau Kleinschmidt!« Sie gab sich überrascht. »Wollten Sie nicht eigentlich abreisen?«

Die Gottesanbeterin kicherte mädchenhaft. »Erwin hat

mich zu einer Friedenspfeife eingeladen. In Form eines leckeren Gläschens Rotwein. Irntwie sind sswei daraus geworden.« Sie kicherte haltlos.

»Neeee, neee, neee, Hildchen!« Herr Wimmer winkte entschieden ab. »Ich würde mal sagen, du hast allein die ganze Flasche geköpft. Ich hab lediglich ein kleines Höflichkeitsschlückchen mitgetrunken. *Willst du ein prächtig Weibe frei'n, musst du charmant und nüchtern sein.* Ist von mir, Frau Ida, dieser Zweizeiler.« Er zwinkerte Ida vertraulich zu.

Die Gottesanbeterin nahm einen weiteren kräftigen Schluck des Merlots und nuschelte glücklich: »Das prächtig Weibe, Frau Ida, das bin ich. So ein alter Schwere–« Weiter kam sie nicht, denn ihr entwischte ein kräftiges Bäuerchen.

»Lass raus, was rausmuss, Hildchen! Besser, in der großen Welt als im kleinen Bauch, sag ich immer.«

Hilde gackerte haltlos. »Immer den passenden Schbruch, äh ... Spruch auf Lager! Prost, Erwin. Das prächtig Weibe hat Durst.«

Ida traute ihren Augen nicht. Da hatte sich der Wind aber schnell gedreht!

»Den Seinen gipps der Herr im Schlaf«, nuschelte die Gottesanbeterin und ließ sich vom tapferen Schneiderlein noch einmal einschenken.

»Danach ist aber genug, Hildchen. Und dann, husch, husch, ins Körbchen.« Er grinste breit. »Ich bringe dich natürlich persönlich ins Bett. Vor mir brauchst du keine Hemmungen mehr zu haben, deine prachtvolle Kapelle durfte ich ja schon in ganzer Schönheit bewundern.«

»Prachvolle Kapelle ... Er vascheht wirklich, 'ner Frau passende Komplim... also ssu schmeicheln, will ich sagen. Vorhin hassu noch gesagt, ich wäre eine Lussus... äh ... Luxuswohnung.«

Als Ida fragend die Augenbrauen hob, strahlte Erwin sie begeistert an. »Diese kleine Metapher aus der Immobilienbranche hat mir das Hildchen besonders hoch angerechnet. Erkläre ich Ihnen, Frau Ida, gern ein anderes Mal. Jetzt erlaube ich mir, die Dame auf ihr Zimmer zu geleiten.« Damit hievte er die Gottesanbeterin hoch, umfasste resolut ihre Körpermitte und bugsierte sie aus dem Gemeinschaftsraum.

Im Hinausgehen hörte Ida sie sagen: »Ich bin wirklich müde, Erwin. Wie hassu das nur widda gemerk? Wer schläft, der sündigt nich. Schade eintlich.«

Erst jetzt nahm Ida wahr, dass die Gewitterwolke im hintersten Eck des Raumes allein an einem Tisch saß und Patiencen legte. Als sie Idas Blick bemerkte, polterte sie sofort los:

»So sind se, de Mannslück, Ida. Da irrt er sich einmal in der Zimmertür und sieht diese majere Hippe nackisch, und schon jerät ihm dat letzte Restchen Hormone in Turbulenzen, und er macht se sich mit Alkohol gefügig. Ävver ich bin froh, dat dieser Romeo für Arme mich nit mehr im Visier hät. Ein Quäntchen Niveau darf et dann doch sein! Ich will dir keinen Stress machen, Ida, Schätzelein. Aber wenn hier nit bald en kleinet bisschen mehr Matrial anlandet, also jetzt von der Testosteronfraktion her, wenn de verstehst, wat ich mein, dann bin ich bald weg. Dat tut sich eine Annemie nit ewig an, dat de Kääle hier wie billije WC-Brummer von einem Haufen zum nächsten flieje. Lass dir wat einfallen, Schätzelein, sonst is' mit mir der Spaß vorbei!«

Ida war einen Moment lang steif vor Schreck. Da bahnte sich doch tatsächlich das erste Eifersuchtsdrama an! Mit so etwas hatte sie heute Abend gar nicht gerechnet. Mühsam fing sie sich und sagte: »Ich weiß natürlich nicht, ob für Sie der passende Kandidat dabei ist, Frau Münzig, aber ich kann Ihnen verraten, dass sich für die nächsten Tage drei weitere Herren angekündigt haben. Allerdings reisen auch vier weitere Damen an.«

Ida wollte gerade mit ihrer Erklärung fortfahren, als Tünn neben sie trat und sagte: »Aber eine so bildschöne Frau wie Sie, Frau Münzig, scheut doch keine Konkurrenz! Ich persönlich würde mich auch freuen, wenn Sie beim nächsten Tanzabend ...«

Mehr musste er nicht sagen. Mit dem strahlendsten Lächeln erhob sich die Gewitterwolke von ihrem Stuhl und trat auf Tünn zu. »Wie oft soll ich dat noch sagen, Tünn: Ich bin de Annemie und habet nich so mit Förmlichkeit. Und für dich, Ida, Schätzelein, gild dat natürlich auch. Auf unser Tänzchen tu ich mich jetzt schon freuen, Tünn. Und nein, vor Konkurrenz han ich kein Angst. Wie säht man so schön in der freien Marktwirtschaft: Konkurrenz belebt dat Jeschäft. Aber jetzt brauch ich meinen Schönheitsschlaf. Kommt jut in de Falle, ihr zwei Turteltäubchen!« Sie raffte ihre Karten zusammen und rauschte Sekunden später aus dem Raum.

Ida und Tünn mussten lächeln.

»Das war perfekt gerettet, Tünn. Danke«, sagte Ida. »Wo kamst du denn so plötzlich her?«

»Aus der Küche«, antwortete Tünn. »Die Spülmaschine hat den Geist aufgegeben, und Elzbieta musste Feierabend machen. Percy hat hier vorn bedient, und du und Lilli wart verschwunden. Da habe ich schnell gespült – und Günther angerufen. Bei dem habe ich noch was gut. Er schaut sich die Maschine gleich morgen an.«

Ida nickte. Günther gehörte zu den Bekannten, denen Tünn seit Jahren bei der Steuer half. Die Maschine bekam er sicher schnell repariert; immerhin hatte er ein kleines Elektrofachgeschäft. »Danke«, murmelte sie. »Ich habe mit Lilli 'ne kleine Abendrunde gedreht. Sie hatte Redebedarf.«

Tünn sah sie erstaunt an. »Ich dachte, heute tagt eure Grappa-Clique.«

»Hat sie auch. Aber nur kurz. Göni hat abgesagt, und wir

hatten ein paar wichtige Dinge zu klären. Lilli hat doch diesen alten Klepper angeschleppt, um den sie sich unbedingt kümmern will ... Damit waren wir hauptsächlich beschäftigt.«

»Lilli würde Gott und die Welt retten, solange sie das von ihren eigenen Problemen ablenkt«, sagte Tünn. »Was Viecher angeht, hat sie ein echtes Helfersyndrom.« Er grinste. »Bei Menschen eigentlich auch.«

Da kenne ich noch jemanden, dachte Ida. Laut sagte sie: »Lilli schwimmt ein bisschen, aber sie ist wirklich ein wundervoller Mensch.«

»Wenigstens in dem Punkt sind wir absolut einer Meinung«, antwortete Tünn. »Gute Nacht, Ida. Wie gesagt: Günther kommt morgen vor der Arbeit, um sich die Maschine anzuschauen. Darum kümmere ich mich noch, bevor ich selbst zur Arbeit fahre. Schlaf du dich mal ein bisschen aus. Du siehst kaputt aus.« Damit verließ auch er den Schankraum.

Ida schickte auch Percy zu Bett und löschte das Licht. *Die Letzte macht das Licht aus,* schoss ihr durch den Kopf. Wie oft hatte sie selbst in der Hochsaison bis zum Umfallen gearbeitet? Aber Tünn hatte recht: Sie schaffte wirklich nicht mehr annähernd so viel wie früher. Hoffentlich war sie all dem überhaupt noch gewachsen.

11
Kapellen und Ruinen

Als Ida am nächsten Morgen in der Hotelküche auftauchte, um das Frühstück für ihre Gäste vorzubereiten, traf sie dort auf Günther, Tünns Bekannten. Offenbar bereitete ihm das Gerät Kopfzerbrechen. Denn er hockte noch immer vor der Spülmaschine und kratzte sich am Kopf. Sie betrachtete ihn einen Augenblick lang. Die wenigen grauen Haare, die das Leben ihm gelassen hatte, hatte Günther mehrfach um den ansonsten blanken Schädel gewickelt. Ida hatte noch nie verstanden, warum Männer glaubten, auf solch erbärmliche Weise ihre Glatze verbergen zu können.

Bevor sie etwas sagen konnte, drehte er sich um. »Morgen, Ida. Glück gehabt. Euer Vorkriegsmonster tut es wieder. Aber wer weiß, wie lange noch. Ihr solltet euch langsam eine neue Maschine anschaffen. Wenn es so weit ist ... Ihr wisst ja hoffentlich, an wen ihr euch wendet. Scheint ja wieder ans Laufen zu kommen, der Laden hier.«

Mit einer Beweglichkeit, die Ida ihm gar nicht zugetraut hätte, stand er auf. Ein gewaltiger Gerstenspoiler schwappte über den Bund seiner Arbeitshose, und er wirkte ungelenk und tapsig. Obwohl es noch vor acht Uhr und damit recht kühl war, glänzte seine Stirn vor Schweiß, und die ganze Küche roch nach durchgeschwitzter Baumwolle. Dennoch war Ida ihm unendlich dankbar, dass er sich ihres Problems angenommen hatte. Mit einem Handgriff schaltete sie die Kaffeemaschine ein, die Elzbieta am Abend zuvor bereits präpariert hatte.

»Danke, Günther! Kaffee ist in fünf Minuten durch.«

»Lass mal, Ida, ich muss leider weg. Wartet 'ne Menge Arbeit auf mich.« Er zog an seinem Hosenbund. »Sag Tünn 'nen schönen Gruß. Und wegen der anderen Sache, um die er mich gebeten hat: Sag ihm, ich kümmere mich.«

»Andere Sache?«, fragte Ida alarmiert.

»Er weiß schon, was ich meine. Viel Glück mit eurer neuen Bude. Mag nicht jeder im Ort glücklich drüber sein, dass bei euch jetzt die Hormone hochgekocht werden, aber ich find's gut. Bin ja selbst schon seit acht Jahren allein. Tut einem keinem gut, Ida. Ab und an braucht man mal jemanden. Für hier – und natürlich auch für hier.« Er zeigte erst auf sein Herz, danach auf seinen Schritt.

Ida wollte sich nicht ausmalen, welche Frau sich für Günthers zweites Hier begeistern könnte. Dennoch lächelte sie freundlich. »Danke, Günther. Für deine Hilfe und für die netten Worte. Vielleicht kommst du mal zu einem unserer Tanzabende. Kannst ja mal unverbindlich schauen, ob dir eine von den Frauen gefällt.«

»Wer weiß, Ida. Vielleicht komme ich wirklich mal vorbei. Ich kann zwar nicht tanzen, aber ich habe im Schützenverein munkeln hören, dass Rüdiger als selbst ernannter Anstandswauwau hier auftauchen will, um euch ein bisschen in die Suppe zu spucken. Das könnte amüsant werden. Der eitle Kerl zwischen den ganzen gut abgehangenen Damen ... Ist ja sonst nicht so seine Preisklasse.« Er packte seine alte Ledertasche mit dem Werkzeug zusammen, tippte sich grüßend an die Stirn und ließ Ida allein in der Küche zurück. Einen Moment lang war sie wie erstarrt. Der Gedanke, dass ausgerechnet der Windbeutel plante, sie zu ihrem nächsten Tanzabend zu beehren, passte ihr so gar nicht. Kaum hatte Günther das Haus verlassen, riss Ida die Fenster auf. *Luft!*

Die morgendliche Routine ging Ida schnell von der Hand. Den Inhalt der Brötchentüte, die nun morgens wieder zuverlässig von Wolfgang vor die Tür gelegt wurde, verteilte sie auf die Brotkörbchen. Auch Teller mit Butter, Wurst und Käse waren schnell vorbereitet. Zum Schluss stellte sie Schälchen mit Marmelade, Honig und Kännchen mit Milch auf die Tabletts.

Sie war schon fast fertig, als Lilli in der Küche erschien. »Soll ich helfen?«

Ida zog die Schultern hoch. Eigentlich hätte Lilli ein Blick auf die Uhr reichen müssen, um zu wissen, dass um diese Zeit bereits alles erledigt sein musste. Aber Ida war morgens normalerweise nicht besonders gesprächig und darum nicht böse, dass Lilli erst so spät aufgetaucht war. »Kaffee ist gleich durch. Den könntest du in die Thermoskannen umfüllen«, sagte sie. »Und falls jemand Cappuccino, Espresso oder eine Latte macchiato will – die Maschine habe ich auch schon angeschaltet.«

»Darf ich mir auch 'ne Latte machen?«, fragte Lilli. Da sie sehr wohl wusste, dass Ida ihr das nicht verwehren würde, stellte sie im selben Atemzug ein Glas unter die Maschine und drückte auf den Knopf.

Sobald die Latte macchiato unter lautem Getöse in ihr Glas gelaufen war, drehte sich Lilli zu Ida um. »Levke war heute Morgen schon in aller Frühe da, um sich Beppo anzusehen«, sagte sie strahlend. »Die ist so was von cool. Und hat voll die Ahnung.«

Ida wunderte sich nicht, dass die junge Schmiedin schon so früh auf den Beinen war, denn Levke galt als bienenfleißig und ausgesprochen zuverlässig. Darum lächelte sie. »Na, um das beurteilen zu können, müsstest du allerdings auch voll die Ahnung haben.«

Lilli ignorierte den Einwand. »Sie meint, Beppo wäre vielleicht wieder hinzukriegen. Sie kümmert sich als Erstes um die Hufe, und er braucht dringend Mineralien, hat sie gesagt. Und der Pferdezahnarzt muss so schnell wie möglich kommen und der Tierarzt. Wenn der Beppo gründlich untersucht hat, kann er zu Levke auf den Hof. Allerdings muss er da noch 'ne Weile allein stehen, bis sicher ist, dass sein Husten nicht ansteckend ist. Aber Levke meint, es könnte sich auch um eine Stauballergie handeln. Dann dürfte man ihn nicht mit Stroh einstreuen. Aber das würde sie schon hinbekommen, ich müsste nur regelmäßig –«

»Lilli!«, unterbrach Ida den Redeschwall. »Die Thermoskannen befüllen und im Gastraum fertig eindecken. Wir haben gleich acht Uhr.«

»Ich mach ja schon, ich mach ja schon, du Sklaventreiberin.« Lilli gab Ida einen schmatzenden Kuss auf die Wange und wandte sich ab.

Ida errötete vor Freude. »Pferdeküsse beherrschst du schon perfekt, so feucht, wie der gerade war«, brummte sie liebevoll. Dann wischte sie sich demonstrativ über die Wange.

Lachend schwebte Lilli mit dem vollen Tablett in den Gastraum.

Das tapfere Schneiderlein war der Erste, der zum Frühstück herunterkam.

»Früher Vogel, Frau Ida, früher Vogel!«, verkündete er fröhlich kauend, als Ida den Saal betrat.

Ida lachte. »Ich hätte gedacht, nach gestern Abend würden Sie ein wenig länger brauchen, um sich den Wein aus den Knochen zu schlafen.«

Er winkte ab. »Ich selbst habe an dem Wein doch nur genippt. Die Flasche hat das Hildchen fast ganz allein gekippt. Die brauchte mal was, um locker zu werden. Und da habe ich den Wein springen lassen, als Drachenfutter sozusagen.«

»Drachenfutter?«

»So nennt man das doch, wenn ein Mann was ausgefressen

hat und er was spendieren muss, um den Drachen in ihr zu besänftigen.«

Ida runzelte die Stirn. »Na, Sie kennen sich ja wirklich aus mit den Frauen und der Welt, Herr Wimmer.« Gern hätte Ida den Gastraum so schnell wie möglich verlassen. Aber so leicht entkam sie dem kommunikativen Frauenversteher nicht.

»Alles nur im Dienste der Sache, Frau Ida. Nur im Dienste der Sache. Im Grunde habe ich das alles nur für Sie getan, schöne Frau. Damit Sie mit der Hilde keinen Ärger bekommen. Schließlich habe ich Ihnen den Zorn vom Hildchen auch eingebrockt, weil ich versehentlich in ihr Zimmer kam, als sie nackt … Und dass ich dann die Glocken von Rom gesehen habe, war wirklich keine Absicht. So einer bin ich nicht. Bisher haben mir die Frauen immer freiwillig gezeigt, was ich sehen wollte.« Er zwinkerte Ida vertraulich zu. »Aber dass Sie dadurch Ärger mit dem Hildchen bekommen, wollte ich natürlich nicht. Das war mir dann schon ein Fläschchen Drachenfutter wert. Und jetzt hören wir doch bitte endlich mit der Siezerei auf. Ich bin der Erwin, und du die Ida, das weiß ich ja. Setz dich doch auf ein Tässchen Kaffee zu mir, Ida.«

Das war nach der Gewitterwolke schon das zweite Angebot zum Du. Ihr ganzes Berufsleben lang hatte Ida darauf geachtet, ein wenig professionellen Abstand zu ihren Gästen zu halten. Auch dem vertraulichen Gespräch mit dem tapferen Schneiderlein wäre sie gern entkommen. Der allerdings ließ dies in Ermangelung anderer Damen, die ihm an den Lippen hängen könnten, nicht zu.

»Nun sei nicht so steif, schöne Hotelbesitzerin!«, flötete er. »Lass deinen armen Gast nicht so allein frühstücken. Wenigstens ein kleines Tässchen Kaffee mit mir wirst du doch trinken.«

In der Hoffnung, dass sie bald einer der anderen Gäste erlösen würde, nahm Ida sich eine Tasse und setzte sich zu Herrn

Wimmer. »Aber nur ganz kurz, Erwin. Ich habe noch eine ganze Menge zu tun.«

»So eine fleißige und vitale Frau, Ida! Ich bin begeistert, wie toll du uns hier alle bewirtest und dass du dabei trotzdem immer aussiehst wie das blühende Leben. Wenn du nicht schon mit dem Tünn ... Also, ich will damit sagen: Gäbe es den ebenfalls zauberhaften Ehemann nicht ... Ich wäre der Erste, der sich um ein warmes Plätzchen in deinem Nest bewerben würde, Ida.«

»Erwin, Erwin.« Ida schüttelte den Kopf. Charme und Flirten schien bei ihm ja ein regelrechter Reflex zu sein. Trotzdem erheiterte sie sein Versuch. »Das lass mir aber jetzt nicht die Frau Kleinschmidt hören. Sonst ist gleich die nächste Flasche Drachenfutter fällig.«

Erwin beugte sich so weit vor, dass Ida sein Aftershave unangenehm in die Nase stieg. Er war ganz offensichtlich in seinem Element. Seine dunkelbraunen Augen sprühten vor Energie, und er raunte Ida über den Tisch zu: »Das Hildchen ist natürlich nicht wirklich meine Kragenweite, Ida. Aber ein bisschen angeflirtet zu werden kann so einem vertrockneten Heideblümchen wie ihr nicht schaden.«

Ida sog erschreckt die Luft ein. »Das hörte sich aber gestern Abend noch ganz anders an, lieber Erwin. Hast du da nicht noch von einem *prächtigem Weibe* und einer *schönen Kapelle* geschwärmt?«

»Das gehört alles zu meinem Standardrepertoire«, prahlte Erwin. »Frauen lieben es, wenn man sie mit romantischen Metaphern erfreut. Das ist in der Liebe im Grunde nicht anders als bei jedem anderen Tauschgeschäft. Du weißt ja, ich komme aus der Immobilienbranche, Ida. Deshalb ist mir mehr als jedem anderen klar: Wer etwas Gutes haben will, muss was Gutes zu bieten haben. Bei Immobilien wie in der Liebe. Wenn ich mir eine luxuriöse Penthousewohnung kaufen will, kann ich mich nur darum bemühen, wenn ich ein entsprechendes Bankkonto habe. Ich habe Hilde gestern nur als Luxuswohnung bezeichnet, um ihr eine kleine Freude zu machen. In Wirklichkeit ist sie, machen wir uns nichts vor, eine kleine Zweizimmerwohnung im sozialen Wohnungsbau.«

Jetzt war Ida ehrlich empört. »Pfui, Erwin! Ich muss doch sehr bitten! Was für ein frauenfeindlicher, zynischer Vergleich ist das denn?«

»Papperlapapp! *Frauenfeindlich*. Das würde ich von jedem Mann genauso sagen.« Er lehnte sich entspannt zurück. »Romantik ist eine wundervolle Sache, aber erst einmal ist Liebe eine Frage der Balance. Da müssen beide Parteien in etwa gleiche Schätze zu bieten haben. Und damit meine ich nicht Schätze materieller Art. Du, zum Beispiel, hast einen wunderbar sinnlichen Mund, Ida. Da weiß ein Mann sofort, dass du eine Genießerin bist. Du bist also, um es mal auf meine Immobilien zu übertragen, eine stattliche Ritterburg mit vielen verwunschenen Winkeln und Kammern.«

»Mein Kaffee ist alle, und ich denke, Sie beehren mit Ihren ungewöhnlichen Vergleichen besser andere Frauen!« Ida stand auf. So etwas kam davon, wenn man seine Regeln nicht beachtete und die nötige Distanz nicht wahrte. *Was für ein schwülstiges, dummes Geschwafel!*, dachte sie zornig.

Erwin redete derweil unbeeindruckt weiter. »Und Temperament hat sie auch noch, die wunderschöne Burgherrin! Nicht böse sein, Ida, und siezen musst du mich vor lauter Empörung auch nicht gleich wieder. Ich mach doch nur Spaß, aber das kannst du nicht wissen. Du kennst mich ja noch nicht richtig. Ich bin nicht nur romantisch, ich bin vor allem ein Spaßvogel.«

»Na dann«, sagte Ida und biss die Zähne zusammen. »Ich habe jedenfalls genug gelacht und muss wieder an die Arbeit.«

Im Gehen sah sie, dass Ablösung in Gestalt der Gewitterwolke nahte. *Die ist dann wahrscheinlich der Kölner Dom mit ihren ausladenden Hüften!*, dachte Ida. Im selben Moment ärgerte sie sich, dass sie sich Erwins unmöglicher Denkweise versehentlich angeschlossen hatte.

Im Laufe des Tages hatte Ida so viel zu tun, dass sie das seltsame Gespräch mit Erwin völlig vergaß – oder verdrängte. Sie arbeitete Elzbietas riesige Einkaufsliste ab, gab Getränkebestellungen auf und begrüßte gleich vier neue Gäste.

Gerade wollte sie sich auf ihrem Zimmer ein wenig aufs Bett legen, als Lilli durch den Flur rief: »Tida? Tida! Komm mal bitte.«

Seufzend rappelte sie sich wieder auf und humpelte die Treppe hinunter. Als sie in Lillis Blickfeld kam, verdrehte die genervt die Augen und deutete mit einer Kopfbewegung auf eine Frau, die sich vor dem Rezeptionstresen aufgebaut hatte. Nanu, mit einem weiteren Gast hatte sie für heute gar nicht gerechnet! Vor ihr stand eine Dame von deutlich vorgerückter Jugend. Sie trug ein eng sitzendes Kostüm mit weißen Polkadots auf blauem Grund, und ihre Frisur erinnerte ein wenig an den Haarschmuck eines schlammbraunen Mops mit Dauerwelle.

Ida setzte ihr professionell freundliches Lächeln auf und fragte: »Was kann ich für Sie tun?«

Die Frau beugte sich vertraulich in Idas Richtung, schmetterte aber dennoch lautstark: »Einiges, gute Frau! Einiges! Das hoffe ich auf jeden Fall. Ich hab schon für die junge Dame hier gesacht, mein Anliegen is' etwas ungewöhnlich.«

Am Dialekt erkannte Ida sofort, dass es sich um eine alteingesessene Sauerländerin handeln musste. Ihre Vermutung wurde sofort bestätigt.

»Mittelkötter, mein Name«, trompetete die Frau. »Mia Mittelkötter. Ich bin hier ausse Gegend. Ein Hotel brauche ich deswegen nich'. Aber helfen könnten Se mir schon.«

Das schien ja spannend zu werden.

»Ich hab gehört, dass Se hier so 'ne Art Beziehungshebamme sind. Also, dass Se Leute aus ihrer Einsamkeit raus- und inne Beziehung reinhelfen. Eben wie 'ne Hebamme.«

»Ja, der Vergleich ist etwas weit hergeholt …«, versuchte Ida zu widersprechen. »Wir bieten lediglich reiferen Menschen eine zwanglose Atmosphäre –«

»Sach ich doch«, unterbrach Mia Mittelkötter sie. »Genau, was ich gesacht hab. Gucken Se mich getz nich' so kritisch an, ich selbst bin nich' auf der Suche nach einem Mann. Ich bin besser gebunden, als es 'ner Frau lieb sein kann, wenn Se verstehen …«

»Nicht ganz.« Ida war irritiert.

»Klar vestehste mich, Mädken! Brauchst mir gegenüber keinen auf arglos zu machen. Du hast doch auch 'n Ring am Finger. Deshalb gehe ich davon aus, dass de auch so was Ähnliches wie einen Mann anne Hacken hast.«

Ida unterdrückte ein Seufzen. Sie hätte sich nun wirklich gern ein wenig hingelegt. Und da diese Frau ja ohnehin weder ein Hotel noch einen Mann suchte …

»Nu komm, sei nich' so steif. Ich bin de Mia. Musst mich nich' siezen, und Tacheles können wir auch miteinander reden. Die meisten Ehen haben die Männer doch nur unserer weiblichen Fantasie zu verdanken. Wenn wir Frauen nicht in der Lage wären, uns vorzustellen, dass dieser grobmotorische Tölpel, der schon beim Eheversprechen über de eigene Zunge gestolpert is', dass der in Wirklichkeit ein feinmaschiger, romantischer Richard Gere is' – oder ein wildblütiger Ellen Dellen …«

»Wer, bitte?« Ida war immer verwirrter.

»Na, dieser schmarte Franzose mit diese Glut inne Augen, der die Romy Schneider so schäbig –«

»Ach, Sie meinen Alain Delon?«

»Sach ich doch. Ellen Dellen. Is' aber auch egal. In unsere Köppe sind de Männer immer schicker als in der Realität.«

Hinter dem Rücken der beherzten Sauerländerin machte Lilli in Idas Richtung ein unmissverständliches Zeichen dafür, dass sie die Dame für verrückt hielt. Darum versuchte Ida nun endgültig, das Gespräch zu beenden. »Wenn Sie weder ein Hotel noch einen Mann für ihre Fantasien suchen, verstehe ich nicht so richtig, was Sie sich von uns erhoffen«, sagte sie.

Ihre Besucherin kam ihr daraufhin allerdings noch näher und trompetete, nach wie vor in voller Lautstärke: »Das is' doch genau der springende Punkt: Ihr habt doch hier ein paar Männer absitzen, die auf der Suche sind. Und ich habe mir gedacht, ich gucke mal unverbindlich für meine Tochter nach einem. Der is' vor Kurzem wieder mal der Mann weggelaufen. Kein Verlust, unter uns. Der war so unterspannt, der hätte am liebsten fremdatmen lassen. Typischer Kandidat für meine Tochter. Die hat ein unglaubliches Händchen, um bei Männers in de Kloake zu packen. Von Jugend an hat se einen Blick für Durchhänger. Und nu is' se selbst auch nicht mehr ganz taufrisch, und da habe ich gedacht, bevor se endgültig das Laub verliert, nehme ich das mal in meine eigene erfahrene Hände.«

Idas Irritation verwandelte sich in Fassungslosigkeit. »Habe ich das jetzt richtig verstanden? Sie suchen einen Mann für Ihre Tochter?«

»Ganz flott im Kopp biste aber nich, Mädchen«, antwortete die Frau. »Nix anderes sage ich die ganze Zeit. Mein Plan is' folgender: Ihr guckt für mich mal so de potenziellen Kandidaten an, und wenn einer auftaucht, der euch für gut erscheint –«

»Für gut? Für Ihre Tochter, die wir nicht kennen und die am Ende noch nicht mal von ihrem Glück weiß?« Ida wusste nicht, ob sie lachen oder weinen sollte.

»Richtig«, bestätigte die gestandene Sauerländerin. »Darum bin ich ja heute selbst gekommen. Ich sach euch, was ich suche. Also: Geld – is' klar. Gutes Benehmen. Ungefähr fünfzig aufwärts, aber das is' eigentlich egal. Hauptsache, er sieht noch nach was aus und is' geflecht. Da haben de meisten Männer es ja nicht so mit, mit die Körperpflege. Also, mit der Nase müssten Se auch mal näher ran, wenn Se verstehen. Gebildet müsste er sein, aber nich' eingebildet. Viel reden musser nich', das machen in meiner Familie sowieso besser die Frauen. Wenn Männer reden, dann is' das ja oft, als wenn einem auf dem Wohnzimmerteppich ein Staubsaugerbeutel platzt. Bis man das wieder sortiert gekricht hat.«

»Also, tut mir wirklich leid, liebe Frau Mittelkötter –«

»Mia«, unterbrach die sofort. »Ich bin de Mia. Und meine Tochter ist die Marita, und die ist in vieles wie ich. Nur nich' so pfiffig. Aber das erwähnte ich ja schon. Aussehen tut se top. Ungefähr so wie ich, nur in etwas jünger.«

Lilli, die die ganze Zeit im Hintergrund gestanden hatte, rutschte ein »Oh Gott!« heraus.

Mia Mittelkötter fuhr herum. »Das hab ich gehört, Kleines. Das hab ich genau gehört.« Sie wandte sich an Ida. »Ist das deine Tochter?«

»Nein, natürlich nicht«, wehrte Ida ab.

»Glück gehabt«, konterte Mia sofort. »An dieses seltsame Vögelchen muss noch viel Benehmen dran. Da is' de Erziehung bisskenn dran vorbeigerutscht. Aber egal. Man kann sich in der heutigen Zeit das Personal nicht aussuchen. Hauptsache, wir beiden haben uns verstanden.«

Lilli trat vor und lächelte die seltsame Frau freundlich an. »Meine Tante hat sie sehr, sehr gut verstanden. Sie suchen einen Mann für Ihre Tochter, die davon nichts weiß. Die dann vermutlich den mütterlichen Befehl bekommt, sich mit einem Mann zu treffen, den wir vorher ausgesucht haben. Gar kein Problem.« Sie sah Ida eindringlich an. »Wir kümmern uns um jedes noch so ungewöhnliche Bedürfnis. Meine Tante lässt sich jetzt entschuldigen, sie hat noch eine Menge zu erledigen. Lassen Sie mir einfach Ihre Telefonnummer da, und wenn uns ein Kandidat passend erscheint ...«

»Alle Achtung, Kleines.« Mia nickte anerkennend in Lillis Richtung. »So verrückt, wie de aussiehst, biste nich'. Du hast mich sofort verstanden. Brauchst mich nich' anrufen. Ich komme wieder. Ich gucke getz regelmäßig hier vorbei, und ihr haltet für mich de Augen offen.« Sie drückte Lilli eine Münze in die Hand. »Da, spar mal für 'n gescheiten Friseur. Wir sehen uns, die Damen!« Damit stapfte sie resoluten Schrittes von dannen.

Sobald sie den Empfangsraum verlassen hatte, fing Lilli haltlos an zu gackern. »Wenn wir uns noch mehr Verrückte wie die ins Haus locken, können wir irgendwann Oma als Psychologin engagieren. Tida, jetzt leg dich endlich wieder hin. Du siehst richtig schlimm aus.«

Ida zog die Schultern hoch und wandte sich ab. Heute war wohl der Tag der schrägen Komplimente.

Erst als sich Ida abends umzog, um nach getaner Arbeit bei Zapfi einen Feierabendwein zu trinken, musste sie an all die seltsamen Begegnungen und Gespräche des Tages zurückdenken. Bei einem Blick in den Spiegel kamen ihr die übergriffigen Flirtversuche des tapferen Schneiderleins wieder in den Sinn.

Ein sinnlicher Mund, dachte Ida. Das hatte ihr bisher noch niemand gesagt. Und obwohl sie sich darüber im Klaren war, dass alles, was Erwin von sich gab, um seinen klebrigen Charme spielen zu lassen, nichts als heiße Luft war, betrachtete sie ihre Lippen im Spiegel. Sie hatte immer schon einen großen Mund und volle Lippen gehabt. Das hatte sich auch jetzt, mit sechzig Jahren, kaum geändert. Sie hatte kaum Falten um den Mund, und Lilli hatte ihr, als sie ihr die Augenbrauen gezupft hatte, sogar geraten, ihre Lippen mit rotem Gloss ein wenig zu betonen. »Du musst ein bisschen mehr mit deinen Pfunden wuchern, Tida«, hatte sie geschimpft. »Du siehst noch so toll aus für dein Alter! Ich bin mir sicher, Oma wäre neidisch, wenn sie wüsste, wie wenig Falten du hast.«

»Franziska ist älter als ich. Da ist es nicht verwunderlich, wenn sie mehr Falten hat«, hatte Ida ihre große Schwester verteidigt.

»Bei Oma kommt das, weil sie so viel raucht. Das macht alte, graue, faltige Haut – sagt Mama immer. Aber die ist sowieso 'ne Gesundheitspriesterin und zankt sich deshalb auch immer mit Oma. Die übertreibt mit ihrem Gesundheitsfimmel. Aber Rauchen fand ich immer schon fies. Darum paffe ich auch nur Haschisch.«

Als Ida sie entrüstet angeschaut hatte, hatte sie sofort eingelenkt: »Ja, ich weiß. Du kannst das nicht leiden. Mache ich aber auch kaum noch. Wenn mein Piece aufgeraucht ist, besorge ich mir auch nicht sofort ein neues. Versprochen. Aber ab und zu mal ein kleines Zigarettchen – das macht locker. Könnte auch dir manchmal nicht schaden, Tida. Du siehst immer alles so streng.«

Ida seufzte. Das war ihr in der letzten Zeit öfter gesagt worden. Sie strich sich die Haare aus dem Gesicht und betrachtete sich gründlicher. Es stimmte, dass ihre Augen nun, da ihre Augenbrauen gezupft waren, weniger streng schauten. Sie schürzte ein wenig die Lippen. *Ein sinnlicher Mund! Der spinnt doch, dieser Möchtegernromeo!* Und doch war das billige Kompliment in ihrem Gedächtnis liegen geblieben wie eine glatt gespülte Glasscherbe in der Brandung, die im Wasser besonders leuchtet. Auch da wusste man, dass es sich nur um eine billige Glasscherbe handelte, und fand das Funkeln doch schön.

Sie zog die Stirn in Falten. Tünn hatte ihr nie Komplimente gemacht. Früher vielleicht einmal und auch dann nur mit den Augen. Als sie beide noch jünger gewesen waren und es zwischen ihnen noch nicht schwierig war. Da hatte sie in seinen

Augen immer ein ganz bestimmtes Leuchten gesehen, wenn sie sich in seinem Beisein ausgezogen hatte – für sie ein Zeichen, dass er sie gleich an sich ziehen würde. Darum hatte ihr dieser Blick gereicht, um sich zumindest ausreichend attraktiv zu fühlen. *Worte sind eh meist nur Schall und Rauch*, dachte Ida auch jetzt. Der Blick in Tünns Augen war ihr aber immer sofort zwischen die Beine gegangen. Da war gar nicht viel Vorspiel nötig gewesen. Er hatte sie angesehen und an sich gezogen und in ihren Nacken gemurmelt: »Nacktheit steht dir einfach am allerbesten.« Und wenn sie dann seine Erektion gespürt hatte, waren ihr die Knie weich geworden, und sie hatte immer Lust auf ihn gehabt.

Wo bin ich denn jetzt mit meinen Gedanken gelandet? Ärgerlich wischte Ida sich das Gloss von den Lippen. *Wer sich zu sehr mit der Vergangenheit beschäftigt, verpasst den Anschluss an das Jetzt.* Sie hatte keine Lust, sich an die Zeiten zu erinnern, als sie und Tünn sich noch oft und leidenschaftlich aneinander berauscht hatten. *Vorbei ist vorbei. Nichts schmeckt so bitter wie kalter Kaffee.* Das hatte ihre Mutter immer gesagt.

Ida fuhr sich mit dem Kamm durch die Haare. Das alles hatte sie nur diesem schmierigen Erwin und seinen halbseidenen Sprüchen zu verdanken. Sie ging in ihr Schlafzimmer und tauschte ihr Kleid gegen einen gemütlichen Jogginganzug und eine Wolljacke. *Von wegen sinnlicher Mund!* Sie grinste. So wie sie jetzt aussah, mit ihrem braunen Joggingungetüm, das sie noch nie zum Sport angezogen hatte, war sie eher ein Altkleidercontainer als eine spannende Ritterburg.

Als sie gerade das gekippte Fenster schließen wollte, hörte sie Elvis' charakteristisches, in der Hälfte abgebrochenes Krähen. Nanu? Was machte der denn plötzlich so spät am Abend für einen Lärm?

Neugierig öffnete sie das Fenster ganz, um in Zapfis Hof zu schauen. Ein Grinsen schlich sich in ihr Gesicht: Ihre Freundin stand allein und in einen übergroßen Wollpullover gehüllt im Hof und imitierte aus voller Kehle ihren Hahn.

»Hör schon auf!«, rief Ida lachend hinunter. »Es reicht, dass dein Elvis mich morgens mit seinem Hormonproblem nervt.«

Zapfi lachte ebenfalls. »Wusste ich's doch, dass ich dich damit sofort ans Fenster locken kann! Wann kommst du endlich, Ida? Ich warte schon, der Wein ist dekantiert, und stell dir vor: Wir zwei sind endlich mal wieder ganz allein.«

»Ich dachte, Lilli ist bei dir?«

»Die ist völlig verzaubert von der Kompetenz unserer seltsamen Schmiedin abgerauscht. Ich hatte Levke ja schon für stumm gehalten, so wie die sich normalerweise in Schweigen hüllt. Aber seit sie sich getroffen haben, hören Lilli und sie gar nicht mehr mit dem Schwatzen und Kichern auf. Ich glaube, unsere Lilli hat neuen Anschluss gefunden.«

»Komme sofort!« Ida schlug das Fenster zu, und hätte ihre Hüfte sie nicht daran gehindert, wäre sie vor lauter Freude die Treppe hinuntergehüpft.

In der Nacht wachte Ida mit rasenden Kopfschmerzen auf. Mühsam setzte sie sich im Bett auf. Die Leuchtzeiger ihres Radioweckers zeigten 2:17 Uhr. Mitten in der Nacht. Sie stöhnte leise. Mit diesem Brummschädel würde sie auf keinen Fall wieder einschlafen können.

Sie trank einen großen Schluck Wasser aus dem Glas, das stets gefüllt neben ihrem Bett stand, und ließ sich zurück in die Kissen sinken. Aus dem Nebenzimmer hörte sie Tünns rasselndes Schnarchen. In diesem Moment fiel ihr alles wieder ein. Oh Gott, wie hatte sie sich nur so dermaßen danebenbenehmen können? Und sich so peinlich verhalten wie noch nie in ihrer langjährigen Ehe.

Das kommt alles nur vom Alkohol, schoss ihr durch den Kopf. *Und weil mein Leben ohnehin gerade völlig durcheinan-*

dergewirbelt ist. Und weil ich kaum noch dazu komme, mir nach Feierabend mal ein Gläschen Grappa oder Wein zu gönnen. Ich bin völlig aus der Übung.

Was musste sie sich auch mit Zapfi gleich eine ganze Flasche Rotwein hinter die Binde kippen! Oder waren es zwei gewesen? Jedenfalls würde sie nie wieder auch nur den kleinsten Schluck Alkohol trinken. Falls nicht ohnehin alles zu spät war und sie Tünn endgültig vertrieben hatte ...

Sie stöhnte erneut auf. Sie hatte sich so gefreut, Zapfi endlich wieder einmal ganz für sich zu haben. Seit Wochen war Lilli immer dabei, entweder an ihrer oder Zapfis Seite. Das war auch schön so, und Ida freute sich, dass ihre Großnichte langsam, aber sicher Fuß im Dorf fasste. Zapfi hatte ihr auch erzählt, dass der Pferdezahnarzt bereits da gewesen war und Beppo behandelt hatte.

»Zweihundertneunzig Euro hat das gekostet, Ida. Ich habe das vorgelegt, aber ich will das von dir nicht zurückhaben. Lilli kann das bei mir abarbeiten. Ich will meine kleine Villa Kunterbunt ja auch renovieren, und Lilli war mit Feuereifer dabei, als ich sie bat, mich dabei zu unterstützen. Die Kleine hat so viele Talente. Kein Wunder, dass sie keinen blassen Schimmer hat, wohin die Reise gehen soll. Wer mit so vielen Fähigkeiten gesegnet ist, hat die Qual der Wahl.«

Zapfi hatte sich ein wenig in Idas Richtung vorgebeugt. »Letztlich habe ich durch Lilli kapiert, dass auch ich mich ein wenig umorientieren sollte. Umorientieren *muss*. Ich will weniger arbeiten, Ida. Deshalb habe ich meine Halbtagsstelle in der Klinik gekündigt. Ich mache jetzt nur noch Hausbesuche, auch wenn das nicht genug Geld bringt, um davon zu leben. Du kennst ja das Dilemma der freien Hebammen ...« Sie hatte ärgerlich eine dicke Fliege vertrieben, die beharrlich über der Käseplatte kreiste, die Zapfi für sie beide bereitgestellt hatte. Dann hatte sie die Stirn in Falten gezogen. »Aber wir werden ja nicht jünger, Ida. Du ächzt auch wie eine alte Dampflock, wenn du dich durch deinen Alltag walzt. Zum Glück hat Mama mir das Erbe vorzeitig ausgezahlt, und das ist ein hübsches Sümmchen. Damit gönne ich mir jetzt etwas mehr Zeit und weniger Hektik.«

Ida hatte seinerzeit mitbekommen, dass Zapfis Eltern sich von vielen Hektar Land getrennt hatten, weil der einzige noch aktive Bauer seinen Betrieb immer mehr vergrößert hatte. Dass Zapfi ihr Erbe vorzeitig ausgezahlt bekommen hatte, war natürlich komfortabel. Dass sie nun dachte, sich daran zu bedienen, um im Beruf kürzertreten zu können, war allerdings eine Überraschung. »Na toll!«, hatte sie daher gesagt. »Bei mir nimmt das Leben noch mal so richtig Fahrt auf, und du machst plötzlich einen auf vorzeitigen Ruhestand? Das passt doch hinten und vorne nicht! Du schießt mit Göni wie ein geölter Blitz durch die Gegend, wenn ihr zusammen walken geht, und willst mir weismachen, dass du Entschleunigung brauchst?«

Zapfi hatte sich mehrere Käsewürfel gleichzeitig in den Mund geworfen und sich beim Kauen fast verschluckt, weil sie gleichzeitig Casanova zurechtwies, der sich anschickte, sich ebenfalls an der Käseplatte zu bedienen.

»Wag es!«, schimpfte sie mit vollem Mund. Dann sah sie Ida ungewohnt ernst an und sagte: »Ida, was du *mein Leben nimmt Fahrt auf* nennst, ist nichts anderes als purer Stress. *Nichts ist ein besserer Dünger für Stress als Stress* – du kennst die alte Regel. Ich freue mich für dich, dass dein Flirthotel so gut angenommen wird. Ehrlich, das ist toll und ein Riesentriumph für dich und natürlich Lilli. Aber, Ida, ernsthaft: Wie lange willst du diesen Affengalopp durchhalten? Ich habe mit Göni geredet.«

»Über mich?« Ida hatte selbst gemerkt, wie ärgerlich sie klang. Es passte ihr nicht, dass Zapfi aussprach, was sie selbst in den letzten Tagen immer wieder gedacht hatte. Dass sie sich der Aufgabe, ein florierendes Hotel zu führen, allein eigentlich nicht mehr gewachsen fühlte. Noch war Lilli da und unterstützte sie. Aber irgendwann musste das Mädchen wieder nach Dortmund zurück und entweder die Schule beenden oder eine Ausbildung beginnen. Lilli hatte schon angedeutet, dass die Anrufe ihrer Oma und ihrer Mutter immer drängender wurden. Irgendwann würde also die Zeit kommen, wo Ida Kassensturz machen und sich ausrechnen musste, wie viel professionelles Personal sie sich leisten konnte. Auch dafür würde sich eine Lösung finden lassen, aber dass Göni und Zapfi über sie sprachen ...

»Jetzt guck nicht aus der Wäsche wie ein Maulwurf im Scheinwerferlicht!«, lachte Zapfi. »Wir haben nicht richtig über dich geredet, keine Angst. Göni hat nur erzählt, dass Wolfgang schon wieder genauso schuftet wie vor dem Herzinfarkt. Das macht Göni Sorgen – und hat mich erkennen lassen, dass ich nicht so sein will. Ich will mich nicht kaputttrackern. Und das solltest du auch nicht. Du hast noch nie Urlaub gemacht, Ida. Du hast noch nie darüber nachgedacht, was du machen würdest, wenn du frei wählen könntest. Wie lange wollen wir darauf noch warten?«

Und dann hatten sie sich richtig in Fahrt geredet, Pläne entworfen, was sie im Leben noch tun könnten, wenn es keinerlei Wenn und Aber gäbe. Der Rotwein war von allein immer feuriger in ihre Kehlen geflossen, ihre Wangen waren immer röter und ihre Ideen immer wilder geworden.

»Auf jeden Fall will ich irgendwann einmal ans Meer«, hatte Ida zugegeben. »Ich wasche mich seit Jahren jeden Morgen mit einem Duschgel mit dem blödsinnigen Namen ›Ocean Breeze‹, weil ich mir einbilde, damit das Meer in meine kleine Welt zu holen.«

Zack, war der Korken aus der nächsten Weinflasche gehüpft. Jetzt fiel es Ida wieder ein. Casanova hatte den restlichen Käse ohne weitere Störung durch Zapfi laut schmatzend vernichtet, und dann hatte das Gespräch genau die gefährliche Wende genommen, die schließlich zu ihrem peinlichen Auftritt geführt hatte. Quietschend vor Lachen hatte Ida der Zapfi von den schmierigen Komplimenten des tapferen Schneiderleins erzählt, und Zapfi war vor lauter Kichern fast vom Sessel gekippt.

»Frag ihn mal, welches Gebäude ich in seinen fachkundigen Augen bin!«, hatte Zapfi gequietscht.

»So dünn, wie du bist, bist du ein Minarett«, hatte Ida gelacht.

»Genau, und wer ist dann mein Muezzin, der die Männer zum Gebet in meine Moschee einlädt?«

»Moschee?«, hatte Ida entgeistert gefragt.

»Muschi, meine ich natürlich. Zum Gebet in meine Muschi. Hahaha, wie herrlich bescheuert! Aber ich finde wirklich, dass sich so langsam mal wieder der ein oder andere Mann darum kümmern könnte.« Im nächsten Moment hatte Zapfi plötzlich ganz ernst gesagt: »Und du, meine liebe Ida, musst endlich die Sache mit Tünn in Ordnung bringen. Wenn du nicht willst, dass er dich verlässt, musst du mit ihm reinen Tisch machen. Selbst dir sollte aufgefallen sein, wie sehr ihn eure weiblichen Gäste anschmachten. Tünn merkt das auch. Und wenn du dir nicht irgendwann ein tapferes Schneiderlein anlachen willst, musst du, zum Donnerwetter noch mal, endlich wieder Schwung in eure brachliegende Ehe bringen. Was auch immer zum Bruch zwischen euch geführt hat: Du weißt sehr wohl, dass alter Groll irgendwann zu altem Geröll wird. Und altes Geröll ist der schlimmste Ballast im Leben, den man sich zumuten kann. Der liegt dir auf der Seele und auf der Brust und nimmt dir mehr und mehr den Atem.«

Ida hatte vor lauter Schreck die Luft angehalten. Seit sie Tünns Telefongespräch belauscht hatte, war ihre alte Angst wieder sehr lebendig. Die Angst, dass Tünn nur abwarten würde, bis sie wieder festen Boden unter den Füßen hatte und das Hotel wieder Geld abwarf, um sich sodann endgültig aus dem Staub zu machen. Diese Angst hatte sie mit noch mehr Wein zu ertränken versucht. Und als sie irgendwann völlig betrunken nach Hause schwankte, war es ihr als eine gute Idee erschienen, noch in derselben Nacht Nägel mit Köpfen zu machen.

»Ich will, dass wir uns wieder verstehen!«, hatte sie dem völlig verdutzten Tünn an den Kopf geworfen, nachdem sie sich nackt auf seine Bettkante gesetzt hatte.

Tünn hatte schon geschlafen und sich verdattert zu ihr umgedreht. »Was willst du?«

»Wir sollen uns wieder verstehen. Ich will, dass alles wieder so wird wie früher. Du sollst wieder mit mir schlafen.« Ohne eine Antwort abzuwarten, hatte sie sich entschlossen unter seine Bettdecke gedrängt.

Dann, oh Gott! – Ida wurde übel, als sie daran dachte –, hatte er sich ernsthaft bemüht, mit ihr zu schlafen, und sie hatte nichts weiter dazu beigetragen, als verkrampft in seinen Armen zu liegen und zu heulen und zu heulen. Bis Tünn das seltsame Unterfangen abgebrochen und Ida liebevoll, aber bestimmt von sich geschoben hatte.

»Ida, so geht das nicht! Wir können nicht einfach weitermachen wie früher. Wenn du mir nicht aus tiefstem Herzen verzeihen kannst, funktioniert alles andere auch nicht. Schlaf erst mal deinen Rausch aus. Wenn du willst, reden wir morgen in Ruhe. Geh jetzt erst mal in dein Bett, und schlaf dich aus.«

Ida schluchzte auf. Er hatte sie weggeschickt! Nach mehr als sechs Jahren ohne Körperkontakt war sie über ihren Schatten gesprungen und in sein Bett gekrochen, und er hatte sie weggeschickt!

Irgendwann musste Ida noch einmal eingenickt sein. Das Nächste, was sie hörte, war das Klappen der Haustür. Tünn hatte das Haus verlassen. Gut so!

Mit hämmerndem Kopf quälte Ida sich im Morgenrock in die Küche, um sich einen nachtschwarzen, starken Kaffee zu kochen. Vielleicht ließ sich ihr Brummschädel dadurch ein wenig besänftigen. Ihre leise Hoffnung, zumindest einen Moment allein zu sein, erfüllte sich nicht, denn Lilli saß bereits auf der Bank, aß aus einer Schüssel Cornflakes mit Milch und hämmerte mit umwölktem Gesichtsausdruck auf ihr Smartphone ein. Sie war mit einem T-Shirt und einem Slip bekleidet und hatte ihre nackten Füße auf die Bank gestellt. Casanova ruhte auf ihrem Schoß.

Ida musterte sie einen Moment lang. Lilli hatte sich sichtlich verändert, war nicht mehr so klapperdürr wie noch vor ein paar Wochen. *Sollte sie wirklich magersüchtig gewesen sein, scheint sie das jedenfalls überwunden zu haben*, schoss es Ida durch den Kopf.

Lilli sah kaum auf, musste sie aber bemerkt haben, denn sie brummte unfreundlich: »Guten Morgen.«

»Morgen, Lilli«, antwortete Ida. »Du bist arg dünn angezogen. Zieh dir doch zumindest was an die Füße. Es ist jetzt morgens schon wieder so frisch, da kann man nicht halb nackt in der Küche rumsitzen.« Sie stellte die Kaffeemaschine an und räumte die Reste von Tünns Frühstück ab. Vor allem die Leberwurst musste so schnell wie möglich in den Kühlschrank. Bei ihrem Geruch hob sich Idas Magen bedrohlich.

»Fang du jetzt auch noch an!«, blaffte Lilli.

»Womit?«

»Mich erziehen zu wollen? Mich wie ein unreifes Wickelkind zu behandeln?«

Wie immer, wenn ihre Großnichte eine Feststellung mit Fragezeichen versah, wusste Ida, dass Lilli wütend war. »Ich will dich nicht erziehen«, sagte sie daher. »Was für eine Laus ist dir denn über die Leber gelaufen?«

»Oma kotzt mich an!« Lillis Gesichtsausdruck verdüsterte sich um eine weiter Nuance.

Ida konnte sich vorstellen, warum ihre Schwester sich um Lillis Zukunft sorgte, wollte zunächst aber möglichst unbefangen zuhören. »Worum geht es denn?«

Lilli schaute zornig auf. »Seit Tagen macht die bei mir Telefonterror. Und das mit Sicherheit in Mamas Auftrag. Das ist so was von klar. Mama schickt immer Oma vor, wenn ihr was nicht passt, und Oma lässt sich schön brav vor Mamas Karren spannen. Immer schon. Jetzt macht sie Druck, weil ich es mit dem Abi nicht noch mal probieren will. Ich soll nach Hause kommen und das Jahr wiederholen. Stell dir das mal vor! Die sind doch bescheuert! Erst schicken sie mich zur Strafe in die Verbannung, dann merken sie, dass ihre verschissene Strategie nicht aufgeht. Dass es mir hier gefällt. Dass ich eigene Pläne entwickle. Und dann passt ihnen das auch wieder nicht, und ich werde zurückgepfiffen wie ein kleines Hündchen.« Sie hieb mit der Faust auf den Tisch. »Von denen lass ich mir gar nichts mehr sagen. Die kriegen doch selbst nichts auf die Reihe! Mama hat Papa mal eben endgültig vergrault, und Oma steht schon immer total unter Mamas Pantoffel!«

Lilli war so laut geworden, dass der Kater empört von ihrem Schoß heruntergesprungen war und nun maunzend vor der Tür stand.

Ida öffnete ihm und goss sich Kaffee in ihre Lieblingstasse. Der erste Schluck schmeckte ekelhaft, denn der Kaffee war entsetzlich stark. Aber das musste er auch sein, andernfalls müsste sie ihren furchtbaren Zustand den ganzen Tag lang mit sich herumschleppen. Sie zog sich einen Stuhl an den Küchentisch und krächzte mit heiserer Stimme: »Sei nicht sauer, Lilli. Sie machen sich Sorgen. Das ist ein Zeichen, wie lieb sie dich haben.«

»Wie lieb sie mich haben? *Lieb? Mich?*« Lillis Stimme war nun schrill. »Das ist ein Zeichen, wie lieb sie *sich* haben, Tida! Mama entzieht jedem sofort ihre Liebe, der nicht nach ihrer Pfeife tanzt. Immer schon.«

»Ich kenne deine Mama ja leider nicht persönlich, aber –«
»Glück gehabt!«, unterbrach Lilli sie. »Ihr würdet euch eh nicht verstehen. Mama bräuchte keine fünf Minuten, bevor sie dir ihre Optimierungsideen für dein Leben um die Ohren haut. Und das, obwohl du viel älter bist als sie. Einmal Therapeutin, immer Therapeutin.«

»Na ja …«, begann Ida vorsichtig. »Optimierungsideen hast du für mich ja auch schon entwickelt. Und darüber war ich ganz froh. Vielleicht seid ihr euch in manchen Punkten einfach nur zu ähnlich?«

Lilli funkelte sie wütend an. »Mama ist ein oberdominanter Kontrollfreak. So bin ich nicht, und so möchte ich auch nie werden. Kapierst du? Nie will ich werden wie diese Diktatorin! Wenn ich überhaupt jemandem ähnlich bin, dann Papa. Der ist lustig und kreativ und, ja, von mir aus auch chaotisch. Außerdem habe ich dir meine Ideen nur *vorgeschlagen*, Tida. Das ist was anderes, als jemandem etwas aufzudrängen.«

»Das stimmt, da hast du natürlich recht, Lilli«, beschwichtigte Ida ihre Großnichte. Sie fühlte sich einem Gespräch wie diesem angesichts ihrer Kopfschmerzen heute eigentlich nicht gewachsen. Trotzdem fragte sie vorsichtig nach: »Du hast gerade gesagt, du hättest längst Pläne entwickelt. Hast du das deiner Oma denn gesagt? Ich jedenfalls weiß von deinen Plänen noch gar nichts. Willst du nun doch bei Zapfi hospitieren?«

Als wäre in ihrer Seele nach einem Unwetter plötzlich die Sonne durchgebrochen, veränderte sich Lillis Gesichtsausdruck. Auf einmal wirkte sie nicht mehr wütend, sondern begeistert. »Ich werde zuerst bei Zapfi renovieren«, sagte sie eifrig. »Ich habe ja 'ne Menge gelernt, als wir hier alle zusammen rangeklotzt haben. Aber das mache ich nur nebenbei. Danach will ich vielleicht wirklich bei ihr hospitieren. Jedenfalls finde ich Babys megasüß und könnte mir vorstellen, dass Hebamme ein cooler Job ist.«

Ida lächelte sanft. Dass Hebammen furchtbar unterbezahlt waren und ihrer Meinung nach eher mit schreienden Gebärenden als mit glücklichen Babys zu tun hatten, behielt sie für sich. Sie wollte schließlich nicht den gleichen Fehler begehen wie ihre Schwester und deren Tochter. Oft genug hatte sie inzwischen mitbekommen, dass Lilli auf Belehrungen in der Regel allergisch reagierte.

»Am meisten interessiere ich mich für das, was Levke sich aufgebaut hat«, sagte Lilli derweil mit strahlenden Augen. »Die hat hinter ihrer Schmiede ein ganzes Feld mit Permakultur und will mir zeigen, wie das funktioniert. Stell dir vor: Die baut ihr eigenes Gemüse an! Mehr braucht sie fast nicht. Außerdem hat sie drei Hunde, zwei Gänse und zwei alte Pferde – ein Shetty und einen Norweger. Die Tiere bekommen bei ihr das Gnadenbrot, ist das nicht cool?«

Ida konnte sich erinnern, dass die junge Schmiedin ihren Vorgänger kurz vor dessen Tod gemeinsam mit dem Pflegedienst betreut und deshalb die alte Schmiede und das umliegende Land bekommen hatte. »Ach ja, sie hat eine ganze Menge Land vom alten Bölk geerbt«, sagte sie. »Schön, dass sie das so nutzen kann.«

»Wer war denn der alte Bölk?« Lilli schaute irritiert.

»So hieß der alte Schmied bei uns, weil er immer so laut gesprochen hat. Bölken sagt man im Sauerland statt schreien oder brüllen.«

»Ach so …« Lilli wischte ungeduldig eine Haarsträhne aus ihrem Gesicht. »Levke hat nicht erzählt, woher sie das Land hat. Auf jeden Fall ist ihre Familie offenbar genauso stressig wie meine. Das sind wohl megafeine Pinkel und Snobs, und 'ne Schmiedin passt denen nicht ins Konzept. Darum hat sie den Kontakt abgebrochen und sich hier was Eigenes aufgebaut. Was sie mit ihrem Land vorhat, ist einfach nur mega! Sie will weitere Flächen für Biogemüseanbau nutzen und dafür Paten anwerben. Kapierst du, Tida? Großstädter, die für ein Stück Land eine Patenschaft übernehmen und dauerhaft einen bestimmten Betrag zahlen. Levke baut dort dann an, was die Paten gern hätten, und die können das Gemüse dann zu einem Vorzugspreis abholen. Das ist so genial! So was würde ich auch gern machen. Vielleicht kann ich ja bei Levke mitarbeiten. Natürlich nur, wenn du mich hier nicht mehr brauchst ...«

»Lilli!« Gerührt griff Ida nach ihrer Hand. »Du hast schon so viel für mich getan. Was immer deine Pläne sind und wohin auch immer deine Wege dich führen, ich werde dich auf jeden Fall unterstützen. Und du hast immer einen Platz bei uns.«

»Tida, du bist so ein Schatz! Weißt du das eigentlich? So was würde meine Ma nie sagen.« Lilli strahlte und sah Ida an. Im nächsten Atemzug fragte sie: »Sag mal, warum siehst du eigentlich heute so unheimlich scheiße aus?«

»Ich glaube, ich kriege Migräne. Mir geht es jedenfalls gar nicht gut.« Idas Stimme war auf einmal wieder genauso angeschlagen, wie sie sich fühlte.

»Dann mach, dass du wieder ins Bett kommst, Tida! Ich schmeiße den Laden hier schon. Ich weiß inzwischen, was für das Frühstück der Gäste gebraucht wird. Und so wie du aussiehst, bist du heute eher geschäftsschädigend.«

»Das würdest du für mich machen? Lilli, ehrlich, du bist die Allerbeste! Ich lege mich vielleicht wirklich noch mal etwas hin, und nachher dusche ich heiß, und dann bin ich bestimmt wieder einsatzfähig.«

Ida stand auf und wollte mit ihrer Kaffeetasse gerade die Küche verlassen, als Lilli sie aufhielt: »Halt! Den Zettel hier solltest du vielleicht noch lesen. Den hat Tünn mir für dich gegeben.«

12
AUSGEBUCHT

Mit zitternden Fingern nahm Ida den Zettel entgegen.

Morgen, Ida! Ich hoffe, Du hast keinen allzu schlimmen Kater. Lass uns heute Abend in Ruhe reden. Ganz wichtig: Gestern Abend hat ein gewisser Dominick von Wallenstein hier angerufen und dringend um Rückruf gebeten. Er hat irgendwas mit dem Privatsender RTX zu tun. Es sei dringend. Nummer habe ich notiert und neben das Telefon gelegt. Deine Handynummer wollte ich ihm lieber nicht geben. Außerdem hat Franziska versucht, Dich zu erreichen. Also ruf beide mal zurück.
Bis heute Abend!
Tünn

Idas Hände zitterten noch mehr. Was wollte Tünn mit ihr besprechen? Wollte er ihr die endgültige Trennung nahelegen?

Sie schüttelte den Kopf, um den Gedanken zu vertreiben. Sie musste dieses Gespräch um jeden Preis aufschieben. Nach der vergangenen Nacht konnte sie ihm unmöglich in die Augen sehen. Außerdem wusste sie nicht, was sie Tünn sagen sollte. Sie wollte nicht, dass er ging. Und doch: Warum eigentlich nicht? Ihre Ehe war wie eine von Motten zerfressene Wolldecke, von der man sich nicht trennen kann, weil man an ihr hängt, obwohl sie scheußlich aussieht.

Als Ida den Blick hob, sah sie in Lillis neugierige Augen.

»Was ist? Tida? Du bist ganz bleich. Schlechte News?«

Ida trank einen weiteren Schluck des inzwischen kalt gewordenen Kaffees. Der bittere Geschmack ließ sie einen kurzen Moment würgen. Tapfer antwortete sie: »Ein Herr von RTX will mit mir telefonieren. Keine Ahnung, was das bedeuten könnte.«

»Und darum bist du so blass und zittrig? Das ist doch obercool. Vielleicht wollen die dich ja interviewen. Das wäre eine mega Werbung. Lass uns sofort zurückrufen.«

»Langsam, langsam, Lilli!«, versuchte Ida, sie zu bremsen. Dass Lilli ihr Erbleichen auf den Anruf des Fernsehfritzen zurückführte, war ihr mehr als recht. »RTX ist ein absoluter Schmuddelsender. Hast du dir das Programm mal angesehen? Die machen nichts als menschenverachtende Realitysoaps. Warum sollten die ein Interview mit mir führen wollen? Und vor allem: Warum sollte ich denen eines geben?«

Lillis Gesichtszüge entgleisten. »Bist du bekloppt oder was? Du willst dem doch nicht ernsthaft absagen? Egal, was der will: Wir können jede Werbung brauchen. Bestimmt haben die von deinem Hotel gehört. Das ist eine mega Chance, und die wirst du uns nicht vermasseln. Wir rufen diesen Herrn Adelstitel von Dingsbums jetzt sofort an.« Lilli sprang von der Bank und hüpfte vor Ida herum wie ein Kind vor der Weihnachtsbescherung.

Ida seufzte. »Lilli, schau mal auf die Uhr! Um diese Zeit ruft man noch niemanden zurück. Wenn du mich wirklich vertreten willst, hast du außerdem nur noch eine Dreiviertelstunde, um dich gescheit anzuziehen und den Gästen das Frühstück zu machen. Ich selbst lege mich jetzt jedenfalls noch mal hin, sonst kippe ich gleich endgültig aus den Latschen.«

Lilli grinste. »Nun hau schon ab. Ich kümmere mich um die Gäste und das Frühstück, aber sobald es dir besser geht, haben wir zwei einen Termin …«

Nie hätte Ida es für möglich gehalten, dass sie nach Tünns alarmierendem Zettel würde schlafen können. Tatsächlich aber wurde sie erst nach drei Stunden wieder wach und hatte tief und traumlos geschlafen. Die Kopfschmerzen waren fast weg, und nachdem sie sich den schalen Geschmack mit der Zahnbürste aus dem Mund geputzt und anschließend heiß geduscht hatte, fühlte sie sich deutlich besser. Und das, obwohl Casanova ihr schon wieder eine Liebesbotschaft in Form einer verletzten Maus in die Wanne gelegt hatte.

Diesmal schrie Ida nicht nach Tünn, sondern stülpte kurz entschlossen einen Putzeimer über das verschreckte Mäuschen. Sie würde nachher Lilli bitten, die Maus aus der Wanne zu befreien und rauszusetzen. Die junge Frau war in solchen Dingen viel beherzter, als Ida es einem Stadtmenschen zugetraut hätte.

Sie traf Lilli im Gastraum an, wo sie gemeinsam mit Percy die Reste des Frühstücks abräumte. Ida unterdrückte ein Seufzen. Percy würde sie demnächst verlassen. Er hatte sich auf einen Studienplatz für Maschinenbau beworben und erwartete jeden Tag den Bescheid. Ein weiterer Punkt, um den sie sich unbedingt kümmern musste. Sie brauchte dringend Personal, denn die Buchungen kamen inzwischen nicht mehr tröpfchenweise, sondern gingen bereits bis weit in den Herbst hinein. Zudem hatten einige Gäste, die bereits da waren, schon angedeutet, dass sie gerne länger bleiben oder zeitnah wiederkommen wollten. Wenn wirklich alle Gäste anreisten und andere blieben, waren sie bis in den November hinein ausgebucht. Das hatte es selbst früher nicht gegeben. Da war zwar die Feriensaison begehrt gewesen, doch im Herbst, Frühjahr und Winter waren nur vereinzelte Wanderer, Skilangläufer oder Paare gekommen.

Lilli brachte das letzte Tablett in die Küche, in der Elzbieta bereits in vollem Einsatz für die Mittagszeit war, und kehrte dann zu Ida zurück. »Brummt, der Laden«, bemerkte sie gut gelaunt. »Und sogar das erste Liebespaar scheint sich zu finden.«

Als Ida fragend die Augenbrauen hob, zeigte Lilli zum Fenster. »Gerade ist die stille Inge Halberstädt aus Wachtendonk mit dem Schuhladenbesitzer aus Paderborn eng umschlungen zu einem Spaziergang aufgebrochen. Wie heißt der noch mal?«

»Du meinst Herrn Preetz? Im Ernst? Der und die stille Inge –«

»Aber holla!«, unterbrach Lilli sie. »Die haben beim Frühstück rumgeturtelt wie zwei Täubchen. Da hat's gefunkt. Das kannst du dem Typen von RTX schön warm aufs Butterbrot schmieren.«

Ida machte eine abwehrende Handbewegung, und Lilli lachte. »Nichts da, Tida! Da kommst du jetzt nicht drum herum. Du siehst schon um einiges besser aus als heute Morgen. Jetzt rufen wir den von und zu an, und dann wirst du berühmt.« Sie nahm Ida an der Hand und zog sie ins kühle, dunkle Büro.

Das war nun tatsächlich das Letzte, wovon Ida träumte. Warum, um Himmels willen, sollte sie sich freiwillig von den seltsamen Gestalten überrollen lassen, die eine RTX-Reportage nach sich ziehen würde? Dennoch griff Ida nach dem Telefonhörer des Festnetzes.

Lilli fiel ihr in den Arm. »Auf keinen Fall, Tida! Festnetz ist uncool. Der Herr von und zu darf nicht das Gefühl haben, dass du 'ne altmodische Dorfschrulle bist. Ruf vom Handy aus an. Dann kannst du auf Laut stellen, und ich kann mithören.«

Da Lilli ohnehin längst das Zepter in der Hand hatte, wenn es um Werbung ging, zog Ida ihr Handy aus der Tasche ihrer Wolljacke und tippte schicksalergeben die Nummer ein, die Tünn für sie notiert hatte.

»Dominick von Wallenberg«, meldete sich im nächsten Moment eine angenehm sonore Männerstimme.

»Guten Tag, Herr von Wallenberg. Ida Tündermann mein Name. Vom Flirthotel zur späten Liebe. Sie baten um Rückruf.«

»Das ist ja wunderbar, dass Sie sich so schnell melden! Sie haben ja bestimmt alle Hände voll zu tun, wo Ihr Flirthotel auf solch große Begeisterung stößt. Glückwunsch dazu, erst einmal! Die Bewertungen im Netz sind ja allerliebst.«

»Danke, ja … Ich habe gut zu tun«, antwortete Ida und schaute, einen Moment abgelenkt, auf Lilli, die wild vor ihren Augen gestikulierte und immer wieder auf ihre Mundwinkel zeigte. Sie solle freundlicher sein, entnahm Ida Lillis Zeichen. Also schwang sie sich zu einem künstlichen Lächeln auf und fragte: »Herr von Wallenberg, was kann ich denn für Sie tun?«

»Das ist die ganz falsche Frage, Frau Tündermann. Die ganz falsche Frage!« Er hüstelte geziert. »In der Tat fragen wir von RTX uns, was wir für *Sie* tun können. Eine so zauberhafte Idee, wie Sie sie entwickelt und in die Tat umgesetzt haben, braucht Aufmerksamkeit. Ich habe mich Ihnen ja noch nicht ausreichend vorgestellt. Ich bin Formate-Scout, und wir sind auf Ihr Hotel aufmerksam geworden, weil –«

»Ein *was* sind Sie?«, fragte Ida, nun wieder in ihrem gewohnten, auf viele eher abweisend wirkenden Ton.

Er hüstelte erneut. »Als Formate-Scout suche ich für den Sender nach interessanten neuen Sendeformaten. In diesem Zusammenhang sind wir auf Sie und Ihr Flirthotel aufmerksam geworden.«

Ida fuhr sich mit der freien Hand durchs Haar. Sie wollte nicht Teil eines RTX-Formates werden. Aber Lilli schien nach wie vor Feuer und Flamme zu sein. Gerade signalisierte sie Ida, dass sie selbst mit von Wallenberg sprechen wollte.

»Wissen Sie was, Herr Wallenberg …«, sagte Ida und hatte in der Aufregung das »Von« ganz vergessen. »Ich gebe Ihnen mal meine Geschäftspartnerin, Frau …« Erst jetzt fiel ihr auf, dass sie gar nicht wusste, wie Lilli mit Nachnamen hieß. Sie hatte sich bisher mit der Nachricht zufriedengegeben, dass Lilli die Enkelin ihrer Schwester war. Wie Franziskas Tochter, und damit Lilli, mit Nachnamen hieß, war ihr völlig egal gewesen. Was für eine absurde Situation! Sie musste kichern.

Stirnrunzelnd nahm Lilli, die von ihren Gedanken nichts ahnen konnte, ihr das Handy aus der Hand. »Herr von Wallenberg«, sagte sie in einem abgeklärten Ton, den Ida ihr nicht zugetraut hätte. »Liliane Sanvier mein Name. Ich bin die Geschäftspartnerin von Frau Tündermann. Natürlich freuen wir uns über Ihr Interesse. Wie haben Sie sich unsere Kooperation denn vorgestellt?«

»Frau Sanvier, das ist ja wunderbar!« Von Wallenberg hatte offensichtlich keinerlei Mühe, sich auf seine neue Gesprächspartnerin einzustellen. »Zunächst würde ich mich gern für einige Zeit unter Ihre Gäste mischen, mir ein eigenes Bild machen. Vielleicht ein paar kleine Interviews führen und mich in Ihr Konzept einfühlen. Dafür müsste ich mich natürlich ein paar Tage in Ihrem Hotel aufhalten. Die Kosten für mein Zimmer würde, falls es zu einer Zusammenarbeit kommt, woran ich, ehrlich gesagt, wenig Zweifel habe, der Sender übernehmen.«

»Aber wir sind völlig ausgebucht!« Erschrocken hielt Ida sich den Mund zu. Das konnte Herr von Wallenberg nicht überhört haben.

Nonchalant übernahm Lilli wieder das Wort. »Wie Sie hören, sind wir eigentlich ausgebucht, Herr von Wallenberg. Aber wir lassen uns für Sie eine Lösung einfallen, die Ihnen gefallen wird. Wann gedenken Sie denn anzureisen?«

»Wenn es Ihnen recht ist, schon nächstes Wochenende. Ich freue mich!« Ohne ein weiteres Wort legte er auf.

Im nächsten Moment brach Ida in schallendes Gelächter aus. »*Liliane Sanvier!* Du bist so eine Hochstaplerin, Lilli!« Sie hielt sich den Bauch. »Woher willst du bitte so schnell ein Zimmer nehmen? Welchen unserer Gäste willst du denn bis zum Wochenende vergraulen?«

Lilli sah sie konsterniert an. »Du bist manchmal echt komisch, Tida. Warum lachst du so?«

Ida äffte Lillis Businesston nach: »Hier spricht Liliane Sanvier. Bei mir sind Sie in den besten Händen, Herr Formate-Scout. Notfalls bringe ich Sie im Hühnerstall der Nachbarin unter. So können Sie gleich noch dem Hahn der Nachbarin das Krähen beibringen. Das wäre doch für RTX eine wahre Sensationsstory.« Ida schnappte nach Luft.

»Du bist blöd«, sagte Lilli, konnte sich aber ein Grinsen nicht verkneifen. »Liliane Sanvier ist nun mal mein Name. Und ein bisschen Businesstalk könntest du dir für den Fernsehfuzzi auch aneignen. Ich bin jetzt weg. Gleich kommt der Tierarzt, und wenn der keine Einwände hat, kann ich Beppo heute Abend zu Levke bringen. Brauchst du mich heute noch? Sonst würde ich bei Zapfi schon mal ein bisschen mit Entrümpeln beginnen.«

Ida lächelte. »Sie können sich gern anderweitig nützlich machen, Mademoiselle Sanvier. Aber erst, wenn Sie mir gesagt haben, wo Sie bitte schön den Herrn Fernsehfuzzi unterzubringen gedenken. Da nützt der ganze Businesstalk nichts. Wir sind ausgebucht, Lilli.«

»Komm runter, Tida.« Lilli verdrehte die Augen. »Ich kann vorübergehend bestimmt zu Zapfi ziehen, und der Herr von und zu Wichtig bekommt mein Zimmer. Zapfi hat mit Sicherheit nichts dagegen. Immerhin bin ich dann direkt vor Ort und kann beim Renovieren richtig ranklotzen. Ich habe an alles gedacht, Madam Tündäärman.« Sie lächelte verschmitzt.

»Du hast auch wirklich für alles eine Lösung! Dann hau schon ab.« Ida seufzte. »Ich habe heute zwei Vorstellungsgespräche und jede Menge An- und Abreisen. Und dann muss ich mir noch überlegen, was ich alles mit Elvis absprechen muss.

Der wird morgen zum ersten Mal den Tanzabend organisieren und braucht von mir ein paar Vorgaben. ›Mumienschubsen‹ hat er das genannt. Dabei ist er mittlerweile von einem knackig jugendlichen Dreamlover auch Lichtjahre entfernt. Aber mach dir keinen Kopf. Wenn ich dich doch noch für irgendetwas brauche, rufe ich dich kurz an. Dein Zimmer musst du eh erst zum Wochenende räumen. Vorher kommt der RTX-Mann ja nicht.«

Lilli warf ihr eine Kusshand zu, nahm sich zwei Äpfel aus der Obstschale und verschwand mit einem fröhlichen Winken.

Für den Rest des Tages hätte Ida vier Hände und mindestens zwei Köpfe gebraucht.

Beide Vorstellungsgespräche waren zu ihrer Zufriedenheit verlaufen. Zunächst hatte sie eine fünfzigjährige Frau aus dem Nachbardorf getroffen, die sich als Küchenhilfe beworben hatte. Die suchte Ida, weil Elzbieta sie zur Bedingung für eine Festanstellung gemacht hatte. Nur mit einer Unterstützung an ihrer Seite würde sie ihre Aushilfsstelle im Altenheim kündigen und ausschließlich für Ida arbeiten. Und das sollte sie nach Idas Meinung unbedingt, denn Elzbieta kochte fantastisch und bot sowohl für den Mittags- als auch für den Abendtisch jeweils zwei Gerichte zur Auswahl an. Eines für Vegetarier, eines für Fleischesser. Veganer waren in der älteren Generation offensichtlich noch kaum vertreten, und alle Gäste waren mit der Küche hochzufrieden.

Erstes Problem gelöst.

Das zweite Vorstellungsgespräch ließ Ida ein wenig ratlos zurück, auch wenn sie Hannelore Eberling schon seit frühester Kindheit kannte. Hannelore war etwa zwanzig Jahre jünger als Ida, und im Dorf erzählte man sich, dass ihre Eltern sie unter äußerst schwierigen Bedingungen aus einer Sekte in Amerika befreit und wieder nach Hause geholt hatten. Seither wirkte sie seltsam verhuscht und schüchtern, lebte bei ihren Eltern und verdiente sich mit Nachhilfestunden ein kleines Zubrot. Die Kinder, die bei ihr Nachhilfeunterricht hatten, schwärmten zwar von ihren Englischkenntnissen, fanden sie ansonsten aber etwas seltsam. Ausgerechnet diese Hannelore wollte nun als Servicekraft bei ihr arbeiten oder, falls nötig, auch putzen.

»Beides wäre für mich überhaupt kein Problem«, hatte sie beteuert. Dann sah sie Ida in die Augen. »Ida, ich finde so toll, was ihr hier macht. Wo sollen ältere Menschen denn sonst noch jemanden kennenlernen? Das Internet und diese ganzen Flirt-Apps sind doch so unseriös. Lasst euch bloß nicht davon stören, dass im Dorf gehetzt wird, ihr würdet hier eine Art Seniorenpuff betreiben. Das ist der pure Neid.«

»So nennen uns einige im Dorf? *Seniorenpuff?*« Ida war empört.

Hannelore hob beschwichtigend die Hände. »Ich würde da nichts drauf geben, Ida. Ich weiß schließlich auch, was über mich erzählt wird. Da machen die wildesten Gerüchte die Runde, und alle haben mit ausschweifender Sexualität und ausufernden Sexualkontakten zu tun. Du kannst mir glauben: Meine Zeit in der Sekte war alles andere als schön, aber diese ganzen Sexfantasien sind nur Gewächse in den vertrockneten Köpfen der Leute. Die fantasieren sich zusammen, was sie selbst gern erleben würden. Dass ihr einen Neuanfang wagt, finde ich bewundernswert. Und ich wäre gern ein Teil davon.« Hannelores Wangen hatten vor Begeisterung regelrecht geglüht, und sie hatte zum ersten Mal seit Langem nicht verhuscht und verängstigt ausgesehen.

Im Nachhinein war Ida nicht ganz sicher, ob ihre Entscheidung, Hannelore eine Chance zu geben, wirklich klug war. Irgendwie konnte sich Ida die schüchterne Frau nur schwer als Servicekraft vorstellen. Aber ihre Solidaritätsbekundung hatte sie gerührt, und so hatte sie Hannelore spontan angeboten, mit einer vierwöchigen Probezeit einzusteigen.

Alles läuft wie am Schnürchen, dachte Ida zufrieden, als sie am Abend auf ihrer Bettkannte saß. *Wenn ich nur nicht dauernd so furchtbar müde wäre.*

Dann fiel ihr ein, dass Tünn sie um ein Gespräch gebeten hatte. Aber der war noch gar nicht da, und Ida war zu erschöpft, um noch länger auf ihn zu warten.

»Nun, morgen ist auch noch ein Tag«, sagte sie, während sie sich ins Bett sinken ließ. Ihr war bewusst, dass sie sich damit um das klärende Gespräch herumdrückte. Aber man konnte nichts erzwingen.

Ida lächelte. Genau das hatte ein neuer Hotelgast heute gesagt, eine hochgewachsene, stattliche Frau, die ihre langen grauen Haare zu einem kunstvollen Knoten geschlungen hatte und auffallend junge, fröhliche kornblumenblaue Augen hatte.

»Ich bin gar nicht hier, weil ich ernsthaft jemanden kennenlernen möchte«, hatte sie Ida gestanden. »Ich finde nur die Idee so zauberhaft, einsamen reiferen Menschen einen Platz zu bieten, wo sie sich unverbindlich ein bisschen beschnuppern können. Ob das zu einem Erfolg führt, ist doch egal. Man kann nichts erzwingen. In der Liebe nicht und auch nicht bei der Verdauung.« Dabei hatte sie unverkrampft aus voller Kehle gelacht. Dann hatte sie noch erzählt, dass sie früher einmal Sängerin gewesen war und nun nur noch etwas Gesangsunterricht gab.

Bestimmt ist sie auch deshalb so unverkrampft und locker, weil sie Künstlerin ist, dachte Ida noch. Dann fielen ihr endgültig die Augen zu.

13
YOUNG AT HEART

Nach der Frühstücksschicht ging Ida in ihr Bad, um sich ein wenig frisch zu machen. Sie würde sich gleich mit Elvis treffen, um den Tanzabend zu besprechen, und wollte sich nicht fühlen wie ein alter Putzlappen. Zwar hatte auch an ihm der Zahn der Zeit schon kräftig genagt, aber wenn man sich aus Jugendtagen gut kannte, wollte man nun wirklich nicht ganz so abgewirtschaftet wirken.

Sobald sie mit Elvis im inzwischen leeren Gastraum saß, waren Idas Befürchtungen jedoch wie weggeblasen. Zwischen ihr und Elvis herrschte von der ersten Minute an die alte, herzliche Vertrautheit, die sie so viele Jahre verbunden hatte. Seine ehemals wilde blonde Löwenmähne war inzwischen zu einem dünnen grauen Rattenschwänzchen zusammengeschmolzen, und oben war er sogar komplett kahl. Doch er hatte noch das gleiche charmante Lächeln wie ehedem.

Als Ida ihm zum Kaffee noch einen Teller mit Keksen hinstellte, klopfte Elvis sich gut gelaunt auf seinen beachtlichen Speckpansen. »Du hast meine Schwachstelle sofort erkannt.« Er grinste breit. »Ich bin eine elende Naschkatze und werde deshalb auch immer dicker. Man sagt ja nicht umsonst, dass Essen der Sex des Alters ist.«

Auch Ida musste lachen. »So genau wollte ich das gar nicht wissen, Elvis. Bist du nicht mit einer Lehrerin aus Berlin verheiratet? Hast du mit der nicht sogar zwei Töchter?«

»Der Buschfunk funktioniert also doch nicht so perfekt,

wie ich immer befürchtet habe. Oder stellst du dich dumm, um mich ein bisschen auszuhorchen?« Elvis zwinkerte Ida zu.

»Ich habe einfach wenig Zeit für Buschfunk, Elvis«, verteidigte Ida sich. »Das kannst du dir doch denken. Ich habe nur gehört, dass du vor einigen Monaten zurückgekommen bist, um das Haus deiner Eltern wieder instand zu setzen.«

»Ja, genau. Und das alles mache ich bestimmt, weil es mit meiner Frau so toll funktioniert, oder? Ich ziehe allein zurück ins Sauerland, weil ich so extrem glücklich mit Hendrike bin.« Er schüttelte energisch den Kopf. »Das ist doch Quatsch, Ida. Ich hab mich in Berlin schon lange nicht mehr wohlgefühlt. Meine beiden Töchter, Patty und Roberta, sind inzwischen beide selbst verheiratet, und Hendrike hat mich schon vor Jahren in den Wind geschossen. Es macht halt keinen Spaß, mit einem mittelmäßig erfolgreichen Musiker verheiratet zu sein.«

Er biss herzhaft in einen Schokoladenkeks und wirkte bei Weitem nicht so geknickt, wie Ida es nach seinem Bericht über seine gescheiterte Ehe vermutet hätte. Er suchte auf dem Teller nach einem weiteren Keks mit Schokolade. »Ich war dieses ewige Tingeln und um Jobs Schachern echt leid, und als unsere Mutter starb und mein Bruder Peter kein Interesse an dem Haus hatte, habe ich mich von Berlin verabschiedet. Hier baue ich mir gerade was Neues auf, als DJ, weißt du? Ich lege überall in der Umgebung bei Partys auf. Läuft gar nicht schlecht.« Er deutete auf den letzten Schokokeks. »Hast du noch mehr von denen?«

Ida stand auf und holte ihm die ganze Tüte. Elvis' ungenierte Verfressenheit erinnerte sie ein wenig an Casanova. Wo der Kater ihrer Freundin sich wohl gerade rumtrieb? Heute hatte sie ihn noch gar nicht gesehen …

Als hätte er geahnt, an wen Ida gerade dachte, fragte Elvis: »Und Zapfi? Hat die neben ihrem Kleintierzoo jemanden?«

»Das fragst du sie besser selbst«, wehrte Ida ab. Sie wollte auf keinen Fall noch einmal in ein Gefecht zwischen ihrer besten

Freundin und deren Ex-Mann geraten. Außerdem wusste sie selbst nicht genau, auf welchem Stand Zapfi gerade mit ihrem verheirateten Gynäkologen war. Noch vor Kurzem hatte Zapfi sie mit der Bemerkung überrascht, in ihrem Alter brauche man keinen Mann mehr für Sex. »Dafür hat der liebe Gott die Sex-Toy-Industrie erschaffen«, hatte sie behauptet. »Du glaubst gar nicht, wie viel unkomplizierter so ein schöner kleiner Vibrator ist. Anschalten, benutzen, ausschalten und weglegen. Und wenn er nicht mehr kann, zack, kannst du einfach die Batterie wechseln.«

Ida hatte halb amüsiert, halb entsetzt gefragt: »Das ist jetzt nicht dein Ernst, Zapfi! Du benutzt nicht wirklich so ein batteriebetriebenes Gummidings, oder?«

»Doch!«, hatte Zapfi gegrinst und gedroht. »Und genau so eins schenke ich dir zum nächsten Geburtstag, wenn Tünn nicht in der Nähe ist. Wir dürfen den Männern ja auch nicht das Gefühl geben, dass sie so einfach zu ersetzen sind.«

Unversehens huschte Ida ein breites Grinsen über das Gesicht, das Elvis prompt falsch interpretierte.

»Ich weiß, Ida, ich weiß!« Er wedelte abwehrend mit der Hand. »Ich hab Zapfi damals selbst in den Wind geschossen. Da brauchst du gar nicht so zu grinsen. Ich will ja auch keine alte Suppe wieder aufwärmen. War reines Interesse, sonst nichts. Ehrlich.« Er nahm noch einen Keks. »Ich habe ... gehört, dass Zapfi sich mit einem Verheirateten eingelassen hat?«

»Mal angenommen, es wäre so. Meinst du, ausgerechnet du dürftest darüber den Stab brechen?« Ida sah Elvis streng an. »Lass das, Elvis. Moralapostel steht dir nicht. Und glaub bloß nicht, dass du auf diesem Weg irgendetwas aus mir herausbekommst. Wenn dich Zapfis Leben interessiert, geh rüber, und frag sie selbst. Und jetzt lass uns endlich übers Geschäftliche reden: Wie würdest du bei uns einen Tanzabend aufziehen, und, vor allen Dingen, was würde mich das kosten?«

Sofort schob Elvis diensteifrig den Teller mit Keksen zur Seite und holte ein zerfleddertes Notizheft heraus. »Ich habe mir da schon ein paar Gedanken notiert.« Elvis strahlte Ida an. »Ich stelle mir das so vor, Ida: Wir statten euren Tanzsaal mit ein bisschen Licht aus, das ist das Erste. Ein paar bunte Funzeln. Etwas Romantik, verstehst du? Es muss an unsere alten Partybuden erinnern. Wenn die Herrschaften alle schon ein paar Jahre auf dem Tacho haben, muss das Licht schummrig sein und die Atmosphäre retro. Deinem angestaubten Tanzsaal steht helles Licht sowieso nicht. Also bleiben wir immer schön im Retrocharme. Bei der Musik würde ich wechseln zwischen Oldies und Charts. Ab und zu könnte ich auch selbst den ein oder anderen Hit in einer Karaoke-Version zum Besten geben. Hauptsache, es bleibt locker.«

Elvis zog eine Schachtel Zigaretten aus seiner Jacke. Ida schüttelte sofort den Kopf.

»Mist!« Er seufzte. »Ich will eh schon ewig damit aufhören. Aber dann hast du vielleicht noch ein paar Kekse? Eine Sucht mit der anderen besänftigen ...«

Grinsend stand Ida auf und holte eine weitere Tüte. »Wenn du willst, kannst du nachher bei uns mitessen. Dann musst du dir nicht den ganzen Süßkram reinschieben. Und damit kommen wir zurück zum Geschäftlichen. Was du sagst, hört sich für mich alles gut an, aber was muss ich dir dafür zahlen?«

»Ein Essen wäre schon mal ein gutes Angebot.« Elvis streichelte noch einmal genüsslich über seine Ansparrücklage. »Ich bin nicht gut im Kochen und komme auch nicht richtig dazu. Wenn ich bei dir also jeden Tag ein anständiges Mittagessen –«

»Kein Problem«, fiel ihm Ida ins Wort. »Elzbieta ist ein Geschenk des Himmels. Sie kocht göttlich, unsere Gäste schwärmen von ihrem Essen. Wäre das dann alles, was an Kosten auf mich zukäme?«

»Vorerst, Ida. Vorerst.« Er griff erneut nach einem Keks. »Ich schlage vor, dass du die Veranstaltung öffentlich bewirbst. Du hast doch ohnehin zu wenig tanzbereite Männer, sagtest du. Lade einfach zusätzlich Leute von außerhalb ein, und nimm Eintritt. Wenn das Ganze funktioniert und dir die Bude eingerannt wird, reden wir noch mal über meine Gage. Vorerst komme ich nur zum Essen. Dabei kann ich mir die Leutchen auch schon mal angucken, für die ich dann auflege.«

In Idas Kopf ratterte es. *Werbung!* Wann sollte sie sich denn darum noch kümmern?

Er sah sie an. »Soll ich das mit der Werbung übernehmen? Ich komme viel rum und habe auch einen Mailverteiler für Tanzbegeisterte. Wie sollen wir das Ding denn nennen, Ida?«

Ida entfuhr ein tiefer Seufzer. Die Sache wurde wirklich immer größer! Zu groß für sie? »Darüber habe ich mir noch gar keine Gedanken gemacht. Ich bin ja nicht so vertraut mit solchen Veranstaltungen. Was meinst du denn?«

Elvis lehnte sich zurück und schaute gedankenverloren an die Decke. Dann strich er sich über die Glatze und kniff die Augen zusammen. »Welche Altersklasse willst du denn hierhaben? Sechzig aufwärts?«

Ida nickte.

»Wie wäre es mit: *Too Young to Die*? So ähnlich hieß ja mal eine Platte von Jethro Tull.«

»Bist du verrückt?« Ida war entsetzt. »Du kannst doch keine Werbung machen, in der das Wort ›Sterben‹ vorkommt! Unsere Gäste sollen einen zweiten, dritten, von mir aus auch fünften Frühling erleben und nicht mit einem nahen Ende konfrontiert werden.«

»Ein bisschen Humor ist doch wohl erlaubt.« Elvis verzog schmollend den Mund. »Aber von mir aus nenn es *Indian Summer – Ü60, Tanz und mehr*. Dann fühlen sich alle angesprochen, die im Herbst des Lebens noch was erleben wollen.« Er überlegte einen Moment. »Oder, noch besser: *Young at Heart – Tanz und mehr für jung gebliebene Ü-Sixtys.*«

»Das gefällt mir richtig gut, Elvis!« Ida strahlte ihn an. »Mit diesem Slogan kann ich wunderbar leben. Mit dem Sterben warten wir doch alle schön noch eine Weile. *Young at Heart* ...« Ida ließ sich den Vorschlag noch einmal über die Zunge rollen. Ja, das war richtig gut. Denn genau darum ging es ihr. Jedes Alter besaß einen Rest Jugendlichkeit und Lust auf Romantik. *Young at Heart* würde genau das wunderbar ausdrücken. Schon beachtlich, wie genau Elvis das verstanden hatte.

Sie nickte zustimmend und grinste dann breit. »*Young at Heart* sind wir schließlich alle. Elvis, du überraschst mich. Du kannst ja richtig romantisch sein!«

»Aber holla, Ida! Und wenn eine deiner reiferen Flirtkandidatinnen mir gut gefällt, schwinge ich vielleicht auch selbst noch mal das Tanzbein. Schließlich ist in meinem breiten Bett auch noch ein Plätzchen frei.« Sein Grinsen war noch genauso schlitzohrig, wie Ida es von früher kannte.

Schau an, schau an, dachte Ida. *Da verbindet er doch tatsächlich noch persönliche Interessen mit dem Geschäftlichen, wahrlich nicht dumm, der Mann!* Dennoch war sie froh, dass er das Zepter in die Hand nehmen wollte. Blieb nur zu hoffen, dass Elvis' Anwesenheit, mit der nun täglich zu rechnen war, nicht mit ihrer Freundschaft mit Zapfi kollidierte.

Diese Sorge hätte sich Ida sparen können. Weder Zapfi noch Lilli ließen sich in den nächsten Tagen sehen. Zapfi ging offensichtlich vollkommen darin auf, mit Lilli auszumisten, denn jeden Abend kam Zapfis Sohn Freddy mit dem Firmenwagen vorbei und lud Unmengen von Gerümpel ein, das er für seine Mutter zur Deponie brachte. Was noch gut erhalten oder wertvoll schien, wollte Lilli über ein Kleinanzeigenportal im Internet verkaufen. Das zumindest hatte sie angekündigt. Ob ihr

Plan aufging, wusste Ida nicht, denn wenn Lilli nicht bei Zapfi arbeitete, wo Ida sie zumindest ab und zu durch das Fenster sehen konnte, war sie völlig abgetaucht. Offenbar verbrachte sie viel Zeit bei Levke auf dem Hof und kümmerte sich dort um ihren Beppo. Die Tierärztin hatte festgestellt, dass dieser an Arthrose litt, und Lilli beauftragt, das Pony einmal am Tag spazieren zu führen, was diese mit Begeisterung tat.

Da Ida selbst vollauf damit beschäftigt war, neben der normalen Arbeit im Hotel ihre neuen Aushilfskräfte einzuarbeiten, kam sie kaum dazu, Zapfi oder Lilli zu vermissen. Auch für ein Gespräch mit Tünn hatte die Zeit noch immer nicht gereicht. Einen Abend hatte sie sich mit Hannelore befasst, die bereits beim ersten großen Tanzabend am Freitag den Service übernehmen wollte. So hatte Ida ihr erklärt, welche Weine und welche anderen Getränke sie anbieten konnte. Einfache Cocktails zu mixen, traute sich Ida zu, Kompliziertes würden sie nicht auf der Karte haben. Hannelore war mit Feuereifer dabei, und Ida war gespannt, wie sie sich bewähren würde.

Einen weiteren Abend hatte sie dem immer wieder aufgeschobenen Telefonat mit Franziska geopfert. Wenn Ida daran dachte, hatte sie sofort einen bitteren Geschmack im Mund, denn die früher so freiheitsliebende Franziska hatte Ida und indirekt auch Tünn bittere Vorwürfe gemacht, dass sie zu wenig positiven Einfluss auf Lilli ausübten.

»Ida, es muss doch jedem halbwegs erwachsenen Menschen einleuchten, dass Lilli sofort nach Hause kommen muss, um den Anschluss an das neue Schuljahr nicht zu verpassen!«, hatte sie mit vorwurfsvoller Stimme gesagt. »Dass sie sich weigert, ist doch nur ein Zeichen dafür, welch infantile Trotzgefühle sie noch immer auslebt. Sie will ihrer Mutter mit ihrer Weigerung einen verpassen und trifft damit in letzter Konsequenz sich selbst. Ohne Abi bist du doch heutzutage nichts. Jedenfalls hast du wenig Chancen auf einen wirklich gut bezahlten Beruf. Lilli muss jetzt mal langsam erwachsen werden und darf sich nicht länger wie ein trotziges Pubertier verhalten.«

Bei diesem Schwall an Vorwürfen war Ida die Hutschnur geplatzt. »Ich glaube, weder du noch deine Tochter haben zurzeit ein klares Bild von dem, was Lilli gerade an Entwicklung durchmacht«, hatte sie erklärt. »Sie entdeckt derzeit täglich neue Talente bei sich und probiert sich aus. Im Grunde macht sie damit genau das, wozu ihr sie im Juni zu uns geschickt habt. Wenn es darauf ankommt, ist sie sehr wohl dazu in der Lage, Verantwortung zu übernehmen. Ihr habt da gerade echt den Anschluss verpasst.«

Damit hatte sie ganz offensichtlich in ein Wespennest gestochen.

»Lilli probiert sich aus!« Diesen Satz hatte Franziska regelrecht durchs Telefon gespuckt. »Sie probiert sich aus, und das nennst du ›Verantwortung übernehmen‹. Ida, du hast nicht die geringste Ahnung, wie viel Unterstützung und Führung ein junger Mensch braucht, um den Weg zu finden, der ihm später alle Türen öffnet. Lilli hat bei euch renoviert und ein bisschen Innenarchitektin gespielt. Na toll! Soll sie Anstreicherin werden, oder was? Du und Tünn habt doch überhaupt keine Ahnung, wie man mit einem jungen Menschen umgehen muss. Liebe und, wenn nötig, auch mal klare Ansagen und Strenge – das muss die Marschrichtung sein. Aber woher solltet ihr das auch wissen? Ihr hattet ja selbst nie Kinder. Ihr wisst ja gar nicht, wie furchtbar man sich um Kinder sorgen muss, wenn die auf die schiefe Bahn geraten. Ich habe Gloria allein großgezogen, und das war wahrlich kein Zuckerschlecken, das kannst du mir glauben. Ich hatte meine psychologische Praxis zu führen und eine Tochter großzuziehen. Und das ist mir, verdammt noch mal, mit reichlich Einsatz und Opfern geglückt.« Sie rang kurz nach Luft. »Und jetzt hockt meine ewig gestresste Tochter hier und weint sich die Augen aus dem Kopf, weil es in ihrer

Ehe kriselt und ihre Tochter in der sauerländischen Pampa verrücktspielt und das Landleben für sich entdeckt, dem ich selbst mit so viel Mühe entflohen bin!«

Ida hatte irgendwann nicht mehr richtig hingehört. Sie war in den Sessel vor ihrem Schreibtisch gesackt und hatte dem Schmerz über ihre Kinderlosigkeit nachgespürt. Erstaunlich, wie tief er noch immer saß, aber sonst hätten Franziskas Vorwürfe sie wohl auch nicht so tief und schmerzlich getroffen.

Mit einer Hand krallte Ida sich an das abgegriffene Holz ihrer Sessellehne, mit der anderen umklammerte sie den Telefonhörer, unfähig, ihn sinken zu lassen und das Telefonat zu beenden.

All die ungesagten Dinge und nie gestellten Fragen an ihre Schwester polterten in ihrem Kopf herum wie Murmeln in einem zu großen Kistchen. Was war damals passiert, als Franziska sich von ihr und dem gesamten Leben hier in Oberwenkhausen so endgültig abgewandt hatte? Warum hatte sie sich nie wieder gemeldet? Nie nachgefragt, wie es Ida ging. Sie nicht besucht. Ihnen ihre Tochter Gloria nicht vorgestellt. Nicht einmal zu Mamas Beerdigung war sie gekommen; stattdessen hatte sie lediglich ein vollkommen unpersönliches Blumengebinde für das Grab geschickt. So herzlos war Franziska doch früher nie gewesen!

Ida starrte aus dem Fenster. Als sie ein kleines Mädchen war, hatte Franziska ihr immer die dicken schwarzen Haare zu Zöpfen und kreativen Frisuren geflochten. Später hatte sie ihr sogar Klamotten geliehen, damit sie nicht so peinlich trampelig gekleidet zur Tanzstunde gehen musste. Schließlich hatte sie Ida ja auch immer wieder nach Münster eingeladen und sie dazu ermuntert, sich in ihrem Leben auszubreiten – »um andere Lebensentwürfe kennenzulernen«, wie sie immer betont hatte. Bis ... ja, bis die Verbindung zwischen ihnen auf einmal gekappt war. Tot, abgeschnitten.

Und jetzt machte ausgerechnet Franziska ihr Vorwürfe, weil sie ihrer Enkelin angeblich nicht auf den rechten Weg half. Ohne dass sie gefragt hätte, ob Ida diese Aufgabe überhaupt übernehmen wollte. In Idas Ohren rauschte es, und Franziskas Wortschwall drang nur noch gedämpft zu ihr vor.

»... nie Gedanken darüber machst, was für andere gut sein könnte!«, hörte sie wie von Ferne. »Immer nimmst du dir einfach, was du haben willst ... egoistisch und selbstbezogen bis zum Gehtnichtmehr. Und jetzt muss unsere Lilli für deine nicht ausgelebten Muttergefühle herhalten.«

An diesem Punkt hatte Ida einfach aufgelegt. Das Rauschen in ihren Ohren blieb jedoch und begleitete sie bis in den Schlaf.

Seither hoffte Ida, dass Lilli sie nicht nach dem Gespräch mit ihrer Oma fragen würde. Sie wusste einfach nicht, was sie dann sagen sollte. Sie wollte Lilli ihrer Oma nicht entfremden und deshalb nichts Negatives über sie sagen. Doch das Gespräch hing Ida auf der Seele wie eine dicke, schwere Staubschicht.

Lilli aber fragte nicht. Nach gar nichts. Stattdessen ging sie in ihren vielfältigen Tätigkeiten auf und erblühte dabei wie eine wunderschöne Rosenhecke. Jeden Tag öffneten sich neue Knospen.

Ida sah es und genoss es. Das bildete sie sich doch nicht nur ein, nur um ungelebte Muttergefühle auszuleben. Nein, es blieb dabei: Franziska war ein Biest. Irgendwo in ihrem Leben war sie falsch abgebogen, und aus der fröhlichen, intelligenten jungen Frau voller Widerspruchsgeist und Lebenshunger war eine alte Meckerhexe geworden.

14
Lady Bump

Vor dem ersten neuen Tanzabend war die Stimmung im Hotel aufgeregt. Schon am Nachmittag zog sich ein Gast nach dem anderen zurück, um sich aufzuhübschen, und Ida beobachtete, dass sie einander mehr neugierige Blicke als sonst zuwarfen. Sie war gerade damit beschäftigt, hinter dem Haus die Blumen zu gießen, als sie bemerkte, dass sich eine kleine Frauenrunde um die neu angereiste Frau Krampe scharte. Die hatte verkündet, dass sie Line genannt werden wollte und aus Castrop-Rauxel stammte, und breitete sich nun lautstark darüber aus, dass sie nicht wirklich auf der Suche nach einem neuen Mann sei. Was wollte sie dann hier? Idas Neugier war geweckt, und so goss sie die Blumen etwas länger, als es wohl notwendig gewesen wäre.

»Einen passenden Mann finden«, klärte Line die anderen Damen soeben in ihrem leichten Ruhrpottduktus auf, »dat is' im Grunde unwahrscheinlicher als 'n Lottohauptgewinn. Ich bin deswegen auch nicht hier, um mir wat Neues zu schießen. Ich hab schon ein so 'n Unglück zu Hause rumzusitzen.«

»Un wat häste dann hier ze suchen?« Die Gewitterwolke war offenbar ein wenig misstrauisch.

»Von wegen suchen!« Line kicherte. »Ich bin hier, um wat zu finden. Wenn hier wat Besseres rumläuft, bin ich die Letzte, die ihre Pläne nicht über den Haufen schmeißen täte. Aber vorrangig will ich 'n bisseken Spaß und meinem Dauersesselbesetzer von zu Hause, dem Siechbert, 'n bisseken Feuer unterm Hintern machen.«

Anna, die als Sängerin bestimmt schon viele skurrile Menschen kennengelernt hatte, schien sich über Lines Temperament zu amüsieren. Sie fragte: »Aber wie soll dein Siegbert denn Feuer unterm Hintern kriegen, wenn er gar nicht mitbekommt, dass du hier den Männern den Kopf verdrehst?«

»Dat is' der springende Punkt, meine Schöne.« Line ruckelte sich auf dem Feierabendbänkchen hinter dem Haus zurecht. Sie genoss die ungeteilte Aufmerksamkeit sichtlich. »Genau da kommt ihr alle ins Spiel. Ich schmeiß mich heute an de Kerls ran, dat denen Hören und Sehen vergeht, und ihr filmt mich dabei. Hier, hab mein Handy extra frisch aufgeladen.«

»Vielleicht wollen wir uns ja selbst ein bisschen amüsieren und haben gar kein Interesse an Ihrer Performance«, wandte die Gottesanbeterin säuerlich ein. »Wer schon gebunden ist, sollte sich ohnehin vom anderen Geschlecht fernhalten. ›Du sollst nicht begehren deines Nächsten Weib.‹ Neuntes Gebot. Und man sollte niemanden in die Sünde locken.« Der moralinsaue Einwurf der Gottesanbeterin löste allgemeine Erheiterung aus.

Auch Line schien er nicht zu bekümmern. Sie lachte nur laut. »Sünde ist doch dat Salz in der Suppe des Lebens. Keine Sorge, mein Täubken, ich lass euch noch 'n paar Männer übrig. Ich will se sowieso ers' ma' alle ordnungsgemäß durchtesten.«

»Durchtesten?« Agathe Pfeifer, die ihren Aufenthalt schon zum zweiten Mal verlängert hatte, war etwas später zu der Runde gestoßen und setzte sich auf ihren Rollator.

»Richtig! Durchtesten.« Line erhob sich und warf sich in Positur. »Ich werd se alle nacheinander betanzen, und wenn mir einer gefällt, krall ich mir den für die Nahkampftänze.« Sie zog einen imaginären Tanzpartner an ihre Brust und sang aus voller Kehle: »*Manchmal möchte ich schon mit dir, lalalalala ...*«

»Und wenn er nit mit dir will, Herzelein?«

Line blickte die weiterhin skeptische Gewitterwolke selbstbewusst an. »Mit einem Mann«, sie hob dozierend den Zeigefinger, »mit einem Mann musst du umgehen wie mit 'ner trotzigen Kindergartenblage. Der darf gar nich' merken, dat er dir ausse Hand frisst, verstehste? Der will sich einbilden, dat er dich erobert hat. Wenn eine Frau von einen Kerl zum Tanzen aufgefordert werden will, dann muss se traurig gucken. Ein Mann will eine Frau retten, versteht ihr? Da darfst du nie satt und zufrieden aussehen. Musst immer aus der Wäsche gucken wie fünfzehn Jahre Brachland. Damit er dat Gefühl hat, der Acker ist schnell bestellt.«

»Die meisten von uns sind tatsäschlich mindestens fuffzehn Johr Brachland, Liebelein. Da jibbet nix vorzutäuschen!«

Auch von diesem berechtigten Einwand der Gewitterwolke ließ sich Line nicht aus dem Konzept bringen. »Wenn de den Fisch an der Angel hast, dann musse ihn bewundern. Egal, wofür. Der Mann is' vonne Bedürftigkeit her wie ein Kleinkind auffem Töpfchen. Für jeden Köttel will der Applaus.«

»Na, dann werd ich mir dat hück Ovend mal anluure, wie du de janzen Jungs vom Töpfchen auf de Tanzfläche bugsierst. Ich glaub, et jeht rund.« Damit wandte sich die Gewitterwolke ab. Offenbar hatte sie als Erste bemerkt, dass Elvis gemeinsam mit Meike die Türen zum Tanzsaal öffnete. Meike wollte Hannelore die ersten Stunden im Service unterstützen und hatte sich extra schick gemacht.

Ida beeilte sich, die Gießkanne wegzustellen und sich ebenfalls in den Tanzsaal zu begeben. Es war höchste Zeit. Gespannt sah sie sich um. Ihre Hotelgäste hatten sich schnell einen Platz gesucht, einige standen an der Bar, um sich ein Getränk zu holen, andere hatten sich am Rand der Tanzfläche positioniert, und Line scharwenzelte bereits in Richtung der Männer.

Nanu. Was war das? Der Windbeutel? Ida traute ihren Augen kaum. Doch. Kein Zweifel. Er war es. Wie zu seinen besten Zeiten stolzierte ihr ungeliebter Nachbar herein, als sei er ein

Pfau, der jeden Moment sein Rad ausbreiten würde. Dabei hatte er sich dermaßen penetrant parfümiert, dass Ida sofort unwillkürlich durch den Mund atmete.

»Rüdiger!«, begrüßte sie ihn dennoch, so freundlich sie konnte. »Dass du uns heute die Ehre gibst! Damit habe ich, ehrlich gesagt, eher nicht gerechnet. Juckt dich dein Tanzbein?«

»Keine falschen Hoffnungen, Ida«, erwiderte er säuerlich. »Ich bin keinesfalls hier, um mich zu amüsieren. Dafür dürfte deine Klientel nicht ganz meine Kragenweite sein. Ich bin nur hier, um euch im Auftrag der Gemeinde ein wenig auf die Finger zu schauen.«

Ida wollte ihn schon empört zurechtweisen, als Meike zu ihnen trat. Sie war mit ihrem engen Minikleid fast ein wenig zu aufreizend gekleidet und stellte sich provozierend nah neben den Windbeutel. Mit ihrem sonnigsten Lächeln strahlte sie ihn an, beugte sich vor und zwitscherte: »Herr Schellenbaum, schön, Sie zu sehen! Sie erkennen mich vielleicht nicht mehr, aber ich habe vor zwei Jahren bei Ihnen in der Apotheke ein berufsvorbereitendes Praktikum gemacht. Heute kümmere ich mich ganz um Ihr leibliches Wohl. Also: Was darf ich Ihnen zu trinken bringen?«

Ida staunte nicht schlecht, dass Meike sich so freundlich um den Windbeutel kümmerte. Vielleicht hoffte sie ja, dadurch gut Stimmung für Ida und ihr Hotel zu machen. Ida war es allerdings gar nicht recht, dass Meike mit ihren mittlerweile achtzehn jungen Jahren offenbar glaubte, mit Ganzkörpereinsatz um die Akzeptanz des Windbeutels kämpfen zu müssen. Sie würde sie später zur Seite nehmen.

Beim Windbeutel kam Meikes schmeichlerische Art allerdings gut an. »Fräulein Mersberg!«, sagte er sichtlich erstaunt. »Sie haben sich ja verändert. Donnerwetter! Sie waren ja schon immer eine attraktive junge Frau, aber inzwischen sind Sie zu einer echten Rose erblüht.«

Meike strich sich kokett ihr langes dunkelbraunes Haar aus dem Gesicht. »Danke, Herr Schellenbaum. So ein schönes Kompliment hat mir noch niemand gemacht. Was darf ich bringen? Vielleicht zum Aufwärmen ein Sektchen?«

»Bei Ihrem Anblick, Fräulein Mersberg, brauche ich eher etwas zum Kühlen.«

Ida glaubte ihren Ohren nicht. Da wagte es der alte Schleimbeutel doch tatsächlich, vor ihren Augen ihr blutjunges Personal anzugraben! Doch bevor sie einschreiten konnte, wurde ihr der Windbeutel entzogen.

Elvis hatte als ersten Song einen Stimmungskracher von Cher aufgelegt, und schon kam die paarungsbereite Line angetanzt und zog den Windbeutel zu sich.

»Dat gibbet nich'!«, trompetete sie über die Klänge von Chers *I'm Strong Enough* hinweg. »Da steht hier so ein schicker Hecht und tut seine Zeit mit dem Personal vertändeln. So ein Prachtexemplar is' mir ja schon lang nich' mehr unter de Finger gekommen. So einer wie du, der weiß mit Sicherheit ganz genau, wo der Frosch de Locken hat. Komm, du heißen Feger. Wir beiden zeigen den anderen jetzt mal, wie man hier dat Parkett in Brand setzt.«

Verzweifelt grinsend ließ der Windbeutel sich auf die Tanzfläche ziehen. »Vielleicht bringen Sie mir eine Rum-Cola«, rief er Meike noch zu.

Bevor sie sehen konnte, wie der Windbeutel sich in den Armen der resoluten Line schlug, wurde Ida von Tünn ans Telefon gerufen. Eine weitere Voranmeldung für den Herbst, die Ida mit Freude entgegennahm.

Als sie zurückkam, hatte die Stimmung mächtig Fahrt aufgenommen, und es zeichnete sich bereits ab, dass dieser erste Tanzabend unter Elvis' Regie ein voller Erfolg werden würde. Der Star des Abends war Agathe Pfeifer, die trotz ihrer achtundsiebzig Jahre und obwohl sie eigentlich auf einen Rollator angewiesen war, die Tanzfläche gar nicht mehr verließ. Obwohl sie keinen Tanzpartner hatte, ließ sie keinen Tanz aus; stattdessen schipperte sie fröhlich lachend mit ihrem Gehwägelchen über die Tanzfläche. Sie konnte fast jeden Oldie mitsingen und tat dies auch lauthals und ungeniert. Als irgendwann der alte Penny-McLean-Song *Lady Bump* lief, löste sie sich zwischendurch sogar von ihrem Rollator, machte kleine Hüpfer und bumpte andere Tänzer auf der Tanzfläche an – dabei gefilmt von Meike, die mit ihrem Smartphone zwischendurch immer wieder Aufnahmen machte.

Auch Anna überraschte Ida. Dass sie als ehemalige Sängerin Rhythmus im Blut hatte, sah man sofort. Sie hatte sich mit einer bunt geblümten Bluse und knackig sitzenden Jeans hübsch gemacht und trug ihre dichten grauen Haare in einer Hochsteckfrisur, in der eine Rose prangte. Sie beherrschte den Discofox perfekt, und zwar sowohl den weiblichen als auch den männlichen Part. Mit sicheren Schritten wirbelte sie die Damen über das Parkett, die keinen Tanzpartner abbekommen hatten oder etwas schüchtern am Rand sitzen geblieben waren. Damit machte sie dem tapferen Schneiderlein Konkurrenz, das nun schon zum zweiten Mal angereist war und sich ebenfalls bemühte, die anwesenden Frauen der Reihe nach zu betanzen. Am meisten beeindruckte sie Ida aber, als sie sich gemeinsam mit Elvis in ein Karaoke-Duett stürzte und mit ihm wie einst Sonny & Cher schmachtete *I Got You Babe* ...

Alle klatschten und johlten, und die Gewitterwolke, die sichtlich glücklich war, dass auch sie noch einmal zurückgekehrt war, kam auf die Idee, ein Feuerzeug zu zücken. Wer ebenfalls eins griffbereit hatte, tat es ihr gleich.

»Mädel, ich fass et nit!«, rief sie. »Ich. Fass. Et. Nit!« Und als der Song zu Ende war, forderte sie: »Zugabe, Zugabe!«

Die anderen stimmten ein und klatschten und jubelten so euphorisch, dass Elvis und Anna sich schließlich erweichen ließen und auch noch *Sailing* von Rod Stewart und *Angie* von den Stones sangen.

Die Gewitterwolke war nun völlig außer Rand und Band und kommentierte die Lyrics so komisch, dass Anna und Elvis vor Lachen kaum weitersingen konnten.

»*With no money in our coats*«, deklamierte sie und kommentierte sogleich: »Man hatte ja damals wirklich nix, da blieben einem nur Turteln und Flirten.« Und bei der Zeile *Oh, Angie, don't you weep, all your kisses still taste sweet* rief sie voller Überzeugung: »Jenau, so sind se, de Mannslück. Da kannste als Frau dat ärm Dier haben oder dat heulende Elend, dat is denen so wat von ejal. Hauptsache, schön weiterknutschen und -fummeln.«

Danach war für die meisten im Saal kein Halten mehr. Alle quietschten und prusteten los. Die Gewitterwolke war kurz irritiert, dann aber merkte sie, welchen Erfolg sie mit ihren Einwürfen hatte, und rief im Brustton der Überzeugung: »Is' doch wahr. Musste mal jesacht werden. So, und jetzt jib unsern Angie mit der schönen Stimme mal 'n Piccolöschen von mir aus. Hier erwachen ja Talente!«

»Nein, danke.« Anna errötete. »Ich trinke keinen Alkohol.«

Wenig später zog Meike ihre Jeansjacke über, um sich auf den Heimweg zu machen. Das hatte offenbar auch Line gesehen, denn sie stürmte entschlossen auf sie zu. »Dat hab ich gesehn, Kleines, dat du hier die Kamerafrau gemacht hast. Hier haste meine Handynummer. Schick mir doch bitte alles, wat de gefilmt hast. Da wird mein Sesselpupser zu Hause Stielaugen kriegen.«

Widerstrebend notierte sich Meike Lines Telefonnummer und verließ den Saal. Plötzlich fiel Ida ein, dass sie Meike versprochen hatte, ihr ihren Lohn sofort und in bar zu geben. Wenn sie sich beeilte, könnte sie die junge Frau vielleicht noch erwischen. Als Ida vor die Tür trat, sah sie, dass Meike tatsächlich noch da war. Sie stand bei dem Windbeutel, der sich offensichtlich ebenfalls gerade auf den Heimweg machte. Als Ida näher trat, sah sie, dass er sein Handy gezückt hatte und sich lächelnd etwas notierte. Hoffentlich hatte Meike nicht versprochen, ihm die Filme ebenfalls zu schicken. Auch wenn alle in Filmaufnahmen eingewilligt hatten, würde er es irgendwie fertigbringen, sie gegen Ida zu verwenden.

Als er in sein Auto gestiegen war und Meike gerade ihr Fahrrad aufschloss, fragte Ida deshalb mit leichtem Ärger: »Was wollte dieser alte Schleimer den ganzen Abend von dir?«

Überraschenderweise kicherte Meike. »Ich habe ihn ein bisschen heißgemacht. Verwirrte Hormone schaden bei so einem nie. Und er hat mich gerade um meine Handynummer gebeten.«

»Die du ihm hoffentlich nicht gegeben hast!«, stieß Ida entsetzt hervor.

Meike kicherte noch mehr. »Nein, meine nicht. Aber die von dieser Line.«

»Was? Wieso das denn?«

»Er denkt jetzt, das sei meine Handynummer, dabei habe ich Dummchen ihm versehentlich die von Line gegeben. Upsi! Kann ja mal passieren ...« Meike schien sich prächtig zu amüsieren.

Ida dafür umso weniger. »Meike, das halte ich für keine gute Idee. Wenn der jetzt unsere Gäste belästigt ...«

»Ach, das klärt sich ganz schnell auf!«, sagte Meike unbekümmert. »Soll er doch ein bisschen diese Line anschmachten. Die ist offensichtlich eh mit allen Wassern gewaschen und wird mit diesem alten Schwerenöter schon fertig.«

»Hoffentlich hast du recht.« Seufzend gab Ida Meike ihren Lohn und ging in den aufgeheizten Tanzsaal zurück.

Dort war Elvis ganz in seinem Element. Mit Anna zu singen und die ungewollt komischen Einwürfe der Gewitterwolke zu ernten machte ihm offensichtlich so viel Spaß, dass er sich um weitere Gesangseinlagen nicht lange bitten ließ. Deshalb bemerkte er gar nicht, dass Zapfi irgendwann hereinkam.

Ida erschrak ein wenig, als sie ihre Freundin sah. Hoffentlich machte sie Elvis keinen Ärger. Gerade jetzt, wo alles so fantastisch lief ...

Zapfi hatte im Vorfeld mehrfach gesagt, dass sie die Ü60-Party nicht interessierte. Nun aber hatte offenbar doch die Neugierde gesiegt. Und nicht nur das. Ida fiel auf, dass ihre Freundin sich außergewöhnlich schick gemacht hatte. Anders als sonst trug Zapfi eine enge schwarze Lederhose, in der ihre immer noch mädchenhaft schlanke Figur zur Geltung kam. Dazu hatte sie eine weinrote Spitzenbluse angezogen. Ihre Haare waren mit Henna nachgefärbt und fielen ihr lockig auf die Schultern.

Zapfi begrüßte Ida mit einem knappen Nicken und lehnte sich direkt neben der Tür zum Tanzsaal an die Wand. Von dort aus beobachtete sie mit schmalen Augen, wie gut Anna und Elvis harmonierten.

Als Elvis wieder hinter seinem DJ-Pult verschwand, wollte Ida durch den Saal auf Zapfi zugehen, um sie endlich richtig zu begrüßen, doch Elvis kam ihr zuvor. Er startete Lobos *I'd Love You to Want Me*, ging auf Zapfi zu und streckte seine Hand aus, um sie aufzufordern.

Zapfi zögerte, aber Elvis blieb hartnäckig und zog sie auf die Tanzfläche, legte seine Arme um Zapfis Hüften und begann mit ihr zu schwofen. Zunächst blieb Zapfi ungewöhnlich steif und zurückhaltend, und Ida sah, dass Elvis ihr immer wieder etwas ins Ohr sagte. Auch jetzt reagierte Zapfi erst nicht, irgendwann aber musste sie dann doch lachen, und Ida war erleichtert. Es wäre wirklich schön, wenn die beiden das Kriegsbeil, das sie vor über dreißig Jahren erhoben hatten, endlich begraben würden. Da Elvis nun jeden Mittag zum Essen kam, würden die beiden sich zwangsläufig wieder häufiger über den Weg laufen. Da wäre es mehr als unangenehm, ständig als Puffer zwischen den Fronten zu stehen.

Auch der nächste Tanz war ein Klammerblues, und Ida ließ den Blick schweifen.

Tünn, der ebenfalls inzwischen hereingekommen war, beobachtete das Treiben auf der Tanzfläche. Er lehnte am Tresen und lächelte amüsiert.

Line hatte sich inzwischen an das tapfere Schneiderlein geschmiegt, und Agathe Pfeifer schob selbstvergessen ihren Rollator über die Tanzfläche.

»Tünn, Liebelein. Tu 'ner alten Frau wat Jutes, und schwof mal mit mir!« Der Ruf der Gewitterwolke riss Ida aus ihren Gedanken. Tünn würde doch nicht …

Nein, Tünn würde nicht. Stattdessen trat er schnellen Schrittes in die Mitte der Tanzfläche, sagte galant: »Das tut mir aber leid, für diesen Tanz bin ich schon vergeben!«, nahm die erstaunte Agathe Pfeifer sanft bei den Händen, löste diese vom Rollator und zog sie vorsichtig an sich, um mit ihr zu tanzen.

Die strahlte, während die Gewitterwolke unschlüssig auf der Tanzfläche stehen blieb. Dann entdeckte sie Anna an einem der Tische und sagte: »Komm, Angie, Liebschen. Du tust so schön singen. Jetzt kannste auch mal mit mir über de Tanzfläsche schweben. Wie sieht dat denn aus, wenn keiner mit uns zwei Hübschen scherbeln will!«

Anna lächelte und ließ sich von der Gewitterwolke auf die Tanzfläche ziehen.

Idas Herz schlug höher. Wie schön, dass sich letztlich alles so gut ineinanderfügte!

Selbst Hannelore, die als Servicekraft ihre Feuerprobe zu bestehen hatte, machte sich gut. Sie hatte ihre sonst eher strähnigen Haare frisch gewaschen und zu einem Pferdeschwanz zurückgebunden. Dadurch kam ihr Gesicht plötzlich ganz anders zur Geltung, und sie wirkte trotz ihrer großen Brille heute einmal nicht wie eine übereifrige Schülerin, sondern wie eine kluge, selbstbewusste Frau. Unter Idas Anleitung hatte sie einige Aperol Spritz gemixt, bevor sie ganz übernommen hatte und sich auch bei den Weinbestellungen kaum noch helfen ließ.

Dadurch und weil außer Elvis niemand Bier trank, hatte Percy, der noch immer hinter dem Tresen stand und für das Zapfen des Pilses zuständig war, kaum etwas zu tun. Ida wollte gerade zu ihm gehen, um anzubieten, ihn hinter dem Tresen abzulösen, damit er Feierabend machen konnte, als sich die Tür für einen weiteren Gast öffnete.

15
ALTLASTEN

Im diffusen Licht der Partybeleuchtung konnte Ida zuerst nicht erkennen, wer hereingekommen war. Sie sah nur eine große, stämmige Frau mit einem modischen Kurzhaarschnitt, die sich suchend umschaute.

Ganz die Hotelbesitzerin eilte sie sofort auf die fremde Frau zu, um sie zu begrüßen, willkommen zu heißen und sie zu fragen, ob sie ihr helfen könne. Doch je näher sie der Frau kam, desto unsicherer wurde sie, und erstaunlicherweise zeichnete sich im Gesicht der anderen ebenfalls Verlegenheit ab. Irgendetwas an ihr kam Ida vage bekannt vor, und als die Frau Ida etwas fragte, verstärkte sich dieses Gefühl noch. Doch die Musik war zu laut, sie verstand nicht, was ihr Gast von ihr wollte. Deshalb machte sie ihr ein Zeichen, vor die Tür zu gehen.

Als sich die beiden Frauen dann im kleinen Empfangsraum des Hotels gegenüberstanden, wiederholte die Frau ihre Frage, und diesmal verstand Ida sie: »Ida? Bist du's?«

In diesem Moment durchfuhr Ida die Erkenntnis wie ein körperlicher Schmerz. Die Frau, die da so hochgewachsen und imposant vor ihr stand, war Franziska, ihre Schwester. Plötzlich fühlte sich Ida, als stünde sie auf einem Wackelbrett. Ihre Knie waren aus Pudding, in ihren Ohren rauschte es, und ihr Herz jagte im gestreckten Galopp davon. Vierzig Jahre sind eine lange Zeit. Erst recht, wenn man nie verstanden hat, warum sich die bewunderte und geliebte Schwester so abrupt und konsequent von einem abgewandt hat.

Überwältigt von ihren Gefühlen ließ Ida sich an der Wand hinabsinken und blieb auf dem Boden sitzen.

»Ziska!« Ihre Stimme war heiser, brüchig und zittrig.

Franziska fing sich schneller als sie. »Was hockst du denn da auf dem Boden wie ein verschrecktes Küken?«, fragte sie barsch. »So groß kann die Überraschung doch wohl kaum sein, dass ich herkomme, um nach meiner Enkelin zu schauen. Schließlich hat keine von euch die Güte, sich in Ruhe mit mir am Telefon zu unterhalten.«

Der rüde Ton ihrer Schwester passte nicht ganz zu dem Flattern, das Ida in Franziskas Augen zu erkennen glaubte. Im wenig charmanten Licht der Eingangsbeleuchtung musterten sich beide Frauen schweigend. Ida war entsetzt, wie alt Franziska geworden war. Und viel schwerer als früher. Ihr Gesicht war faltig, ihr ehemals hellblondes Haar weiß. Die schmalen Lippen waren geschminkt, was Franziskas Gesicht noch älter und beinahe grotesk aussehen ließ.

Ähnlich entgeistert musterte Franziska Ida. »Ich hätte dich fast nicht erkannt. Mein Gott, bist du alt geworden!«, bemerkte sie schließlich wenig charmant.

Ida öffnete den Mund, um etwas zu erwidern, aber Franziska winkte sofort ab. »Brauchst es gar nicht laut auszusprechen, Ida. Auch ich bin ein altes Schlachtschiff. Ein Schlachtschiff kurz vor dem Abtakeln.« Sie lachte rasselnd. »Aber das sieht man bei sich selbst ja meistens nicht. Erst wenn man alte Weggefährten trifft, denkt man: *Um Gottes willen, wie können die so furchtbar alt sein, die sind doch ungefähr mein Jahrgang.*« Wieder lachte sie rasselnd.

Ida schwitzte und bekam nur schlecht Luft. Am liebsten wäre sie einfach in ihr Zimmer gestürmt und hätte die Tür hinter sich zugeworfen, um erst einmal in Ruhe ihre Gefühle zu sortieren. Zu mehr fühlte sie sich gerade nicht in der Lage. Als sie sah, dass Ziska ein elegantes Zigarettenetui aus ihrer nicht minder eleganten Handtasche zog, schaffte sie es dann aber doch, hektische Abwehr mit der Hand zu signalisieren. »Hier ... drin ist überall striktes Rauchverbot.«

»Oho, die Hotelbesitzerin des Prachthotels zur Traube hat gesprochen!«, höhnte Franziska.

Ida ließ sich davon jedoch nicht beirren. Mit ihrer beißenden Ironie versuchte Franziska offensichtlich nur, wieder Oberwasser zu bekommen. »Wir können vor die Tür gehen. Da kannst du rauchen, und ich bekomme besser Luft«, sagte sie stattdessen.

Während sie umständlich versuchte, wieder auf die Beine zu kommen, sah Franziska ihr reglos zu. *Jeder andere hätte mir in dieser Situation die Hand gereicht und mir aufgeholfen*, dachte Ida. *Und die Ziska, die ich früher mal kannte, ebenfalls. Was mag in ihrem Leben nur passiert sein, dass sie so harsch und verbiestert geworden ist?*

Als sie endlich vor die Tür traten, fühlte Ida sich im Dunkel der Nacht sofort wohler. Sie zeigte auf die kleine Holzbank, die links neben dem Eingang zum Hotel stand. Beide setzten sich schweigend darauf. Franziska nahm eine Zigarette aus ihrem Etui, holte ein Feuerzeug aus ihrer Jackentasche und zündete sich eine an. Sie inhalierte tief.

»Wo ist Lilli?«

Franziskas Frage klang so scharf, als befänden sie sich in einem Verhör, und Ida beschloss, sich von der unfreundlichen Art ihrer Schwester nicht länger an die Wand drängen zu lassen. Was fiel der überhaupt ein? Kreuzte nach zig Jahren zum ersten Mal wieder im Hotel und in ihrem Leben auf und spielte sich gleich als Fürstin der Finsternis auf.

»Weiß Lilli denn, dass du hier bist?«, konterte sie patzig.

»Natürlich nicht«, antwortete Franziska. »Dann würde ich sie ganz sicher nicht zu Gesicht bekommen. Sie entzieht sich ja seit Wochen jedem Gespräch. Weder Gloria noch ich können vernünftig mit ihr reden. Sie drückt uns am Telefon einfach weg, sobald es für sie ungemütlich wird.«

»Vielleicht solltet ihr mal Gespräche mit ihr führen, die Lilli nicht als ungemütlich empfindet. Vielleicht solltet ihr Gespräche mit ihr führen, bei denen vor allem Lilli redet und ihr zuhört, ohne ihr vorzuschreiben, was sie machen oder denken oder sagen soll.«

Dass sie ihrer Schwester so klar die Stirn bot, überraschte auch Ida. Doch es ging immerhin um Lilli und um den Kummer, den die junge Frau nun schon seit Wochen mit sich herumtrug und zu dem sowohl ihre Eltern als auch ihre Oma offensichtlich sehr beitrugen. Da musste Ida einfach mutiger und offensiver sein, als es sonst ihre Art war.

Musikfetzen drangen aus dem Tanzsaal an ihr Ohr. Eigentlich hätte sie hineingehen und sich etwas überziehen müssen. Sosehr sie eben noch geschwitzt hatte, so sehr fröstelte sie nun in der kühlen Nacht des beginnenden Herbstes. Irgendwo in der Nachbarschaft kläffte ein Hund, und Ida beschloss aufzustehen, um sich eine Jacke zu holen. Doch bevor sie ihr Vorhaben in die Tat umsetzen konnte, drehte sich Franziska zu ihr.

»Ach, sieh mal einer an! Kennt Lilli gerade mal ein paar Wochen und hat schon das Patentrezept in der Tasche, wie man einen verbogenen Teenager wieder geradebiegt!«, herrschte sie Ida mit eiskalter Stimme an. »Selbst keine Kinder großgezogen und trotzdem die uneingeschränkte Fachfrau für Erziehungsfragen. Donnerwetter! Du scheinst es ja mächtig draufzuhaben. Hast das Hotel so heruntergewirtschaftet, dass man nicht weiß, welchen Anblick man schlimmer findet: die baufällige Ruine oder ihre Besitzerin. Aber große Reden schwingen, das kann sie, die große Frau Hotelbesitzerin. Weißt du was, Ida? Es ist leicht, sich in die Herzen von Kindern und jungen Menschen zu schleichen, wenn man ihnen keine Grenzen setzten muss. Dir kann egal sein, was aus Lilli wird. Hast ja selbst nie was aus deinem Leben gemacht, auch wenn du jetzt diesen letzten armseligen Versuch machst, diese dem Untergang geweihte *Titanic* mit diesen erbärmlichen, liebestollen Idioten am Leben zu halten.«

Ida setzte an, ihr zu widersprechen, kam aber nicht dazu.

Franziska sprang auf, zündete sich die nächste Zigarette an und fuhr mit ihrer Tirade fort: »Sag jetzt bloß nichts. Mir macht ihr nichts vor. Einsamen alten Deppen das Geld aus der Tasche ziehen, indem ihr ihnen eine *Plattform* zum Flirten bietet! Ich habe mir dieses sogenannte *Konzept*, von dem Lilli so geschwärmt hat, im Internet angeschaut. Und weißt du was? Ihr werdet damit alle miteinander eine Bauchlandung erleben. Wenn es nur um dich und Tünn ginge, wäre mir das egal. Aber dass ihr meine Enkelin mit in den Abgrund reißt, werde ich nicht zulassen.«

Ida fror nun wie ein Schneider. *Ich werde mir hier nicht wegen dieser arroganten Schnepfe 'ne Lungenentzündung holen*, beschloss sie und stand so hoheitsvoll wie möglich auf. »Ich gehe eben ins Haus und hole mir eine Strickjacke«, sagte sie schneidend. »Aber lass dich davon nicht aufhalten. Du kannst in der Zwischenzeit ruhig weiter deinen blasierten Blödsinn von deinem hohen Ross herunter verkünden. Ob dir jemand zuhört oder gar etwas dazu sagen möchte, ist dir ohnehin egal!«

Sie wandte sich ab, ging ins Haus und schloss die Tür hinter sich. Luft! Sie brauchte Luft! Erschöpft sah sie durchs Fenster und erkannte an dem auf und ab wandernden Glühpunkt von Franziskas Zigarette, dass ihre Schwester offensichtlich auf und ab tigerte. Aus dem Tanzsaal drang weiterhin Musik, *I Never Promised You a Rosegarden*. Unwillkürlich schüttelte Ida den Kopf. Nein, ein Rosengarten war ihr Leben wahrlich nicht gewesen. Seufzend ging sie nach oben, um sich eine Strickjacke zu holen.

Als sie in ihre dicke Jacke gewickelt wieder vor die Tür trat, war Franziska nicht mehr allein. Lilli stand mit einem klapprigen Fahrrad, das Ida noch nie gesehen hatte, direkt vor ihrer Oma. Sie war offensichtlich gerade erst eingetroffen.

»Lilli, mein Schatz. Woher kommst du gerade?« So süßlich zu sprechen war eigentlich gar nicht Idas Art. Aber sie ahnte, dass Lilli gerade jede Form von Schützenhilfe brauchte.

Franziska warf ihre Zigarette achtlos auf den Boden und trat sie aus.

Lilli reckte sich und sah Ida in die Augen. Mit dem Kinn deutete sie in Franziskas Richtung. »Wusstest du, dass die kommt?«

»Keiner wusste, dass ich komme.« Ida staunte, wie weich und wenig angriffslustig Franziskas Stimme auf einmal klang. »Noch nicht mal deine Mama weiß Bescheid. Ich bin heute Abend spontan aufgebrochen, als ich Gloria in ihrem Zimmer weinen hörte. Lilli, deiner Mutter geht es nicht gut, und ich dachte, das solltest du wissen.«

»Ist Mama krank?«

Wie dünn und kindlich Lillis Stimme plötzlich klang!

»Noch nicht, Lilli, Kind. Aber lange wird sie das nicht mehr durchhalten. Du spielst seit Monaten die Rebellin, Nicolas hat sich von ihr getrennt –«

»Das stimmt doch gar nicht, Oma! Mama hat Papa rausgeschmissen. Hat er mir selbst gesagt. Er war doch extra hier, um es mir zu sagen. Und sie haben sich nicht getrennt. Sie haben nur eine Auszeit vereinbart. Von Trennung war gar nicht die Rede.« Beim letzten Satz war Lillis Stimme schrill und unangenehm laut.

Franziska seufzte. »Das ist typisch Nicolas: das Gift immer in kleinen Portionen verabreichen, damit seine kleine Prinzessin nur ja nicht auf die Idee kommt, dass er Mist gebaut haben könnte. Deine Eltern haben sich getrennt, und das ging meines Wissens von deinem Vater aus.« Ohne hinzusehen, griff

Franziska nach ihrem Zigarettenetui, steckte es aber dann nach kurzem Zögern wieder weg.

»Ich glaube dir kein Wort, Oma. Papa hat erzählt, dass Mama ihm vorgeworfen hat, wie ein Parasit von ihrem Einkommen zu leben. Das wollte er nicht hinnehmen. Deshalb ist er jetzt in Frankreich bei seinem Bruder, um Geld zu verdienen. So hat er mir das gesagt. Und ehrlich gesagt ist das auch genau Mamas Tonart. Um sie herum müssen immer alle funktionieren. Papa hat sich seine Schulterverletzung nicht ausgedacht. Das ist ihm *passiert*. Deshalb kann er nicht mehr auftreten. Aber so was versteht Mama ja nicht. Etwas *nicht* können kommt in ihrem Wortschatz gar nicht vor.« Wütend warf Lilli das ohnehin schon klapprige Fahrrad in den Kies und trat näher auf Franziska zu. »Und ich dachte ein paar Sekunden lang, du wärst hier, weil du Sehnsucht nach mir hast. Weil es wenigstens dich interessiert, was ich hier aufgebaut habe und wie ich hier lebe. Aber du bist nur hier, um mal wieder Mamas verlängerten Arm zu spielen. Und natürlich den von eurem Musterknaben Sebi, dem künftigen Herrn Doktor med. Der einzige Stolz in Mamas zerstörter kleiner Elitewelt.«

Lilli reckte den Kopf. »Ich bin echt enttäuscht von dir, Oma, unglaublich enttäuscht. Ich hatte dich immer so lieb. Du warst immer meine Zuflucht, wenn es zu Hause hoch herging. Aber jetzt ... Zieh doch mit Mama zusammen und gründe mit ihr und Sebi eine Elite-WG. Mit mir braucht ihr nicht mehr zu rechnen. Ich bleibe hier. Komm erst wieder, wenn du wieder meine richtige Oma sein kannst.«

Sie wandte sich ab, hob das Fahrrad auf und fuhr mit ihm so schnell sie konnte durch die Nacht davon.

»Wo willst du denn hin?«, rief Ida ihr mit ängstlicher Stimme hinterher.

»Zu Levke. Ich penne bei ihr«, rief Lilli zurück. »Mein Zimmer im Hotel kannst du morgen dem RTX-Fritzen geben. Ich hab schon alles rausgeräumt.«

Mit diesen Worten entschwand Lilli in die dunkle Nacht, nur das erbärmliche Quietschen des alten Fahrrads war noch eine Weile zu hören. Davon abgesehen war es still. Sehr still.

»Wer ist Levke?«, fragte Franziska irgendwann mit rauer Stimme.

»Eine junge Schmiedin aus dem Dorf. Lilli hat sich mit ihr angefreundet, seit sie ihr Pony dort untergestellt hat.«

»Ihr *Pony!*«

»Ja, ihr Pony«, zischte Ida. »Du bist offensichtlich kein bisschen darüber im Bilde, was Lilli in den letzten Tagen hier erlebt hat. Wenn du etwas über Lilli wissen willst, wirst du wohl nicht umhinkommen, ihr Vertrauen zurückzugewinnen. Mich brauchst du jedenfalls nicht fragen; ich werde mich nicht zum verlängerten Arm deiner Tochter machen lassen.«

Ida bog den Rücken durch und stützte sich auf das Geländer. »Du hast recht: Ich habe keine eigenen Kinder, und das ist eine Wunde, die nie heilen wird. Dennoch traue ich mir zu zu erkennen, wenn ein junger Mensch Halt und Unterstützung braucht. Kinder und junge Menschen sind keine Bonsaibäumchen, die man so lange stutzen kann, bis eins dem anderen gleicht. Ja, ich habe keine eigenen Kinder großgezogen, daran musst du mich nicht erinnern. Aber in dieser piefigen Provinz, auf die du so verächtlich hinabblickst, gibt es Freundschaften und Zusammenhalt. So wie mich meine Freundinnen gestützt haben, als es mir dreckig ging, habe ich meinen Freundinnen geholfen, ihre Kinder großzuziehen. Alleinerziehende haben es auf dem Land besonders schwer. Deshalb haben wir einander beigestanden. Tünn und ich haben Zapfis und Ännes Kinder mitbetreut, und die Stürme der Pubertät haben wir alle gemeinsam durchgestanden. Ich habe es also nicht nötig, mir bei dir und deiner Gloria ein Kind auszuleihen, um ungelebte Muttergefühle auszutoben. Und jetzt bin ich müde. Gute Rückfahrt.«

Ida wollte sich umdrehen und ins Haus zurückgehen, und im selben Moment verstummte im Tanzsaal die Musik. Offenbar wurde dort jetzt Feierabend gemacht. Deshalb war Franziskas leise Stimme gut zu hören.

»Entschuldige, Ida. Das mit der Kinderlosigkeit ... Tut mir leid, dass ich darauf herumgeritten bin. Ich ... Ich mache mir nur gerade so furchtbare Sorgen. Um Lilli, um Gloria ... um Sebastian ... Ach, egal. War blöd von mir.«

»Ja, war es!« Ida war noch immer sauer und verletzt. »Du hast dich vierzig Jahre einen feuchten Kehricht um mich und das Hotel geschert – aus Gründen, die du nie die Güte hattest, uns mitzuteilen. Und nach all den Jahren kommst du her und schüttest mal eben eine Tonne Müll über mir und meinem Leben aus. ›Entschuldige Ida!‹,« ahmte sie den Ton ihrer Schwester nach. »Bisschen ›Sorry‹, bisschen ›Wollte ich nicht‹, und die frustrierte alte Trockenpflaume von Schwester knickt ein vor Ehrfurcht vor der großen Schwester, die ihr Leben in der großen Welt ach so toll hinbekommen hat!« Zum Glück würde im Dunkeln niemand erkennen, dass sie die Augen weit aufreißen musste, um den Tränen keine freie Bahn zu geben.

Franziska trat einen Schritt auf sie zu, und Ida ging rückwärts eine weitere Treppenstufe hoch. Sie wollte nicht, dass Franziska ihr nahe kam.

»Keine Angst!« Franziska hob abwehrend die Hände. »Ich wollte dir schon nicht um den Hals fallen. Du hast ja recht. Teilweise. Es gab Gründe, auf Abstand zu gehen. Wir sollten wirklich versuchen, uns wieder ...«

In diesem Moment trat Zapfi heraus in die Nacht. Ein nicht wenig angetrunkener Elvis torkelte ihr hinterher, griff nach ihrer Hand und nuschelte: »Einen kleinen Abschiedskuss. Einen kleinen, klitzekleinen nostalgischen Abschiedskuss, Prinzessin!«

Lachend stieß Zapfi Elvis von sich. »Das könnte dir so passen!« Dann entdeckte sie Ida und Franziska an der Treppe und sagte kichernd in ihre Richtung: »Nur Bekloppte hier im Hotel zur späten Liebe. Nur Bekloppte! War ein lustiger Abend, Ida. Ich komm morgen früh bei dir vorbei. Dann können wir reden.«

Zu Idas Überraschung stieg auch Zapfi auf ihr Fahrrad und radelte in Richtung Dorf. »Hej, du wohnst nebenan, schon vergessen?«, rief sie ihr hinterher.

Zapfi aber winkte nur mit einer Hand und rief: »Morgen, Ida. Morgen!«

»Das war doch die Zapfi, oder?«, fragte Franziska.

»Ja, Zapfi, meine treue Gefährtin durch alle Sümpfe und Abgründe. Die hat immer zu mir gehalten, während –«

Franziska ließ sie nicht ausreden. »Wie gesagt, wir sollten uns einmal in Ruhe unterhalten. Darf ich nächstes Wochenende wiederkommen?«

»Ich bin komplett ausgebucht, und dein ehemaliges Zimmer ist inzwischen unser Empfangsraum, wie du sicherlich gemerkt hast«, wehrte Ida ab.

»Ich kann mir in einem der Nachbarorte ein Hotel nehmen. Ich habe gesehen, dass es in Bersebach ein großes Wellnessresort gibt. Ein bisschen Wellness schadet nie.«

Ida verzog das Gesicht. »Ja, das ist das Shirodara, ein Ayurveda-Hotel. Passt zu dir.«

»Lass uns nicht so unversöhnt auseinandergehen.« Franziska sah sie beinahe flehend an. »Ich buche mich da ein, und wenn du Zeit für mich hast, komme ich, und wir reden. Einverstanden?«

»Wir können es probieren. Lilli zuliebe.« Nun wandte Ida sich wirklich ab und ging, so schnell es ihr möglich war, hinein. Aus dem Tanzsaal drang Stimmengemurmel. Der Abend war offenbar ein großer Erfolg gewesen. Lächelnd trat sie in den inzwischen hell beleuchteten Raum, wo sich gerade die letzten Gäste eine gute Nacht wünschten.

»Ich danke euch! Macht Feierabend, den Rest schaff ich allein«, sagte Ida zu Percy und Hannelore, die sich tatsächlich tapfer geschlagen hatten und sich sogleich erleichtert verabschiedeten. Dann machte sie sich daran, den Saal aufzuräumen. Aufräumen und Putzen waren noch immer die beste Methode, um die Gefühlsstürme in ihrem Inneren zur Ruhe zu bringen.

Als sie die Gläser abgeräumt und die Spülmaschine befüllt und gestartet hatte, kam zu ihrer Überraschung Tünn herein.

Ida sah ihn verwundert an. »Ich dachte, du bist längst im Bett. Du hast dich doch schon vor Ewigkeiten verabschiedet.«

»Ich hatte nur keine Lust mehr, den Eintänzer zu geben. Die Gewitterwolke wird mir langsam etwas zu anhänglich. Aber warum bist du denn noch hier? Hast du nicht fürs Aufräumen extra Leute eingestellt?« Er seufzte. »Ida, du machst dich doch –«

»Ich weiß, ich weiß!«, unterbrach Ida ihn. »Ich habe sie nach Hause geschickt, weil ich meine Gedanken sortieren muss. Hannelore arbeitet sich ja auch gerade erst ein, da wollte ich sie nicht gleich überfordern.«

Sie drehte sich zu Tünn um und sah ihm ins Gesicht. »Rate mal, wer heute Abend überraschend hier aufgekreuzt ist?«

»Ich weiß.« Er grinste. »Ich hab's gesehen. Meinst du, dass sich zwischen Zapfi und Elvis wieder –«

»Nein, das glaube ich nicht, und das meinte ich auch nicht.« Ida knetete den Lappen, mit dem sie gerade noch die Tische abgewischt hatte, in den Händen. Als stünde Franziska noch immer in der Tür, durch die sie heute Abend hereingekommen war, blickte sie mit leerem Blick dorthin. »Tünn, Franziska war heute Abend hier!«

Er zuckte mit den Schultern. »Das überrascht mich nicht. Höchstens, dass sie nach all den Jahren noch den Weg hierher gefunden hat. Aber dass sie irgendwann hier aufkreuzen würde, um ihr in die Irre gelaufenes Schäfchen wieder einzufangen, damit war wohl zu rechnen.«

»Dieses ›Schäfchen‹ ist ihr dann auch direkt über den Weg gelaufen.« Ida verzog das Gesicht. »Und da war Lilli alles andere als ein Schäfchen, das kannst du mir glauben. Eher eine verstimmte Raubkatze. Sie hat ihrer Oma mit ihren scharfen Krallen ganz schön zugesetzt.«

»Recht hat sie, die Kleine.« Tünn kratzte sich gedankenverloren an der Stirn. »Wie kann man die Bonuspunkte, die man als Großeltern bei Enkelkindern hat, nur so unglaublich verscherzen?«

»Wir haben ja keine Enkelkinder und können deshalb nicht mitreden.« Ida seufzte. »Jedenfalls hat mir Franziska das eben unter die Nase gerieben: dass ich als Kinderlose nicht nachvollziehen kann, wie sehr man sich um Kinder und Enkelkinder sorgt.«

»Die soll dich bloß in Ruhe lassen!« Tünn war auf einmal völlig aufgebracht. »Eins sage ich dir, Ida: Wenn deine Schwester es wagt, in alten Wunden zu wühlen, und dich damit traurig macht, bekommt sie es mit mir zu tun. Wenn das jetzt alles von vorn losgeht und du wegen ihrer Taktlosigkeit wieder in ein Loch fällst, verweise ich sie höchstpersönlich und dauerhaft der Tür! Was fällt der eigentlich ein?« Tünn ging zum Tresen, schenkte sich einen Schnaps ein und schüttete ihn mit einem kräftigen Schluck hinunter.

Ida sah Tünn überrascht an. Es war nun schon dreißig Jahre her, dass sie so tief in Depressionen versunken war, dass sie ohne ärztliche Hilfe nicht herausgekommen wäre. Sie selbst versuchte, nicht mehr an diese furchtbar dunkle Zeit zu denken. Auch jetzt schob sie die Erinnerung daran energisch zur Seite. »Sie will nächstes Wochenende wiederkommen und mit mir reden.«

»Dann kann sie sich darauf gefasst machen, dass ich mich dazusetze. Und sobald sie mit alten Geschichten anfängt, dir wegen irgendetwas Vorwürfe macht oder dich sonst irgendwie fertigmacht ... dich oder Lilli ... Ich werde mich da nicht abschütteln lassen. Das machen wir alle zusammen, Ida.«

Zusammen – das klang wie Musik in Idas Ohren. Vielleicht wollte Tünn sie ja doch nicht verlassen.

Am nächsten Morgen erwachte Ida schon kurz vor Sonnenaufgang. Im Zimmer war die Luft unangenehm verbraucht, und nebenan hörte sie Tünn wie üblich laut schnarchen. Müde kletterte Ida aus dem Bett und öffnete das Fenster. Noch herrschte in Zapfis Hühnerhof absolute Ruhe. Nicht einmal Elvis war zu hören. Wo war er bloß? Ida würde es zwar nie zugeben, aber inzwischen hatte sie sich an das missglückte Krähen zu nachtschlafender Zeit gewöhnt.

Nachdenklich ließ Ida sich auf die Bettkante zurücksinken. Ihr Nacken war verspannt, und auch sonst fühlte sie sich, als hätte sie statt Knochen Blei im Körper. Ein Traum hing ihr noch auf der Seele, der sie in ihre frühe Kindheit zurückversetzt hatte. Sie war in den Heizungskeller gegangen, der im Traum eine dunkle Höhle gewesen war: feucht, kalt und gruselig. Ida hatte bei jedem Schritt gespürt, dass der Boden aus zähem Schlamm bestand, durch den sie nicht richtig gehen konnte. Als sie im klebrigen Untergrund einen Schuh verlor und sich danach bücken wollte, war sie gegen einen alten Schaukelstuhl gestoßen. Plötzlich war ein Licht angegangen, und sie hatte gesehen, dass ihre Oma Wilma in dem Stuhl saß. Die hatte sie angeherrscht: »Wurde aber auch Zeit, dass du mal kommst! Wie lange wolltet ihr mich denn hier unten verstecken?« Ida hatte ein schlechtes Gewissen gehabt. Trotzdem kam ihr wie durch dichte Nebelschwaden der Gedanke, dass irgendetwas nicht stimmen konnte. Schließlich war es ihr eingefallen, und sie hatte gesagt: »Oma Wilma, du bist doch tot.« Da hatte ihre Oma hämisch gelacht und gerufen: »Das könnte euch so passen!«

Dann endlich war Ida wach geworden. Sie fühlte sich schwer und erschöpft. Was mochte der Traum nur bedeuten? Als Kleinkind hatte sie ihre Oma Wilma immer gemocht. Bei ihr hatte sie die Liebe und Geborgenheit bekommen, die ihr verkorkster Vater und ihre stets überarbeitete Mutter ihr nicht hatten geben können. Sie hatte oft mit ihrer Oma im Schaukelstuhl gesessen und mit ihren ungeschickten kleinen Fingerchen geholfen, Erbsen zu pulen oder dicke Bohnen von ihrer Schale zu befreien. »Dicke Bohnen döppen« hatte Oma Wilma das genannt. Sie hatte immer Veilchenpastillen gelutscht und danach gerochen. Außerdem konnte sie sehr gut singen und hatte Ida immer wieder das Lied von den zwei Königskindern vorgesungen. Wenn Ida vor Rührung bittere Tränen vergoss, hatte sie zum Trost ebenfalls eine Veilchenpastille bekommen, und Oma Wilma hatte gesagt: »Musst nicht weinen, Kindelein. Musst nicht weinen. In Wirklichkeit kommen immer alle zusammen, die sich lieb haben.« Und dann hatte sie Ida einen dicken Veilchenpastillenkuss auf die Wange gedrückt. Der Kuss war Ida zu feucht, und sie hatte immer versucht, sich unauffällig die Wange abzuwischen.

Ida war erst vier gewesen, als Oma Wilma starb. Sie war traurig gewesen und hatte am Grab gebetet: »Oma, jetzt musst du dein Versprechen halten und wiederkommen. Du hast doch gesagt, alle, die sich lieb haben, kommen wieder zusammen. Ich hab dich doch lieb, Oma Wilma.«

Die erwachsene Ida seufzte. Natürlich war Oma Wilma nicht wiedergekommen, auch wenn Ida irgendwann, nach Monaten in der Ritze der alten Chaiselongue in Omas Wohnung eine verklebte Veilchenpastille gefunden hatte, mit der sie aufgeregt zu ihrer Mutter gelaufen war. »Schau mal, Mutti!«, hatte sie gerufen. »Oma ist gar nicht tot. Sie hat heute Nacht auf dem Sofa Pastillen gelutscht.«

Ida hatte nie vergessen, wie ihre Mutter sie damals ausgelacht und gesagt hatte: »Finde dich damit ab, Idachen. Oma ist tot. Wenn du größer bist, wirst du verstehen, dass das auch besser so ist.«

Ida hatte geweint und erst nicht verstanden, was ihre Mutter damit gemeint haben könnte. Dann aber hatte der große Umbau begonnen, um den ihre Mutter jahrelang gekämpft und dem sich Oma Wilma immer entschieden entgegengestellt hatte. Aus dem recht kleinen bürgerlichen Gasthof war mehr und mehr ein Hotel geworden, das dann jahrelang unter Familien hoch begehrt gewesen war. Ihre Mutter war ausgesprochen geschäftstüchtig und hatte die neuen Begehrlichkeiten der Wirtschaftswunderzeit durchschaut. Der Umbau hatte lange gedauert, war laut und dreckig gewesen, doch Ida hatte dieses Chaos geliebt und zusammen mit Zapfi oft heimlich auf der Baustelle gespielt.

Genug Erinnerungen! Entschlossen rappelte Ida sich auf, ging leise ins Bad und, nachdem sie sich fertig gemacht hatte, in die einsame Hotelküche, um in Ruhe das Frühstück für die Gäste vorzubereiten.

Noch während sie damit beschäftigt war, die Spülmaschine auszuräumen, kam der ewige Frühaufsteher Tünn dazu. Schweigend half er ihr, die letzten Teller in den Schrank zu stellen. Ebenfalls schweigend setzte er Kaffee auf, und als Ida die Brötchentüten hereinholte, schüttete Tünn für sich und Ida Kaffee ein. Immer noch schweigend gingen beide in ihre private Küche. Ida deutete auf die Brötchentüte und fragte: »Willst du?«

Tünn schüttelte verneinend den Kopf und deutete auf den Brotschrank. Ida verstand ihn auch ohne Worte. Tünn aß nicht gern Brötchen. Ohne seine obligatorischen Leberwurstbrote durfte für ihn kein Tag beginnen. So schnitt Ida nur sich selbst ein Brötchen auf und kleckste auf beide Hälften dick Pflaumenmus, während Tünn sich seine Leberwurstbrote schmierte.

Erst als alle beide kauend in der Morgendämmerung in ihrer alten Küche saßen, ergriff Tünn das Wort: »Ich bin jetzt wieder ein paar Abende in Sachen Steuerhilfe unterwegs. Sollte die Unruhestifterin hier schon vor dem nächstens Wochenende aufkreuzen … Ida, ruf mich unbedingt an. Versprich mir das. Egal, wie schwierig es zwischen uns ist: Mit diesem Drachen von Schwester sollst du dich nicht allein auseinandersetzen. Das machen wir zusammen. Auch wegen Lilli. Also, was ist? Rufst du mich an, sobald Franzi hier auftaucht?«

Ida wich Tünns drängendem Blick aus und kaute eine Weile schweigend weiter. Dann erst nickte sie und erwiderte: »Dann darfst du aber dein Handy nicht ausschalten. Ich habe neulich Abend versucht, dich anzurufen, weil wir doch reden wollten. Aber du bist nicht rangegangen.« Das entsprach nicht ganz der Wahrheit. Ida hatte Tünn zwar angerufen, allerdings nicht, um mit ihm das Gespräch zu führen, das sie so sehr fürchtete. Sie hatte ihn vielmehr angerufen, weil sie eine Heizkostennachzahlung bekommen hatte, die sie nicht bezahlen konnte. Und sie hatte gehofft, Tünn könnte vielleicht bei der Bank ein gutes Wort für ihr Hotel einlegen, jetzt, wo es wieder so gut lief.

Tünn schaute so schuldbewusst, wie sie gehofft hatte. »Ida, das habe ich nicht gewusst«, sagte er verlegen. »Dass du mich angerufen hast, meine ich. Du kennst mich doch. Die meiste Zeit habe ich das Handy ausgeschaltet oder keinen Akku mehr. Wenn ich gewusst hätte … egal. Ich verspreche hoch und heilig«, er hielt sein Handy mit einer Hand hoch, »ab jetzt bin ich immer erreichbar. Rund um die Uhr.«

Er schob sich den letzten Rest seines Leberwurstbrotes in den Mund, nahm seine Joppe und seine Ledertasche und ging zur Tür. Als er schon fast hindurch war, zögerte er einen Moment und sagte dann, leise, ohne sich noch einmal umzudrehen: »Ich wusste nicht, dass du wirklich mit mir reden willst.

Ich hatte eher das Gefühl, du weichst mir aus. Tut mir leid. Tschüss.«

Ida kaute auf ihrem schlechten Gewissen herum wie auf einem zähen Stück Fleisch. Es tat ihr leid, dass sie ihm Schuldgefühle verpasst hatte.

Kurz entschlossen packte sie das schmutzige Frühstücksgeschirr in die Spüle und ging zurück in die Hotelküche, um das Gästefrühstück fertig zu machen. Eigentlich hätte Lilli längst aufkreuzen müssen, um ihr zu helfen und um danach bei Zapfi weiterzurenovieren. Aber eigentlich war Ida ganz froh, allein vor sich hin arbeiten zu können.

Ihre geschäftige Ruhe fand ein jähes Ende, als Zapfi in die Hotelküche gestürmt kam. Kein »Guten Morgen«, kein »Hallo, Ida«. Stattdessen sah sie sich wild blitzend vor Zorn in der Küche um und fragte: »Wo ist Lilli?«

Ida ließ sich von Zapfis Verhörton nicht aus der Ruhe bringen. »Dir auch einen schönen guten Morgen, liebe Zapfi! Danke, ich habe gut geschlafen, was ich auch für dich hoffe. Lilli hat sich bisher noch nicht blicken lassen. Kaffee?«

»Nein, danke. Kein Kaffee! Ich bin stinkesauer. Sollte Lilli die Güte haben, sich bei dir blicken zu lassen …«

Genau in diesem Moment kam Lilli durch die Küchentür. Sie sah übernächtigt aus, war nicht geschminkt und hatte dicke, verquollene Augen. »Guten Morgen«, sagte sie leise. »Sorry, bin ein bisschen spät dran.«

Sofort richtete Zapfi sich zu ihrer ganzen imposanten Größe auf und fauchte Lilli wütend an: »Wo warst du heute Nacht?«

»Ich hab bei Leonie übernachtet.« Lillis Stimme war noch immer leise.

»Wer ist denn Leonie?«, fragte Ida überrascht.

»Freundin von Meike. Egal, kennt ihr sowieso nicht. Eine aus der Clique, mit der ich hier manchmal abhänge.«

Zapfi trat ganz dicht an Lilli heran. »Mich interessieren

keine Leonies oder sonst irgendwelche deiner Bekanntschaften! Mich interessiert, warum meine Hühner heute Morgen nicht pünktlich herausgelassen wurden! Warum die Hunde nicht rechtzeitig aus der Wurfkiste herausgelassen wurden und warum die Wurfkiste nicht pünktlich sauber gemacht wurde!«

»Sorry, hab's verpeilt.« Lilli hatte Tränen in den Augen.

Ida hatte sofort Mitgefühl. »Lass gut sein, Zapfi«, versuchte sie, ihre Freundin zu beschwichtigen. »Lilli hat wahrscheinlich 'ne schlimme Nacht hinter sich. Gestern ist nämlich –«

Zapfi schoss herum und bedachte nun auch Ida mit einem zornigen Blick. Ohne sie weiterreden zu lassen, donnerte sie los: »Wie gesagt: Es interessiert mich nicht, wer wann gute oder schlechte Nächte oder andere Ausreden hat. Mich interessiert nur, dass man sich an Vereinbarungen hält. Lilli, ich hatte dir gesagt, dass ich bei Göni übernachte, bis es in meinem Haus nicht mehr so nach Farbe riecht. Und du wolltest gestern dein Zimmer bei mir beziehen und dich für mich um die Tiere kümmern. Jetzt komme ich nach Hause, und die Tiere sind ganz verstört, weil jemand Bestimmtes nicht da ist, in der ersten Nacht unserer Vereinbarung, wohlgemerkt, nicht da ist ...« Zapfis Stimme war lauter und lauter geworden. »Wer war also schon in der ersten Nacht nicht da und hat mich und die Viecher einfach so hängenlassen?«

Nun weinte Lilli richtig. »Es tut mir leid, Zapfi. Ehrlich. Es kommt auch ganz bestimmt nicht noch einmal vor. Ich werde heute mit Streichen fertig, und dann lüften wir alles gut durch, und du kannst ab morgen wieder in deinem Haus schlafen. Du wirst begeistert sein. Ich wollte heute Morgen auch wirklich früh raus, aber Leonie hat den Wecker vergessen zu stellen. Dabei muss sie selbst eigentlich auch ganz früh ... Ach, egal. Ich hätte selbst drauf achten müssen.«

Ida war verwirrt. Als Lilli nach ihrem Zusammenstoß mit Franziska abgehauen war, hatte sie doch gesagt, sie wolle bei

Levke schlafen. »Hattest du nicht gesagt, du wolltest bei Levke schlafen?«, fragte sie deshalb.

»Das wollte ich doch auch«, schluchzte Lilli. »Aber Levke hat mich weggeschickt. Sie wollte mich nicht bei sich pennen lassen. Und dann bin ich halt mit Leonie –«

»Stopp!« Zapfi stemmte ihre Hände in die Hüften. »Wenn man Tiere versorgt, ist denen wirklich scheißegal, warum sie nichts zu fressen kriegen oder in ihrem Dreck hocken müssen. Diese Tiere sind von uns abhängig, und ich denke nicht, dass es eine gute Idee ist, dir Tiere anzuvertrauen, solange du deine eigene Befindlichkeit wichtiger nimmst als ihre. Solange das so ist, wäre es auch keine gute Idee, dir einen von Marilyns Welpen anzuvertrauen. Monkey wird bald von seiner Mutter getrennt werden, und dann beginnt die Welpenerziehung. Das ist anstrengend. Da muss er im Stundenrhythmus raus, bis er stubenrein ist. Er muss erzogen werden und ständig mit dir zusammen sein, damit er sich an dich bindet. Wenn du dich aber selbst wie ein unreifer Welpe benimmst …« Zapfi zuckte mit den Schultern.

»Jetzt sei nicht so hart mit ihr«, versuchte Ida zu vermitteln. »Lilli macht doch sonst alles, was sie anfängt, zuverlässig und voller Leidenschaft.«

»Halt dich da raus!«, schnauzte Zapfi. An Lilli gewandt fügte sie hinzu: »Du lässt dich gleich bei mir blicken und machst den Schaden wieder gut. Letzte Chance, Fräulein. Dass das klar ist. Ich verzeihe viel, aber bei Tieren hört für mich der Spaß auf.« Sie drehte sich auf dem Absatz um, ging zur Tür und knallte sie hinter sich zu. Wenig später hörte man ihre wütenden Schritte in Richtung ihres Hofes verschwinden.

Mit gesenktem Kopf ging Lilli zur Arbeitsplatte und vollendete, was Ida soeben begonnen hatte. Schweigend legte sie Wurst- und Käsescheiben auf die Teller.

»Kopf hoch«, bemühte sich Ida, das Mädchen zu trösten.

»Zapfi kann ganz schön in die Luft gehen, aber so schnell, wie ihr der Topf überkocht, so schnell vergibt und vergisst sie auch.«

»Sie hat ja recht!«, schluchzte Lilli. »Mit mir kann man einfach nichts anfangen. Ich bin genauso ein Loser, wie Mama und Oma immer sagen. Ich mache mir einfach überall nur Feinde, und wenn ich jetzt Monkey nicht bekomme, bin ich eh bald weg.«

Ida hätte Lilli gern in den Arm genommen, um sie zu trösten. Doch in diesem Moment wurde die Küchentür schon wieder aufgestoßen.

»Ob man in diesem Schuppen wohl irjendwann mal ein Frühstück serviert bekommt?« In einem bunten Wollponcho und mit wild aufgetürmten Haaren stand die Gewitterwolke in der Tür, die Hände in die Seiten gestemmt. »Ida, Schätzelein. Jestern dat Tanzen war herrlisch, aber wer sisch viel bewescht, dä hät auch Hunger. Nu mach mal voran, wir warten schon alle im Jastzimmer. Wer feiern kann, muss auch arbeiten können.« Dann erst sah sie die aufgelöste Lilli, und auf einmal wurde ihre Stimme weich. »Wat hät et dann, dat kleine Schätzelein? Lilli, Kind. Wat hät dir denn die Petersilie verhajelt? Hät dir ein Romeo dat Herzelein jebrochen?«

Sie wandte sich an Ida. »Tu du mal dat Kind wieder glücklich machen, ich nemm de Sache einfach selbst mit.«

Sie griff sich die beiden vorbereiteten Platten und zog pfeifend von dannen.

Verdattert rappelte Lilli sich auf, putzte sich die Nase, wusch sich die Hände und packte dann sofort mit erhobenem Haupt mit an.

»So isset recht, Kleines!«, drang wenig später die Stimme der Gewitterwolke aus dem Gastraum. »Nix bringt einen so jut wieder auf de Spur zurück wie zwei bewegte Hände. Und von de Mannslück muss man sowieso de Finger lassen, wenn man zart besaitet is'. Die sind wie die berühmten Tauben auffem Schachbrett: Stolzieren rum, schmeißen dir de Figuren um, kacken alles voll, und am Schluss gläuve se noch, se hätten de Partie jewonnen. Lass dir von diesen albernen Tauben nit dat Herz rausreißen. Komm, wir jönnen uns jetzt 'n schönes, lecker Frühstück, und du tust der Annemie mal dein kleinet Herz ausschütten. Ich han ald janze Weltenmeere voller Tränen wegen diesen Tünnessen verjossen. Und? Guck mich an! Seh ich aus, als wär ich nit immer widda opjestande?«

16
ANNÄHERUNGEN

»Einen wunderschönen guten Morgen, die Dame!«

Wer war das denn? Erschreckt richtete Ida sich auf. Sie hockte gerade unter dem Empfangstresen, um das Internetkabel wieder festzustecken. Jetzt kam sie so schnell nach oben, dass sie mit dem Kopf an die Tresenkante knallte. Autsch, das tat weh! Sie rieb sich den Hinterkopf. Das würde eine dicke Beule geben.

Suchend sah sie sich um und erblickte einen attraktiven Herrn, nicht weit entfernt von der Gottesanbeterin. Offenbar war sie die »Dame«, wusste aber nicht, was sie tun sollte, denn sie trippelte verlegen von einem Bein auf das andere und wollte ganz offensichtlich etwas loswerden.

Der neue Gast mit der eleganten Lederreisetasche machte bereits Anstalten, sich Ida zuzuwenden, die Gottesanbeterin aber kam ihm zuvor. »Frau Ida, ich wollte nur ganz kurz fragen ... Also, ich hatte ja diesmal nur bis Montag gebucht. Aber ich hab es mir anders überlegt. Ich würde meinen Aufenthalt gern noch mal verlängern. Das geht doch, oder?« Um ihrem Anliegen Nachdruck zu verleihen, beugte sie sich weit über den Empfangstresen. Offenbar versuchte sie, einen Blick auf den Computerbildschirm zu werfen.

»Frau Kleinschmidt, das überrascht mich jetzt aber!« Obwohl die Gottesanbeterin nun schon zum zweiten Mal ins Hotel gekommen war, konnte Ida sie nicht wirklich einschätzen. Sie war noch immer sowohl nervös als auch kapriziös. Mal ärgerte sie sich über irgendetwas und wollte empört sofort abreisen, mal war sie handzahm, turtelte mit dem tapferen Schneiderlein und trank ihm den Wein weg.

Sie öffnete das Buchungsprogramm, das Tünn für sie installiert hatte. »Ich kann Ihnen sechs Tage anbieten. Danach bin ich allerdings ausgebucht, Frau Kleinschmidt. Wenn Ihnen das reicht?«

Aus dem Augenwinkel sah Ida, wie interessiert der neue Gast die Szene verfolgte. Ganz schön neugierig, der Mann!

Frau Kleinschmidt strahlte. »Hauptsache, ich bin zum nächsten Tanzabend am Freitag noch hier, Frau Ida. Das hat mir so gut gefallen. Und der Discjockey, den Sie da neuerdings haben ... Der ist wirklich eine Granate. Ich kann also bis Samstag bleiben?«

»Ja, wenn Ihnen das reicht. Natürlich, Frau Kleinschmidt. Ich wünsche Ihnen einen schönen Tag.«

Sie wandte sich dem neuen Gast zu. »Und was kann ich jetzt für Sie tun?« Obwohl die Gottesanbeterin keinen Anlass mehr hatte, blieb sie im Empfangsraum stehen und musterte neugierig den Neuankömmling.

»Sie sind die Chefin, entnehme ich Ihren Worten. Gnädige Frau, ich freue mich, Sie endlich persönlich kennenzulernen. Dominick von Wallenberg. Wir hatten telefoniert.«

Ida spürte, dass sie rot wurde, und ärgerte sich. Allerdings nicht, weil der smarte Herr mit dem gepflegten schwarzgrauen Bürstenschnitt und dem Oberlippenbart sie in hormonelle Enge trieb, sondern weil sie gehofft hatte, dass Lilli sich mit ihrem Gast befassen würde. Oder ihr zumindest im Umgang mit dem Fernsehfritzen beistand. Schließlich hatte sie ihn Ida auch eingebrockt.

Der Mann jedenfalls schien Idas Verlegenheit auf seinen unwiderstehlichen Charme zurückzuführen. Er beugte sich zu Ida vor und raunte in vertraulichem Ton: »So eine attraktive Hotelbesitzerin hatte ich allerdings nicht erwartet! Sie verdrehen Ihren männlichen Gästen bestimmt gleich beim Einchecken den Kopf.«

»Frau Tündermann ist vergeben!«, mischte sich die Gottesanbeterin ein. »Sie hat bereits einen sehr charmanten Mann an ihrer Seite. Sie verschießen Ihre Munition also in die falsche Richtung.«

Ida unterdrückte ein Grinsen. »Herr von Wallenberg. Herzlich willkommen. Ich bin die Besitzerin des Hotels, ganz recht. Und ich zeige Ihnen gern gleich Ihr Zimmer. Sie wissen ja bereits, dass wir Ihnen leider keines unserer Konzeptzimmer zur Verfügung stellen können, sondern nur ein ganz einfaches, unrenoviertes Hotelzimmer. Ich hoffe, Sie fühlen sich trotzdem bei uns wohl. Ich schlage vor, Sie richten sich zunächst auf Ihrem Zimmer ein. Frau Sanvier findet sicherlich nach dem Abendessen ein wenig Zeit für Sie. Ich nehme doch an, Sie möchten sie recht bald sprechen.«

»Ich kann mich auch um Sie kümmern, Herr ... äh ...«

Ida warf einen warnenden Blick zur Gottesanbeterin. Langsam wurde sie lästig. Nicht, dass dieser Fernsehfritze einen völlig falschen Eindruck vom Hotel bekam! Fieberhaft überlegte Ida, wie sie sie loswerden könnte.

Dominick von Wallenberg schien sich allerdings weniger abgeschreckt als geehrt zu fühlen. »Das ist ja ein ganz entzückendes Angebot, Frau ...?« Strahlend wandte er sich ganz zu Frau Kleinschmidt um.

Die reckte sich sichtlich geschmeichelt. »Kleinschmidt, mein Name. Hilde Kleinschmidt aus Werne an der Lippe. Ich bin tatsächlich so eine Art Stammgast des Hauses und mache Sie sehr gern mit den Gegebenheiten vertraut. Ich wollte gerade einen kleinen Spaziergang unternehmen. Wenn Sie sich mir anschließen wollen?« Sie sah ihn mit großen Augen an.

»Das ist wirklich ein fantastisches Angebot, Frau Kleinschmidt! Wer könnte da Nein sagen! Ich erlaube mir nur schnell, mein Gepäck auf das für mich vorgesehene Zimmer zu bringen, und dann vertraue ich mich furchtbar gern der Führung einer so charmanten Dame an.«

Was für ein elender Schleimer!, dachte Ida. »Hier entlang!« Sie öffnete die Tür. »Gehen Sie gern vor. Geradeaus und dann rechts.«

Während von Wallenberg strammen Schrittes vorausging, musterte Ida ihn verstohlen. Ihr Gast war zwar ein wenig untersetzt, aber groß und muskulös. Ein attraktiver Mann, keine Frage. Seine dunklen Augen funkelten unternehmungslustig, und er hatte ein energisches Kinn und einen vollen Mund. Auch war er sehr gepflegt, wie Ida es von einem Mann aus der Fernsehbranche immer angenommen hatte.

Sie zeigte ihm sein Zimmer und verabschiedete sich dann. Den Rest würde ohne Zweifel die Gottesanbeterin übernehmen. Wie gut, dass die sich des schnurrenden Katers annehmen wollte. Ida hatte anderes zu tun.

Die nächsten Tage flogen an Ida vorbei wie im Zeitraffer. Von Lilli bekam sie kaum etwas zu sehen. Nur dank Zapfi wusste sie, dass die beiden das Kriegsbeil begraben hatten. Zapfi hatte die Grappa-Clique eingeladen, sich ihr entrümpeltes und teilweise renoviertes Haus anzusehen, und Ida konnte es kaum erwarten, es zu besichtigen.

Neugierig schaute sie sich nun um. »Oh, das ist anders, als ich es erwartet hätte!«, entfuhr es ihr. Hatte Lilli sich im Hotel mit Farbe ausgetobt und ihrer Kreativität bei der Wahl der Accessoires freien Lauf gelassen, hatte Zapfi offensichtlich auf klare Überschaubarkeit gesetzt. Ännes Beispiel folgend waren die Zimmer weiß gestrichen, wodurch die wenigen Möbel, die Zapfi hatte behalten wollen, viel besser zur Geltung kamen.

»Wie ich die Möbel anordne, wenn alles endgültig fertig ist, weiß ich noch nicht genau«, sagte Zapfi mit erkennbarem Stolz. »Ich lasse sie noch nach und nach aufarbeiten. Ihr wisst ja, dass das alles alte Familienstücke sind, echte Antiquitäten.«

Göni grinste breit. »Und dann lässt du dir die teuer restaurierten Möbel von deinem Horrorkater wieder zerkratzen oder von Marylins unerzogenen Welpen zerbeißen.«

»Nichts da!« Zapfi winkte entschieden ab. »Ich weiß schon, wie ich die Möbel vor Casis Krallen retten kann. Das Zimmer wird ihm stinken, wartet's nur ab. Und die Welpen wechseln eh in absehbarer Zeit zu ihren neuen Besitzern. Sobald die zwölf Wochen rum sind, trenne ich mich von ihnen. Nur zu Monkey werde ich Kontakt halten – zumindest solange Lilli nicht mit ihm über alle Berge ist.« Sie wandte sich an Göni. »Was macht eigentlich die Bäckerei?«

Göni lächelte. »Ihr werdet's nicht glauben: Wolfgang hat endlich einen Nachfolger, der sie übernehmen würde. Und stellt euch vor«, erzählte sie mit leuchtenden Augen, »der neue Bäcker macht eine Biobäckerei daraus. Und im Nebenraum entsteht eine Art Hofladen mit regionalen Bioprodukten. Mit Levke ist er sich wohl schon einig. Vielleicht wird unser Kaff noch zu einer Bio-Oase.«

Ida zog die Stirn kraus. »Meinst du, die Leute hier nehmen das an? Da könnte ja jeder kommen – und außerdem sind Bioprodukte teurer, und nichts liebt der Sauerländer so sehr wie sein eigenes prall gefülltes Portemonnaie.«

»Ich glaube, liebe Ida, da schätzt du die Leute falsch ein«, widersprach Änne. »Komplett ist der Wandel Richtung Nachhaltigkeit auch am Sauerland nicht vorbeigegangen. Die, denen ihre Gesundheit lieb ist, achten mehr und mehr auf qualitativ hochwertige Ernährung und greifen dafür auch gern ein wenig tiefer in die Tasche.«

Dass Änne diese Ansicht vertrat, überraschte Ida nicht. Umso erstaunter war sie, als Zapfi ins gleiche Horn blies und erklärte: »Das sehe ich genauso. Zwar gibt es bei uns viele konservative Knochen, aber langsam ist die Zeitenwende in den meisten Köpfen doch angekommen. Dass dir wegen deinem Flirthotel der Wind so kalt um die Nase weht, hat doch ganz andere Gründe! Da geht es immerhin um ältere Menschen und ihr Bedürfnis, vielleicht noch jemanden für den Rest des Lebens zu finden – oder zumindest mit der Möglichkeit zu spielen. Nicht auszudenken, dass da am Ende zwei miteinander in der Kiste landen.«

»Stimmt«, gab Ida zu. »Tünns Freund Günther denkt auch darüber nach, sich bei uns nach einer neuen Partnerin umzusehen, und vor Kurzem hat mich sogar Josefa Breuer angesprochen. Die ist ja auch schon neun Jahre Witwe und will wohl nicht für immer allein bleiben. Und trotzdem nennen einige das Hotel immer noch heimlich Seniorenpuff.«

Zapfi stemmte die Hände in die Hüften und schaute die Freundinnen aufgebracht an. »Eigentlich ist es doch ein Skandal: Kaum etwas ist bei uns so tabuisiert wie alte Menschen und Sexualität. Eher futtern die Leute nur noch vegane Biowürstchen, als sich freiwillig alte Menschen beim Turteln oder Schlimmerem vorzustellen.«

Göni und Änne gaben Zapfi sofort recht. Ida war nachdenklicher. *Ich bin vielleicht nicht die Richtige, um das beurteilen zu können*, schoss ihr durch den Kopf. *Schließlich bin ich auch ein stillgelegtes Feld.* Laut sagte sie: »Euer Wort in Gottes Ohr! Dann sorgen wir halt alle miteinander dafür, dass hier mal ein frischer Wind durch die Gegend pustet.«

Sie seufzte. »Den könnte ich auch sonst gut gebrauchen. Stellt euch mal vor, wer letzten Freitag noch bei mir aufgetaucht ist! Franziska!«

»Nicht wahr!« Erstaunt zog Zapfi die Augenbrauen hoch. »Die hat sich ja seit Jahrzehnten hier nicht mehr blicken lassen. Was wollte die denn?«

Widerwillig erzählte Ida von Franziskas seltsamem Verhalten. »Und dann hat sie auch noch gesagt, ich hätte keine Ahnung, weil ich ja selbst keine Kinder zur Welt gebracht hätte«, endete sie. »Als ob das allein entscheidend wäre!«

Betroffen schauten ihre Freundinnen sie an.

»Das ist wirklich eine Unverschämtheit!«, eiferte sich Göni.

Änne hingegen legte ihr besänftigend eine Hand auf den Arm. »Meinst du nicht, du solltest trotzdem die Chance nutzen, den Kontakt zu deiner Schwester wiederaufleben zu lassen? Lass dir gesagt sein: Wer nachtragend ist, hat immer viel zu schleppen. Wenn man es schafft, mit alten Geschichten aufzuräumen und Frieden zu schließen, sollte man wirklich jede Gelegenheit beim Schopfe ergreifen. Ihr wisst, wie erleichtert ich bin, seit ich mich mit Mama ausgesöhnt habe. Und das, obwohl sie mich so verletzt hat, als sie nach Ulfs Verschwinden zigmal gesagt hat, sie habe es doch immer gewusst.« Sie strahlte sie an. »Heute bin ich damit im Reinen und lebe sehr glücklich in meinem Elternhaus. Versuch wirklich, dich mit Franziska auszusprechen. Vielleicht wird es ja gut – schlechter kann es eh kaum werden.«

Natürlich hatte Änne damit recht. Dennoch konnte Ida sich eine Spitze nicht verkneifen: »Und wenn Ulf jetzt nach all den Jahren wieder auftauchen würde und es sich herausstellte, dass er damals nicht verschollen ist, sondern sich bewusst seiner Verantwortung als Vater entzogen hat, um ein anderes Leben zu beginnen ... Wenn du *das* erfahren würdest, wärest du dann auch noch bereit, damit Frieden zu schließen?«

Änne griff sich ein paar Nüsse aus der Schale auf dem Tischchen, warf sie sich in den Mund und zerbiss sie krachend. Dann trank sie einen Schluck Grappa. »Was glaubst du, Ida, wie oft ich mir dieses Szenario schon vor meinem inneren Auge ausgemalt habe? Im Grunde glaube ich sogar, dass es genau so war. Man hätte doch irgendwann mal von ihm gehört, wenn er wirklich verloren gegangen oder gestorben wäre. Aber selbst wenn er sich nur aus dem Staub gemacht hat, um mir und den Kindern und der Verantwortung den Rücken zu kehren ...« Sie seufzte und strich sich durch die kurzen Haare. »Das ist nun alles so lange her. Mein Leben ist schön. Den Kindern geht es gut, die Enkelkinder sind mein ganzes Glück.« Sie sah Ida in die Augen. »Also: Ja, Ida. Ich würde auch in diesem Fall mit Ulf Frieden schließen. Ob ihm seine Kinder allerdings jemals verzeihen würden ... Aber das ist ihre Entscheidung.«

»Weise Frau«, sagte Göni, und Ida kam sich ein wenig dumm und missgünstig vor.

Als sie am Abend in ihrem Bett lag, gingen ihr Ännes Worte nicht aus dem Sinn. War sie wirklich nur so nachtragend, weil sie nicht glücklich war? *War* sie nicht glücklich? Natürlich gab es in ihrem Leben Dinge, die wie dunkle Schatten auf ihrer Seele lagen. Sie hatte nie verwunden, dass sie keine Kinder bekommen hatte. Sie war traurig, weil sie außerhalb ihres Hotellebens so wenig erlebt hatte. Sie hätte sehr gern die alte Unbeschwertheit zwischen sich und Tünn wiederaufleben lassen. Sie hatte nie verstanden, warum sich ihre Geschwister so radikal von ihr abgewandt hatten, und hatte unter diesem Schmerz latent gelitten. Dennoch würde sie nicht sagen, dass sie unglücklich war. Sie hatte tolle Freundinnen. Das Hotel lief besser als je zuvor, und Lilli hatte mit ihrer jugendlichen Begeisterungsfähigkeit, aber auch mit ihrer Kratzbürstigkeit ihr Herz im Sturm erobert.

Vielleicht hat Änne recht, dachte sie. *Vielleicht muss ich auf meine alten Tage noch lernen, über meinen Schatten zu springen. Zumindest sollte ich mir mal anhören, worüber Franziska mit mir reden will.*

In den nächsten Tagen blieb Ida zum Grübeln wenig Zeit. Elvis hielt sie mit seiner Idee auf Trab, in ihrem Tanzsaal einen Mitsingabend für Hotelgäste und Gäste von außerhalb anzubieten. An diesem Abend sollten gemeinsam Evergreens und Hits gesungen werden.

»In den großen Städten ist das seit Jahren der absolute Renner, Ida«, versicherte er bei einem ihrer täglichen Mittagessen. Er war sichtlich begeistert. »Die Leute wollen wieder singen und sich dabei an ihre Jugend erinnern. Das wird der Hit, glaub mir! Die ersten zehn Abende mache ich das für dich umsonst. Wenn das Ganze dann so bombastisch läuft, wie ich es vermute, zahlst du mir danach eine kleine Gage. Aber mach dir mal keine Sorgen ums Geld: Wir werden uns schon einig.«

Er stand auf, legte sich eine Hand aufs Herz und begann auf die Melodie von *Hey Jude* zu singen:

Ida! Sei nicht so stur.
Nimm die Chance an, die ich dir biehihite!
Wirst sehen: Das Singen, das wird ein Hit.
Mach doch einfach mit, und alles wird besser, besser, besser, besser, ja!

Bei dem darauffolgenden *Ja, ja, ja jajajaja, jajajaja, Ida …* fielen drei der Hotelgäste, die gerade von einem Spaziergang zurückgekehrt waren, sofort fröhlich mit ein.

Kurz war Ida peinlich berührt, doch als sie in all die glücklichen Gesichter sah, musste auch sie lachen und stimmte zu. Ab nächster Woche würde es im Hotel neben dem Filmabend montags, dem Spieleabend mittwochs und dem Tanzabend am Freitag donnerstags einen Mitsingabend geben.

Neue Hotelgäste kamen, andere reisten ab, und zu Idas Freude gelobten viele hoch und heilig, möglichst bald wiederzukommen. Die stille Inge und ihr »Schuhlöffelchen«, wie sie ihren neuen Bekannten, den Schuhladenbesitzer Preetz, zärtlich nannte, hatten bereits für die Weihnachtsfeiertage gebucht. Sie würden wie die Gewitterwolke und die Gottesanbeterin am Samstag abreisen. Beide hatten ihren Aufenthalt nochmals verlängern wollen, aber Ida war in den nächsten Wochen komplett ausgebucht und hatte ihnen absagen müssen. Am schlimmsten getroffen hatte dieser Umstand das tapfere Schneiderlein. Er war so entgeistert, dass er nicht bleiben konnte, dass er Ida anflehte, sich zu erkundigen, ob nicht vielleicht in der Nachbarschaft ein Pensionszimmer für ihn zu haben sei.

»Erwin, Erwin!« Kopfschüttelnd sah Ida ihn an. »Du willst, dass ich meine Gäste an die Konkurrenz vermittle? Und das, obwohl mich einige aus dem Dorf nicht mehr grüßen, sondern mir unterstellen, mein Hotel sei eine Art Bumspalast?«

Ausgerechnet die Zapfi kam ihr zu Hilfe. Sie hatte das Gespräch mitbekommen und fragte: »Wie komfortabel müsste das Zimmer denn sein, das Sie mieten würden?«

»Ach, ich brauche nichts Besonderes. Ein gutes Bett, einen kleinen Schrank – und sauber müsste es natürlich sein«, sagte er.

»In dem Fall«, sagte Zapfi, »kann ich Ihnen ein Zimmer bei mir anbieten, wenn Ida gestattet.«

Schulterzuckend stimmte Ida zu, und so zog das tapfere Schneiderlein wenig später tatsächlich in Zapfis frisch renoviertes Schlafzimmer um.

Als der nächste Tanzabend näher rückte und Elvis nach seinem üppigen Mittagsmahl begann, sich im Tanzsaal mit Licht und Ton auszubreiten, zog sich Ida auf das Feierabendbänkchen direkt neben dem Hoteleingang zurück, um im sanften Herbstsonnenlicht ein wenig durchzuschnaufen. Sie hatte das Telefon neben sich auf die Bank gelegt und war gerade im Begriff einzunicken, als ihr Handy klingelte. Franziska!

Gern hätte Ida den Anruf einfach ignoriert, aber irgendwann musste sie sich ihrer Schwester ja doch stellen, und vielleicht war es besser, es jetzt einfach hinter sich zu bringen. Seufzend stand sie auf, griff nach ihrem Telefon und ging auf den hinteren Gästeparkplatz, wo man den sichersten Empfang hatte. Ihr Herz wummerte vor Aufregung, und ihr Mund fühlte sich trocken an.

Franziska hielt sich nicht mit einer Begrüßung auf, sondern kam sofort zur Sache. »Ida, gut, dass du rangehst! Ich mache mich ja gleich auf den Weg zu euch, und aus dem Auto telefoniere ich nicht so gern.«

Sie macht also ernst und kommt her, dachte Ida beklommen.

Franziska redete sofort weiter. »Ida, ich habe eine Idee, und bitte, bitte sag Ja.«

Ida runzelte die Stirn. Dieser bittende Tonfall war neu, ganz anders als die Franziska, die sich in den letzten Wochen wie Fußpilz wieder in ihr Leben geschlichen hatte.

»Ich würde dir gern etwas Gutes tun. Dich einladen. Und komm mir nicht gleich mit ›keine Zeit‹ oder irgendeiner anderen Verhinderungsstrategie. Du machst dir seit Jahrzehnten den Buckel krumm in diesem Hotel, Ida, und ich dachte, ich führ dich heute Abend einfach mal schick zum Essen aus.«

Ida lachte so entsetzt und überrascht los, dass Franziska kurz innehielt. Allzu schnell aber hatte sie sich wieder gefangen. »Ich weiß, ich weiß ... Ihr habt selbst eine Gastronomie mit einer eigenen Küche. Aber ich denke, wenn du dich mal einen ganzen Abend lang bedienen lässt und einfach nur Gast bist, statt immer für andere zu springen ... und bei einem guten Essen und einem Glas Wein, da lässt es sich ganz anders reden. Bitte, sag Ja, Ida!«

Ida fühlte sich völlig überrollt. Franziskas Vorschlag, sie solle ausgerechnet an einem Freitagabend ihr Hotel im Stich lassen, um in irgendeinem Restaurant in der Umgebung etwas zu essen, was es bei ihr mit Sicherheit deutlich besser gab, war völlig typisch für die verschiedenen Welten, in denen ihre Schwester und sie lebten.

»Du weißt über mein Leben ja richtig gut Bescheid, Franziska«, gab sie deshalb patziger zurück, als sie es sich vorgenommen hatte. »Was du *nicht* weißt: Wir haben hier heute eine Tanzveranstaltung, und zwar unmittelbar nach unserem Abendtisch. Da wird jede helfende Hand gebraucht. Ich bin freitags wirklich absolut unabkömmlich. Außerdem kenne ich in der ganzen Umgebung nicht ein einziges Restaurant, in das ich freiwillig einen Fuß setzen würde. Ich bin bekannt wie ein bunter Hund – und seit der Wiedereröffnung bei den meisten nicht gerade beliebt. Erfolg zieht Neider an, gerade auf dem Land. Schon vergessen?«

»Ich wusste, dass du das sagst. Aber ich bin mir sicher, in meinem Hotel in Bersebach kennt dich niemand. In ein Ayurveda-Resort gehen die Leute aus der Umgebung nämlich genauso wenig wie in dein Hotel. Die Betreiber sind nicht aus der Gegend und kämpfen mit ähnlichen Vorurteilen wie du.«

»Soso«, ätzte Ida. »Hat die Dame sich also tatsächlich in ein Luxushotel eingebucht! Nobel geht die Welt zu Grunde. Allerdings nicht meine Welt. Franziska, Bersebach ist gut dreißig Kilometer weg. Ich juckel doch nicht dreißig Kilometer durch Nacht und Wind, um in einem Ayurveda-Hotel Dinge zu speisen, die ich nicht kenne und wahrscheinlich noch nicht einmal mag.«

Ida war völlig überrascht, als Franziska lachte.

»Jetzt benimmst du dich genauso stur und provinziell, wie du es den anderen im Dorf vorwirfst. *Wat de Buer nich kennt, dat frett he nich.* Du bist wie unsere Oma! Man kann in dem Hotel auch ganz normal gutbürgerlich essen. Ich würde dich auch abholen und wieder nach Hause bringen. Also: Bitte sag nicht Nein. Irgendwo und irgendwie müssen wir doch neu anfangen. Ich habe die ganze Woche über uns und dich nachgedacht, Ida. Gib mir die Chance, dir ein paar Dinge zu erklären. Doof finden kannst du mich danach ja immer noch. Ich komme nachher bei dir vorbei. Dann hast du noch ein bisschen Zeit, um in Ruhe über meine Einladung nachzudenken und dir vielleicht eine Vertretung zu organisieren. Ich fahre jetzt los. Bis später.«

Schon hatte sie aufgelegt.

Ida verharrte regungslos auf ihrem Parkplatz. Wieder einmal fühlte sie sich, als wäre sie vor einen Bulldozer gelaufen.

Wie in der letzten Woche warteten Idas Gäste auch an diesem Freitag ungeduldig darauf, dass sich die Türen des Tanzsaals öffneten. Und als Elvis mit seinem Programm begann, ging auch Ida hinein, um zu sehen, ob der Abend gut anlief. Wie am vergangenen Freitag hatten sich alle mächtig herausgeputzt, und schnell hatten sich die ersten Tanzpaare gefunden. Allerdings saß auch der Windbeutel erwartungsvoll an einem Tischchen und schmachtete Meike an. Die war heute wesentlich zurückhaltender gekleidet und machte um den Windbeutel einen großen Bogen.

Elvis hatte schon einige Titel gespielt, als Line an sein Pult trat und nach dem Mikrofon griff. »Kinders, ich will euch nich' lange vollsabbeln. Schließlich sind wir alle zum Scherbeln hier. Aber ich hab 'ne kleine Bitte. Der geheimnisvolle Verehrer, der mir seit letztem Freitach so wundervolle Textnachrichten schickt, der soll sich mir doch heut Abend zu erkennen geben. Hört euch dat mal an, da bleibt doch kein Auge trocken.«

Sie zückte ihr Smartphone und las vor: »›Meine wunderschöne, voll erblühte Rose, ich kann kein Auge zutun, weil ich ständig an Deinen verführerischen Mund denken muss.‹ Is' dat nich' zauberhaft, Kinders? Oder hier: ›Wenn ich mir vorstelle, Dich in meinen Armen zu halten, wird mir heiß und kalt.‹«

Allgemeines Raunen und Johlen im Saal.

Line winkte ab. »Ruhe! Et kommt noch besser. Passt auf: ›Lass mich der Gärtner in Deinem Garten der Lust sein, und ich werd' Dich in den Himmel der Verführung tragen.‹ Ist dat nich romantisch? Ich bin hin und weg. Und immer wenn ich ihm zurückgeschrieben und gefragt hab, wer er denn nun sei, hat er nur geantwortet, das wüsste ich doch ganz genau. Wie entzückend! Ein ganz Geheimnisvoller. Und getz wird et langsam saftiger, hört mal: ›Wenn Du mir doch nur schreiben würdest, in welcher Unterwäsche ich Dich mir vorstellen darf. Welchen Stoff würde ich Dir denn nach und nach von deiner zarten Haut schälen?‹«

Einige pfiffen inzwischen und lachten. Line aber war nicht zu bremsen. »Und hier hat er mir offenbart, aus wat ich ihn rauspellen dürfte. Hört doch mal. ›Ich selbst bevorzuge Boxershorts, damit nichts eingesperrt ist, was sich bei deinem Anblick ins Freie drängen möchte.‹ Holla die Waldfee! Ich gebe zu, so wat is' mir noch nie passiert. Und dann hat er noch geschrieben, dat seine Unterhose im Leopardendesign –«

Bevor sie mehr sagen konnte, sprang der Windbeutel von seinem Stuhl auf. Sein Kopf war rot, seine Miene wutverzerrt, und er brüllte so laut, dass ihm die Stimme kippte: »Geben Sie der jungen Frau sofort ihr Telefon zurück!«

Line war sichtlich irritiert. »Wem soll ich mein Telefon … Dat versteh ich getz nich'.«

Leichenblass wandte der Windbeutel seinen Blick in Meikes Richtung. Die grinste ihn frech an, hielt ihr Smartphone hoch und zuckte mit den Schultern.

Der Windbeutel sah und verstand. Im nächsten Moment stürzte er aus dem Saal. Noch an der Tür zischte er Meike zu: »Das wird dir noch leidtun!«

Line sah ihm verstört nach. »Wat hat er denn?« Dann befand sie: »Da is wohl einer eifersüchtig oder wat. Jedenfalls soll der Schreiber dieser erotischen Texte sich mir heute Abend ruhig zu erkennen geben. Soll sein Schaden nich' sein.«

Sie reichte Elvis das Mikrofon zurück, und dieser startete den uralten Hit *Je t'aime* von Jane Birkin und Serge Gainsbourg. Alle lachten und klatschten.

Nur zwei Menschen im Raum wussten, was gerade geschehen war. Der dritte hatte soeben fluchtartig das Haus verlassen.

Hoffentlich gibt das keinen Ärger, dachte Ida.

17
Vergangenes und nicht Vergangenes

Franziska hielt Wort und fuhr zwei Stunden nach ihrem Telefonat vor dem Hotel vor, um Ida abzuholen. Ohne sich länger zu sträuben, stieg Ida in ihr Auto. Es hatte ohnehin keinen Sinn, es immer weiter hinauszuzögern. Irgendwann würde sie mit ihrer Schwester sprechen müssen.

Eine halbe Stunde später betraten sie gemeinsam das Ayurveda-Restaurant. Überrascht sah Ida sich um. Das Restaurant war großzügig geschnitten, hell und wirkte in jedem Detail edel. Schon die Auffahrt zum Hotel war imposant gewesen. Ida hatte das Resort noch nie aus der Nähe gesehen, sondern sich lediglich wie alle Bewohner der umliegenden Dörfer über die pompöse Anlage lustig gemacht. Für sie war dieser »indische Schuppen«, wie das Haus abschätzig genannt wurde, immer die übertriebene, dem Untergang geweihte Spinnerei eines reichen Investors gewesen. Nie hätte sie freiwillig einen Fuß hineingesetzt.

Während ein Kellner sie zu einem Tisch geleitete, begleitete dezente Klaviermusik das zufriedene Gemurmel der anderen Gäste. In der Mitte des Raumes plätscherte angenehm leise ein Zimmerspringbrunnen. Das Restaurant war gut gefüllt. Fein gekleidetes Personal huschte in einem perfekt einstudierten Dienstleistungsballett mit Tellern, Flaschen und Gläsern umher.

Das alles war richtig geschmackvoll. Ein wenig beschämt versuchte Ida, sich Franziska gegenüber nichts von ihrer Überraschung anmerken zu lassen. Eine Welt, die so anders war als ihre eigene bunte und eher wilde Hotelwelt, hatte Ida noch nicht gesehen. Wäre sie nicht mit Franziska hier, sondern mit einer ihrer Freundinnen, hätte sie sich neugierig und freudig erregt umgeschaut. An diesem Abend aber rutschte sie angespannt auf ihrem gepolsterten Stuhl hin und her.

Franziska wirkte ebenfalls nervös und überbrückte die Spannung zwischen ihnen durch Geplapper. »Du solltest wirklich die ayurvedischen Speisen probieren, Ida. Selbst wenn dir die indische Küche vielleicht zu scharf oder zu würzig ist, wirst du über die aufeinander abgestimmten Geschmackskomponenten im Ayurveda überrascht sein. Außerdem empfehle ich dir unbedingt ein Mangolassi. Das ist so erfrischend. Die Papadam sind hier ganz besonders knusprig. Die nehme ich selbst auch auf jeden Fall vorneweg.«

»Sag mal, Ziska, machst du für diesen Laden heimlich Werbung? Woher, bitte schön, kennst du dich so gut mit indischer oder ayurvedischer Küche aus?«

Franziska seufze leise. »Ida, lass uns für heute das Kriegsbeil beiseitelegen. Es isst sich nicht gut in feindlicher Stimmung. Aber um deine Frage zu beantworten: Ich war bereits zweimal zur Ayurveda-Kur in Kerala. Die ayurvedische Sicht auf Krankheitsprävention und Gesundheit begeistert mich. Schon lange. Und trotzdem habe ich es all die Jahre nicht geschafft, mich mehr um meine Gesundheit zu kümmern. Wie du bemerkt haben dürftest, rauche ich zum Beispiel immer noch. Aber ich will das ändern. Wenn ich meine Praxis aufgegeben habe. Nein, entschuldige, ich will natürlich nur *meinen Anteil* aufgeben. Gloria und ich führen meine Praxis für Psychotherapie ja schon seit fünfzehn Jahren zusammen. Darum ist es blöd, dass ich immer noch von *meiner Praxis* spreche. Ich werde mich nach und nach daraus zurückziehen und mich mehr um mich, mein Leben und vor allem um meine Gesundheit kümmern.« Sie nickte einem Kellner zu, der ihnen diskret zwei Speisekarten vorgelegt hatte.

Nachdem beide stilles Wasser bestellt hatten – Ida hatte sich vorgenommen, keinen Schluck Alkohol anzurühren, um einen klaren Kopf zu bewahren, und ihre Schwester schwor wahrscheinlich auf den Verzicht von Alkohol –, setzte Franziska ihre Erklärung fort:

»Gerade jetzt, wo ich mich langsam aus der Praxis zurückziehen will, ist es natürlich ungünstig, dass Gloria so unter den Kapriolen ihrer Kinder und ihres verrückten Mannes leidet. Es geht ihr wirklich nicht gut. Wenn Lilli sich wenigstens einmal in Ruhe mit ihr unterhalten würde!«

Ida lehnte sich zurück und sah ihrer Schwester empört in die Augen. »Du kannst unmöglich von Lilli erwarten, dass sie aus Rücksichtnahme gegenüber ihrer Mutter –«

»Ich würde Lilli und all ihre Probleme gern vorläufig außen vor lassen«, fiel Franziska ihr ins Wort. »Ich mache mir Sorgen um meine *Tochter*. Lilli ist schon seit Monaten völlig neben der Spur. In gewisser Weise war sie immer ein Sorgenkind und schwer zu bändigen. Und zwischen Nicolas und Gloria war es auch immer schon nicht einfach. Aber jetzt ... Nicolas und Gloria kommen mit ihrem gemeinsamen Alltag überhaupt nicht zurecht. Wahrscheinlich hat ihre Ehe nur so lange gehalten, weil Nicolas dauernd in aller Welt unterwegs und selten bei seiner Familie war. Die Kinder haben ihn auf einen Thron gesetzt und angehimmelt, während meine Tochter all die Jahre den Alltag allein bewältigen musste.« Sie knetete die Serviette in ihrem Schoß. »Was auch immer sie an ihm fand und findet: Mir hat sich das nie erschlossen. Aber Gloria hing an ihm und hat sein unstetes Leben hingenommen. Und jetzt, nach seinem Unfall, war er plötzlich dauerhaft zu Hause, und seitdem ist es wirklich schwierig.«

Franziska zerbrach einen großen runden Fladen, der wie ein Riesenchip aussah und nebst einiger Schälchen mit Saucen als Gruß aus der Küche gebracht worden war. Dann stippte sie das abgebrochene Stückchen in eines der Saucenschälchen und steckte es sich gedankenverloren in den Mund. Mit einer Handbewegung in Idas Richtung forderte sie sie auf, es ihr gleichzutun. »Das sind die berühmten Papadams, von denen ich sprach. Probier!«

Vorsichtig brach Ida ebenfalls ein Stückchen des Riesenchips ab und tunkte es in ein Schälchen mit einem Joghurt-Minze-Dip. Sie war angenehm überrascht, wie frisch er schmeckte und wie gut er mit der würzigen Knusprigkeit des Chips harmonierte.

Franziska redete bereits weiter: »Ein Mensch wie Nicolas ist nicht für Untätigkeit und erst recht nicht für Sesshaftigkeit gemacht. Seit er nicht mehr in die Manege kann, ist er launisch und unzufrieden. Gleichzeitig hat er den Kindern alles erlaubt, was Gloria ihnen verboten hat. Er war auch sehr großzügig mit dem Geld – Glorias Geld, das nun für den Lebensunterhalt der ganzen Familie reichen muss. Kurzum, es rasselte an allen Ecken und Enden. Immerhin hat sich Sebastian von den Turbulenzen nicht beeindrucken lassen und hat ein großartiges Abitur hingelegt. Mit seinem Medizinstudium kam er ebenfalls sehr gut voran.«

»Kam?« Ida war sich nicht sicher, warum Franziska so weit ausholte. Dennoch war es gut, einmal eine andere Sicht auf die Familiengeschichte zu hören, die Lilli ihr bereits von ihrer Warte aus geschildert hatte.

»Ja, kam. Das gerade hat das Fass ja nun zum Überlaufen gebracht! Sebastian hat uns vor vier Wochen mitgeteilt, dass er sein Studium schmeißt. Einfach so! Drei Jahre erfolgreiches Studium! Er habe keinen Bock mehr, Medizinmann zu werden, hat er gesagt. Stattdessen will er für ein Jahr Work and Travel nach Australien. Und nachdem er uns diese Info einfach so mir nichts, dir nichts um die Ohren gehauen hat, ist er seinem Vater nach Frankreich hinterhergereist, um dort ebenfalls bei der Weinernte zu helfen. Gloria dreht am Rad. Und ich kann sie mehr als verstehen!« Inzwischen wirkte Franziska nicht mehr verspannt und schüchtern, sondern vor allem wütend. »Es ist einfach bitter, mitansehen zu müssen, dass die eigenen Kinder dem Negativbeispiel ihres unverantwortlichen Vaters folgen. Und Gloria kann nichts machen. Nichts! Sie hockt seit Wochen zu Hause und heult sich die Augen aus. Vor vier Jahren hatte sie schon einmal so etwas wie einen Burnout. Da habe ich sie für ein paar Monate in Kur geschickt und zu Hause übernommen. Bei mir waren Sebi und Lilli eigentlich immer handzahme Schäfchen.«

»Und da hast du gedacht, wenn du diese handzahmen Schäfchen jetzt wieder einfängst und auf ihre Spur zurücktreibst, sind die Probleme deiner Tochter aus der Welt?« Ida fühlte sich unbehaglich in ihrer Rolle als Lillis Anwältin. Aber die Denkweise ihrer Schwester störte sie. Kinder waren doch nicht dazu da, ihre Eltern glücklich zu machen, sondern umgekehrt!

Bevor Franziska antworten konnte, trat der Kellner an ihren Tisch. »Haben die Damen schon gewählt?«

Franziska wartete Idas Nicken ab und bestellte dann ein mildes Gemüsecurry mit Basmatireis und Pflaumenchutney und als Getränk besagtes Mangolassi. Ida entschied sich für zweierlei Fisch an Zitronenschaumsauce mit Gemüse und Kartoffeln von der gutbürgerlichen Speisekarte.

Als der Kellner dezent wieder verschwand, senkte Franziska den Kopf und sagte leise: »Ich habe inzwischen auch gemerkt, dass mir Lilli komplett entglitten ist. Ich würde so gern verstehen, warum. Sie macht sich und ihre Mutter damit wirklich kreuzunglücklich.«

»Kinder sind nicht für das Glück ihrer Eltern verantwortlich. Das muss deine Gloria endlich begreifen!«, platzte es aus

Ida heraus. »Sie kann doch nicht von ihren Kindern erwarten, dass sie alles nur darauf ausrichten, ihren Ansprüchen gerecht zu werden!«

Franziskas Augen verengten sich. »Ach ja? Ich erinnere mich noch sehr gut daran, dass du selbst *immer* nach der Pfeife unserer Mutter getanzt bist. Ereiferst du dich deshalb stellvertretend für Lilli? Weil du nicht willst, dass sie denselben Fehler macht wie du und brav den ihr vorgezeichneten Weg geht?«

In Idas Kopf herrschte plötzlich absolute Funkstille. Ihr Herz pochte heftig, und ihr war schwindlig. »Wie … Wie kommst du auf diese bekloppte Idee, Ziska? Ich … Ich war in jungen Jahren einfach nicht in der Lage, mich für irgendeine berufliche Richtung zu entscheiden. Vielleicht war ich auch einfach zu fantasielos, um Träume zu haben.«

»Und genau das hätte unsere egozentrische Mutter nie ausnutzen dürfen!« Franziska räusperte sich. »Sie hätte dir Zeit lassen und dich ermutigen müssen, die Welt kennenzulernen. Was glaubst du, warum ich immer versucht habe, dich zu mir nach Münster zu locken? Ich wollte, dass du deine Nase ein wenig in den Wind hältst. Was anderes kennenlernst als das Hotel, das Dorf und deine kleine Clique. Ich wollte dich da rausholen. Und was machst du? Spannst mir bei der erstbesten Gelegenheit den Freund aus, lässt dich von ihm schwängern und heiratest ihn dann auch noch.«

Idas Magen krampfte sich zusammen, obwohl sie noch keinen Bissen von dem Essen probiert hatte, das der Kellner zwischenzeitig lautlos vor sie hingestellt hatte. »Ich habe dir deinen Freund ausgespannt? Sag mal: Spinnst du, Ziska? Du warst mit Tünn zusammen? Das ist doch Quatsch!« Sie hörte selbst, dass ihre Stimme zitterte. »Ich habe doch auf der Party damals mit eigenen Augen gesehen, dass du mit diesem komischen Vogel mit der orangen Hose im Bad … Also, ich bin ja unfreiwillig mitten hineingeplatzt, als ihr … Und Tünn hat das doch auch gesehen. Und du selbst hast ihn doch gebeten, sich mit mir ...« Ida versagte die Stimme.

Franziska fing wütend an zu essen. Kauend sagte sie: »Sei doch nicht blöd, Ida! Ich wollte, dass Tünn dich ein bisschen lockermacht. Dass er dir hilft, auf einer Großstadtparty zurechtzukommen. Und das mit Herge ... Ja, mein Gott! Wir hatten eine offene Beziehung, Tünn und ich. *Wer zweimal mit der gleichen pennt, und so.* Ich hatte ja auch nichts dagegen, dass er dich entjungfert. Wie gesagt: offene Beziehung, keine Besitzansprüche.« Sie schaufelte achtlos Reis in ihren Mund. »Aber müsst ihr denn zu blöd sein, um zu verhüten? Müsst ihr gleich beim ersten Mal ein Kind ansetzen? Und dann auch noch heiraten? *Das* habe ich nicht verstanden. Man hätte das Kind einfach wegmachen können. Aber das hatte sich ja nach der Eheschließung von selbst erledigt.«

Ida kamen die Tränen.

Franziska sah das und schlug sich betreten die Hand vor den Mund. »Entschuldigung, das wollte ich nicht sagen. Ida, nicht! Nicht weinen! Tut mir leid, Ida, bitte! Das ist mir so rausgerutscht. Natürlich war es schlimm für dich, dass du das Baby ... Das war mir doch klar, und darum konnte ich mich doch auch nicht mehr bei euch blicken lassen, verstehst du?«

Idas Tränen tropften in das kunstvoll angerichtete Essen. Sie schüttelte nur den Kopf.

Franziska legte das Besteck zur Seite und sah Ida an. »Zu eurer Hochzeit bin ich nicht gekommen, weil ich stinkesauer auf euch war. Aber als ich hörte, dass du euer Baby verloren hast ... Ich *konnte* einfach nicht kommen. Ich war doch damals selbst schwanger, Ida. Verstehst du? Ich war schwanger und hab das erst so spät gemerkt, dass eine Abtreibung nicht mehr infrage gekommen wäre. Ich konnte mich doch nicht mit dickem Bauch vor dich hinstellen und dir den Kopf waschen, weil du mir den Mann ausgespannt hast.«

Ida putzte sich die Nase und machte einen halbherzigen Versuch, von ihrem Fisch zu essen. Bestimmt war das Essen köstlich, aber für sie schmeckte gerade alles nach Pappe. »Warum hast du den Vater deines Kindes nie geheiratet?«, wisperte sie. »Ich meine, waren da denn gar keine Gefühle im Spiel bei dir und diesem Herge?«

»Herge? Ach, der …« Franziska musterte Ida lange und nachdenklich und sagte dann leise: »Ich wollte dich nicht traurig machen, Idelinchen, ehrlich.«

Zum ersten Mal nach all den Jahren hatte Franziska Idas fast vergessenen Kosenamen ausgesprochen. Damit war es um Idas Fassung voll und ganz geschehen. Die Tränen flossen wie ein Sturzbach aus ihr heraus.

Franziska winkte den Kellner herbei, der sie wegen Idas Gefühlsausbruch alarmiert anschaute. »Wären Sie so freundlich, uns das Essen auf mein Zimmer bringen zu lassen? Zimmer zweihundertacht.« Ohne eine Antwort abzuwarten, hakte sie Ida unter und führte sie unter den neugierigen Blicken der anderen Gäste aus dem Restaurant.

In Franziskas Zimmer ließ Ida sich erschöpft auf das breite Bett sinken. Den Raum nahm sie kaum wahr, ebenso wenig den freundlichen Zimmerservice, der ihnen kurz darauf die kaum angerührten Teller brachte. Ihr Kopf fühlte sich seltsam leer an, und in ihren Ohren rauschte es, während es in ihrem Herzen schmerzlich zog. Die Tränen flossen unaufhörlich aus ihr heraus, als sei an einem Stausee ein Damm gebrochen. Als Kinder hatten Zapfi und sie oft den kleinen Bach angestaut, der im Wald hinter ihren Häusern floss. Wenn im Frühjahr der Schnee schmolz, wurde aus dem kleinen Bächlein ein ungestüm rauschendes Gewässer, das die Staudämme, die sie im Herbst dort gebaut hatten, um Molche zu fangen, einfach mit sich riss. Und genau so fühlte Ida sich jetzt.

Sie wusste nicht, was sie am meisten schmerzte: Franziskas

Vorwurf, sie habe ihr einst den Freund ausgespannt, die Tatsache, dass Tünn ihr über seine Beziehung mit Franziska nie reinen Wein eingeschenkt hatte, oder dass Ziska durch ihre Vorwürfe die alten Schmerzen wieder aufgeweckt hatte, die Ida nach den Fehlgeburten in den Abgrund gerissen hatten. Es hatte lange gedauert, bis ein Arzt erkannte, was mit ihr los war, und ihre Depressionen behandelte. Es war ein langsamer, mühsamer Weg gewesen, und nur Zapfi und Tünn hatten an ihrer Seite gestanden. Weder Franziska noch ihr Bruder Richard hatten ihr ein Zeichen der Zuneigung oder des Mitgefühls zukommen lassen. Irgendwann hatte sie aufgehört, sich weiter um Kontakt zu ihnen zu bemühen. Um sich selbst zu schützen, hatte sie einen Schlussstrich unter die vielen quälenden Fragen gemacht.

Schweigend ging Franziska zum Fenster und öffnete es, zündete sich eine Zigarette an und rauchte aus dem geöffneten Fenster hinaus. Irgendwann drückte sie die Zigarette in einem kleinen transportablen Aschenbecher aus, klappte ihn zu, schob ihn in ihre Jackentasche zurück, schloss das Fenster und setzte sich neben Ida aufs Bett. Als sie den Arm um Ida legte, wäre sie gern zurückgewichen, so unangenehm war es ihr, aber sie hatte nicht die Kraft, sich dagegen zu wehren.

Sie nahm Franziskas Körpergeruch wahr, der sich mit ihrem schweren Parfüm und dem kalten Zigarettenrauch mischte. Erneut wäre sie gern auf Abstand gegangen. Tünn hatte sie ausdrücklich davor gewarnt, sich dem erwartungsgemäß schmerzlichen Gespräch mit ihrer Schwester allein auszusetzen. Sie hatte sich dennoch entschieden zu fahren – nachdem Tünn unauffindbar gewesen und auch nicht an sein Handy gegangen war. Die eilig um Rat gefragte Änne hatte ihr geraten, sich Franziska endlich zu stellen.

»Gib dir und ihr eine Chance, Ida«, hatte sie gesagt. »Ich vertrete dich im Hotel, so gut ich kann. Und wenn du Hilfe brauchst, rufst du mich an, und ich hole dich sofort ab.«

Ännes liebevolles Angebot hatte Ida schließlich überzeugt, Franziska nicht wegzuschicken, sondern mit ihr zum Essen zu fahren. Jetzt hätte sie tatsächlich Hilfe gebraucht, aber ihr stand der Sinn nicht danach, Änne anzurufen. Viel lieber hätte sie Tünn zur Rede gestellt, ihn gefragt, was er zu Franziskas Version der Geschichte zu sagen hatte. Und noch lieber hätte sie jetzt zu Hause in ihrem eigenen Bett gelegen und sich die Decke über die Ohren gezogen. Ausgerechnet mit Ziska allein in deren Zimmer zu hocken war das Letzte, was Ida gewählt hätte.

Als Franziska begann, ihr vorsichtig über den Rücken zu streicheln, hob Ida ihr völlig verheultes Gesicht und murmelte: »Erst haust du mir einen über den Kopf, und jetzt willst du die Wunde selbst verarzten. Eine seltsame Frau bist du geworden. Wo ist nur meine große Schwester von damals geblieben?«

»Wir haben uns beide sehr verändert, Ida«, sagte Franziska ruhig. »Das Schicksal fragt junge Menschen selten, nach welchem Rezept sie ihr Leben gebacken haben möchten. Uns beide hat das Schicksal hart angefasst, genauso wie Richard. Das ist aber kein Einzelphänomen, liebes Schwesterherz. Das ist typisch für Kinder oder Enkel der Kriegsgeneration, wie wir es sind. All die unbearbeiteten Traumata sind sehr viel wirkmächtiger, als wir es uns eingestanden haben. Alle wollten in der Nachkriegszeit einen Neustart. Die Alten haben Besitztümer gehortet und versucht, in ihrem neuen Wohlstand ein wenig Glück zu finden. Und wir haben mit unserer Protesthaltung gegen diese Generation im Grunde ähnliche Fehler gemacht, nur mit umgekehrten Vorzeichen.«

Ida streckte den Rücken, atmete tief durch und versuchte die Hand ihrer Schwester wegzuschieben. »Das ist mir zu viel Psychologie, Ziska. Damit kann ich nichts anfangen. Du hast dich früher mit unseren Eltern permanent gezofft – warum auch immer –, und von Richard weiß ich nur, dass es zwischen ihm und Papa irgendwann zum schlimmsten Krach aller Zeiten kam. Worum es dabei ging, hat mir nie jemand gesagt. Ich erinnere mich nur, dass Richard damals Papa ins Gesicht geschlagen hat. Mehrmals. Und dann war er weg. Was hätte ich denn anderes machen sollen, als mich um das Hotel und unsere Eltern zu kümmern? Und wann, bitte, hätte ich über irgendwelche Kriegserlebnisse und deren Folgen nachdenken sollen?«

Ida putzte sich geräuschvoll die Nase. Die alte Wut auf ihre Geschwister zu spüren tat ihr deutlich besser als der uferlose Schmerz.

Franziska stand wortlos auf und setzte sich an den kleinen Tisch, auf dem die Teller mit ihrem Abendessen standen. Sie lud Ida mit einer Geste ein, sich zu ihr zu setzen. Die aber schüttelte stumm den Kopf. Der inzwischen kalte Fisch ekelte sie.

Franziska hingegen begann, langsam zu essen. »Genau vor dieser heftigen Reaktion und vor dem Schmerz, den dir unser Gespräch zufügen würde, habe ich mich all die Jahre gefürchtet. Deshalb habe ich mich so lange von dir ferngehalten«, sagte sie irgendwann überraschend sanft. »Feige, ich weiß. Bei Richard lag der Fall anders. Der hat sich geschworen, nie wieder einen Fuß über die Schwelle unseres Elternhauses zu setzen. Das hat aber mit dir nicht das Geringste zu tun.« Sie überlegte einen Moment. »Gut, vielleicht hat er auch gedacht, dass du mit unseren Eltern auf einer Linie bist, ideologisch, meine ich … Du weißt wirklich nicht, worum es in dem letzten Streit zwischen ihm und Papa ging?«

Ida schüttelte den Kopf. »Nein. Richard hat sich mir gegenüber nie erklärt. Dann ist er jahrelang zur See gefahren, und inzwischen weiß ich im Grunde gar nichts über ihn.«

In diesem Moment klingelte Idas Handy. Sie sah, dass es Änne war, und bedeutete ihrer Schwester, dass sie rangehen würde. Franziska nickte und wandte sich wieder ihrem Teller zu.

Ida ging mit dem Telefon auf den Balkon. »Änne?« Ein kühler Wind fuhr ihr in die dünne Bluse, und Ida ärgerte sich, dass sie ihre Jacke im Restaurant gelassen hatte.

»Ida!«

Idas Stirn glättete sich. Es tat so unglaublich gut, Ännes helle und freundliche Stimme zu hören!

»Mach dir keine Sorgen. Ich rufe nicht an, weil wir dich hier brauchen. Im Gegenteil. Es läuft alles wunderbar. Der Laden brummt, und Meike und Hannelore machen ihren Job als Kellnerinnen vorbildlich. Die Hütte ist knallvoll. Und alle arbeiten so perfekt miteinander, dass ich kaum gebraucht werde. Also: Wie ist es bei dir?«

»Moment!«, sagte Ida. Franziska hatte sich auf den Balkon gebeugt, um zu fragen, ob Ida auch einen Nachtisch wolle.

»Ich bestelle uns eine Dessertplatte«, schlug sie vor. »Bei Stress tut Süßes immer gut.«

»Für mich bitte nichts«, entschied Ida. »Aber frag doch bitte, ob man mir mit dem Dessert auch meine Strickjacke aus dem Restaurant hochbringen kann.«

Franziska nickte und zog die Balkontür wieder zu.

»Sorry«, sagte Änne, sobald es wieder ruhig war. »Ich störe bestimmt. Ich hatte nur plötzlich so ein komisches Gefühl im Bauch und dachte, du könntest mich eventuell brauchen.«

»Änne, du Schatz!« Ida lachte leise. »Dein Feinsinn hat dich nicht getrogen. Wieder einmal. Hier ist es gerade wirklich … Also, schwierig ist noch untertrieben. Du störst kein bisschen. Ich bin dankbar, dass du anrufst. Wenn es bei euch weiter so glattläuft, würdest du mich dann vielleicht in einer guten Stunde abholen? Ich will auf keinen Fall, dass Ziska mich nach Hause bringt.«

»So schlimm?« Änne klang betroffen. »Dann war mein Ratschlag also falsch?«

Ida schüttelte den Kopf. »Nein, ich glaube nicht, Änne. Aber ich bin völlig durch den Wind und muss nachdenken. Und es täte mir sehr gut, wenn du mich abholst. Vielleicht so gegen zehn, halb elf?«

»Kein Problem! Ich komme auch eher oder später, egal. So wie du es brauchst. Schick mir einfach eine kurze Nachricht, dann fahre ich los und bin in einer halben Stunde bei dir. Jederzeit.«

»Danke!« Ida kamen schon wieder die Tränen, dieses Mal vor Rührung. »Ach, und noch was: Ist Tünn inzwischen wieder aufgekreuzt?«

»Meines Wissens nicht. Aber in euren Privaträumen war ich ja nicht.«

»Falls du ihm über den Weg läufst, sag ihm, dass sein Handy wieder einmal aus ist – und dass er nicht ins Bett gehen soll. Ich habe Gesprächsbedarf.«

»Oha«, antwortete Änne alarmiert. »Mach ich. Pass auf dich auf. Bis nachher.«

Als Ida ins Zimmer zurückkehrte, war ihr kalt. Gerade hatte der Zimmerservice eine üppige Dessertplatte, zwei Espressi und Idas Wolljacke gebracht.

Franziska deutete auf eine der beiden Espressotassen. »Ich wusste nicht ... Vielleicht steht dir der Sinn ja wenigstens nach Kaffee.«

Ida wickelte sich dankbar in ihre dicke Wolljacke und nippte an dem bitteren Kaffee. Der war nur noch lauwarm. *Kein Wunder*, dachte sie. *Wie soll man so eine kleine Portion auch heiß bis in den zweiten Stock bekommen?* Trotzdem tat ihr das bittere Getränk gut.

Während Franziska sich mit sichtbarem Appetit über die Nachspeisen hermachte, war Idas Magen nach wie vor ein fester Knoten. »Hast du noch Kontakt zu Richard?«, fragte sie. »Also, weißt du, was er inzwischen macht, wie er lebt ...?«

Franziska nickte. »Er wohnt in Hamburg. Sporadisch höre

ich von ihm, ja. Ihm geht's gerade auch nicht so gut. Sein Mann ist vor einem halben Jahr gestorben. Sie hatten zusammen ein Fischrestaurant. Rickis Reuse. Muss legendär gewesen sein. Er verkauft es gerade.« Franziska löffelte genüsslich ein extrem orangefarbenes Sorbet.

»Sein *Mann*? Dann ist Richard ...?«

Franziska ließ sich nicht stören. »Mangosorbet. Göttlich! Solltest du wirklich auch probieren.« Erst als Ida genervt schnaubte, fuhr Franziska fort: »Schon gut, schon gut! Ist halt nur schade drum.« Dann, nach einer kurzen Pause: »Du weißt wirklich gar nichts, oder?«

Ida schwieg. Das war ganz klar eine rhetorische Frage.

Franziska nahm einen weiteren Löffel Sorbet. »Sieh mal, Ida«, sagte sie. »Familiengeschichte ist im Prinzip nicht viel anders als ein Gang durch ein Spiegelkabinett. In jedem Spiegel sieht der Betrachter sich anders. Und doch ist es immer dieselbe Person. In unserer Familie hat sich offensichtlich jeder an einem anderen Zerrbild orientiert. Ich will nicht in Abrede stellen, dass auch ich möglicherweise mit einem Zerrbild lebe. Aber ich glaube, du bist von uns allen von der Wahrheit am weitesten entfernt.« Sie sah auf. »Ja, Richard ist schwul. Und genau darum ist es in dem großen Streit zwischen ihm und Papa gegangen. Papa hat ihn als pervers und aus der Art geschlagen bezeichnet. Er wollte, dass Richard sich einer Umerziehung unterzieht.«

»Ja, das ist hart. Aber damals –«

Franziska unterbrach sie. »Warte, Ida! Damals war alles konservativer als heute, das stimmt. Aber darum ging es Papa nicht. Er hat nie aus den grauenhaften Denkmustern der NS-Zeit rausgefunden. Er und Opa Hugo waren üble Nazis und haben sich nach dem Zusammenbruch ihres heiß geliebten ›Großdeutschen Reiches‹ nie wirklich von diesem Gedankengut distanziert. Für Oma Wilma war das schlimm. Sie war ja religiös und hat sich mit der braunen Gesinnung ihres Mannes und ihres Sohnes nie abgefunden. Nach dem Krieg haben zwar alle versucht, ihr Leben und die Reste ihres Hab und Guts so schnell wie möglich aufzubauen. Aber im Dorf gab es noch lange eine unsichtbare Trennlinie zwischen den ehemaligen oder immer noch strammen Nazis und denen, die unter dem Regime gelitten oder sich zumindest nicht bedingungslos angebiedert hatten. Ins Gasthaus kam damals nur, wer Opas und Papas Meinung war. Alle anderen mieden es wie die Pest. Hätte Mama den Gasthof nicht später völlig umgebaut, wäre mit Sicherheit irgendwann der Gerichtsvollzieher gekommen.«

»Das habe ich wirklich nicht gewusst. Also, dass Papa und Opa ...« Erneut fühlte Ida sich wie vor den Kopf gestoßen. »Aber ... dann hat Mama im Grunde ja die ganze Familie mit ihrem Aufbruchsgeist gerettet. Das muss man ihr lassen. Geschäftstüchtig war sie. Und dafür habe ich sie auch immer respektiert.«

»Ja, geschäftstüchtig, in der Tat.« Verdrossen sah Franziska auf die inzwischen komplett geleerte Dessertplatte. Dann strich sie sich über den Bauch, seufzte und ergänzte: »*Geschäftstüchtig* ist wahrscheinlich die richtige Beschreibung für Mama. Nur aus diesem Grund wird sie sich Papa gekrallt haben. Sie hat nicht ihn geheiratet, sondern den Gasthof. Papa sah nie gut aus, hatte, wie du weißt, eine Hasenscharte, war wortkarg und gut zehn Jahre älter als Mama. Er war schon einmal verlobt gewesen, doch seine Verlobte war bei einem Bombenangriff umgekommen. Er hatte kaum noch Aussicht auf eine Freundin, auch wenn der Männermangel ihm damals vielleicht noch in die Taschen gespielt hätte. Aber er war nicht nur nicht gut aussehend, sondern auch voller Wut und Verbitterung. Oma Wilma selbst hat mir das mal erzählt. Und Mama ... Sie kam ja aus armseligen Verhältnissen. Ihr Vater war als Klüngel-Kerl unterwegs, und ihre Mutter hat ein Kind nach dem anderen bekommen.

Da war für sie selbst ein brauner Kretin wie Papa noch eine gute Partie.«

»Mein Gott, wie redest du denn? So, wie du das alles sagst, klingt es wirklich abscheulich!« Ida fror nun sogar in ihrer dicken Strickjacke.

»Wie gesagt«, Franziska zuckte mit den Schultern, »vielleicht ist das mein Zerrspiegel, und ich mag mich in dem ein oder anderen Punkt täuschen. Aber sicher ist, dass Mama unseren Vater sehr offensichtlich nie geliebt hat. Und sie hat ihn betrogen, wann immer sie nur konnte. Das war dorfbekannt. Hast du nie darüber nachgedacht, warum wir drei uns so wenig ähnlich sehen? Nur Richard sieht aus wie Papa – zu seinem großen Entsetzen. Aber wir drei untereinander? Null Ähnlichkeit. Mama war das, was die jungen Leute heutzutage eine Bitch nennen würden.«

Ida spürte, dass ihr langsam der Boden unter den Füßen entglitt. Konnte wirklich alles, was sie bisher als gegeben angenommen hatte, so infrage gestellt werden? Warum hatte sie das all die Jahre nicht gewusst? Sie hatte einen bitteren Geschmack im Mund und war auf einen Schlag todmüde. Mühsam hielt sie sich an der Tischkante aufrecht. »Ich brauch 'ne Pause, Ziska«, sagte sie leise. »Ehrlich. Das ist alles ganz schön harter Tobak. Ich muss nachdenken. Ich rufe jetzt Änne an und lasse mich abholen.«

»Das brauchst du nicht«, widersprach Franziska. »Ich wollte dich doch zurückbringen!«

»Ich brauche jetzt ein bisschen Abstand. Auch von dir. Nicht böse sein.« Ida griff nach ihrem Handy und wählte Ännes Nummer.

Wenig später saß Ida in Ännes Auto und schaute schweigend in den nächtlichen Himmel. Änne war bald da gewesen, hatte Ida einsteigen lassen und dann kehrtgemacht. Schnell hatte sie gemerkt, dass Ida fror, und ihr die Sitzheizung eingeschaltet. Erst nach einer ganzen Weile fragte sie: »Wie geht's dir, Ida?«

»Waschmaschine, Schleudergang, achthundert Umdrehungen, ich mittendrin und finde den Stoppschalter nicht. Ich kann's dir nicht erzählen, Änne. Noch nicht.«

Änne sah sie flüchtig an, bevor sie ihren Blick wieder auf die Straße richtete. »Kein Problem. Aber wenn du irgendwann eine Schulter brauchst, ich bin da.«

Danach herrschte wieder Stille. Die Scheinwerfer tasteten den Rand des Waldes ab. In dieser Nachtschwärze war vom desaströsen Zustand des Waldes wenig zu sehen. Ab und an leuchtete, vom Scheinwerferlicht geblendet, ein Augenpaar aus dem Dickicht am Straßenrand. Füchse.

Ida drehte sich zu Änne. »Wusstest du, dass meine Familie eine Nazisippe war?«

Überrascht von Idas Frage schaltete Änne in den vierten Gang hoch, die Straße war hier weniger kurvig. »Ich weiß von meiner Mama, dass dein Opa Hugo ein schlimmer Nazi war. Seine angebliche Kriegsverletzung im Gesicht war wohl eigentlich die Folge eines misslungenen Selbstmordversuchs mit dem Jagdgewehr, nachdem das Nazireich untergangen war. Das wussten viele im Dorf und drum herum. Auch, dass sein Gasthof in der schlimmen Zeit für Versammlungen der Partei zur Verfügung stand. Laut meiner Mutter war er einer der Ersten, die in die Partei eingetreten sind, seine Söhne ebenfalls. Die beiden älteren Brüder deines Vaters sind ja im Krieg gefallen. Deine Oma hat deinem Opa das und seine rechte Gesinnung wohl nie verziehen. Als dein Opa einige Zeit nach dem Krieg an TBC starb, hat sie nicht geweint, heißt es.«

Noch ein kurzer Blick von Änne. »Über deinen Vater und dessen politische Einstellung weiß ich aber auch nicht viel. Dazu hat meine Mutter nicht viel gesagt. Warum fragst du? Hast du das alles etwa erst heute erfahren?«

Ida nickte, und als ihr klar wurde, dass Änne wieder auf die Straße sah und es nicht sehen konnte, murmelte sie: »Ja, das und noch viel mehr, was ich eigentlich nicht wissen wollte. Wenn alles stimmt, was Ziska erzählt hat ...« Ida schwieg, und Änne fragte nicht nach.

Kurz bevor sie das Hotel erreichten, hielt Änne jedoch am Straßenrand an und legte Ida ihre warme Hand auf den Oberschenkel. »Ida, es gibt zu allem immer mehrere Wahrheiten. Das weißt du doch, oder? Lass erst einmal alles sacken und gleiche das, was Franziska erzählt hat, mit deinen eigenen Wahrheiten ab. Vielleicht hat sie mit manchem recht, ohne dass du unrecht hast. Das Leben ist oft widersprüchlich, und jeder hat seinen eigenen Blickwinkel.«

»So ähnlich hat das Franziska heute Abend auch ausgedrückt. ›Das Leben ist wie ein Gang durch ein Spiegelkabinett‹, meinte sie. ›Und jeder hält den Zerrspiegel, vor dem er gerade steht, für den einzig richtigen.‹«

»Da hat sie recht.« Änne sah ihr mitfühlend in die Augen. »Ida, vielleicht findet ihr beiden – also Ziska und du – ja auch heraus, ob es noch eine dritte Wahrheit gibt. Aber so was geht nicht von jetzt auf gleich. So was braucht Zeit.« Dann startete Änne den Wagen wieder und fuhr das kurze Stück zum Hotel.

»Soll ich noch mit hineinkommen?«, fragte sie, als sie es erreicht hatten.

»Nein, danke, du Liebe!«, sagte Ida und lächelte. »Du warst heute meine Rettung. Den Rest schaffe ich jetzt allein. Also erst mal. Wenn ich jemanden zum Reden brauche, bist du meine erste Wahl. Schlaf gut!«

Sie umarmten einander kurz, und Ida stieg aus und ging zum Haus. Es war inzwischen Nacht, doch durch die Fenster des Tanzsaals sah sie noch Licht, und gedämpft hörte sie Musik und Stimmen.

Als sie den Saal betrat, schwoften noch etliche Paare zu

Adeles *Someone Like You* eng umschlungen auf der Tanzfläche. Die stille Inge tanzte mit ihrem Schuhlöffelchen, die Gewitterwolke mit dem tapferen Schneiderlein, und zu ihrer großen Überraschung führte ihr neuer Gast, dieser Fernsehfritze, die Gottesanbeterin über das Parkett. Am meisten überraschte es Ida allerdings, Zapfi eng umschlungen mit Elvis zu sehen, während Anna Elvis' Platz am DJ-Pult übernommen hatte.

Noch während Ida sich umschaute, kam Lilli auf sie zu. »Wo warst du, Tida?«

Kurz entschlossen entschied Ida, Lilli nicht mit Ausflüchten abzuspeisen. »Ich habe mich außer Haus mit deiner Oma getroffen«

»Wie …?« Lilli starrte sie entgeistert an, und Ida beeilte sich zu erklären:

»Keine Angst, es ging nicht um dich. Deine Oma und ich haben auch so noch einiges miteinander zu klären. Wir haben uns schließlich vierzig Jahre lang aus den Augen verloren. Glaub mir, da gibt es jede Menge Gesprächsbedarf, der mit dir nichts zu tun hat.«

Lilli zuckte mit den Schultern. Offenbar interessierte sie nicht sonderlich, was ihre Oma und ihre Großtante miteinander zu bereden hatten. »Kann ich gehen? Ich habe heute den ganzen Tag bei Zapfi geschuftet. Mir fallen die Augen im Stehen zu. Außerdem ist hier eh gleich Schicht, nur noch dieser Tanz. Hat Elvis zumindest gesagt.«

Ida lächelte. »Mach bloß, dass du ins Bett kommst! Alles andere besprechen wir morgen. Schlaf dich aus, mein Schatz.« Sie umarmte Lilli kurz und sah danach zu, wie sie eilig durch die Tür entwischte.

Als Adeles Song endete und nach und nach die Lichter angingen, blieben ihre Gäste kurz beieinander stehen. Dann verabschiedeten sie sich voneinander – die einen mit Verneigung, die anderen übermütig lachend –, und der Saal leerte sich. Nur

Elvis schien von all dem nichts mitzubekommen. Ida sah ihn einen Moment erstaunt an, erkannte dann aber, dass er wohl deutlich einen über den Durst getrunken hatte. Er versuchte, Zapfi wieder an sich zu ziehen, und flüsterte ihr etwas ins Ohr. Und anstatt empört zu sein, lachte Zapfi nur.

Ob sich da nicht doch vielleicht ganz langsam wieder etwas anbahnte? Ida lächelte versonnen. Es würde sie für Zapfi und Elvis freuen, und irgendwie hatte sie immer den Verdacht gehabt, dass ihre Freunde sich nie wirklich voneinander gelöst hatten. Nicht umsonst hatten sie zu ihren guten Zeiten als Traumpaar gegolten.

Behutsam, aber nachdrücklich scheuchte Ida die letzten Nachtschwärmer aus dem Tanzsaal und schickte auch Hannelore nach Hause. Meike war wie immer längst gegangen. Dann räumte sie in fliegender Hast die restlichen Gläser in die Spülmaschine, leerte die Kasse in einen Lederbeutel, den sie im Tresor unter dem Empfangstresen verschloss, und entschied, die Abrechnung auf den nächsten Morgen zu vertagen. In ihrem Kopf waren die Gedanken noch immer nicht zur Ruhe gekommen. Sie würde sich ohnehin nur verrechnen.

Müde ging sie zu Tünns Zimmer, um zu schauen, ob er schon schlief. Doch er war noch gar nicht nach Hause gekommen, und sie nahm sich vor, noch einen letzten Versuch zu starten, ihn zu erreichen. Um besseren Empfang zu haben, wickelte sie sich in einen dicken Wollumhang und ging noch einmal hinaus auf den hinteren Parkplatz. Als sie sich an ihr Auto lehnte, um das Handy aus ihrer Hosentasche zu holen, fiel ihr Blick auf den Nachbarhof. Was war denn da los? Um sicherzugehen, dass sie keinen Fantasiebildern aufsaß, wischte sie sich die Augen.

Sie hatte richtig gesehen: Elvis – der Mann, nicht der Hahn! – hatte mit einer Gitarre in Zapfis Hühnerhof Stellung bezogen.

»Zapfi! Zapfi!«, rief er so laut, dass Marylin im Inneren des Hauses zu bellen anfing. »Zapfi, du Teufelsweib! Komm raus auf deinen Balkon. Ich will für dich singen. Komm raus, du wunderschöne Hexe! Du hast mein Herz schon wieder völlig verzaubert. Sieh dir gefälligst an, was du aus mir gemacht hast!« Seine verwischte Aussprache war ein weiterer Hinweis darauf, dass er sich Mut angetrunken, dabei aber seine Vernunft in Promille ertränkt hatte.

Marylin bellte nun wie verrückt. Im nächsten Moment ging in Zapfis Zimmer ein Licht an. Von diesem Erfolg ermutigt nahm Elvis die Gitarre und sang aus voller Kehle auf die Melodie des Stones-Songs *Angie*: »Zapfi, Zaaaaahapfi! Wann wirst du mich denn nun erhörhöhören!«

Je lauter und verzweifelter er mit dem umgetexteten Song seine Liebe zu Zapfi zum Ausdruck brachte, desto schriller und wütender wurde das Bellen im Inneren des Hauses. Elvis' wilde Entschlossenheit aber war nicht zu bremsen. »Wenn der Prophet nicht zum Berg kommt, dann kommt der Berg eben zum Propheten!«, krakeelte er. »Ich komme jetzt zu dir, egal auf welchem Weg!«

Er rollte scheppernd eine Mülltonne unter den Balkon von Zapfis Schlafzimmer, rupfte eine der letzten Rosen aus dem Beet und machte sich an den gefährlich wackligen Aufstieg in Richtung Balkon. Oben hatte sich die Balkontür bereits geöffnet, und nun trat das tapfere Schneiderlein heraus. Ida hätte ihn fast nicht erkannt, denn er hatte seine ewige Schirmmütze abgesetzt und trug einen weinroten Seidenpyjama.

Elvis schwankte derweil gefährlich auf der Mülltonne und versuchte verzweifelt, das Geländer zu erwischen. Dabei rief er in ungebrochenem Eifer: »Ich liebe dich, du verrücktes Weib! Lass dir das gesagt sein. Ich liebe dich!«

Als die Mülltonne auf einmal so bedrohlich schwankte, dass Elvis endgültig abzustürzen drohte, griff das tapfere Schneiderlein beherzt nach Elvis' Hand. Im selben Moment stürzte Marylin wütend bellend in den Hof. Sie sprang an dem sich hangelnden Elvis hoch und riss ihm dabei die Hose herunter, die ohnehin immer auf halb acht hing.

Eine Hand am unteren Balkongeländer, eine Hand von Retter Erwin umklammert, hangelte sich Elvis, nur noch mit Unterhose und Hemd bekleidet, schließlich in letzter Not den Balkon hoch und ließ sich von Erwin über das Geländer zerren. Dort stand der verhinderte Romeo nun, eine Rose zwischen den Zähnen, auf wackligen Beinen. Er brauchte einen Moment, um zu erkennen, dass die rettende Hand keineswegs seiner geliebten Julia gehörte, sondern einem zart gebauten älteren Herrn in weinrotem Seidenpyjama. Doch sobald er begriff, verwandelte sich seine anfängliche Fassungslosigkeit in rasende Wut.

»Was machst du alter Schwerenöter im Schlafzimmer meiner Frau!«, brüllte er und fuchtelte mit der Rose vor Erwins Nase herum, als sei die ein Schwert, mit dem er sich auf seinen Rivalen stürzen konnte.

Ida hielt die Luft an. Das alles war zu skurril, um wahr zu sein! Im Hof kläffte Marylin weiter wütend in Richtung des Eindringlings, und jetzt mischte sich in das laute Bellen auch noch Zapfis schallendes Gelächter. Ihre Freundin stand nur mit einem Nachthemd und einem darübergeworfenen Mantel bekleidet im Hof und amüsierte sich über Elvis' Auftritt königlich.

Auch Erwin schien den Anblick durchaus zu genießen. »Was ich hier mache?«, rief er, um das laute Bellen und Zapfis Gelächter zu übertönen. »Wenn ich nicht gerade liebestolle Balkonstürmer davor bewahre, sich das Genick zu brechen, schlafe ich in Frau Zapfis Schlafzimmer. Was sie auch tun sollten, mein Freund, also schlafen, meine ich. Sie riechen, als hätten Sie eine Schnapsbrennerei leer getrunken. In so einem Zustand und solch einer, mit Verlaub, wenig hübschen Unterhose erobert man doch keine Dame!«

Völlig verwirrt hielt Elvis inne. Er musterte erst Erwin, dann seine entblößten Schießer-Feinripp, schließlich die schallend lachende Zapfi und fragte dann weinerlich: »Warum schläft der hier, Zapfi?«

Zapfi brachte mit einem leisen Pfiff die aufgebrachte Marylin zur Ruhe und erwiderte sodann, noch immer lachend: »Das siehst du doch, Elvis. Ich habe neuerdings einen Männerharem.« Sie sah seinen betretenen Gesichtsausdruck und seufzte. »Ach, Elvis! Mach dich nicht lächerlich. Geh rein, wenn du schon mal da bist, und setz dich in die Küche. Ich koche dir einen Kaffee. In diesem Zustand bringst du dich und den Rest der Welt in Gefahr.«

Während Elvis und kurz danach auch das tapfere Schneiderlein im Inneren des Hauses verschwanden, wandte sich Zapfi ebenfalls Richtung Haustür. Dann aber schien sie Idas Kichern zu hören und wandte sich noch einmal um. »Du bist also auch noch unterwegs. Na, hier ist ja neuerdings nachts richtig was los. Willst du auch noch einen Kaffee?«

Ida schüttelte den Kopf. »Nein, danke. Ich genieße lieber noch eine Weile den herrlichen Film, den dein Verehrer mir gerade beschert hat. Zapfi, Zapfi, pass auf dich auf!«

Mit einem »Tzzzz« verschwand ihre Freundin im Haus.

18
KETTENREAKTIONEN

Nach einem Blick auf die Uhr entschied Ida, Tünn heute nicht mehr anzurufen. Als sie gerade ins Haus gehen wollte, hörte sie jedoch einen Motor, und kurz darauf fuhr Tünn auf den Parkplatz. Ida wandte sich ab und ging voraus. Sie wollte sich Tünn keinesfalls hier draußen vorknöpfen, wo jeder ihnen zuhören könnte.

Erst als Tünn im dunklen Flur seine Schlüssel auf die Kommode fallen ließ, knipste Ida das Flurlicht an.

Tünn zuckte zusammen. »Ida, hast du mich erschreckt!« Von der plötzlichen Helligkeit geblendet, kniff er die Augen zu. »Warum geisterst du hier so spät herum? Ist was?«

Ida spürte dasselbe seltsame Rauschen im Kopf, das sie schon bei ihrem Gespräch mit Franziska irritiert hatte. Dennoch beschloss sie, den Stier bei den Hörnern zu fassen. Ohne auf Tünns Frage einzugehen, sagte sie mit dunkler, rauer Stimme: »Hattest du mir nicht versprochen, immer für mich erreichbar sein? Ich habe etliche Male versucht, dich auf dem Handy zu erreichen. Du bist weder auch nur ein einziges Mal rangegangen, noch hast du mich zurückgerufen. Wenn deine Versprechen so wenig wert sind ... Tünn, was kann ich dir eigentlich noch glauben?«

Tünn sah ehrlich betroffen aus. »Ida, ich habe mehrmals versucht, dich anzurufen. Schau nach. Mein Handy hat heute Vormittag endgültig den Geist aufgegeben, deshalb musste ich Lothars nehmen. Ich dachte, wenn du nicht rangehst, bist du zu beschäftigt. Ich wusste doch, nachdem ich von hier weggefahren bin, dass du beim Tanzabend unabkömmlich bist. Und da dachte ich, hier bist du zumindest vor Franziska und ihrer Aufdringlichkeit in Sicherheit ...«

Leise, fast lautlos war Casanova während Tünns Erklärung auf die Flurkommode gesprungen. Jetzt miaute er herausfordernd in Idas Richtung. Irgendwann musste er wieder durch irgendeine Öffnung unbemerkt ins Haus geschlüpft sein, und Ida konnte nur hoffen, dass er nicht wieder irgendwo eine halb tote Maus deponiert hatte. *Eigentlich könnte Casi auch gleich bei uns einziehen*, dachte Ida abgelenkt. Ohne Tünn aus den Augen zu lassen, hob sie den Kater von der Kommode und setzte ihn auf den Boden. Während der Kater sofort begeistert um ihre Beine strich, nahm Ida ihr Handy aus der Hosentasche. »Soso, angerufen hast du mich also.«

Sie scrollte die verpassten Anrufe durch. Keine der Nummern, die ihr gezeigt wurden, kam ihr bekannt vor. Doch es hatte einige Anrufe in Abwesenheit gegeben; eine Nummer wurde ihr gleich viermal angezeigt. Sie hielt Tünn ihr Handy entgegen. »Ist das Lothars Nummer?«

Tünn nickte.

»Egal«, fuhr Ida fort. »Wir haben uns im entscheidenden Moment verpasst. Ich konnte schließlich nicht ahnen, dass du das warst. Ist doch irgendwie typisch für uns, Tünn, oder? Wenn es drauf ankommt, verpassen wir uns.«

Tünn hob Casi vom Boden, öffnete die Haustür und schob den Kater sanft nach draußen. Dann zeigte er mit dem Kopf in Richtung Wohnzimmer. »Wollen wir uns nicht lieber setzen?«

Schweigend ging Ida ins dunkle Wohnzimmer voraus. Statt das Licht anzuschalten, entzündete sie lediglich die Kerze, die immer auf dem Tischchen neben der Couch stand. Dann ließ sie sich in den einzigen Sessel fallen, sodass Tünn nichts anderes übrig blieb, als ihr gegenüber auf dem Sofa Platz zu nehmen.

»Warum hast du mir nie gesagt, dass du und Ziska ein Paar wart, als wir uns kennenlernten?« Ida war müde und resigniert, und so klang auch ihre Stimme.

»Franziska! Ich hätte es mir denken können. Ihr habt euch ohne mich getroffen.« Tünn sprang auf und ging zum Fenster. Er war sichtlich aufgewühlt.

»Danke, Tünn. Das ist Antwort genug. Du beantwortest meine Frage nicht, sondern reagierst mit einer Gegenfrage. Also stimmt, was Franziska gesagt hat!« Ida wurde von Satz zu Satz lauter. »Du hast mich all die Jahre im Dunkeln tappen lassen, warum sich meine Schwester wohl von mir zurückgezogen hat. Warum wir für sie plötzlich nicht mehr existent waren. Ich habe meiner Schwester unwissentlich den Freund ausgespannt, und du hast es nicht für nötig befunden, mir das mitzuteilen. Dadurch hast du mir jede Chance verwehrt, mich mit Ziska auszusprechen und vielleicht sogar zu versöhnen. Das ist unbeschreiblich ignorant!« Inzwischen brüllte sie. »Nein, das ist nicht ignorant, Tünn. Das ist hinterhältig und bösartig! Ich habe einen Mann geheiratet, den ich all die Jahre nie wirklich kennengelernt habe.«

Tünn tigerte im Raum auf und ab. Immer wenn er an dem Couchtisch vorbeiging, flackerte die Kerze unruhig. Schließlich blieb er vor Ida stehen. Er hatte seine Hände in die Hosentaschen geschoben, und er wirkte keineswegs so schuldbewusst, wie Ida erwartet hätte. Im Gegenteil. Auch er schien wütend zu sein.

»Wie schnell du bereit bist, mich zu verurteilen!«, sagte er leise. »Das ist erschreckend, Ida. Richtig erschreckend. Aber das alles passt natürlich in das Bild, das du dir nun seit sechs Jahren von mir machst und von dem du, stur wie ein Esel, nicht bereit bist, auch nur einen Millimeter abzurücken. Ich bin doch ohnehin seit Jahren derjenige, der alles falsch macht, der, dem man nicht glauben kann, dem man nicht vertrauen sollte und dem man keine Chance gibt. Ich weiß, ich habe vor vielen, vielen Jahren einen entsetzlichen Fehler gemacht, und ich würde alles tun, um diesen Fehler ungeschehen zu machen. Aber das kann ich nicht.«

Er sah sie an. »Und du kannst mir nicht verzeihen. Und willst es auch nicht. Warum, um Himmels willen, sind wir eigentlich noch zusammen, Ida? Kannst du mir das bitte einmal ehrlich sagen? Wenn ich in deinen Augen sowieso der Lügner bin, der alles kaputt gemacht hat – was tue ich dann noch hier? Sag es mir!« Tünns Stimme war nun ebenfalls laut. Vor der Wohnzimmertür miaute Casi. Er musste also irgendwie wieder ins Haus gekommen sein.

Tünn beachtete das Miauen nicht. Er war so aufgebracht, dass Idas Herz vor Panik holperte. Jetzt würde er aussprechen, wovor sie sich seit Wochen fürchtete. Dies hier würde ihr Trennungsgespräch sein. Vor Idas innerem Auge fielen die letzten vierzig Jahre in sich zusammen wie ein Kartenhaus. Sie schwieg, unfähig, etwas zu sagen.

Tünn hatte sich von ihr abgewandt, stand wieder vor dem dunklen Wohnzimmerfenster und starrte in die Finsternis hinaus. Dann sagte er, plötzlich so leise, dass Ida ihn kaum verstand: »Ich kämpfe doch seit Jahren auf verlorenem Posten, Ida. Du willst mich nicht mehr. Du willst mich nicht mehr bei dir haben, aber loslassen willst du mich auch nicht. Warum machst du das?«

»Wir sind verheiratet, schon vergessen?«, entgegnete Ida mit dünner Stimme.

»Verheiratet sein bedeutet heutzutage gar nichts mehr, und das weißt du«, sagte er müde. »Geschieden ist man schneller, als ein Ferkel blinzelt, wenn beide das wollen.«

»Ist es das, was du willst, Tünn? Dass wir uns scheiden lassen? Willst du mir das sagen?«

»Ich? Ich will eigentlich nichts mehr, als dass wir wieder zueinanderfinden, Ida. Das will ich. Aber wenn das für dich nicht geht ...«

»Und warum willst du, dass wir wieder zueinanderfinden, Tünn? Kannst du mir das bitte sagen? Du bist außer Haus, so oft du nur kannst. Du nutzt jede Gelegenheit, um dich weiter von mir zu entfernen. Warum solltest du wollen, dass wir wieder zueinanderfinden?«

Tünn räusperte sich, bevor er leise sagte: »Weil ich dich liebe, Ida. Weil ich dich liebe und weil ich dich immer geliebt habe. Du warst für mich die Einzige, mit der ich wirklich zusammen sein wollte. Nur darum habe ich all die Jahre die Hoffnung nicht aufgegeben, dass du mir irgendwann verzeihst. Ich wäre so gern wieder der Mann an deiner Seite ...«

Ida traute ihren Ohren nicht, als sie Tünn trocken schluchzen hörte. Sie hatte ihren Mann bisher erst zweimal in seinem Leben weinen sehen. Einmal, als sie ihr erstes Kind verloren hatten, und dann vierzehn Jahre später, als Tünns Mutter gestorben war. Tünn gehörte ohne Zweifel zu den Männern, die Gefühle gern mit kleinen Scherzchen überspielten, sie mit Ironie abtaten. Dass sein Herz eigentlich ganz weich war, hielt er gern vor allen versteckt. Als sie nun merkte, wie schlecht es ihm ging, öffnete sich in ihr eine Tür, die sie seit Jahren verschlossen hatte. Sofort kamen auch ihr die Tränen. Weinend stand sie auf und ging auf Tünn zu. Von hinten umarmte sie ihn und schluchzte an seinen Rücken gelehnt.

Er ließ es eine Weile geschehen, bevor er sich zu ihr umdrehte und sie fest in seine Arme schloss. Während beide haltlos im Dämmerlicht des kühlen Wohnzimmers weinten, stimmte Casi vor der Tür in ihre Trauer ein.

Irgendwann mussten beide lachen, und Tünn sagte: »Lass ihn rein. Dieser verrückte Kater liebt dich offensichtlich genauso hoffnungslos wie ich.«

Ida öffnete die Tür, und Casi stürmte regelrecht herein.

Dann nahm Ida Tünn bei der Hand und zog ihn zum Sofa. »Setzen wir uns«, sagte sie mit noch immer zittriger Stimme. »Ein paar Fragen habe ich noch.«

»Frag mich alles, was du willst.« Tünn nahm Idas andere Hand in seine, und Ida merkte, dass ihre Hände eiskalt waren, und fühlte die Wärme von Tünns großen, warmen Pranken.

»Warum hast du mir immer verschwiegen, dass du mit Franziska zusammen warst?«

»Weil ich das ganz anders sehe als sie.« Er seufzte. »Wir haben damals viel zusammen unternommen und waren auch einige Male miteinander im Bett, das stimmt. Aber Franzi war … Sie war schon damals eine komplizierte Frau, und ihre extreme Freiheitsliebe und ihre radikalen Ansichten haben mir von Anfang an ein wenig Angst gemacht. Als wir miteinander im Bett landeten, ging die Initiative von ihr aus. Ich selbst hätte mich doch nie an ein Feuervögelchen wie Franzi herangewagt. Sie wollte mich, warum auch immer. Aber als ich glaubte, wir wären ein Paar, hat sie mir mitgeteilt, dass mit ihr keine Beziehungskiste zu haben sei. ›Eine Beziehungskiste ist der Sarg für jede Liebe‹, hat sie gesagt. ›Das gibt es bei mir nicht. Ich bin für Freiheit ohne Besitzansprüche. Offene Liebe, offenes Leben.‹ Ich war verletzt, aber nicht überrascht und habe ihr gesagt, dass das für mich keine Option sei.«

Er sah ihr in die Augen. »Ida, du weißt, ich komme aus ganz einfachen, konservativen Verhältnissen. Ich habe mich damals politisch engagiert, weil ich eine bessere Gesellschaft wollte. Freie Liebe und diesen ganzen Quatsch wollte ich nie. Als ich Franzi das sagte, hat sie mich nur ausgelacht und mir wie einem kleinen Jungen die Haare zerwuselt. ›Du bist süß‹ – das war alles, was sie dazu sagte. Als sie auf der WG-Fete vor aller Augen mit diesem blöden Bhagwan-Typen rumgemacht hat, war für mich klar, dass wir nicht zusammen sind. Dass sie etwas ganz anderes wollte als ich.«

»Und dann wolltest du Ziska eins auswischen und hast gedacht, dann gehe ich halt mit ihrer kleinen Schwester ins Bett.«

»Nein, Ida.« Tünn strich Ida sanft eine Strähne aus dem Gesicht. »Ich schwöre bei allem, was mir heilig ist: So war es nicht. Als ich dich auf der Party gesehen habe, war es sofort um mich geschehen. Du warst so anders als all die Frauen aus unserer Polit-Clique. Du hattest etwas ganz und gar Eigenes, als du so verunsichert in deinem Jeanskleid dastandest. Du wirktest auf mich gradlinig, auf eine wunderbare Art naiv. Du hast sofort mein Herz berührt. Ich hätte mich auf jeden Fall um dich bemüht. Auch ohne dass Franzi mich gebeten hätte, mich um dich zu kümmern. Mit dir war für mich die Welt sofort eine andere. Und als ich gemerkt habe, dass du noch Jungfrau warst ... Mein Gott! Mit zwanzig Jahren Jungfrau! Das gab es doch damals so gut wie gar nicht.«

»Sag es ruhig: Ich war ein unerfahrenes Landei und deshalb leicht zu haben.«

»Ida, jetzt hör doch mal auf!« Tünn rutschte noch näher an sie heran. »So habe ich das doch gar nicht empfunden! Ich fühlte mich so ... so geehrt, dass du mir so vertraut hast. Und ich habe mich Hals über Kopf in dich verliebt. Du bist mir nicht mehr aus dem Kopf gegangen. Nur darum bin ich dir doch ein paar Tage später mit klopfendem Herzen hinterhergefahren. Ich wollte dich, Ida. Ich wollte mit dir zusammen sein. Und als du mir dann bei meinem zweiten Besuch eröffnet hast, dass du den Verdacht hattest, schwanger zu sein ... Ich habe mich gefreut. Mir war alles recht, was uns näher zueinander gebracht hat. Ich hatte nie das Gefühl, dass Franziska in meinem Leben eine ähnliche Rolle gespielt hat. Für sie waren wir Männer ... na ja, irgendwie Spielzeug. Zusammen, so wie du und ich den Begriff verstehen, war ich mit Franzi nie.«

»Trotzdem hättest du mir sagen müssen, dass du vorher mit ihr ...«

»Ich hätte bestimmt vieles anders machen müssen. Heute sehe ich das auch so. Aber damals … Ich war doch auch noch jung und unerfahren. Ich hatte Angst, du könntest mich nicht wollen. Und ich wäre nie darauf gekommen, dass sich Franzi aus Eifersucht oder verletztem Stolz von dir zurückgezogen haben könnte. Hat sie das genau so gesagt?«

Ida schüttelte den Kopf. »Ach, Ziska hat mir heute so viel an den Kopf geworfen … Ich brauche wohl eine Weile, um das für mich zu sortieren. Aber nicht heute, Tünn. Ich habe Kopfschmerzen und fühle mich, als wäre eine Herde Elefanten über mich rübergebrettert. Ich muss jetzt ins Bett.« Ida wollte schon aufstehen und Casanova vor die Tür setzen, doch Tünn zog sie noch einmal zurück aufs Sofa.

»Kann ich heute bei dir schlafen, Ida? Einfach nur schlafen, sonst nichts. Nebeneinanderliegen und Nähe üben.« Er seufzte. »Ach, und eins muss ich doch noch sagen: Ich war in den letzten Wochen nicht nur wegen der Steuerhilfe für meine Freunde unterwegs. Ich habe mir bei Günther eine kleine Souterrainwohnung eingerichtet.«

»Was hast du?« Ida war so entsetzt, dass sie aufsprang und Casanova von ihrem Schoß katapultierte.

»Nicht erschrecken, Ida! Das war nur eine Vorsichtsmaßnahme. Ich hatte Sorge, dass wir das nicht mehr hinbekommen, und hatte mir Ende des Jahres als Limit gesetzt. Ich will so aufrichtig zu dir sein, wie es nur geht. Aber jetzt denke ich, wir bekommen das doch wieder hin, Ida. Oder? Ich werde die Wohnung nicht brauchen, oder?«

»Wir geben uns jede nur erdenkliche Mühe. Und wir müssen reden, Tünn. Über vieles und immer wieder. Aber nicht heute Nacht. Lass uns schlafen gehen.«

Als Ida wenig später neben Tünn in ihrem Doppelbett lag, fühlte sie sich unbeholfen. Die alte Vertrautheit war verschwunden, eine neue Nähe aber noch lange nicht wiederhergestellt. Steif und unsicher lag jeder in seiner Hälfte des Betts, und Ida fragte sich, wie sie so schlafen sollte. Schließlich half ihnen beiden die tiefe Erschöpfung. Ihre Körper wurden warm und schwer, und schließlich fielen sie doch eng aneinandergeschmiegt in einen tiefen Schlaf.

Am nächsten Morgen war das Bett neben Ida leer. Das einfallende Licht, das sich zögerlich zu ihrem Bett vortastete, zeigte ihr, dass sie ungewöhnlich lang geschlafen haben musste. Dennoch fühlte sie sich gerädert, und noch immer hatte sie leichte Kopfschmerzen. Jedes Mal, wenn sie nachts aus wirren Träumen erwacht war und Tünn neben sich schnarchen gehört hatte, hatte sie kaum glauben können, dass diese vorsichtige Annäherung zwischen ihnen wirklich stattgefunden hatte. Langsam setze sie sich auf und sah, dass auf ihrem Nachtkästchen ein Zettel lag.

Guten Morgen, Ida!
Heute neben Dir aufzuwachen war das Schönste, was mir in
den letzten Jahren passiert ist. Ich habe dich schlafen lassen
und werde zusammen mit Lilli den Frühstücksdienst im Hotel
für Dich übernehmen. Neben meinem Bett steht ein Tablett mit
einer Thermoskanne Kaffee und Milch. Trink den Kaffee im
Bett, und gönn dir heute ein bisschen Ruhe. Ich bin ab 11 Uhr
mit Lilli in Siegen. Wir kaufen mir ein neues Smartphone.
Danach bin ich aber wieder da. So wie ich ab jetzt hoffentlich
immer für Dich da sein werde.
In Liebe
Dein Tünn

Ida kamen vor Rührung schon wieder die Tränen. Wie Tünn es ihr aufgetragen hatte, trank sie zum ersten Mal seit Jahren ihren Kaffee im Bett und ließ sich dabei Zeit. Als sie von draußen Elvis' klägliches Morgenkrähen vernahm, musste sie lächeln. Auch Zapfi und der richtige Elvis wagten offensichtlich den Versuch, sich wieder anzunähern.

Als sie an die vergangene Nacht und an Tünns Tränen zurückdachte, wurde ihr warm ums Herz. Das schwierigste Gespräch mit Tünn mochte ihr noch bevorstehen, doch sie schien ihm wirklich noch viel zu bedeuten. Deshalb würde sie alles daransetzen, ihm aufmerksam zuzuhören und ihm die Chance zu geben, einander zu verzeihen. Der Schreck, dass er sich für den Fall der Fälle schon eine Wohnung eingerichtet hatte, saß ihr noch gehörig in den Gliedern.

Nun denn!, sprach sie sich selbst Mut zu und trank den letzten Schluck Kaffee. Dann rappelte sie sich auf und ging ins Bad. Schließlich war ihre Anwesenheit nicht nur beim Frühstück wichtig. Drei neue Gäste würden heute anreisen, zwei Brüder aus Detmold und eine Frau aus Dortmund. Dafür würden die Gewitterwolke, die Gottesanbeterin und die stille Inge mitsamt ihrem Schuhlöffelchen abreisen. Ab morgen wäre dann auch das letzte Zimmer besetzt. Es gab also viel zu tun.

Als Ida die Küche betrat, strahlte Tünn sie an, wünschte ihr einen guten Morgen und gab ihr einen Kuss auf den Mund. Lilli, mit der zusammen er das Hotelfrühstück vorbereitet hatte, fiel vor Staunen fast das Tablett aus der Hand.

»Wow, habe ich was verpasst?«, fragte sie verblüfft. »Deswegen ist Tünn also den ganzen Morgen so extrem gut drauf. Und ich dachte schon, er feiert so, dass wir heute zusammen ein Smartphone für ihn shoppen.«

Ida grinste, und Tünn antwortete: »Mit dir ein Smartphone auszusuchen ist unbestritten ein Highlight dieser Woche. Aber du hast recht: Das größte Highlight in meinem Leben ist und bleibt meine Frau.«

»Oh Gott!« Lilli grinste breit. »Rutschgefahr! Pass auf, dass du auf deiner Schleimspur nicht ausrutschst! Aber im Ernst: Ich freue mich, dass ihr endlich mal gut aufeinander zu sprechen seid. Ich lass euch dann mal lieber allein.« Sie richtete ihr Tablett und verschwand im nächsten Moment in Richtung Frühstücksraum.

Als Ida und Tünn allein waren, fragte Tünn: »Wie hast du geschlafen, und wie geht es dir? Hast du den Kaffee gefunden, den ich dir neben das Bett gestellt habe?«

Ida lächelte. »Das habe ich, Tünn. Danke! Das war sehr lieb, und über deinen Zettel habe ich mich auch gefreut. Ich habe gut geschlafen, aber wild geträumt. Ein bisschen erschlagen bin ich noch immer, aber ich komme ab jetzt klar. Fahrt ihr beiden ruhig nach Siegen und sorgt dafür, dass du wieder erreichbar bist.«

»Das sind wir doch ab jetzt grundsätzlich wieder, oder, Ida? Füreinander erreichbar.«

Tünns besorgter Blick rührte Ida. »Wir bleiben füreinander erreichbar, Tünn. Versprochen. Trotzdem müssen wir noch einiges klären. Aber der Anfang ist gemacht, und der ist ja bekanntlich das Schwerste.«

Am frühen Nachmittag kam Ida endlich dazu zu kontrollieren, ob die Zimmer auf den fliegenden Wechsel vorbereitet waren. Sie kannte ihre beiden neuen Zimmermädchen, die Meike entlasten sollten, noch nicht gut genug, um das Gefühl zu haben, sich blind auf sie verlassen zu können. Doch sie hatten gut gearbeitet; alle Zimmer waren tadellos und bereit für neue Gäste.

Gerade wollte Ida sich eine kleine Pause gönnen, als sich die Eingangstür öffnete und zwei dicke Pekinesen, ein noch dickerer Koffer und eine ebenfalls ausgesprochen üppige Frau mit viel Getöse den Hotelempfang enterten.

»Getz macht abba mal langsam, ihr zwei Stinkers! Zieht nich' so anne Leine, 'ne alte Frau ist doch kein D-Zug. Kehr,

kehr, kehr, wat habt er 'ne steile Treppe hier vorm Haus! Da tut so 'ne alte Dampflock wie ich aber mächtig am Schnaufen anfangen. Aber getz sind wir ja da.«

Die Frau baute sich vor Idas Empfangstresen auf, befreite ihre zwei verfetteten Pekinesen von der Leine und nahm sie auf den Arm.

»Sie sind bestimmt die Chefin von diesen Laden hier. Is ja ganz schön am A...llerwertesten der Welt, dat muss ich aber mal sagen. Hab erst mal ganz schön rumgesucht. Hab mir diesen Schuppen vonne Bilder her etwas pompöser vorgestellt. Nein, komm, is nich' böse gemeint, wonnich? Ich tu schon mal ganz gern bissken provozieren, müssen Se nich' für ernst nehmen. Ich bin de Helga. Helga Pawlowski. Und diese zwei Stinkers hier sind Siechfried und Roy. Faul wie Dreck und dick wie'n Rollmops. Wie der Herr, so 's Gescherr. Ich bin ja auch nich' gerade 'ne zarte Elfe, wonnich? Mir schmeckt dat aber auch einfach zu gut. Dat geht dann irgendwann zwangsläufig schäbig auffe Hüfte. Deshalb hab ich auch gerade vorn Jahr 'ne neue gekricht. Also 'ne Hüfte, mein ich. Getz bin ich widda wie neu. Nur dat mit den vielen Essen, dat ham se mir nich' austreiben können. Aber vielleicht wird dat ja getz alles anders, woll? Man sacht doch, dat Essen der Sex des Alters is'. Vielleicht finde ich ja hier einen, für den ich dat Pferd dann nochma andersrum aufzäume. Sex statt Essen, wennze verstehst, wat ich meine. Wat is', können wir eigentlich Du sagen? Bei uns im Pott, da ham wir dat nich' so mit de Siezerei.«

Ida fühlte sich überrumpelt von der überbordenden Präsenz ihres neuen Gastes. »Äh ... ja. Ich bin tatsächlich die Chefin hier, und mit der äh ... Spontaneität von euch Ruhrgebietlern kenne ich mich inzwischen etwas aus. Wir haben noch einen Gast aus Ihrer Region. Die ist ähnlich impulsiv wie Sie, Frau ... äh.«

»Helga, sach ich doch. Musse nich' so förmlich an mich rangehen. Ich will mich doch wohlfühlen hier, und dat kann ich nich', wenn dat so piekfein und förmlich zugeht.«

Unauffällig atmete Ida durch. »Also schön, Helga. Dann bin ich die Ida. Herzlich willkommen hier im Hotel zur späten Liebe. Ich hoffe Sie … äh, du hattest eine gute Anreise.«

»Kuck, geht doch, Ida! Da sind wir uns doch schon handelseinig. Anreise war erträglich, und getz, nach die Anreise, da spekuliere ich auf gute Anreize. Wie sieht et denn aus, Ida-Mädken? Hasse denn auch 'n paar schicke Jungs für mich inne Pipeline? Is' da wat für so 'ne imposante Pottperle wie mich dabei?« Um ihrem Wunsch Nachdruck zu verleihen, strich die »imposante Pottperle« sich genüsslich über die ausufernden Kurven.

Ida hatte Mühe, sich ein Lachen zu verkneifen. »Ob die Herren, die hier zurzeit im Haus weilen, deinen Vorstellungen entsprechen, weiß ich natürlich nicht, Helga. Aber wir haben auf jeden Fall sehr nette Gäste. Sowohl männliche als auch weibliche.

»Weibliche is getz für mich nich' so sehr von Relevanz, wennze verstehst, wat ich meine. Nein, komm. War Spaß. Musst mich nich' so ernst nehmen, Ida. Ich mach schon ma gerne son paar Witzkes. Is' bei mir Lebensphilosophie. Lachen und dat Leben genießen. Auch, wenn dat Leben einen schon mal de Petersilie schäbig am Verhageln is'. Dann musste erst recht lachen können, sonst kriegste keinen Kerl dazu, auch nur fünf Minuten an dich dran zu verschwenden. Die Herren Körpersäfteverteiler, die wollen keine Klagevögelchen für ihren goldenen Käfig, wonnich? War Spaß, Ida, war nur Spaß. Ich will ja in keinen Käfig. Aber getz ma im Ernst. Hast du denn ein paar richtig leckere Zwölfender bei dir im Sortiment?«

Was auch immer Helga unter einem leckeren Zwölfender verstand, Ida wurde gottlob einer Antwort enthoben. Just in dem Moment hatte nämlich das tapfere Schneiderlein das

Foyer betreten. Er sah nach den aufregenden Ereignissen der letzten Nacht noch ein wenig ramponiert aus, aber er war zumindest wieder geschniegelt und gestriegelt, und seine obligatorische Kappe saß auch wieder da, wo sie hingehörte.

Er tippte sich an ihren Schirm, als wollte er vor der Pottperle salutieren: »Darf ich vorstellen? Erwin Wimmer. Der beste Zwölfender im Sortiment, wenn ich bei Ihrer hübschen Metapher bleiben darf.«

»Ach, da kuck ma einer an!« Helga strahlte das tapfere Schneiderlein an. »Dat nenn ich aba ma 'ne angemessene Begrüßung. Ich bin de Helga, und ich hab dat ganz gern, wenn man beim Du bleibt. Förmlichkeit is' aller Laster Anfang, sag ich immer.« Helga lachte begeistert über ihren eigenen Witz.

»Dann bin ich der Erwin, und damit haben wir den ersten Laster schon mal vor die Wand fahren lassen. Helga, du bist goldrichtig! Das merkt so einer wie ich sofort.«

Verstohlen schüttelte Ida den Kopf. Da fing der gute Erwin doch tatsächlich schon wieder an zu balzen! Dabei war er nach dem Frühstück noch todtraurig gewesen, dass seine Lieblingsflirtopfer – Gewitterwolke und Gottesanbeterin – abgereist waren. Zwar hatten beide hoch und heilig versprochen, so schnell wie möglich wiederzukommen, aber eine Frohnatur wie Gewitterwolke Annemie Münzig hinterließ durchaus eine Lücke. Doch die schien Helga als erklärte Gegnerin jeder Förmlichkeit überraschend schnell füllen zu können.

»Richtig. Dat hat aber schon lange keiner mehr so schick auffen Punkt gebracht, Herbert«, sagte sie sichtlich geschmeichelt.

»Erwin, Helga! Erwin ist mein Name. So viel Förmlichkeit muss dann schon sein. Der Vorname sollte stimmen!« Erwin reckte neckisch den Zeigefinger in die Luft. »Nicht dass du mir noch die Namen von all den Herren verwechselst, die dich hier bald umgarnen werden. So ein Prachtweib, wie du bist …«

Die Pottperle hieb Ida vergnügt auf den Oberarm. »Ida, Ida, wat hasse für den denn bezahlt? Dat is ja 'n richtigen Womenizer. Umgarnen is' in meinen Zusammenhang ein interessantes Wort. Da werden de Herren nämlich viel Garn brauchen, bei meinen neunzig plus Kilo Lebendgewicht.« Schon wieder lachte Helga dröhnend.

»Ein Kilo schöner als das andere«, versicherte Erwin schnell. »Prachtbauten wie dich, Helga, die gibt es doch heute kaum noch. Barockbauten sind Mangelware. Heute versucht doch die Damenwelt eher, wie ein Bauwerk der Gotik daherzukommen. Ich bin kein Freund von diesen menschgewordenen Gotiktürmchen.«

Bevor Ida wusste, was sie darauf noch sagen sollte, kam Dominick von Wallenberg durch die Eingangstür. Er war offenbar spazieren gewesen, denn er trug einen edlen Trenchcoat und duftete intensiv nach einem wahrscheinlich teuren Aftershave. Als er die Ansammlung am Empfang wahrnahm, verzog er das Gesicht zu einem Ausdruck, den er selbst wahrscheinlich als smart bezeichnet hätte.

»Einen wunderschönen guten Tag, alle miteinander!«, grüßte er in die Runde. »Wie ich sehe, reisen bereits neue Gäste an. Frau Tündermann, ich gratuliere Ihnen wirklich sehr zu Ihrem überzeugenden Konzept. Der gestrige Tanzabend war ebenfalls ein voller Erfolg. Auch dazu meine Anerkennung.«

»Donnerwetter! Hier is' ja richtig Wildwechsel bei dir im Laden, Ida.« Interessiert wandte die Pottperle sich von Wallenberg zu. »Kaum hat man de ersten Komplimente eingesackt, läuft einem schon der nächste saftige Hirsch vor de Flinte.«

»Nein, nein!«, widersprach Ida schnell. Nicht dass die forsche Helga auch den Fernsehfritzen auf ihre rustikale Art zu bezirzen versuchte! »Herr von Wallenberg ist kein normaler Gast. Er ist aus beruflichen Gründen hier.«

»Wie klingt denn das?«, protestierte von Wallenberg. »Frau

Tündermann, *kein normaler Gast!* Ich bitte Sie. Ich bin hier. Ich bin ein Mann. Und wenn eine auffallend attraktive Frau mich als saftigen Hirsch bezeichnet, dann geht so ein schönes Kompliment auch an mir nicht spurlos vorüber.«

Helga griff sich an die linke Brust. »Ich glaub, ich werd bekloppt! Adel haste hier auch zu Gast. Ida, ich gebe et ungern zu, aber dieser Laden scheint meine bescheidenen Sehnsüchte komplett zu übertreffen. Aber getz gib mir ma 'n Zimmerschlüssel. Meine beiden Stinkers müssen dringend vor de Tür. Und davor hätte ich gern das Gepäck oben. Vielleicht kann ja einer der beiden Herren mir mit die schweren Kiste helfen.«

Sie hatte kaum auf ihren überdimensionierten Koffer gezeigt, als bereits das tapfere Schneiderlein herbeisprang und nach dem Koffer griff.

Der feine Herr von Wallenberg schien nichts dagegen zu haben, ihm diesbezüglich den Vortritt zu lassen, konnte sich aber nicht verkneifen zu sagen: »Wenn die Dame ihr Gepäck verstaut hat und einen kleinen Spaziergang machen möchte, stelle ich mich gern als Bodyguard und Guide zur Verfügung. Ich weile ja bereits einige Tage hier und kenne mich hinreichend in der Umgebung aus.«

Ida reichte Helga den Zimmerschlüssel und hörte mit Sorge, dass der unter der Last des wohnmobilartigen Koffers bereits keuchende Erwin in Richtung von Wallenbergs zischte: »Die Dame hat sich bereits mit mir zum Spaziergang verabredet.«

»Hat se dat?«, fragte Helga erstaunt und sah von einem zum anderen und dann wieder zu Ida. »Nich', dat sich de Kerls wegen mir noch duellieren. Dat blutet doch so schäbig und macht nur Dreck. Aber im Ernst, Erwin: Dat Barockgebäude geht gern 'n paar Schritte mit dir. Wer so hilfsbereit und fantasievoll ist ...«

»Duellieren wäre tatsächlich nicht ganz mein Stil«, bemühte sich von Wallenberg in seinem angenehm sonoren Bass. »Bisher sind die Damen in der Regel auch äußerst freiwillig mit mir mitgegangen. Aber aufgeschoben ist ja nicht aufgehoben. Ich stehe jederzeit zur Verfügung.«

»Nich' beleidigt sein, kleiner Graf. Ich mach doch nur Spaß! Ich bin eben mehr so vonne lustige Fraktion. Musse nich' ernst nehmen, wonnich? Du kommst auch noch dran.« Helga nickte ihm noch einmal zu. Dann verschwanden sie, ihre dicken Hunde und der beladene Erwin im Flur.

»Köstlich!«, sagte Dominick von Wallenberg. »Ganz, ganz köstlich! Was für unglaubliche Originale sich bei Ihnen die Klinke in die Hand geben, Frau Tündermann. Ich habe vor meinem inneren Auge quasi schon die Kamera im Anschlag. So ungewöhnliche Menschen!«

»Vielleicht sind eigentlich alle Menschen ungewöhnlich, Herr von Wallenberg. Nur macht man sich ab einem gewissen Alter eventuell nicht mehr so die Mühe, das zu kaschieren.« Ida lächelte von Wallenberg freundlich an, fühlte aber, wie immer in seiner Gegenwart, ein leichtes Unbehagen. Der Mann wirkte so glatt und smart. Diese Art von Menschen lag ihr gar nicht.

»Sie sind ja eine echte Philosophin, Frau Tündermann. Zauberhaft! Aber ich habe von Anfang an gespürt, dass Sie eine ganz außergewöhnlich kluge Frau sind. Was ich allerdings eigentlich fragen wollte: Wann, denken Sie, hat Frau Sanvier wohl noch einmal ein wenig Zeit für mich? Ich würde doch zu gern einige Ideen mit ihr besprechen, bevor ich die an den Sender weiterreiche.«

Das hatte Ida völlig vergessen. Stimmte ja, sie hatte von Wallenberg versprochen, dass Lilli sich mit ihm zusammensetzen würde. *Ich muss wirklich aufpassen, dass meine private Verwirrtheit nicht das ganze Hotelleben durcheinanderbringt*, ermahnte Ida sich. Laut sagte sie: »Frau Sanvier ist momentan außer Haus. Sobald sie zurück ist, werde ich sie fragen. Es wird sich bestimmt zeitnah eine Gelegenheit ergeben, ausführlich mit ihr zu sprechen.«

Von Wallenberg deutete einen Diener an und verschwand nach draußen. Auch Ida verzog sich rasch, bevor die wortgewaltige Helga mit ihren »Stinkers« zurückkehrte. Nahm sie sie erst einmal wieder in Beschlag, war an eine kleine Pause nicht mehr zu denken.

In ihrer kleinen Privatküche goss Ida sich einen Zimttee auf, den ihr Änne empfohlen hatte. Den nahm sie mit ins Wohnzimmer, setzte sich auf ihre Couch und legte die Beine hoch. Während sie den Tee in kleinen Schlucken trank, ließ sie den Blick durch den Raum schweifen, der sich seit vierzig Jahren so gut wie nicht verändert hatte. Obwohl Idas Mutter nach dem Tod ihres Mannes auch im Privathaus einiges umgebaut hatte, war das Wohnzimmer nach wie vor der leicht muffige, dunkle Ort, den Ida seit ihrer Kindheit kannte. Die Möbel waren dunkel und schwer; einige mochten inzwischen echte Antiquitäten sein – was sie leider kein bisschen schöner machte.

Durch die beiden kleinen Fenster drang selbst im Hochsommer nur wenig Licht in den Raum, und jetzt, wo der Herbst Einzug gehalten hatte, war es hier drinnen wieder so dunkel, wie es den ganzen Winter bleiben würde. Im Halbdunkel erinnerte der wuchtige Eichenholzschreibtisch, an dem schon ihre Mutter den Schriftverkehr und die Buchführung des Hotels erledigt hatte, Ida immer an ein schweres Tier aus Vorzeiten. Auch Ida bearbeitete an diesem Ungetüm sitzend, was für das Hotel an Schreibkram anfiel. Lediglich das Telefon war im Laufe der Jahrzehnte mehrfach ersetzt worden. Und das Sofa, das sie und Tünn vor etlichen Jahren angeschafft hatten, weil die alte Chaiselongue zu unbequem gewesen war. Schließlich der große Klappsessel, der sich in eine halb liegende Position zurückklappen ließ – auch er war jüngeren Datums. Ansonsten war die Zeitenwende an diesem Raum vorbeigegangen.

Ida seufzte. Früher hatte die Familie dieses Zimmer selten benutzt. Wohnzimmer waren in ihrer Kindheit nur zu besonderen Anlässen beheizt und benutzt worden. Ida konnte sich allerdings daran erinnern, dass ihr Vater oft allein in diesem dunklen, kalten Raum gesessen hatte. Er hatte sich einen Sessel vor das Fenster geschoben und stundenlang schweigend hinausgestarrt. Was mochte da in seinem Kopf vorgegangen sein? Als Kind hatte Ida sich darüber wenig Gedanken gemacht. Der Vater war in ihren Augen ein schweigsamer, mürrischer Mann gewesen, dessen Gesicht durch seinen Wolfsrachen immer ein wenig unheimlich gewirkt hatte. Von Zeit zu Zeit hatte ihn irgendetwas erzürnt, dann hatte er laut herumgebrüllt und geflucht, bis seine Frau ihn mit eisiger Stimme mahnte, er solle sich gefälligst zusammenreißen und durch sein Geschrei nicht die Hotelgäste erschrecken. Dass auch die kleine Ida immer ein wenig Angst vor ihrem Papa gehabt hatte, schien ihrer Mutter entweder entgangen oder unwichtig gewesen zu sein. Ida war deshalb von klein auf am liebsten drüben bei ihrer Freundin Zapfi gewesen. Dort war die Atmosphäre warmherzig, leicht und fröhlich, und Zapfis Papa war der lustigste Mann, den Ida je kennengelernt hatte. Ständig war er zu kleinen Späßchen mit den Kindern aufgelegt gewesen. Er hatte ihnen die Nasen weggezaubert, er konnte Kuscheltiere auf seinem Arm lebendig werden lassen, und wenn die Kinder etwas ausgefressen hatten, hatte er in seinem bayerischen Dialekt so freundlich mit ihnen geschimpft, dass Ida stets das Gefühl gehabt hatte, nie wirklich etwas falsch gemacht zu haben. Und nach jedem liebevollen Donnerwetter hatte er ihnen über die Köpfe gestrichen, zwanzig Pfennig aus der Tasche geholt und sie ihnen mit der Bemerkung zugesteckt: »Und jetzt kaufts euch was Guads und bleibts einfach ab jetzt brav.«

Zapfis Mutter hatte ihn manchmal gerügt, er sei zu nachgiebig mit den Kindern. Aber im Grunde war auch sie nicht zu echter Strenge fähig. Sie hatte sich sogar manches Mal erbarmt und ihnen abends schnell die Hausaufgaben gemacht, die sie im Eifer des Spielens vergessen hatten. Immer hatte sich Ida vorgenommen, wenn sie selbst Kinder hätte, wollte sie genauso liebevoll und lustig mit ihnen umgehen, wie Zapfis Eltern es getan hatten. Doch dann hatte sich herausgestellt, dass Ida nie eigene Kinder haben würde, und ihre Mutter hatte sie mit der verstörenden Bemerkung versucht zu trösten: »Ida, wer weiß, wofür das gut ist. In dieser Familie ist das Unglück zu Haus. Vielleicht bleibt deinen Kindern einfach nur viel erspart.«

Ida hatte sich über diese Taktlosigkeit die Augen aus dem Kopf geweint und lange gebraucht, um sie zu vergessen. Aber nun, als sie allein dasaß und ihren Tee trank, fiel ihr plötzlich alles wieder ein.

Was hatte ihre Mutter damit gemeint, dass in ihrer Familie das Unglück zu Haus sei? War Idas Papa wirklich ein schlimmer Nazi gewesen? War er deswegen immer so verschlossen und unzufrieden? Weil mit dem Untergang des »tausendjährigen Reichs« auch seine Träume einer arischen Überlegenheit untergegangen waren?

Ida zog nachdenklich die Stirn kraus. Vielleicht war er auch deshalb so empfänglich für die braunen Ideen gewesen, weil er zeitlebens eher hässlich und ein Außenseiter gewesen war. Aber diese Entschuldigung konnte ihr Opa nicht geltend machen. Der war ein stattlicher Mann und vor dem Krieg auch durchaus wohlsituiert gewesen. Zusätzlich zu der Gastwirtschaft hatte er Landwirtschaft betrieben, und seine Söhne hatten kräftig mitangepackt. Es war ihnen gut gegangen, bis zwei seiner Söhne im Kampf für die angeblich gute Sache ihr Leben gelassen hatten.

Vielleicht hatte Oma Wilma der kleinen Ida deshalb immer gesagt: »Nimm dir keinen Mann, Idalein. Männer sind laut und herrschsüchtig. Und wenn's einen Krieg gibt, dann nimmt sie dir das Vaterland und lässt sie auf dem Feld verbluten. Es kommen immer die Falschen wieder, Idalein, immer die Falschen. Der Opa Hugo, der hätte für all seine Sünden im Krieg bleiben müssen. Aber meine beiden Jungen, das waren Gute. Die hätte der Herr nicht zu sich holen dürfen.«

»Aber Papa hat doch auch überlebt«, hatte die kleine Ida geantwortet.

»Dein Papa, Idalein, ja der …« Die Oma hatte geseufzt und Ida auf den Schoß gezogen. »Der Papa, Ida. Der hatte im Grunde ein gutes Herz. Aber ein schiefes Gesicht. Und da hat der Opa ihn mit seinem Krieg und den ganzen sündigen Ideen angesteckt. Nicht vergessen, Idalein: Dein Papa, der war auch einmal ein lieber Junge. Sei immer schön lieb zu ihm, er meint's nie bös.«

Ida hatte nicht gewusst, was genau ihre Oma damit meinte, dass sie lieb zum Papa sein sollte. Eine Weile hatte sie versucht, dem Papa ab und zu zuzulächeln, wenn er schweigend am Abendbrottisch saß. Bis er sie mit seiner seltsam verwaschenen Sprache gefragt hatte: »Was grinst du so? Was ist denn so lustig daran, mir beim Kauen zuzugucken?«

Ida hatte sich erschrocken und danach nicht mehr versucht, lieb zum Papa zu sein.

Ida schüttelte den Kopf, um die unangenehmen Gedanken zu vertreiben. Seltsam, dass sie all die Jahre nie über ihre freudlose Kindheit nachgedacht hatte. Dass sie sich nie gefragt hatte, auf welcher Seite ihre Vorfahren im Krieg gestanden hatten und warum ihre Mutter so geldgierig gewesen war und sich immer kaputt gearbeitet hatte, um bloß mehr und noch mehr zu erreichen.

Mit wie viel Blindheit war ich eigentlich geschlagen, dass ich all das nie hinterfragt habe?

Sie war völlig in ihren Gedanken versunken. Als ihr Handy klingelte, erschrak sie deshalb so sehr, dass sie ein wenig Tee verschüttete.

»Ja, bitte?«, fragte sie fahrig.

»Tida, ich bin's!«, meldete sich Lilli. »Wir sind jetzt hier fertig und fahren gleich wieder zurück. Tünn kann sein neues Smartphone noch nicht benutzen. Das muss erst aufgeladen werden, und dann muss ich ihm alles erklären.« Lilli kicherte. »Ihr seid echt so was von süß hinterm Mond, Tünn und du. Aber ich nehme das jetzt für euch ein bisschen in die Hand. Du wirst schon sehen. Nach und nach hieve ich euch noch auf ein anderes Level. Den Stand von 1900 solltet ihr noch packen, aber beim Jahr 2000 hören wir dann vielleicht auf.« Wieder kicherte sie.

Ida lehnte sich entspannt zurück. Sie ließ sich Lillis Spott gern gefallen. Sie war am Computer und mit dem Handy tatsächlich ein ziemlich hoffnungsloser Fall. Aber sie war lernfähig. Ab jetzt würde sie sich den Realitäten stellen, und nicht nur den technischen. Zu Lilli sagte sie: »Lilli, Kind, du hast uns wirklich fest in der Hand. Nutz das bloß nicht aus, meine Süße!«

Lilli wollte schon protestieren, aber Ida ließ sie gar nicht erst zu Wort kommen. »Nein, im Ernst, du bist wirklich ein unglaublicher Glücksfall für uns alle. Hast du heute vielleicht irgendwann noch Zeit, dich ein bisschen mit diesem RTX-Fuzzi zusammenzusetzen?«

»Mach ich, Tida«, versprach Lilli. »Ich bin aber ab heute Abend wieder bei Levke auf dem Hof. Ich muss noch mit Beppo in den Wald. Und in zwei Wochen muss ich mich auch noch um Monkey kümmern. Dann wird er von seiner Mutter getrennt, und dann wohne ich vielleicht eine Weile ganz bei Levke – damit sich Mo besser an mich bindet und ich ihn erziehen kann. Aber keine Sorge, für euch bin ich weiterhin da.«

Ida spürte, wie der eben verschüttete Tee langsam ihre Wolljacke durchdrang. Sie würde sich umziehen müssen. Eine Frage musste sie Lilli aber noch stellen: »Dann hast du also weiterhin vor, bei uns zu bleiben? Keine anderen Pläne in Sicht?«

Ein Stöhnen drang durch den Hörer. »Sag bloß, Oma hat dir

wieder die Ohren abgekaut, dass ich mich gefälligst nach Hause und auf die Schulbank zurückbegeben soll! Keine Chance, Tida! Das kannst du ihr gern von mir ausrichten, wenn ihr euch trefft. So, wir machen jetzt, dass wir hier wegkommen. Bis später.«

Ida schloss für einen Moment die Augen. Bei der Erwähnung ihrer Oma hatte Lillis Stimme sofort wieder leicht aggressiv geklungen. Der Gedanke daran, nach Hause zurückzukehren, war für sie offensichtlich nach wie vor ein rotes Tuch.

Franziska hatte im Laufe des Tages mehrfach versucht, Ida zu erreichen. Die aber hatte keine Zeit und ehrlicherweise auch keine Lust gehabt, mit ihrer Schwester zu sprechen. Zuerst wollte sie wieder ein wenig mehr Boden unter den Füßen haben.

Ein Pingen kündigte den Eingang einer neuen Textnachricht an. Müde sah Ida auf das Display. Franziska. Ausgerechnet!

Habe den ganzen Tag an Dich gedacht. Hoffentlich geht es Dir gut. Ich wollte Dich nicht überfordern. Ich fahre morgen nach dem Frühstück zurück nach Dortmund, werde aber in zwei Wochen gemeinsam mit Gloria wiederkommen und ein Wochenende im Ayurveda-Resort verbringen. Vielleicht ist es an der Zeit, dass auch Du und Gloria euch kennenlernt? Und vielleicht kann Gloria mal allein ein paar Takte mit Lilli reden. Schreib mir bitte kurz, ob bei Dir alles in Ordnung ist. Lieber Gruß Franzi

Ida ging in ihr Schlafzimmer, um die feuchte Wolljacke zu wechseln. *Familie*, dachte sie, *immer wieder Familie! Nichts ist komplizierter, und nichts hat so eine Macht über einen. Es ist wohl besser, das zu akzeptieren und sich den Kellergeistern zu stellen.*

In den nächsten Tagen lief alles seinen geregelten Gang. Die beiden männlichen Gäste, die etwas später als Ruhrgebietsperle Helga angekommen waren, waren schon optisch ein Gewinn. Als eineiige Zwillinge sahen die beiden Detmolder tatsächlich nahezu identisch aus. Beide waren riesengroß und sehr dünn, und ihre wenigen grauen Haare standen ihnen in kleinen, widerspenstigen Büscheln vom Kopf ab. Sie erinnerten dabei so an zwei Vögelchen in der Mauser, dass Lilli ihnen heimlich den Spitznamen »die beiden Wiedehopfs« gegeben hatte. Nur an ihrem Verhalten konnte man sie unterscheiden: Josef redete gern und riss dauernd leicht abgestandene Witzchen. Gotthilf hingegen war ein ruhiger Geselle und bestätigte Erklärungen oder Erzählungen seines Bruders gern mit: »Ja, ja. So ist das.«

»Uns gibt es nur im Doppelpack«, hatte sein Bruder Josef schon bei der Anmeldung gewitzelt. »Wenn eine Frau schielt, hat sie gleich vier Stück von uns. Wir sind für die Damenwelt also ein Superschnäppchen.«

»Ja, ja. So ist das«, hatte Gotthilf seine Bemerkung bekräftigt.

Ida hatte die beiden sofort in ihr Herz geschlossen. Sie waren bis zu ihrer Rente Bäcker gewesen und hatten gemeinsam einen eigenen Bäckerladen betrieben. Als Ida ihnen erzählte, dass der Mann ihrer Freundin ebenfalls eine Bäckerei führte, die er gerade an einen Nachfolger übergab, antwortete Josef: »Handwerk hat goldenen Boden, hat man immer gesagt. Für das Bäckerhandwerk ist der Boden aber eine Falltür. Heutzutage machen die ganzen Bäckereiketten das echte Handwerk so langsam kaputt.«

»Ja, ja. So ist das«, ergänzte Gotthilf.

Eben hatte Ida die beiden im Foyer getroffen. »Frau Tündermann, Ihnen brauche ich das nicht zu sagen. Sie haben es ja offensichtlich begriffen: Wer nicht mit der Zeit geht, der geht mit der Zeit. Aber Sie, Sie haben den Wandel mit ihrem wunderschönen Flirthotel hinbekommen«, lobte Josef Schmitz jetzt.

Ida schmunzelte innerlich und antwortete: »Den Wandel habe ich allein der Enkelin meiner Schwester zu verdanken. Die hatte die Idee und hilft uns bei allem, was moderne Werbung und soziale Medien angeht. Ohne sie würde ich wahrscheinlich noch immer im letzten Jahrhundert hocken und mich wundern, dass ich da so allein bin.«

Die Brüder Schmitz lachten gutmütig.

»Wohl dem, der Rat annimmt!«, deklamierte Josef. »Ratschläge kann man nicht geben, die kann man nur nehmen. Das sagte unsere gute Mutter immer, Gott hab sie selig. Wenn euch hier im Hotel mal der Sinn nach handwerklich hervorragendem, frisch gebackenem Brot steht: Gotthilf und ich kneten noch immer für unser Leben gern Brotteig.«

»Ja, ja, so ist das.«

Ida schoss das Bild durch den Kopf, wie Gotthilf seinem Bruder beim Flirten ständig mit seinem »Ja, ja, so ist das!« Beifall zollte. Dass das bei einer ihrer Damen Anklang finden könnte, konnte sie sich nicht vorstellen. Die Idee mit dem selbst gebackenen Brot gefiel ihr jedoch gut, und sie versprach den beiden, sich den Vorschlag durch den Kopf gehen zu lassen.

Zu Idas Erleichterung hatte Lilli sich inzwischen mit Dominick von Wallenberg getroffen – und war von seinen Vorschlägen begeistert. Er hatte sich vorgestellt, im Hotel eine sogenannte Reality-Soap – eine Mischung aus Dokumentation und Seifenoper – zu drehen, in der die originellsten Gäste die Hauptrolle spielen sollten. Ida war skeptisch, ob sie mit so etwas ihre Gäste nicht eher vergraulen würde. Sie konnte sich nicht vorstellen, dass die älteren Herrschaften, die oft recht schüchtern anreisten, Freude daran hätten, mitsamt ihrer Flirtversuche über die Mattscheiben der Republik zu flimmern. Zugegeben, sicherlich gab es Ausnahmen. Ruhrpottperle Helga und wahrscheinlich auch Wiedehopf Josef Schmitz könnten daran vielleicht Freude haben. Dennoch ... Unwillkürlich schüttelte Ida den Kopf. Zum Glück war noch nichts entschieden, und Lilli hatte versprochen, sich Idas Bedenken noch einmal gründlich durch den Kopf gehen zu lassen.

Hinzu kam, dass Ida nach wie vor eine unbestimmte Abneigung gegen diesen von Wallenberg spürte. Sie nahm sich vor, bei Gelegenheit mit Tünn darüber zu sprechen.

Tünn ... Sie seufzte. Zwischen ihm und ihr war die Stimmung nach wie vor liebevoll, aber zugleich äußerst vorsichtig. Die wirkliche Aussprache stand ihnen noch bevor, und Ida ließ einen um den anderen Moment verstreichen.

Und dann war es tatsächlich Tünn, der den Sprung ins kalte Wasser wagte.

19
Ohrgeräusche

Der Sonntag war ein wunderschöner, sonniger Herbsttag. Das Laub hatte sich inzwischen verfärbt und ließ das sonst eher karge Sauerland in warmem Gold und Orange erstrahlen. In den letzten Tagen hatten sich zudem immer wieder kreischende Gruppen von Kranichen zum Abflug formiert, und Lilli hatte erzählt, dass die Tiere auf Levkes Hof schon mit dem Fellwechsel begannen.

Ida und Tünn hatten gemeinsam den Frühstücksdienst verrichtet, saßen nach getaner Arbeit in ihrer privaten Küche und tranken in schweigendem Einvernehmen einen zweiten Kaffee. Schließlich seufzte Tünn tief und sah Ida abschätzend an.

»Ida, wollen wir beide heute zusammen einen Spaziergang machen, und ich darf dir endlich erzählen, was damals genau geschehen ist und was mich dazu gebracht hat, diesen furchtbaren Fehler zu machen?«

Lieber nicht, dachte Ida und spürte sofort wieder ein unangenehmes Rauschen in ihren Ohren. Das hatte sie in den letzten Tagen immer wieder gehabt, und sie hatte schon überlegt, einen Ohrenarzt um Rat zu fragen.

Ein wenig gezwungen nickte sie, und Tünn, der das ängstliche Flackern in ihrem Blick offenbar gesehen hatte, ruderte sofort zurück: »Wenn du noch nicht so weit bist, Ida, können wir auch einfach nur ein wenig zusammen spazieren gehen. Die Sonne genießen und –«

Ida unterbrach ihn lauter als beabsichtigt: »Nein, Tünn.

Einmal muss es sein. Ich will diesen Felsbrocken, der mir auf der Seele liegt, endlich in Bewegung bringen. Also lass uns aufbrechen.«

Als sie sich die Anoraks angezogen hatten und gerade vor die Tür traten, sahen sie, dass Elvis und Zapfi ebenfalls gerade herauskamen.

Oje, hoffentlich wollen die beiden sich uns nicht anschließen, dachte Ida. Sie wollte es nun wirklich hinter sich bringen.

Zapfi hatte Marylin an der Leine, die sich offensichtlich darüber freute, endlich einmal von ihren quirligen Welpen befreit zu sein. »Hallo, ihr zwei!«, rief sie. »Was ein schöner und ungewöhnlicher Anblick! Ihr beide Arm in Arm …«

»Dasselbe könnten wir zu euch sagen«, erwiderte Ida.

»Wir beide tun aber nur so, als würde bei uns wieder eitel Sonnenschein herrschen«, sagte Zapfi augenzwinkernd. »Wir müssen uns noch ordentlich zanken, bis ich diesen Chaoten wieder ernsthaft in mein Leben lasse. Darum gehen wir jetzt zusammen spazieren. Beim Laufen schimpft es sich am besten.«

»Na, dann mischt mit eurer Schimpferei nicht den ganzen Wald auf. Die armen Tiere brauchen auch mal ihre Ruhe«, sagte Tünn trocken, aber nicht unfreundlich und zog Ida entschlossen mit sich, als sich die kleine Dorfstraße in zwei Wege gabelte. »Wir sehen uns!«

Während Zapfi und Elvis mit Marylin den anspruchsvolleren linken Weg wählten, nahmen Ida und Tünn den weniger steilen rechten Weg. Eine ganze Weile gingen sie schweigend nebeneinanderher. Im Wald, an den Stellen, wo die Sonne nicht wirklich durchkam, hingen feuchte Spinnweben in den Ästen. Die ersten Pilze ließen sich im Unterholz blicken. Butterpilze schoben sich goldbraun aus dem vertrockneten Laub des Vorjahres, und Idas Nase witterte auch, dass einige Stinkmorcheln gewachsen waren. Die letzten Tage waren recht feucht gewesen, und das hatte sie aus dem Boden schießen lassen. Eichhörnchen huschten eifrig an Bäumen auf und ab, um ihre Wintervorräte anzulegen.

Als sie eine ganze Weile gegangen waren, nahm Tünn seinen Arm von Idas Schulter. Seine Stimme war so leise, dass Ida sich konzentrieren musste, um ihn überhaupt zu verstehen.

»Ida, ich weiß nicht recht, wie ich anfangen soll.«

Ida nahm seinen Arm und hakte sich bei ihm unter. »Fang einfach da an, wo es dir am leichtesten fällt. Aber sprich etwas lauter, ich höre zurzeit ein bisschen schlecht.«

Tünn sah sie kurz erstaunt an, dann beugte er sich ein wenig in ihre Richtung. »Ida, dass du aus ihrem Tagebuch erfahren musstest, was damals zwischen deiner Mutter und mir vorgefallen ist, tut mir fast am allermeisten leid. Ich hätte dir längst und am besten direkt zu Anfang beichten müssen, was passiert ist. Dass Margot Tagebuch geführt hat, wusste ich nicht. Als wir nach ihrem Tod die Wohnung leer geräumt haben und du es gefunden hast, da schwante mir natürlich Übles. Aber hätte ich dir damals, direkt nachdem du aus der Klinik zurück warst, alles gebeichtet …«

Das Rauschen in Idas Ohr wurde lauter. Sie spürte, dass ihr Herz stolperte. Aber sie wollte jetzt nicht mehr ausweichen. »Für eine solche Enthüllung gibt es wohl keinen guten Zeitpunkt.« Ihre Stimme klang wie die einer uralten Frau. Sie räusperte sich.

»Du hast recht.« Tünn starrte zu Boden. »Aber damals, Ida … Du warst psychisch in einer so bedenklichen Verfassung. Ich hatte Angst, dass du mich verlässt und dann mit deiner furchtbaren Mutter allein zurückbleibst.«

»Na, so furchtbar hast du sie ja mindestens zweimal nicht gefunden.« Ida trat nach einem Tannenzapfen, der auf dem Weg lag. »Ziska hat gesagt, dass sie das war, was man auf Neudeutsch eine Bitch nennt. Dass wir Geschwister uns untereinander alle nicht ähnlich sehen. War sie das, Tünn? War unsere

Mutter eine, die mit allen Männern ins Bett ging? Hat dich das gereizt? Dass sie so ein Luder war und ich nur ein Trauerkloß mit leer geräumtem Unterleib?«

»Nein, nein, Ida!« Entsetzt blieb Tünn stehen. »Sprich so nicht. So war das nicht. Es stimmt ... Deine Mutter wäre am liebsten jedem Mann an die Hosen gegangen. Das wusste jeder im Ort. Nur du nicht. Du warst zu sehr mit deinem Kummer beschäftigt. Dein Vater muss wohl ebenfalls gewusst haben, dass eure Mutter ihm schon kurz nach Richards Geburt immer wieder Hörner aufgesetzt hat. Aber was sollte er machen? Sein Ruf war ohnehin ruiniert, und ohne Margot wäre alles den Bach runtergegangen. Aber ich ... Ida, bitte, glaube mir das: Ich habe Margot nie attraktiv oder auch nur annähernd sexy gefunden. Sie hat damals die Situation ausgenutzt. Ich war ja ebenfalls voller Kummer. Du warst aus verständlichen Gründen an Sex nicht mehr interessiert. Und ich habe damals gesoffen. Heimlich. Wie Männer das oft machen, wenn sie mit ihrer Trauer nicht zurechtkommen.«

Ida schnaubte abwehrend, und Tünn fuhr fort:

»Ich weiß, dass das armselig ist! Aber damals wusste ich mir nicht anders zu helfen, und ich kannte mich doch auch mit Depressionen nicht aus. Über so was hat doch niemand offen gesprochen. Und deine Mutter war ein Biest. An beiden Abenden, an denen zwischen uns was gelaufen ist, bin ich völlig betrunken nach Hause gekommen, und sie hat mich in die leere Gaststube gelockt, weil sie angeblich Probleme bei der Abrechnung hatte. Sie hat mich nach allen Regeln der Kunst verführt. Ida, das ... Das ist keine Entschuldigung, und ich habe mich anschließend so sehr dafür gehasst! Das tue ich noch heute. Es ist auch danach nie wieder passiert. Ich hatte immer vor, es dir zu beichten, sobald es dir besser ginge. Aber es ging dir so lange nicht besser, und als du dich nach all den Jahren endlich wieder gefangen hattest und in der Betreuung von Zapfis und Ännes

Kindern so aufgingst ... Ich wollte deinen wiedererwachenden Lebensmut nicht belasten. Ein Jahr nach dem anderen verging, und dann ... Ida, es tut mir alles mehr leid, als ich sagen kann, und ich bitte dich von Herzen, mir zu verzeihen. Es zumindest zu probieren. Ich verstehe, wenn du nicht mehr mit mir schlafen willst, aber –«

»Ich will aber wieder mit dir schlafen. Ich will es so gern und weiß nur nicht, wie. Wir müssen das zusammen hinbekommen, denn allein schaffe ich das nicht.« Ida hatte angefangen zu weinen.

Tünn sah auf und zog Ida fest an sich. Zitternd, wie sie verwundert feststellte. So standen sie eine Weile schweigend mitten im Wald und klammerten sich aneinander fest. Das Rauschen in ihren Ohren ließ langsam nach, und Ida staunte, dass so viele Tränen in ihr festgesessen hatten.

Irgendwann löste sie sich von Tünn und putzte sich geräuschvoll die Nase. »Ich bin wohl die einzige Frau, die behaupten kann, einen Mann zu haben, der mit allen weiblichen Mitgliedern ihrer Familie geschlafen hat. Zumindest hoffe ich, dass es nur die weiblichen waren?«

Tünn war offensichtlich von Idas Stimmungswechsel überrumpelt, denn er fragte völlig entgeistert: »Wie meinst du das denn jetzt?«

Ida lächelte schief. »Mein Bruder Richard ist schwul, wusstest du das?«

»Nein, natürlich nicht. Ich kenne ihn ja gar nicht.«

Plötzlich brach sich in Ida ein Lachanfall Bahn. Ohne zu wissen, warum, musste sie immer mehr lachen, unfähig aufzuhören.

Tünn schaute sie völlig irritiert an.

»Da ... habe ich ja Glück, dass du ihn ... nicht ... kennst. Sonst ... hättest ... du mit ihm am Ende ...« Weiter kam Ida nicht. Vor lauter Lachen bekam sie kaum Luft. Schon wieder flossen ihr Tränen die Wangen hinunter, und sie keuchte: »Mein Mann, der gnadenlose ... Bespringer der ganzen ... Familie Bruse!«

Tünn sah ihr fassungslos zu, dann endlich fing auch er an zu lachen. Erst vorsichtig und zaghaft, dann packte auch ihn ein unbändiger Lachdrang. So standen die beiden voreinander auf dem schmalen Waldweg und lachten sich die Seele aus dem Leib. Zwei Menschen im Herbst ihres Lebens, die von seltsamen, ihnen völlig unbekannten Gefühlen überwältigt wurden.

Hufgetrappel ertönte, und Ida erblickte in der Ferne Lilli, die mit Beppo und einem rundlichen Shetlandpony am Führstrick den Waldweg heruntergeschlendert kam. Stöhnend versuchte sie, sich zusammenzureißen. In einem solch aufgelösten Zustand wollte sie sich dem Mädchen wirklich nicht präsentieren, zumal sie sich nicht ganz sicher war, ob sie nun wirklich einen Lachoder doch eher einen Weinkrampf hatte. Doch es gelang ihr nur halb. Während sie noch immer vor Lachen prustete, rollten ihr Tränen die Wange herunter. Genauso schien es bei Tünn zu sein.

Lilli blieb stehen. »Alles okay bei euch beiden? Darf man mitlachen?«

Das Shetlandpony nutzte die kleine Pause und fing an, vom Wegesrand Grashalme und Blätter zu zupfen. Beppo hingegen blieb dicht neben Lilli stehen und rieb seinen dicken Schädel zärtlich an ihre Schulter.

Ida fing sich als Erste wieder, putzte sich mit einem weiteren Taschentuch erst das Gesicht ab, dann die Nase und sagte noch immer keuchend zu Lilli: »Ich kann nicht erklären, was hier so komisch ist. Tünn und ich haben uns an Dinge erinnert ...« Schon wieder überkam Ida ein Kichern.

»Bisschen *weird* seid ihr beiden schon, das ist euch klar, oder?«

Um von sich abzulenken, klopfte Ida Beppo den Hals. »Der hat sich in der Zwischenzeit ganz schön gemacht, oder?«

Sofort strahlten Lillis Augen vor Stolz. »Ja, Levke ist auch ganz überrascht, wie gut der alte Junge sich erholt. Sie meint, wenn er weiter solche Fortschritte macht, könnte ich ihn bald vielleicht sogar vorsichtig reiten. Ich kann allerdings gar nicht reiten.«

»Um so ein altes Möbelstück wie Beppo zu reiten, musst du nicht viel können. Dich draufsetzen und ihn möglichst nicht aus der Balance bringen, reicht völlig«, brummte Tünn.

Lilli grinste Tünn kurz an, wandte sich dann aber wieder Ida zu. »Apropos Balance, Tida: Ich habe mich noch mal mit von Wallenberg an die Ausarbeitung eines Konzepts gesetzt. Für diese Reality-Soap. Tida, du solltest deine Bedenken wirklich langsam über Bord werfen. Von Wallenberg sagt, wir könnten damit das ganz dicke Geld machen. In ein, zwei Wochen ist er mit seinen Recherchen fertig, dann schlägt er dem Sender unser Konzept vor. Er ist sich sicher, dass das der totale Renner wird.«

Ida seufzte. »Lilli, deine Begeisterung für neue Ideen in allen Ehren. Aber ich habe immer noch ein leichtes Bauchgrummeln bei der Vorstellung, dass bald in jeder Ecke unseres Lebens Kameras rumstehen. Ich mag auch diesen Wallenberg nicht.«

»Tida, Tida!«, neckte Lilli sie. »Du und deine komischen Vorstellungen aus dem letzten Jahrhundert! Weißt du was? Wir reden noch mal gemeinsam mit dem RTX-Vogel. Vielleicht überzeugt dich das. Und Geld ist ja nun wirklich nichts, wovor man sich fürchten muss, oder?«

»Es gibt auch schmuddeliges Geld, und auf das bin ich nicht scharf.« Ida wollte schon zu einer weiteren Predigt über den Ausverkauf von Privatsphäre und den zumeist unterschätzten Wertekonservativismus ansetzen, aber das dickliche Pony an Lillis Führstrick hatte offensichtlich Lust, nach besseren Futtermöglichkeiten zu suchen, und zog gewaltig.

Lilli lachte glücklich auf. »Sorry, ich muss dann mal! Mein

wahrer Boss ist Mamsellchen. Die hat uns alle auf Levkes Hof völlig im Griff.«

»Dann bring deine Chefin und Beppo mal heil nach Hause«, verabschiedete Ida sie.

Als Lilli mit den beiden Ponys kurz darauf abgezogen und außer Sichtweite war, standen Tünn und Ida ein wenig ratlos voreinander. Dann machte Ida einen Schritt auf Tünn zu und zog ihn an sich. »Ich weiß nicht, was das eben für ein merkwürdiges Gefühlschaos war, aber auf jeden Fall fühlt es sich für mich nach einem guten ersten Schritt in die richtige Richtung an«, murmelte sie in Tünns Wolljacke.

Tünn streichelte Ida über den Rücken. »Mir ist egal, welche Schritte noch nötig sind. Wichtig ist, dass wir sie miteinander gehen, Ida. Sag mir bitte immer sofort, wenn du dich nicht gut fühlst.«

Ida löste sich aus der Umarmung, und Hand in Hand gingen beide durch den stillen Wald weiter.

»Änne meint, es wäre vielleicht gut für mich, mir psychologische Hilfe zu holen«, sagte Ida irgendwann.

»Du hast mit Änne über uns gesprochen?«

»Nicht über uns, Tünn. Über mich. Und über meine seltsame Familie. Über das, was uns beiden die letzten Jahre auseinanderdriften lassen hat, würde ich nie und nimmer mit jemandem reden. Nicht einmal mit Zapfi. Das geht nur uns beide etwas an.«

Tünn seufzte tief. »Wenn es dir hilft, mit deinen Freundinnen darüber zu reden, halte ich das aus.«

Ida schüttelte den Kopf. »Nein, das möchte ich nicht. Vielleicht rede ich über all das wirklich mal mit einer Psychologin. Die hat wenigstens Schweigepflicht.«

Als sie schon fast zurück am Hotel waren, fragte Tünn: »Diese Reality-Soap, von der Lilli so Feuer und Flamme ist. Worum genau geht es da?«

»Ach, dieser Wallenberg will uns und unser Hotel samt Gästen filmen und als Pseudo-Doku senden. Ich habe dabei aber gar kein gutes Gefühl. Es ist, als würde ich meine Gäste verraten, nur um mehr Geld zu verdienen. Irgendetwas in mir schlägt bei diesem Mann sofort Alarm.«

Wie recht sie damit hatte, sollte sich schon wenige Tage später zeigen.

20
Der Vulkanausbruch

Obwohl ihre Aussprache mit Tünn so gut gelaufen war, fühlte Ida sich auch in den nächsten Tagen noch immer ein wenig, als hätte sie Watte im Kopf. Mechanisch arbeitete sie ihr Pensum ab, bereitete Frühstück, kontrollierte die Zimmer, kümmerte sich um Anfragen und Reservierungen und war – wie gewohnt – freundlich zu ihren Gästen. Gleichzeitig arbeitete es nach wie vor in ihr. Ab und zu fragte Änne fürsorglich per Telefon, wie es ihr ginge. Ida konnte nicht viel dazu sagen. Sie wusste es nicht.

Es stresste Ida, dass sich für das Wochenende Franziska und deren Tochter Gloria angekündigt hatten. Leider hatten sie nicht vor, im Resort zu bleiben und die dort angebotenen Anwendungen zu genießen, sondern wollten auch Lilli sehen und mit ihr sprechen.

Lilli lehnte das rigoros ab. »Jetzt haben sie dich also auch am Wickel, Tida!«, klagte sie. »Du klebst mit Haut und Haar in deren Netz. Ich weiß genau, warum es Mama so wichtig ist, dass ich nach Hause komme. Sebi hat mir geschrieben. Wusstest du, dass der sein Studium geschmissen hat und zu Papa nach Frankreich gefahren ist, um ebenfalls bei der Weinlese zu helfen? Danach geht er für ein Jahr zu Work and Travel nach Australien. Aus ist Mamas Traum von einem feinen Herrn Doktor in der Familie.« Für einen kurzen Moment strahlte Lilli. »Wie cool ist das denn, dass der sich endlich aus Mamas Diktatur befreit hat!« Schon verdüsterte sich ihr Gesicht wieder. »Aber jetzt hat sie niemanden mehr, den sie fertigmachen kann, und da muss wohl das schwarze Schaf der Familie wieder herhalten. Aber nicht mit mir!«

Seufzend griff Ida nach ihrer Hand. »Lilli, jetzt warte doch erst einmal ab, was deine Mutter und Franziska dir zu sagen haben. Vielleicht ist ja alles ganz anders, als du jetzt denkst. Zum Erwachsensein gehört es übrigens auch, dass man sich für seine Belange einsetzt und sich mit starkem Rücken hinstellt und seine Meinung vertritt.«

Lilli zog ihre Hand zurück. »Ich habe wohl inzwischen ausreichend bewiesen, dass ich erwachsen bin. Ich habe hier viel auf die Beine gestellt. Zapfi ist total glücklich darüber, wie gut ich bei ihr renoviert habe. Am Samstag kommt übrigens Monkey zu mir. Die Welpen sind jetzt alt genug, um von Marylin getrennt zu werden. Tünn fährt morgen nach der Arbeit mit mir nach Olpe in ein Tierfachgeschäft. Ich brauche ja eine Leine und so was. Tida, ich freue mich so, dass ich endlich einen eigenen Hund haben kann!« Unversehens flog Lilli Ida um den Hals.

Ida genoss den Augenblick der Nähe. »Du bist nicht nur ganz schön erwachsen geworden. Du bist auch die verrückteste Tiernärrin, die ich kenne. Nein, die zweitverrückteste. Zapfi ist noch immer die schlimmste.«

Bevor Ida noch mehr sagen konnte, kam Helga mit ihren schnaufenden Pekinesen in den Empfangsraum. Als wollten sie Idas Worte bestätigen, watschelten die Hunde sofort schwanzwedelnd auf Lilli zu.

Während Lilli die Tiere liebevoll begrüßte, ging Helga, nicht weniger schnaufend als ihre Pekinesen, zu Ida und beugte sich vertraulich zu ihr vor. »Schätzeken, dat is' gut, dat ich dich hier treffe. Ich muss dir unbedingt wat sagen.« Sie drehte sich halb in Lillis Richtung und trompetete, nun wesentlich weniger diskret: »Wisst ihr eigentlich, wat ihr mit diesen feinen Grafen von und zu – also wat ihr euch mit dem für eine Zecke in den Pelz gesetzt habt?«

Lilli blickte erstaunt zu Helga auf, und Ida fragte: »Den Herrn von Wallenberg, meinst du den, Helga?«

»Als ›Herren‹ würde ich den nich' gerade bezeichnen, Ida. Dat is' ein ganz üblen Hochstapler is' dat, wenn nich' gar ein Heiratsschwindler. Dat einzig Adelige an den, dat is' sein feinet Ärschken, dat ihm mit Sicherheit zu fein is', um sich mal richtig daraufzusetzen und einer geregelten Arbeit nachzugehen. 'n falschen Fuffziger habt ihr euch hier eingefangen.«

Lilli war sichtlich verwirrt. »Was meinen Sie genau mit ›falschem Fuffziger‹?«

Helga lachte. »Dat kann ich dir sagen, Kleines. 'n falschen Fuffziger, dat sind Leute, die so lange Lügen über sich und de Welt erzählen, bis se ihren eigenen Kokolores fast selber glauben. Der hier is' nur hierhingekommen, um 'ne reiche Frau erst um ihren Verstand und dann um ihr Vermögen zu bringen. Auf eure Kosten übrigens, oder hat der schon wat bezahlt? Den müsster vor de Tür setzen. Je schneller, desto gut.«

Ida, deren inneres Alarmsystem ohnehin stets angeschlagen hatte, sobald sie mit Wallenberg Kontakt gehabt hatte, fragte: »Und wie genau bist du zu dieser Erkenntnis gekommen, Helga? Das sind ja immerhin ganz schön heftige Anschuldigungen.«

»Dat kann ich dir genau sagen, Ida, Schätzeken. Letzte Woche, da hat der feine Herr mit den angeblich blauen Blut zufällig ein Gespräch mitgekricht, wat ich mit den Erwin geführt hab. Der Erwin, der is doch ehemals ausse Immobilienbranche, und da habe ich mich ma so 'n bissken beraten lassen, weil ich in Dortmund 'n paar Mietshäuser hab, die mir 'ne Menge Arbeit machen. Und obwohl der Herr von und zu mich die Tage vorher mit seinem adligen Zuckerärschken links hat liegen lassen, wurde der auf einmal ganz interessiert. Und als er dat mitkrichte, dat ich wohl bissken Geld anne Füße hab, da entwickelte der plötzlich eine Anhänglichkeit, die schon wat von 'ne Schmeißfliege hatte. Der Erwin hat sich so dadrüber aufgerecht, dat hätte fast Blut zwischen die beiden Kampfhähne gegeben. Der Erwin und ich, müsst ihr wissen, wir mögen uns nämlich richtig gut leiden, wenn ihr versteht, wat ich sagen will. Und da wollte der komische Adelsgeier sich dazwischendrängen. Und da haben wir mal so 'n bissken recherchiert. Ida, bei RTX, da kennt den Vogel keiner. Und unter diesem, seinen Namen, da is' auch sonst im Netz so gar nix über den zu finden. Ich tät 'ne achtkantig vor de Tür setzen, bevor der noch bei andere Mädels Schaden anrichtet.«

Lilli sah Helga entsetzt an. »Das sind jetzt aber erst mal alles nur Vermutungen«, versuchte sie, ihrem aufgeregten Gast den Wind aus den Segeln zu nehmen. »Also, ich hatte durchaus das Gefühl ... zumindest versteht er 'ne Menge vom Fernsehgeschäft.« Ihre Stimme klang dünn und wurde immer leiser.

Helga senkte ebenfalls die Stimme und sagte fast mitleidig: »Kuck mal, Kleines. Du bist noch jung, und um de Männers zu verstehen, musst du noch ein paar Jahre auffe Weide. Vertrau einem erfahrenen Schlachtschiff, dat schon drei Kerle unter de Erde gekricht hat: Wenn ich rieche, dat ein Ei faul is', dann is' dat Ei faul. Dieser angebliche Herr von Wallenberg, dat is' ein Betrüger, so wahr ich Helga heiße.«

Bei ihrem letzten Satz war Dominick von Wallenberg hereingekommen. Er war offensichtlich von einem Wolkenbruch überrascht worden und hatte sich wohl nicht rechtzeitig ins Trockene retten können. Seine Haare trieften, der Mantel war völlig durchweicht, und auf einmal sah er nicht mehr smart und weltgewandt aus, sondern einfach nur wie ein begossener Pudel. Dennoch versuchte er, sich zu ganzer Größe aufzurichten. »Solche albernen Anschuldigen gewisser frustrierter Hetzdolen sind absolut unter meiner Würde. Das verstehen Sie sicherlich, Frau Tündermann. Glauben Sie der Frau gar nichts.« Damit wandte er sich ab und ging in Richtung seines Zimmers, wohl, um sich trockenzulegen.

»Pass auf, dat aus die Hetzdole nich' ganz schnell eine Geierwally wird!«, rief Helga ihm hinterher.

Ida sah ihm kurz nach, bedankte sich bei Helga für die Warnung und versprach, sich von Wallenberg vorzuknöpfen. Als sie kurz darauf an seine Zimmertür klopfen wollte, um die unangenehme Sache aus der Welt zu bringen, öffnete sich zu ihrem großen Erstaunen die Tür von allein. Sie war nur angelehnt gewesen.

Ida traute ihren Augen nicht. Das Nest war verlassen, der seltsame Vogel ausgeflogen. Offensichtlich durch die Hintertür geflüchtet. Da sich auch kein Gepäck oder andere private Gegenstände mehr im Zimmer befanden, war klar, dass an Helgas Anschuldigungen viel Wahres sein musste.

Verärgert sah sie sich um. Das Zimmer war in einem entsetzlichen Zustand. Es roch nach kaltem Rauch, obwohl im ganzen Hotel Rauchverbot herrschte, und auf dem Nachttisch stand eine Untertasse, die er als Aschenbecher missbraucht hatte und von Zigarettenstummeln überquoll. Im Holz waren Brandlöcher, und im Papierkorb und drum herum standen leere Rotweinflaschen. Plötzlich wurde Ida schlagartig klar, warum von Wallenberg den Zimmerservice abgelehnt und darauf bestanden hatte, sein Zimmer stets selbst in Ordnung zu halten.

Entkräftet ließ Ida sich auf den Rand des Bettes sinken. Das alles war schlimm. Und doch hatte sie das Gefühl, einer weit schlimmeren Katastrophe noch knapp entronnen zu sein.

Besorgt sah Ida aus dem Fenster. Es war stürmisch, und sie hoffte, dass das kein Omen für den Abend sein würde. Schon in den letzten Tagen hatte es immer wieder heftig geschauert, und nun war auch noch der kräftige Wind mit orkanartigen

Sturmböen hinzugekommen. Es war Samstag, und sie hatte mit ihrer Schwester vereinbart, dass in den frühen Abendstunden das Treffen mit Lilli und ihrer Mutter stattfinden sollte. Dann wären die Gäste mit dem Abendessen beschäftigt, und niemand würde sie stören. Für den Service hatte Ida Hannelore und Meike eingeteilt.

Tünn, der bei dem großen Treffen ebenfalls dabei sein wollte, hatte rechtzeitig und zum ersten Mal in diesem Herbst die Heizung im Wohnzimmer aufgedreht. Trotzdem wurde es nicht richtig warm. Die Fenster waren nicht gut isoliert, und bei stürmischem Wetter wie diesem zog es im ganzen Haus unangenehm durch die Ritzen. Ida hatte deshalb vorsorglich zwei Thermoskannen mit Tee und Kaffee aufgeschüttet. Als sie sie nun in den Raum stellte, betrachtete sie das Zimmer mit den Augen der Fremden, die Gloria für sie war.

Ich werde mich für den Zustand unseres Hauses nicht schämen, nahm sie sich vor. Schließlich hatte sie all die Jahre darum gekämpft, das alte Haus und das angebaute Hotel zu erhalten. Es war klar, dass das Hotel dabei immer Priorität gehabt hatte. Es galt, die Gäste zufriedenzustellen, und das Privatleben hatte sich dem immer unterordnen müssen. Da würde sie jetzt ganz bestimmt nicht vor den finanziell gut aufgestellten Stadtpflänzchen zu Kreuze kriechen.

Trotzdem war sie unruhig, und als Franziska und Gloria endlich an der Haustür klingelten, bat sie Tünn, ihnen zu öffnen.

Beiden Frauen war anzumerken, dass auch sie unsicher waren. Gloria war eine hochgewachsene, hagere Frau mit dichtem dunklen Haar, das sie zu einem unordentlichen Knoten auf dem Kopf zusammengeschlungen hatte. Sie hatte intelligente graue Augen, doch ein Zucken im linken Auge zeigte, dass sie entweder gerade oder insgesamt ein nervöser Mensch war. Sie trug ein graues Wollkleid, das ihre schlanke Figur betonte.

Dann ist schon mal geklärt, woher Lilli ihre zarte Statur hat, dachte Ida. Obwohl sie ansonsten wenig Ähnlichkeit zwischen Lilli und Gloria entdecken konnte, kam ihr Franziskas Tochter bekannt vor. Diese Gloria erinnerte sie an irgendjemanden; sie konnte nur nicht sagen, an wen.

»Bitte setzt euch doch!«, sagte Ida und wies auf das Sofa.

Nachdem alle ihrer Aufforderung nachgekommen und auch noch mit warmen Getränken versorgt waren, schwiegen sie einen Moment verlegen.

»Schön, dass wir uns endlich kennenlernen, Tante Ida, Onkel Tünn!«, sagte Gloria schließlich und strich sich mit einer verlegenen Geste das Wollkleid glatt.

»Ich glaube, das ›Onkel‹ und ›Tante‹ können wir einfach weglassen«, sagte Tünn. Auch er wirkte selbst für seine Verhältnisse schüchtern. Seine Verunsicherung erkannte Ida daran, dass er sich als Einziger nicht setzte, sondern am Fenster stehen geblieben war und immer wieder zur Tür schaute, als wollte er den Fluchtweg im Auge behalten. »Wir sind alle erwachsen. Selbst Lilli spricht uns nur mit dem Vornamen an.«

Als Tünn Lilli erwähnte, veränderte sich die Stimmung im Raum merklich. Gloria setzte sich auf dem Sofa auf, und ihre Augenlider flatterten hektisch, als sie fragte: »Wo ist Lilli denn nun eigentlich? Sie weiß doch, dass wir uns hier treffen wollten.«

Ida ging innerlich sofort in die Defensive. »Sie wird bestimmt jeden Moment auftauchen. Sie hat eine Menge zu tun, und da sie weiß, dass ihr das ganze Wochenende hier seid, hat sie sich bestimmt gedacht, dass es auf die Minute nicht ankommt.«

»Ich hätte angenommen, dass sie sich nach mehr als drei Monaten vielleicht auch ein wenig freut, mich zu sehen«, erwiderte Gloria mit dünner Stimme.

Franziska strich ihr mit einer beruhigenden Geste über den

Rücken und sagte betont forsch und fröhlich: »Daran kannst du dich gleich einmal gewöhnen, mein Schatz. Hier im Sauerland gehen die Uhren ein wenig langsamer.«

Ida war wegen der subtilen Herabwürdigung leicht pikiert. Dennoch bemühte sie sich weiterhin um einen freundlichen Ton: »Das ist nicht ganz verkehrt, liebe Gloria. Großstädtische Hektik und Hetze sind uns eher fremd. Was nicht heißt, dass wir hier völlig hinterm Mond leben.«

»Dass es hier ruhiger zugeht als in der Stadt, war früher ein wesentlicher Grund, warum es Urlauber in die Region gezogen hat«, ergänzte Tünn. »Zumindest, bis uns der Klimawandel den Wald verschandelt hat und wir uns auf einmal auf dem touristischen Abstellgleis befanden. Wenn Lilli nicht die zündende Idee gehabt hätte –«

In diesem Moment flog die Tür auf, und Lilli stürmte herein. Ihr Haar war zerzaust, und ihre Boots waren schlammig, was sie in der Aufregung wohl nicht bemerkt hatte. In ihrem Blick spiegelten sich widersprüchliche Gefühle: die offensichtliche Freude, ihre Mutter zu sehen – und Unsicherheit und Trotz.

Sofort sprang Gloria auf, um Lilli zu umarmen. Dann passierte alles in einem Tempo, das Ida an ein brennendes Streichholz denken ließ, das man an trockenes Stroh hält: Nur Sekunden später glichen der Raum und die Stimmung darin einem Flächenbrand.

Im selben Moment, in dem Gloria ihre Tochter in die Arme schloss, bemerkte Ida den kleinen, glücklich wedelnden Hund, der sich bislang hinter Lilli verschanzt hatte. Lilli hatte Monkey mitgebracht, der ja nun ihr Hund war, und in typischer Welpenmanier kläffte er hell und begeistert. Für ihn schien alles wie immer ein Spiel zu sein.

Dann, während Lilli und Gloria einander noch umarmten und Ida für eine Sekunde dachte, nun könnte alles gut werden, kniff Monkey Gloria mit seinen spitzen Welpenzähnen kräftig ins Bein. Die schrie entsetzt auf und trat instinktiv nach dem kleinen Angreifer.

Lilli schrie: »Nicht!«, und bückte sich, um Monkey auf den Arm zu nehmen. Der blieb mit seinen Zähnchen in Glorias Strumpfhose hängen, die daraufhin zerriss.

»Was ist das für ein Viech?« Glorias Stimme war schrill und kippte fast vor Entsetzen. Sie schaute auf ihr Bein, wo einige kleine Blutströpfchen aus einem Kratzer quollen. »Dieses Biest hat mich gebissen!«

»Das ist kein Biest! Der ist noch ein Baby. Der wollte nur spielen. Du hättest ihn fast getreten.« Lilli presste Monkey fest an sich, und der nutzte die unverhoffte Nähe, um Lilli eifrig durchs Gesicht zu lecken.

»Warum schleppst du dieses Vieh hier rein? Du weißt doch genau, dass ich gegen Tierhaare allergisch bin!«

Lilli konnte ihre Empörung kaum zurückhalten. »Weil das mein Hund ist. Weil er noch klein ist und sich erst einmal daran gewöhnen muss, dass er jetzt zu mir gehört.« Als wüsste der kleine Kerl, dass es um ihn ging, schmiegte er sich nun in Lillis Arm. Er sah mit seinem kuscheligen schwarz-weißen Welpenfell und den schwarzen Knopfaugen dabei so niedlich aus, dass er mehr einem Kuscheltier ähnelte als einem echten Hund.

»Dann muss er sich schleunigst wieder umgewöhnen«, sagte Gloria kalt. »Dir ist doch wohl klar, Lilli, dass du den nicht mit nach Hause bringen kannst. Wir können in unserer Wohnung keine Hunde halten, und das weißt du auch.«

In dem schummrigen Licht des Wohnzimmers standen Gloria und Lilli voreinander wie zwei Gestalten in einer griechischen Tragödie. Lilli trat mit ihrem Hündchen zwei Schritte zurück, um Distanz zwischen sich und ihre Mutter zu bringen. Dann brach es aus ihr heraus. »Wer sagt denn, dass ich zu dir zurückkehre? Wer sagt denn, dass ich wieder bei dir in Dortmund wohnen will? Wenn du nur hergekommen bist, um mich hier wegzuholen, muss ich dich enttäuschen.« Lilli wurde von Satz zu Satz lauter. »Ich komme nicht zurück, und schon gar nicht werde ich wieder an meine Schule gehen und dort das Abi nachholen. Ich bleibe hier. Und wenn es dich interessiert: Monkey gehört mir, und wenn du mich sehen willst, musst du aushalten, dass ich jetzt einen Hund habe.«

Sie sah ihre Mutter herausfordernd an. »Ich dachte, du bist hergekommen, weil du mich sehen willst. Weil du dich dafür interessierst, was ich hier aufgebaut habe. Weil du sehen willst, wie und wo ich jetzt lebe. Aber nein, darum geht es dir gar nicht. Ich will dir sagen, worum es dir in Wahrheit geht: Jetzt, wo du Sebi und Papa vergrault hast, hast du dir gedacht, hol ich mir halt die blöde Lilli wieder zurück. Die ist noch jung genug, dass ich sie nach meinen Vorstellungen formen kann. Aber das kannst du vergessen, Mama. Ich habe mich längst entschlossen, ich bleibe hier.«

Gloria wirkte, als sei jeder Satz von Lilli eine Ohrfeige. Dadurch schien nun auch bei ihr eine Sicherung durchzubrennen. »Oh nein, mein Fräulein!«, zischte sie. »Du bleibst ganz sicher nicht hier. Und rede nicht so einen kindischen Blödsinn! Ich habe weder Papa noch Sebi *vergrault*, wie du dich ausdrückst. Sebi möchte einfach ein wenig die Welt kennenlernen, was ich beileibe nicht gutheiße. Aber er hat wenigstens schon einmal bewiesen, dass er den Biss hat, etwas zu erreichen, sich für ein Ziel einzusetzen. Dieser Beweis steht bei dir, Fräulein, noch aus. Ich dachte, du wärst in den letzten Monaten ein wenig zur Besinnung gekommen. Etwas erwachsener geworden. Aber im Gegenteil: Du benimmst dich wie eine trotzige Göre. Einen Hund willst du haben, ja? Und allein zurechtkommen willst du auch. Was für ein unglaubliches Kindermärchen du dir da erzählst! Wovon willst du denn leben, wer bezahlt künftig deine Krankenversicherung? Was für einen beruflichen Weg willst du überhaupt einschlagen? Ich dachte, darüber seist du dir inzwischen auch nur ein winziges bisschen klar geworden. Aber nein, die kindischen Ideen in deinem wirren Kopf werden immer abstruser! *Einen Hund* will sie haben und dafür Verantwortung übernehmen. Du kannst doch noch nicht mal für dich selbst Verantwortung übernehmen, Fräulein!«

Lilli war völlig außer sich. »Weißt du was, Mama? Du kannst dir deine Krankenversicherung und deine blöde Verantwortung in den Arsch schieben. Das ist mein Hund, und du kannst mich mal kreuzweise. Ruf mich bloß nicht wieder an, und lass dich hier nicht noch einmal blicken. Ich habe von dir endgültig die Schnauze voll.« Laut heulend verließ sie den Raum. Kurz drauf hörte man die Haustür knallen.

Die anschließende Stille im Raum war laut. Ida war es, als könnte sie die Gedanken jedes Einzelnen hören. Gloria weinte leise vor sich hin, ihr Gesicht zeigte reines Entsetzen. Tünn war blass und raufte sich die Haare. Ida selbst wäre Lilli am liebsten hinterhergelaufen. Sie konnte sich vorstellen, wie durcheinander und verletzt die junge Frau nach diesem missratenen Versöhnungsversuch sein musste.

Franziska hingegen war aufgestanden und strich Gloria immer wieder über den Rücken. »Nimm es nicht persönlich. In diesem Alter sind junge Menschen hochexplosiv. Das weißt du. Du warst ja nicht besser. Wenn ich daran denke, wie schlimm wir uns damals an die Gurgel gegangen sind … Irgendwann wird auch Lilli wieder ruhiger.«

Gloria drehte sich langsam zu ihrer Mutter um. »Das Mädchen schießt einfach immer übers Ziel hinaus. Und immer geht es gegen mich. Nicolas kann machen, was er will, er ist immer der Heilige.« Als wiche langsam alle Luft aus ihr, sackte Gloria immer mehr in sich zusammen.

»Ich weiß, wie sehr es dich verletzt, dass deine Kinder ihren Vater so sehr verherrlichen«, sagte Franziska leise. »Wenigstens in dem Punkt hatte ich es mit dir leichter. Du hattest ja keinen Vater, den du hättest anbeten können.«

Gloria ließ sich kraftlos auf das Sofa zurücksinken. »Mag sein, dass das für dich in manchen Punkten leichter war, aber ich habe trotzdem immer darunter gelitten, dass ich keinen Vater hatte. Ich war die Einzige in meinem Freundeskreis, die nicht die leiseste Ahnung hatte, wer mein Erzeuger sein könnte. Das wollte ich meinen Kindern ersparen; nur deshalb habe ich mir von Nicolas so viel gefallen lassen.«

Ida sah, dass Franziskas Augen unruhig durch den Raum huschten. »Siehst du: Egal, wie man es macht, man macht es als Mutter einfach immer verkehrt«, sagte sie betont forsch, um von dem heiklen Thema abzulenken.

Tünn hatte inzwischen seinen Platz am Fenster verlassen und war näher an das Frauengrüppchen herangetreten. Er hatte seine Hände in den Taschen vergraben und wirkte nachdenklich. Vor der Tür miaute Casanova.

»Oh Gott, bitte nicht noch ein Tier!« Gloria klang müde und deprimiert. »Ich bin wirklich extrem allergisch auf Tierhaare.«

Tünn achtete nicht auf Gloria, sondern fragte an Franziska gewandt: »Warum hatte deine Tochter denn nie einen Vater? Hat sich dieser Bhagwan-Heini so schnell aus deinem Leben herausmeditiert, als es unbequem wurde?«

»Bhagwan-Heini?« Gloria war irritiert. »Davon hast du mir nie etwas erzählt. Du hast immer gesagt, mein Vater sei mit einer anderen Frau verheiratet und dürfe darum nichts von meiner Existenz wissen.«

Auf Franziskas Hals und Dekolleté bildeten sich hektische rote Flecken. »Das ist doch alles längst nicht mehr wichtig!«, wischte sie Glorias Frage beiseite. »Um dich oder deinen nicht vorhandenen Vater geht es hier gar nicht. Wir müssen uns vielmehr überlegen, wie wir bei Lilli –«

»Das sagt sich so einfach!« Gloria ballte die Fäuste. »Dabei ging es in meinem Leben sehr wohl immer wieder um das Rätsel meines abwesenden Vaters.«

Tünn stand nun hinter Idas Sessel und hatte seine großen Hände auf die Sessellehne hinter ihr gelegt. »Warum hast du deiner Tochter so ein seltsames Märchen aufgetischt?«, fragte er bemüht ruhig. »Dieser Herge war weder verheiratet, noch hätte es meines Wissens andere Gründe gegeben, warum er von seiner Tochter nichts hätte erfahren dürfen.«

»Herrgott, Tünn! Halt dich einfach raus! Das geht dich nun wirklich nichts an.« Franziska war nun richtig zornig.

Tünn blieb ruhig. »Immerhin habe ich damals in deinem Leben doch angeblich eine wichtige Rolle gespielt. Zumindest hast du das Ida so gesagt und sie damit, ganz nebenbei bemerkt, gewaltig in Aufruhr gebracht. Im Übrigen habe ich mit eigenen Augen gesehen, dass diese Bhagwan-Pfeife es dir sehr angetan hatte. Wie viele andere Männer kommen denn außerdem noch als Glorias Vater infrage?«

Franziska funkelte ihn an. »Red vor meiner Tochter nicht so, als wäre ich ein Flittchen gewesen! Ich wollte eine offene Beziehung, ja! Aber das heißt noch lange nicht, dass ich mit jedem ins Bett gegangen wäre. Wie stellst du mich denn dar? Ich hatte außer Herge natürlich keinen anderen –«

»Wenn der als Vater nicht infrage gekommen ist, dann –« Weiter kam Tünn nicht.

Franziska schaute nun regelrecht panisch zu ihm und sagte in einem Ton, der einem unterdrückten Schrei nahekam: »Nicht, Tünn!«

Gloria schaute völlig verwirrt von einem zum anderen. Idas Herz raste. Mit einer Ruhe, die sie eigentlich nicht spürte, sagte sie: »Dann kommt also als Vater kein anderer infrage als Tünn.«

Kaum hatte der Satz ihren Mund verlassen, fielen alle in schockiertes Schweigen. Dafür waren die Nebengeräusche, die Ida bisher kaum wahrgenommen hatte, plötzlich unerträglich laut: Casis penetrantes Miauen, das Heulen des Sturms draußen vor der Tür, und von irgendwoher kam Helgas Stimme, die immer wieder laut rief: »Ich fasset nich', ich fasset nich'! Kommt sofort bei mich, ihr unerzogenen Stinkers.«

Erst da wurde Ida die Tragweite ihrer Vermutung langsam bewusst. Sofort war da wieder dieses unerträgliche Rauschen im Ohr, das wenig später von einem grellen Pfeifton abgelöst wurde. Entsetzt griff sie sich mit beiden Händen an die Ohren.

Sie merkte, dass die anderen weitersprachen, verstand aber kein Wort mehr. Auch die Nebengeräusche waren verschwunden. Da war nur noch das unerträglich schrille Pfeifen. Irgendwann hockte sich Tünn vor ihren Sessel. Er sagte etwas, und als er merkte, dass Ida nicht reagierte, zog er sie hoch und führte sie hinaus.

Im Foyer stand Helga mit ihren beiden Pekinesen und war gerade damit beschäftigt, mit Einmalhandtüchern eine Pfütze auf dem Boden zu beseitigen. Auch sie schien etwas in Idas Richtung zu sagen. Doch Ida verstand auch jetzt kein Wort.

»Ich kann euch nicht verstehen.« Ihre eigene Stimme war übermäßig laut in ihrem Kopf. »Ich hab ein grässliches Pfeifen im Ohr.«

Erst am folgenden Montag wurde Ida aus dem Siegener Krankenhaus entlassen, in das Tünn sie voller Angst noch am Samstag gebracht hatte. Die Ärzte dort hatten einen Hörsturz diagnostiziert, sie stationär aufgenommen und ihr Blutverdünner und Beruhigungsmittel gegeben. Und Ida hatte den Rest des Samstags und fast den ganzen Sonntag über geschlafen. Das Pfeifen in ihrem Ohr war noch da, aber es war nicht mehr ganz so schrill und vordergründig. Der Arzt hatte zwar zugestimmt, dass sie nach Hause ging, ihr aber eindringlich geraten, sich dort absolute Ruhe zu gönnen.

Doch als sie mit wackligen Knien am Montagmittag endlich aus der Klinik zurück nach Hause kam, wartete bereits eine aufgelöste, weinende Levke im Foyer. »Habt ihr Lilli gesehen, oder wisst ihr, wo sie sein könnte?« Sie schien kurz vor einem Zusammenbruch zu sein und hatte gar nicht erst abgewartet, dass Ida und Tünn ganz zur Tür hereinkamen.

»Ich dachte, sie ist bei dir?« Ida ließ sich auf den Stuhl hinter dem Empfangstresen sinken. Sie hatte einen bitteren Geschmack im Mund.

»Das war sie auch!« Levke kamen erneut die Tränen. »Wir haben uns gestritten. Und dann ist Lilli abgehauen. Die haut ja immer ab, wenn ihr was nicht passt. Aber dann«, Levkes Stimme wurde panisch, »dann hab ich heute Morgen diesen Zettel in meiner Jackentasche gefunden.«

Sie zog einen zerknitterten Zettel aus ihrer Jackentasche und reichte ihn Tünn und Ida herüber.

»›Ich bin abgehauen und komme erst wieder, wenn du es dir anders überlegt hast. Versuch nicht, mich zu finden.‹«, las Ida vor. Ja, das war eindeutig Lillis Schrift, aber Ida konnte sich keinen Reim auf den Inhalt machen. »Was sollst du dir denn anders überlegen, Levke?«

Levke ließ den Kopf hängen. »Lilli und ich ... Wir haben uns ... Aber ich wollte das nicht. Lilli ist doch zu jung. Ich bin mehr als zehn Jahre älter und ... hatte Bedenken. Lilli soll sich doch erst mal darüber klar werden, was sie im Leben eigentlich will. Ich ... Ich wollte sie doch nicht vor den Kopf stoßen!« In Levkes Augen schwammen die Tränen. »Ich ... wollte doch nur, dass sie für sich eine Perspektive ... also, beruflich. Eine Beziehung ist ja kein Ersatz für eine eigene Perspektive. Sie sollte sich nur darüber klar werden ... Ich wollte sie ja nicht wirklich endgültig abweisen. Aber dann ist sie völlig ausgerastet und hat getobt und mit Sachen geschmissen, und alles ist so furchtbar eskaliert. Und jetzt ist sie weg.«

Ida hätte gerne etwas Nettes zu Levke gesagt, ihr Trost zugesprochen oder Mut gemacht.

Doch Tünn hatte sein neues Smartphone aus der Tasche genommen, um Lilli anzurufen, stutzte, wurde blass und hielt es ihr unter die Nase. Eine Textnachricht von Lilli!

Sorry, dass ich mich nicht persönlich verabschieden konnte, aber das geht gerade nicht. Ihr seid das Beste, was mir in den letzten Monaten passiert ist. Ich muss jetzt einen radikalen Cut machen und erst mal abtauchen. Keine Angst, ich bringe mich nicht um oder so was. Aber ich kann einfach nicht mehr. Versucht nicht, mich zu erreichen. Ich schalte mein Telefon jetzt erst mal aus.

Obwohl sie saß, bekam Ida weiche Knie. Auch Tünn wirkte zittrig.

»Tut uns leid, Levke«, sagte er schließlich. »Uns hat sie auch geschrieben. Sie ist tatsächlich abgehauen. Keine Ahnung, wohin.«

»Dann ... dann gehe ich wohl besser mal«, sagte Levke leise. »Sagt mir Bescheid, wenn ihr was hört, ja?«

Während Levke das Hotelfoyer fluchtartig verließ, blieben Ida und Tünn regungslos sitzen, verunsichert wie zwei verstörte Hündchen bei Gewitter.

»Getz lasst ma nich' de Köppe hängen!«, riss sie irgendwann Helgas Stimme aus den trübsinnigen Gedanken. Sie hatten gar nicht bemerkt, dass ihr Gast hereingekommen war. »Junget Blut kommt schnell am Kochen. Aber dat beruhicht sich widda. Lass dat wilde Fohlen erst mal 'n bissken woanders rumtoben. Wetten, in zwei, drei Wochen habt ihr se widda.«

»Danke, Helga. Lieb, dass du das sagst.« Ida merkte, dass sie unerträglich müde wurde. »Ich muss mich jetzt erst mal hinlegen. Ich kann nicht mehr.«

21
Von Wunden und Wundern

Die Grappaflasche stand unberührt auf dem Tisch, und auch die Canastakarten hatte noch niemand beachtet. Göni, die voll und ganz mit Wolfgang in der Abwicklung der Bäckerei abgetaucht war, sah erschöpft aus. Zapfi hatte zuletzt vermutlich viel Zeit mit Elvis verbracht und hatte sich daher in Idas Leben rargemacht. Änne, die noch am meisten Einblick in Idas Seelenleben hatte, blickte dafür umso besorgter. Nur Marylin war von der Stimmung im Raum unbeeindruckt. Sie hatte sich neben Zapfis Füßen zusammengerollt, seufzte ab und zu zufrieden und schien ihre Welpen kein bisschen zu vermissen.

Im Gegenteil, dachte Ida. *Sie wirkt so, als könnte sie ihre neue Freiheit in vollen Zügen genießen. Hund müsste man sein!*

Keine wusste ein Gespräch in Gang zu setzen. Dafür hatten sie sich alle vier viel zu lange nicht gesehen – immer war der einen oder anderen etwas dazwischengekommen, und auch Ida hatte lange keine Zeit für einen freien Abend gehabt. Außerdem stand ihr nach wie vor nicht der Sinn danach, ihre Probleme mit Tünn vor irgendjemandem auszubreiten. Nicht einmal mit diesen dreien.

Jetzt saßen sie um den runden Eichentisch im Wohnzimmer, der als eines von wenigen Möbelstücken die Entrümpelung überlebt hatte. Ida hatte sich dann doch dazu durchgerungen, von den neuesten Entwicklungen in ihrem Leben zu erzählen. »Und dann hatte ich einen Hörsturz, und während ich im Krankenhaus lag, ist Lilli abgehauen«, beendete sie ihren Bericht.

Kurz hatte es den drei Freundinnen die Sprache verschlagen. Zapfi räusperte sich. »Zumindest muss man keine Angst haben, dass Lilli sich was antut. Sie hat ja Monkey mitgenommen, und so ein Hund ist einfach der beste Therapeut.« Als hätte Marylin jedes einzelne Wort verstanden, grunzte sie glücklich im Schlaf.

»Es gibt mehr als genug andere Möglichkeiten, in die Klemme zu geraten.« Ida holte tief Luft. »So kurz hintereinander ein schlimmer Streit mit Mutter und Oma und dann noch der Liebeskummer ... Das würde keine von uns so einfach verknusen. Ich habe Angst, dass sie auf die schiefe Bahn gerät.«

»Hat sie noch mitbekommen, dass sie Tünns Enkelin ist?« Änne nahm sich eine Birne aus dem Obstkorb und begann, sie sorgfältig zu schälen und in kleine Stücke zu teilen. »Mag jemand?«, bot sie die fertigen Achtel an. Da niemand reagierte, biss sie in ein Stück und sagte dann kauend: »Ida, auch für dich war das alles viel zu viel. Du musst dringend zur Ruhe kommen. Ein Hörsturz ist ein todsicheres Indiz für Überlastung.«

»Ich weiß.« Ida kratzte sich verlegen am Kopf. »Nichts anderes haben mir die Ärzte in Siegen gesagt. Aber im Moment bin ich nicht wirklich fähig, mich zu entspannen.«

»Hast du denn Unterstützung? Ich meine, Lilli hat ja doch viel mitangepackt und fehlt deshalb auch als Arbeitskraft.« Göni hatte einen weiteren Sorgenpunkt in Idas Chaoswelt angesprochen.

Bedrückt antwortete sie: »Tünn hat sich unbezahlten Urlaub genommen, und Franziska ist in das unrenovierte Zimmer gezogen, in dem erst Lilli und dann unser Hochstapler gewohnt haben. Aber sie sorgt sich natürlich ebenso um Lilli und kennt sich zudem mit den Belangen eines Hotels nicht aus. Tünn ist zwar eine echte Unterstützung, aber diesen ganzen Social-Media-Kram, den Lilli betreut hat, beherrscht er ebenso wenig wie ich.«

»Trotzdem, Ida. Es wird sich alles irgendwie zum Besten wenden. Davon bin ich überzeugt.« Göni sah Ida an und lächelte ihr aufmunternd zu. Sie war schon immer die Optimistischste von ihnen gewesen. »Schau mal, manchmal sind Krisen ein wichtiger Impuls, um dem Leben eine neue Ausrichtung zu geben. Wolfgangs Herzinfarkt war für uns auch ein schlimmer Schock. Trotzdem hat er uns geholfen, unserem Leben eine Wende zu geben. Im März übernimmt endlich der neue Bäcker. Wir selbst machen nach Weihnachten zu. In der Zwischenzeit wird umgebaut, aber damit haben wir dann nichts mehr zu tun. Ich freue mich auf unser neues Leben, und auch bei dir wird sich alles zurechtruckeln. Wirst schon sehen: Irgendwann kommt Lilli zurück und staunt, dass sie einen so tollen Opa wie Tünn hat und eine so tolle Stiefoma wie dich.«

Ida schossen schon wieder die Tränen in die Augen. Zapfi sah das und ergänzte schnell: »Immerhin hat der ganze Kuddelmuddel dazu geführt, dass du und Tünn wieder zueinandergefunden habt.«

Ida war es unangenehm, wie nah sie neuerdings am Wasser gebaut hatte, und versuchte, von sich abzulenken. »Apropos Liebesneustart …«, sagte sie. »Was ist denn jetzt eigentlich mit dir und Elvis? Ihr klebt ja in der letzten Zeit auch wieder regelrecht zusammen.«

Zapfi schnappte sich nun doch ein Stück der geschälten Birne, biss herzhaft hinein und lachte. »Keine falschen Hoffnungen, die Damen! Die Kirchenglocken werden für uns ganz bestimmt kein zweites Mal läuten. Auch zusammenziehen werden wir nicht. Elvis ist und bleibt ein Schlawiner, und ich bin ganz zufrieden damit, dass ich ihn ab und zu vor die Tür setzen kann.«

Änne lächelte. »Solange ihr euch nicht wieder die Köpfe einschlagt wie früher.«

»... oder ich die schwarze Witwe gebe und ihm nach vollbrachter Leistung den Kopf abbeiße.« Kauend winkte Zapfi ab. »Nein, keine Angst. Zumindest ist die Gefahr, dass wir uns gegenseitig betrügen, nicht mehr so groß. Elvis ist längst nicht mehr der liebestolle Kater, der er in jungen Tagen einmal war, und ich ... Ich genieße momentan einfach, dass er sich so viel Mühe gibt – und dass ich ihn nicht geheim halten muss wie all die Jahre meinen Gynäkologen. Zum Versteckspielen bin ich mittlerweile auch wirklich zu alt.«

»Da sagst du was!« Änne seufzte, und Ida sah ihr an, dass sie wahrscheinlich gerade einmal wieder an ihren Pfarrer dachte.

Als Ida eine Stunde später zurück in ihr Hotel ging, war sie so müde, dass ihr die Augen fast im Stehen zufielen. Darum war sie wenig begeistert, dass das tapfere Schneiderlein sie im Foyer abfing.

Er trat unbehaglich von einem Bein auf das andere und raunte: »Ida, ich muss unbedingt mit dir reden. Dringend! Am liebsten sofort.«

Innerlich seufzend deutete sie auf den leeren Gastraum. Es gab eben doch etliche Dinge im Leben einer Hotelbesitzerin, die man nicht delegieren konnte. Ohne das Licht anzuschalten, steuerte sie auf den ersten Tisch zu, entzündete eine Kerze und forderte Erwin auf, sich zu setzen.

Er druckste erst eine Weile herum, bevor es aus ihm herausplatzte: »Ida, es ist etwas passiert! Also, nichts Schlimmes, nicht erschrecken. Nein, sogar eigentlich etwas sehr Schönes. Etwas, womit ich auf meine alten Tage nie gerechnet hätte. Aber es ist auch etwas, was ich, ehrlich gesagt, versucht habe zu vermeiden. Obwohl ich auf dich wahrscheinlich immer so gewirkt habe, als hätte ich es darauf angelegt.«

Ida merkte, dass sie für ein Gespräch wie dieses wirklich viel zu müde war. Sie verstand nicht recht, was Erwin ihr mit seinem umständlichen Gestammel sagen wollte. Darum sagte sie forscher, als es sonst ihre Art war: »Erwin, lass die Umwege. Red mal Klartext und nicht wie ein Kater, der um den heißen Brei herumschleicht. Ich habe kein Wort verstanden. Was ist denn nun passiert?«

Er stöhnte leise. »Ida, ich habe mich verliebt. Hals über Kopf und mit allem, was dazugehört. Herzklopfen, Schlafstörungen, und ich kann an nichts anderes mehr denken.«

»Aber das ist doch wunderbar, Erwin! Ich gratuliere. Genau aus diesem Grund kommen doch die meisten zu uns. Wer ist denn die Glückliche? Und weißt du, ob sie deine Gefühle erwidert?«

Überraschenderweise fing Erwin an zu weinen. Zwar wischte er sich hektisch mit einem Taschentuch über die Augen und murmelte »Blöde Allergie«, doch Ida nahm ihm die Ausrede nicht ab.

»Also? Raus mit der Sprache!«

Er atmete tief durch. »Ida, es ist Helga. Sie hat es mir so angetan. Dieses Prachtweib! Die ist nicht nur eine lebenstüchtige und fröhliche Frau, sie hat auch das Herz auf dem rechten Fleck.«

Ida lächelte. »Ja, aber das ist doch wunderbar! Ich freue mich für euch beide. Aber jetzt, Erwin musst du mich entschuldigen, ich bin wirklich sehr müde.« Sie stützte ihre Hände auf den Tisch, um aufzustehen.

Erwin aber griff nach ihrer Hand, um sie zurückzuhalten. »Ida, da ist was, was du nicht weißt. Und die Helga auch nicht. Du weißt doch, was für eine saftige und sinnliche Frau die Helga ist. Deshalb habe ich mich nicht getraut, es ihr zu sagen.«

»Was zu sagen?«, fragte Ida ungeduldig.

»Dat würde mich getz abba auch ma interessieren!« Von beiden unbemerkt war Helga in den spärlich beleuchteten Gastraum getreten. Sie hatte ihre beiden Pekinesen auf dem Arm, beugte sich nun aber herunter und setzte sie auf den Boden. Erwin starrte ihr mit schreckensgeweiteten Augen entgegen, Helga aber blieb so ungerührt, wie es ihre Art war.

»So, Erwin. Butter bei de Fische. Wat kannste der saftigen Helga nicht sagen. Lass mich raten: Du hast noch irgendwo 'ne andere Saftpflaume hocken, und diesen unwichtigen Tatbestand haste ma eben so untern Tisch fallen lassen.«

»Nein! So ist das nicht!« Erwins Stimme war laut und ungewohnt hoch. »Helga, ich meine das alles ganz ernst mit uns beiden, es gibt keine andere. Ich schwöre.«

»So, dat klingt doch schon mal gut. Und wat haste dich getz nich getraut zu sagen? Bisse 'n Kriminellen wie der Herr von und zu oder 'n Perversen, oder wat is dat Problem?« Sie hatte sich inzwischen zu Erwin auf die Bank gesetzt und stupste ihn an. »Oder hab ich Mundgeruch, und du traust mir dat nich –«

»Quatsch, Helga! Das alles ist Quatsch! Es ist so …« Erwin hielt den Kopf gesenkt und hatte den Blick starr auf die Tischplatte gerichtet. Dann murmelte er: »Es ist nur so, dass ich eine Frau nicht mehr glücklich machen kann. Also, im unteren Bereich. Ich hatte vor zwei Jahren eine Operation an der Prostata, und seitdem …« Der Rest des Satzes blieb in der kalten Luft des leeren Raums hängen.

Helga atmete laut aus, und einen Augenblick sagte niemand etwas. Dann ergriff sie beherzt das Wort: »Ihr Jungs seid abba auch so wat von bekloppt! Dat ihr immer denkt, dat wir Mädels nix anderes im Kopp haben als euren elften Finger. Kehr, kehr, kehr! Nu mach ma nich so 'n Gedöns. Ich bin keine fünfzehn mehr, und wenn ein Mann zwei gesunde Hände hat, wird dat doch wohl auch ohne diesen albernen Wurmfortsatz inner Buchse gehen.«

Als Erwin und Helga einander umarmten, verließ Ida leise

den Gastraum. Wie Helga sich das künftige Intimleben mit Erwin vorstellte, wollte sie lieber nicht wissen.

Die folgenden Wochen krochen in Zeitlupe durchs Land. So grau und nebelig das Wetter sich zeigte, so grau und klamm war es um Idas Seele bestellt. Zwar war sie froh, dass Tünn sich nach wie vor um sie bemühte. Aber dennoch näherten sie sich nur in kleinen Schritten wieder aneinander an. Ida freute sich für Tünn, dass er nun doch noch auf seine reifen Tage eine Tochter und eine Enkelin bekommen hatte. Eifersüchtig war sie trotzdem, und sie kam sich dabei kleinlich und mies vor. Gloria kam an den Wochenenden zu ihnen, und sie und Tünn umschlichen einander unsicher und beobachtend. Allein die Sorge um Lilli einte sie alle. Bei der Polizei hatte man keine Vermisstenanzeige aufnehmen wollen. »Eine junge Frau, eine Volljährige dazu, da gibt es erst einmal keinen Grund für polizeiliche Ermittlungen«, hatte man sie abgespeist.

Helga und Erwin waren kurz nach ihrer Aussprache abgereist. Auch sonst hatte sich das Hotel geleert. Angesichts der ungemütlichen Jahreszeit kamen die Buchungen zögerlicher, was Ida aber nicht beunruhigte. Das Geschäft war in den letzten Monaten so gut gelaufen, dass sie sich sogar guten Gewissens entschlossen hatte, über Weihnachten und Silvester Betriebsferien zu machen. Allein Helga und Erwin hatte sie den Aufenthalt bei ihnen nicht abschlagen können und daher ihre Buchung über die Weihnachtsfeiertage angenommen. Auch die stille Inge und ihr Schuhlöffelchen hatten bereits bei ihrer Abreise für die Feiertage reserviert, und Ida wollte ihnen nicht nachträglich absagen.

Sie freute sich, dass sie dennoch ein paar recht ruhige Tage haben würde. Danach würde sie wieder all ihre Kraft brauchen. Franziska, der es offensichtlich leidtat, wie sehr Ida nach den Enthüllungen in die Knie gegangen war, hatte sich für sie im

Kolleginnenkreis umgehört und eine Psychotherapeutin in erreichbarer Nähe ausfindig gemacht, bei der Ida im neuen Jahr eine Gesprächstherapie beginnen konnte. Bei der Vorstellung, einer wildfremden Frau von ihren Nöten zu erzählen, hatte sie zwar Bauchgrummeln, aber sie sah ein, dass es besser war, sich Hilfe zu holen. Schon einmal in ihrem Leben hatte ihr das schließlich geholfen.

Dass sich das Blatt ausgerechnet durch einen Unfall in der Küche schnell und radikal wenden würde, ahnte sie nicht. Doch das Wunder geschah.

Ida war am Empfang beschäftigt, als sie plötzlich einen gellenden Schrei aus der Hotelküche vernahm. Alarmiert rannte sie dorthin, so schnell sie konnte.

Sofort sah sie, was passiert war. Elzbieta war beim Abschütten der Nudeln der schwere Kochtopf aus der Hand gerutscht, das kochend heiße Wasser war ihr über die Hand gelaufen und hatte sie verbrüht. Sie schrie vor Schmerzen.

Wie ferngesteuert sorgte Ida dafür, dass Elzbieta ihre Hand unter fließendem kalten Wasser kühlte und der ebenfalls herbeigelaufene Tünn den Notarzt anrief. Der warf einen kurzen Blick auf die Verletzung und entschied sofort, Elzbieta ins Krankenhaus mitzunehmen. Eine so schwere Verbrühung musste behandelt werden.

Nachdem Ida sich versichert hatte, dass Elzbieta wirklich unbegleitet ins Krankenhaus fahren wollte und der Krankenwagen abgefahren war, machte sie gemeinsam mit Franziska das Abendessen für die wenigen verbliebenen Gäste fertig und sorgte dafür, dass jeder bekam, was er bestellt hatte.

Als endlich alle versorgt waren und die Küche wieder aufgeräumt war, zogen sie sich zusammen mit Tünn zu einer Notfallsitzung ins Wohnzimmer zurück.

Ida seufzte. »Entweder muss ich die letzten Gäste vor die Tür setzen, oder ich werde wohl in den sauren Apfel beißen und die

Mahlzeiten in der nächsten Zeit selbst zubereiten müssen. Bis es Elzbieta besser geht und sie wieder arbeiten kann, sehe ich wenig andere Möglichkeiten. Woher soll ich so kurzfristig und dann auch noch für eine nicht klar definierte Zeitspanne einen adäquaten Ersatz bekommen?« Sie hatte sich schon damit abgefunden, dass die nächsten Wochen wieder kein Gedanke an Entspannung sein würde.

»Das kommt überhaupt nicht infrage!«, widersprach Tünn ungewohnt heftig. »Du musst dich schonen und darfst auf keinen Fall noch eine Schippe draufpacken. Wenn du uns zusammenbrichst, ist keinem geholfen.«

»Tünn hat recht.« Franziska blickte nachdenklich aus dem Fenster. »Ida, ich habe da eine Idee. Ich weiß nicht, ob sie dir schmecken wird, aber –«

»Jede Idee ist besser als die Vorstellung, dass Ida sich kaputtrackert«, befand Tünn.

»Ich könnte unseren Bruder fragen.«

»Richard?« Ida war perplex. Die Idee, dass ausgerechnet Richard nach mehr als fünfundvierzig Jahren in der Ferne wieder bei ihnen aufkreuzen und so mir nichts, dir nichts in der Hotelküche den Kochlöffel schwingen sollte, war völlig abstrus. Wer sich so lange nicht hatte blicken lassen, würde sich wohl kaum von einem kurzfristigen Personalproblem der kleinen Schwester dazu hinreißen lassen, an den Ort unglücklicher Erinnerungen zurückzukehren.

Franziska war von ihrer Idee jedoch nicht abzubringen. »Er ist einsam nach dem Tod seines Mannes. Er hat sein eigenes Restaurant verkauft, und vielleicht sieht er ja auch die Chance, so seine alten Wunden heilen zu lassen. Zumindest probieren könnten wir es. Wenn du erlaubst …« Fragend sah Ziska Ida an.

Ida zuckte mit den Schultern. »Seid ihr denn überhaupt in Kontakt?«

»Sporadisch. Ricky ist ja noch so maulfaul wie in jungen Jahren.«

»Ricky?«

»So nennt er sich, seit er hier weggegangen ist. Neuer Name, neues Leben.«

»Aus Richard ist ein Ricky geworden und aus Ziska eine Franzi. Nur ich bin immer die alte Ida geblieben.« Ida wollte nicht verzagt klingen, fühlte sich im Vergleich mit ihren Geschwistern allerdings wieder einmal erzkonservativ und naiv.

»Eine muss auch dafür sorgen, dass Bewährtes erhalten bleibt. Also, soll ich ihn anrufen?«, fragte Franziska noch einmal.

Ida nickte, und Franziska legte das Telefon mittig auf den Tisch, stellte den Lautsprecher ein und wählte eine Nummer.

Nach dreimaligem Klingeln meldete sich eine Männerstimme, die Ida nie und nimmer mit ihrem Bruder in Verbindung gebracht hätte. Die Stimme war alt und hatte eine norddeutsche Färbung. »Ich habe mit all dem nichts zu schaffen. Ich bin völlig unschuldig«, sagte diese Stimme.

Franziska runzelte die Stirn. »Ricky? Bist du's?«

»Wer denn sonst?«

»Womit hast du nichts zu tun? Ich bin's, Franziska! Kann es sein, dass du auf einen anderen Anruf gewartet hast?«

»Franziska, ja natürlich. Das sehe ich doch im Display. Ich hab niemanden sonst erwartet. Ich will nur, dass du weißt –«

»Richard, du bist heute wirklich merkwürdig. Bist du betrunken? Ich kann gern ein anderes Mal anrufen, wenn ich dich störe.«

»Quatsch, betrunken!«, widersprach er. »Nee, passt schon. Also: Warum rufst du dann an?«

Franziska schaute irritiert in die Runde, zuckte mit den Schultern und sagte dann ins Telefon: »Ich wollte dich um einen Gefallen bitten. *Wir* wollten dich um einen Gefallen bitten,

Ricky. Ich bin bei Ida im Sauerland, und Ida steckt gerade in der Klemme, weil ihre Köchin einen Arbeitsunfall hatte und wir dringend jemanden brauchen, der für einige Zeit hier … Und da habe ich gedacht, wo du doch dein eigenes Restaurant aufgegeben hast und vielleicht deiner kleinen Schwester nach all den Jahren aus einer furchtbaren Klemme … Und wir würden uns sowieso alle freuen, dich einmal wiederzusehen …«

»Was stotterst du denn so rum? Bist doch sonst nicht auf den Mund gefallen. Ich bin aber –«

»Sag nicht sofort Nein, Ricky«, unterbrach Franziska ihren Bruder. »Wie brauchen dich hier wirklich. Denk wenigstens drüber nach.«

Am anderen Ende blieb es so lange still, dass Ida schon befürchtete, Richard hätte einfach aufgelegt. Schließlich drang ein vernehmliches Seufzen durch das Telefon, und Richard sagte: »Nachdenken, ja. Das kann ich. Ich ruf dich morgen an.«

Obwohl Ida nicht damit gerechnet hatte, sagte Richard, der jetzt Ricky hieß, am nächsten Tag zu. Er versprach, gleich am nächsten Morgen aufbrechen, und kündigte an, am frühen Nachmittag bei ihnen einzutreffen.

Tatsächlich rollte am Mittag des folgenden Tages – Ida, Tünn und Franziska hatten gerade den Mittagsküchendienst beendet – ein Mercedes-Kombi auf den Parkplatz hinter dem Haus. Neugierig schaute Ida aus dem Fenster und sah, wie ein beleibter älterer Herr mit Glatze aus dem Auto stieg. Direkt danach öffnete sich die Beifahrertür, und eine weitere Person kletterte aus dem Auto, ein junger Mann oder eine junge Frau, genau konnte Ida das im trüben Nieselregen nicht erkennen. Diese Person war in einen großen Parka gehüllt und trug eine blaue Pudelmütze. Sie öffnete die Heckklappe, und ein kleiner schwarz-weißer Hund hüpfte aus dem Auto.

Ida blieb vor Freude fast das Herz stehen. Sie ließ das Küchenhandtuch fallen, stürzte aus der Tür und rannte, so schnell es ihre kaputte Hüfte zuließ, auf den Parkplatz.

»Lilli! Lilli!«

Der kleine Hund sprang begeistert auf Ida zu und hüpfte an ihr hoch, während Lilli in der Nähe des Autos verharrte. Ida lief auf Lilli zu und breitete ihre Arme aus: »Da bist du ja, da bist du ja!«

Erst da war auch für Lilli das Eis gebrochen. Sie warf sich in Idas ausgebreitete Arme, und als Ida vor Freude schluchzte, sagte Lilli leise: »Sorry, Tida. Sorry!«

Franziska und Tünn waren Ida gefolgt und in einigem Abstand stehen geblieben. Nun kamen sie näher und fragten: »Dürfen wir auch mal?«

Da beide ihre Arme ebenfalls ausgebreitet hatten, warf sich Lilli nacheinander erst in Tünns, dann in Franziskas Arme.

Irgendwann räusperte sich der ältere Herr, der über die ganze Wiedersehensfreude ein wenig in Vergessenheit geraten war. »Ich habe gedacht, ich bringe euch die junge Dame gleich mal mit.«

»Ricky!« Franziska ließ von Lilli ab und umarmte nun auch ihn.

War das wirklich ihr lang vermisster großer Bruder? Ida streckte ihm unsicher die Hand entgegen.

Ricky aber nahm Ida kurzerhand in die bärenstarken Arme. »Lilli hat so von dir geschwärmt, da werde ich meine kleine Schwester wohl auch mal drücken können.« Er trat einen Schritt zurück. »Und du musst dann der Tünn sein. Tag auch, ich bin Ricky!«

Tünn und Ricky schüttelten einander die Hand, während Monkey noch immer begeistert kläffend die Begrüßungszeremonie umtanzte.

»Dann hast du dich also zu Ricky nach Hamburg verzogen«, sagte Franziska, nachdem alle einander begrüßt hatten.

»Ja, die Lütte stand mit ihrem frechen Hundebiest einfach bei mir vor der Tür und hat sich nicht abweisen lassen. Sagt mal, kriegt man nach so einer langen Fahrt und bei diesem Schietwetter hier bei euch denn wohl auch mal ein Heißgetränk?«

»Ja klar, komm mit!« Tünn griff sich einen der Koffer aus dem Kofferraum und ging voran ins Haus.

Die anderen folgten, und bald saßen alle mit heißem Tee versorgt um den Küchentisch in Idas privater Küche.

»Hast du was dagegen, wenn ich Levke Bescheid sage, dass du hier bist?«, fragte Ida Lilli leise. »Sie ist halb umgekommen vor Sorge um dich und hat sich die Augen aus dem Kopf geweint.«

Lilli zögerte einen Augenblick, fragte dann aber mit weit aufgerissenen Augen: »Hat sie? Du meinst, sie hat mich vermisst?«

»Vermisst ist gar kein Ausdruck«, antwortete Ida und wählte Levkes Nummer.

Es dauerte keine zehn Minuten, bis auch Levke in der Küche auftauchte.

»Lilli, du verrücktes Huhn, wo warst du nur?«, fragte sie, und ihre Stimme schwankte bedrohlich.

Lilli stand langsam auf. »Ich … Ich wollte dir beweisen, wie ernst ich es mit uns meine«, stotterte sie. Dann zog sie ihre Pudelmütze herunter, und Ida und Franziska konnten einen entsetzten Aufschrei nicht unterdrücken. Die wunderschönen, wilden, bunten Dreadlocks waren verschwunden. Stattdessen war da … nichts.

»Was … Was hast du gemacht?«, fragte Levke entsetzt. »Warum hast du …«

»Weil ich dir zeigen wollte, wie wichtig du mir bist. Und weil ich mich mit dir solidarisch zeigen wollte.«

»Solidarisch? Das wolltest du mit einer Glatze zeigen?« Sowohl Ida als auch Franziska verstanden Lilli nicht.

Levke hingegen zog nun ebenfalls ihre Mütze vom Kopf, und erst jetzt fiel Ida auf, dass sie die junge Frau noch nie ohne Kopfbedeckung gesehen hatte.

Auch sie hatte eine Glatze. Mit einem Blick in die Runde erklärte Levke:»Kreisrunder Haarausfall. Schon seit vielen Jahren. Nur Lilli wusste das. Ich zeige das nicht gern her.«

Die beiden jungen Frauen umarmten einander, und auf einmal war es trotz der herbstlichen Kühle allen in der Küche warm.

Wenige Tage später war Heiligabend. Am Morgen stand Ida am Schlafzimmerfenster und schaute in Zapfis Hühnerhof. Es war gerade erst hell geworden, und die Hühner stolzierten pickend durch ihr Gehege.

»Komm wieder ins Bett«, murmelte Tünn. Er war ebenfalls aufgestanden und umarmte sie von hinten.

Ida schmiegte sich an ihren Mann und genoss seine Wärme. Als sie sich gerade abwenden wollte, um ihn wieder ins Bett zu ziehen, ließ Elvis – der Hahn – ein lautes und völlig vollkommenes Krähen hören. »Kikerikiii!« Es dauerte einen Moment, während dem das Tier wahrscheinlich über seine neu entdeckte Fähigkeit staunte, dann hörte er gar nicht mehr auf zu krähen.

Ida und Tünn konnten wiederum nicht aufhören zu lachen und schlüpften zurück unter die Decke.

»Und? Graust es dir sehr vor dem Weihnachtsfest im großen Kreis?«, fragte Tünn an Idas Ohr. »Du warst doch nie ein Fan von Weihnachten.«

Ida seufzte zufrieden und kuschelte sich enger an ihren Mann. »Es wird bestimmt auch in diesem Jahr nicht ganz ohne Überraschungen und Turbulenzen abgehen. Schließlich haben wir in dieser Konstellation noch nie gefeiert. Du mit deiner Tochter und deiner Enkelin und deren Liebsten. Ziska, Ricky und ich wieder vereint, Zapfi mit Elvis. Und dann auch noch die verrückte Helga mit dem tapferen Schneiderlein und die stille Inge mit dem Schuhlöffelchen. Eins weiß ich schon jetzt: Eine stille Nacht wird es sicherlich nicht werden und eine heilige Nacht bestimmt auch nicht. Aber wir werden das Kind schon stemmen, wir beide.«

Zwei Jahre später

Da also war das Meer. Es lag unspektakulär vor ihr wie eine müde alte Frau, die sich mit einer schweren grauen Pferdedecke zugedeckt hatte und in Ruhe gelassen werden wollte. Das Wellenspiel ihr Atemrhythmus. Ein, aus, ein, aus ...
Unbeweglich stand Ida am Panoramafenster eines Dreizimmerappartements im belgischen De Haan.

Ist das mit allen Sehnsüchten so?, fragte sie sich. *Fühlt sich die Erfüllung nie so besonders und umwerfend an, wie man immer gedacht hat?*

Zapfi trat neben sie und zwickte sie liebevoll in die Seite. »Und, enttäuscht?«, fragte sie.

»Nein«, behauptete Ida. »Nicht enttäuscht. Nur vielleicht etwas müde von der Fahrt.«

Zapfi grinste. »Lügen kannst du noch immer nicht. Aber wart's ab. Wenn das Wetter sich ändert, sieht alles ganz anders aus. Das kann hier an der Küste ganz schnell gehen. Lass uns schnell auspacken, und dann machen wir drei einen langen Strandspaziergang. Etwa eine halbe Stunde Fußweg von hier ist ein nettes kleines Restaurant. Strandpavillon oder so ähnlich, von dort hat man einen wunderbaren Blick auf den Sonnenuntergang.«

»Sonnenuntergang? Zapfi, du meinst schon das große Gelbe, was gelegentlich am Himmel hängt und für schönes Wetter sorgt, oder? Kannst du neuerdings auch Wolken verschieben?« Franziska stand mit einem Stapel Sweatshirts in der Tür ihres Zimmerchens. Offensichtlich hatte sie bereits mit dem Auspacken begonnen. »Aber egal, Strandpavillon klingt gut. Da laufen wir gleich hin und trinken uns das graue Wetter schön. Ich schlage allerdings vor, dass wir vorher unsere Betten beziehen, damit wir uns nach dem langen Spaziergang nachher einfach reinfallen lassen können.«

»Ich komme sofort«, antwortete Ida.

Noch vor einem Jahr hätte sie an lange Spaziergänge nicht einmal denken können. Doch seit ihrer Hüftoperation und der anschließenden Reha war Spazierengehen zu ihrer Lieblingsbeschäftigung geworden. Jeden Tag ging sie seither, manchmal sogar über Stunden, im Wald spazieren. Die Bewegung tat ihr gut, strich das zerknüllte Laken ihrer Seele immer wieder glatt. Und auch ihre Seele hatte inzwischen ein neues Hüftgelenk bekommen.

Ihre Therapeutin hatte ihr in langen, teilweise tränenreichen Sitzungen beigebracht, dass alte Wunden nur dann wirklich heilen konnten, wenn man ihnen einmal echte Aufmerksamkeit zuteilwerden ließ. Dass ein Schmerz nicht größer wurde, wenn man ihn sein ließ. Dass man ihm am besten seine Liebe und ein paar Tränen schenkte, damit die Verknotungen in der Seele sich langsam lösen konnten.

»Nach hinten verstehen, nach vorne vertrauen, und in der Mitte, Ida, im Jetzt, da musst du leben«, hatte ihr Gertrud immer wieder gesagt. Und genau dieses einfach Leben im Jetzt gelang ihr immer besser. Darum hatte sie sich auch von Franziska und Zapfi zu dieser Drei-Mädels-Reise überreden lassen. Das Hotel war ohnehin bei Lilli in den besten Händen. Die schlug sich als vorübergehende Hotelmanagerin überraschend gut und würde, wie während Idas Aufenthalten in Krankenhaus und Rehaklinik, gemeinsam mit Tünn den Laden im Griff haben.

»Also gut!«, rief sie den beiden anderen zu. »Dann wollen wir schnellmachen. Ich will endlich mit nackten Füßen durch die Nordsee laufen!«

Wenig später war Ida dann auch die Erste, die sich am

Strand Turnschuhe und Socken von den Füßen riss und mit großen Sätzen in die schäumende Gischt lief. Und sich weiter vortraute, bis sie richtig im Wasser stand. Einen Moment hielt sie die Luft an. Das Wasser war erschreckend kalt. Zwar war es auch jetzt, im Oktober, noch häufig recht warm gewesen, aber das schien der Nordsee egal zu sein. Die spülte ihr ungerührt Eiswasser um die nackten Füße.

Ida ging so zügig, wie sie konnte, ohne ins Laufen zu geraten, und Zapfi und ihre Schwester kamen kaum nach. Irgendwann merkte sie, dass ihre Füße von dem ungewohnten Gehen im Sand trotz der Eiseskälte heiß wurden, und plötzlich packte sie eine unbändige Freude.

Ich bin am Meer. Am richtigen wilden, wellenspuckenden Meer!

Das Herz in ihrer Brust wurde weit. Gleich einem der vielen Lenkdrachen, die ungeduldig im Wind an ihren Leinen rissen, schien es mit den Möwen um die Wette fliegen zu wollen. Hinaus, hinauf, hoch nach oben! Ida warf die Arme in die Luft, jauchzte und rief: »Ich bin am Meer! Mädels, ich bin am Meer!«

Dann fing sie an zu lachen, und Zapfi und Franziska fielen in ihr Gelächter ein, bis sie sich alle drei die Seiten halten mussten.

Sie waren bereits eine halbe Stunde in zügigem Tempo gegangen, und der besagte Pavillon war schon zu erkennen, als das Wunderbare geschah: Einige wenige selbstbewusste Sonnenstrahlen stemmten sich einen Spalt in die dicke graue Wolkendecke und zwangen sie Schritt für Schritt zur Seite. Als sie ihr Ziel erreichten, färbte der Sonnenuntergang den Himmel in allen erdenklichen Orange- und Rottönen.

Natur darf Kitsch, dachte Ida und zückte ihr Smartphone, um ein paar Selfies von sich und den beiden anderen Frauen zu machen. Im selben Augenblick machte das Telefon »Pling!«, und sofort hatte Ida ein schlechtes Gewissen. Sie hatte versprochen, sich direkt nach der Ankunft bei Tünn zu melden, um zu verkünden, dass sie gut angekommen waren. Das hatte sie in all der Aufregung völlig vergessen. Zerknirscht schaute sie auf das Display.

Eine Nachricht von Tünn. Und zwei von Lilli.

Tünn hatte ein Foto von sich und Lilli geschickt, auf dem beide vor dem Hotel posierten, und geschrieben: »*Alles im Griff. Kannst dich völlig entspannen, Ida. Küsse.*«

Aus den Augenwinkeln sah Ida, dass auch Franziska ihr Handy in der Hand hielt. Auch sie schien eine Nachricht bekommen zu haben.

Sie öffnete die Nachricht, die Lilli ihr zuerst geschickt hatte. Auch sie enthielt ein Foto. Darunter stand: »*Sehr einfaches Bilderrätsel. Na, erkennst du's?*« Auf dem Foto hielt Lilli ein anderes, schwarz-weißes Foto in der Hand, das mit viel Fantasie eine Wolke sein könnte.

In der nächsten Nachricht stand:

Richtig! Die Kandidatin hat hundert Punkte. Auf dem Foto siehst du die winzigstmögliche Ausführung eines Urenkelkinds. Tida, freu dich mit uns. Du wirst Uroma!

Ida ließ das Handy sinken und sah zu Franziska hinüber. Die wiederum starrte entrückt und gerührt in Idas Gesicht. Sie hatte Tränen in den Augen. »Hast du's auch gerade gelesen?«

Ida nickte und spürte, dass auch ihr eine Träne die Wange herunterlief.

Zapfi sah verwirrt von einer zur anderen und winkte dann verzweifelt mit den Händen vor ihrem Gesicht herum. »Hallo, ihr zwei! Erde an Weltall! Ich bin auch noch da. Darf man mitheulen?«

Ida und Franziska grinsten über das ganze Gesicht und sagten zeitgleich: »Lilli ist schwanger.«

Zapfi fiel beiden um den Hals. »Wie wunderbar! Glückwunsch an euch beide. Und natürlich an Uropa Tünn. Ihr werdet bestimmt die nettesten Uromas, die das Mini sich wünschen kann.«

»Ich wusste gar nicht, dass die beiden es versucht haben, du, Franziska?«, fragte Ida.

»Nein.« Franziska schüttelte den Kopf. »Aber ich habe mir so etwas gedacht, weil die beiden immer wieder für ein Wochenende nach Holland aufgebrochen sind.«

»Siehst du, da bist du mal wieder schlauer als ich! Ich dachte ja, dass Levke ein bisschen auf der Bremse steht und ihr Lillis Tempo ein wenig zu rasant ist«, warf Ida ein.

Franziska lächelte. »Wer unsere Lilli liebt, weiß, dass sie grundsätzlich nicht zu bremsen ist.«

»Lasst uns den Strandpavillon entern und den besten Champagner bestellen, den sie zu bieten haben«, schlug Zapfi vor. »Das müssen wir feiern.«

Ida wischte sich die Tränen von den Wangen und hielt einen Moment inne. »Na ja, genau genommen ... also rein biologisch bin ich ja nicht die Uroma, sondern nur ...«

»Quatsch, Schwesterherz!«, fiel Franziska ihr ins Wort. »Wir sind beide die Uromas von diesem kleinen Wesen. Biologie wird überbewertet. Ich freue mich schon darauf, das Kind mit dir um die Wette zu verwöhnen. Schließlich habe ich nicht zuletzt durch dich gelernt: Glück wird nicht weniger, wenn man es teilt.«

ENDE

DANK

Sich lustige Dinge und Geschichten ausdenken kann ab und zu auch schon mal schlechte Laune machen. Wenn die Wörter und Sätze nicht so wollen, wie sie sollen, zum Beispiel. Dann bin ich in mich gekehrt und unleidlich. Und wer mir nahe ist, muss das aushalten. Ich danke meinem Mann Lutz sehr, dass er mich immer wieder aushält, aufmuntert, mit mir lacht und mich auf neue Gedanken bringt. Du gehörst zu den Männern, die sich jedem Gespräch offen und neugierig stellen. Du bist inspirierend und spannend, und dein großes Herz ist mein Ankerplatz. Danke. Darüber hinaus habe ich Freundinnen. Die sind die Knieschoner meines Lebens. Sie können nicht verhindern, dass ich falle, aber sie haben schon so manchen bösen Sturz abgefedert. Oder die Wunden versorgt, wenn der Sturz doch etwas heftiger war. Und mit mir mitgefeiert, wenn ich wieder aufgestanden bin. Britta, Andrea, Simone, Anne, Sibylle, Gitte, ihr seid die Musik zum Tanz meines Lebens. Ich danke euch.

Und last not least danke ich meiner Lektorin Dr. Stefanie Heinen, die diesen unfrisierten Sätzen, die meinem Kopf entwachsen, immer wieder mit humorvoller und geduldiger Hand zu Leibe rückt. Waschen, Schneiden, Föhnen, Legen. Damit aus diesem Wildwuchs hinterher eine ansehnliche Frisur wird. Vielen Dank auch Dir.

Je mehr man lacht, desto weniger Platz bleibt für das heulende Elend

Lioba Albus
ÄLTER WERDE
ICH SPÄTER
Roman

320 Seiten
ISBN 978-3-7857-2758-4

Mila ist 59 und zufrieden mit ihrem Leben. Ihr Freundeskreis ist groß, ihre Arbeit als Chefin einer kleinen Agentur erfüllend, und die Kinder sind erwachsen und aus dem Haus. Das Alter? Weder ein Thema noch ein Problem. Doch auf einmal stehen Sohn und Tochter wieder auf der Schwelle und fordern Asyl, und die Männer aus ihren wilden Jahren verlangen Aufmerksamkeit. Mila ist überfordert. Wie wird sie die Bagage nur wieder los? Und gibt es vielleicht am Ende doch den einen, mit dem zusammen das Leben noch ein bisschen federleichter ist?

Frech, emanzipiert, direkt – das Romandebüt der beliebten Kabarettistin Lioba Albus!

Lübbe

Manchmal wird es auch in der größten Wohnung ganz schön eng ...

Lioba Albus
ZUSAMMEN IST MAN
WENIGER GEMEIN
Roman

336 Seiten
ISBN 978-3-7857-2814-7

Die Zeiten sind hart, die Konten leer, und obwohl sie einander kaum kennen, bleibt ihnen nichts anderes übrig, als vorübergehend zusammenzuziehen: die Komikerin Daniela D es, ihr Techniker Franz und die Kostüm- und Modedesignerin Pia. Vierte im Bunde ist die eitle Filmdiva Etta Glück, die ihre Wohnung zur Verfügung stellt. Als Eigentümerin beharrt sie allerdings darauf, die Regeln zu bestimmen. Ihr oberstes Gesetz: keine Nacktheit und kein Sex in ihren heiligen Hallen. Kann das auf Dauer gut gehen? Wer bricht zuerst die Regeln, und wer trickst am geschicktesten? Raufen die vier sich zusammen, oder scheitert ihre Zweck-WG an den Schrulligkeiten eines jeden Einzelnen?

Lübbe

Die Community für alle, die Bücher lieben

Das Gefühl, wenn man ein Buch in einer einzigen Nacht verschlingt – teile es mit der Community

In der Lesejury kannst du
- ★ Bücher lesen und rezensieren, die noch nicht erschienen sind
- ★ Gemeinsam mit anderen buchbegeisterten Menschen in Leserunden diskutieren
- ★ Autoren persönlich kennenlernen
- ★ An exklusiven Gewinnspielen und Aktionen teilnehmen
- ★ Bonuspunkte sammeln und diese gegen tolle Prämien eintauschen

Jetzt kostenlos registrieren: www.lesejury.de

Folge uns auf Instagram & Facebook:
www.instagram.com/lesejury
www.facebook.com/lesejury